Lesley Turney
Das Flüsterhaus

PIPER

Zu diesem Buch

Annie Howarth hat es geschafft: Dank ihrer Hochzeit mit dem angesehenen Polizeichef William Howarth ist sie aus der Arbeiterklasse, in der ihre Familie seit Generationen im Stollen schuftete, aufgestiegen in die glamouröse Welt der gehobenen Mittelschicht. Gemeinsam mit William, Schwiegermutter Ethel und Töchterchen Elizabeth bewohnt sie eine Villa mit Garten, und sie scheint wunschlos glücklich. Doch als eines Tages ihre Jugendliebe Tom aus dem Gefängnis entlassen wird, gerät ihre perfekte Welt ins Wanken. Macht der erheblich ältere, stets überkorrekte William sie tatsächlich glücklich? Und was ist dran an Toms steten Beteuerungen, dass er unschuldig verurteilt wurde, und seinen Anschuldigungen, erst William habe ihn durch eine Intrige ins Gefängnis gebracht? Als Annie auch noch dahinterkommt, dass ihre Mutter jahrelang Toms Briefe aus dem Gefängnis an Annie abgefangen hat, bittet sie ihn um ein geheimes Treffen.

Gleichzeitig wird im nahe gelegenen Moor eine Frauenleiche entdeckt, die Annie verblüffend ähnlich sieht. William ist voll in die Ermittlungen eingespannt, doch scheint er Annie etwas Wichtiges zu verheimlichen. Der nagende Zweifel an Williams Liebe und Aufrichtigkeit tut sein Übriges zur neu entfachten Leidenschaft für Tom – kopflos lässt sich Annie auf ein Abenteuer ein. Nicht ahnend, dass sowohl Tom als auch sie bald schwer für ihren Fehltritt bezahlen müssen …

Lesley Turney, geboren in Sheffield, arbeitet als Texterin und lebt mit ihren drei Söhnen und ihrem Partner in Bath. Nach »Die fremde Frau« und »Das Dornenhaus« ist »Das Flüsterhaus« ihr dritter Roman bei Piper.

Lesley Turney

Das Flüsterhaus

Roman

Aus dem Englischen von
Monika Köpfer

Piper München Zürich

Mehr über unsere Autoren und Bücher:
www.piper.de

Von Lesley Turney liegen bei Piper vor:
Die fremde Frau
Das Dornenhaus
Das Flüsterhaus

MIX
Papier aus verantwortungsvollen Quellen
FSC® C083411

Deutsche Erstausgabe
November 2014

Titel der Originalausgabe:
»Your beautiful lies«, Bantam Press 2014

Umschlaggestaltung: bürosüd°, München
Umschlagabbildung: Paul Knight/Trevillion (Landscape)
Satz: Satz für Satz. Barbara Reischmann, Leutkirch
Gesetzt aus der Scala
Papier: Pamo Super von Arctic Paper Munkedals GmbH, Mochenwangen
Druck und Bindung: CPI books GmbH, Leck
Printed in Germany ISBN 978-3-492-30358-3

Für Andrea

EINS

Matlow, South Yorkshire, März 1984

Annie Howard schrak, von abgrundtiefer Angst gepackt, aus dem Schlaf.

Langsam öffnete sie die Augen und blickte sich um. Alles schien normal. Sie war zu Hause, im ehelichen Schlafzimmer. Den Geräuschen aus dem Zimmer am Ende des Flurs nach zu urteilen, war Ethel, ihre Schwiegermutter, ebenfalls wach, und William war unten in seinem Arbeitszimmer und hörte Vivaldi, was bedeutete, dass er gute Laune hatte.

Ich muss wohl einen bösen Traum gehabt haben, dachte Annie, das ist alles.

Sie schlug die Steppdecke zur Seite, stieg aus dem Bett und ging über den tiefen, weichen Teppich zum Fenster. Sie zog den Vorhang zurück und sah zum Moor, dann wandte sie sich wieder um und ließ den Blick einen Moment auf dem gerahmten Foto an der Wand verweilen. Es war neun Jahre zuvor, im April 1975, an ihrem Hochzeitstag aufgenommen worden. Annie und William posierten vor der Kirche, und seine Kollegen von der Polizei bildeten das Ehrengeleit. William sah großartig aus in seinem Polizeiornat. Zu seiner Linken stand, breit lächelnd, sein Trauzeuge Paul Fleming. Annie, zu seiner Rechten, wirkte sehr jung, und an der Art, wie sie ihren Brautstrauß umklammerte, sah man, wie aufgeregt sie war.

Während sie sich anzog, kam William herein. Er trug einen seiner Lieblingsanzüge, den er so mochte, weil die Farbe besonders gut zu der seines Haars und seiner Augen passte. Er stellte ihr einen Becher Kaffee auf den Nachttisch, dann trat er zu ihr, legte seine Hand an ihren Nacken und zeichnete mit dem Daumen die Linie ihres Kinns nach. Sie schmiegte ihre Wange in seine Hand.

»Musst du schon gehen?«, fragte sie. »Es ist doch noch früh.«

»Ja, leider. Ich habe eine Besprechung mit dem Chief Constable aus Nottinghamshire.«

»Und er ist interessanter als ich?«

»Natürlich nicht, aber was sein muss, muss sein, Annie.«

»Ich weiß, ich weiß.« Annie ging zum Schrank, öffnete ihn und sah hinein. »Was gibt es heute denn Wichtiges zu besprechen? Geht es wieder um den Bergarbeiterstreik?«

»Worum sonst? Ich fürchte, es wird wieder ein langer, anstrengender Tag.« Er seufzte, aber Annie spürte, dass er es kaum erwarten konnte, das Haus zu verlassen und sich in die Arbeit zu stürzen.

»Annie, würdest du bitte mein Hemd aus der Reinigung abholen?«, fuhr er fort. »Ich brauche es für das Tanzdinner morgen Abend.«

»Natürlich. Ich fahre heute sowieso in die Stadt, um Mum zu besuchen.«

»Gut, dann bis heute Abend.«

»Ja, bis dann.« Sie hielt ihm das Gesicht hin, und er küsste sie auf die Stirn.

»Und du vergisst das Hemd bestimmt nicht?«

»Nein, versprochen.«

Annie lauschte Williams Schritten auf der Treppe und verfolgte im Geiste, wie er im Arbeitszimmer die Musik ausmachte, die Tür abschloss, in die Küche ging und seine Kaffeetasse in die Spüle stellte, seine Brieftasche nahm, den Flur durchquerte, sein Aussehen im Spiegel überprüfte, dann die Haustür öffnete und hinter sich zuzog. Schließlich hörte sie seine Schritte draußen auf dem Kies, dann war es kurz still, während er in den Wagen stieg, sich anschnallte und sich wie immer vergewisserte, dass er auch nichts vergessen hatte. Kurz darauf sprang der Motor des Jaguars an, gefolgt von dem leisen Knirschen der Räder, als der Wagen die gekieste Auffahrt hinunterfuhr. Sie lauschte, bis er in die Landstraße eingebogen war und sich entfernt hatte. Dann zog sie sich fertig an und ging ihre siebenjährige Tochter wecken. Lizzies Zimmer lag neben dem ihrer Großmutter. Annie schob die Tür auf, betrat den Raum und stieg über Spielzeug und Bücher hinweg zum Bett. Sie beugte sich über ihre Tochter und strich ihr das blonde Haar aus der Stirn.

»Hey, kleine Schlafmütze«, sagte sie leise. »Aufwachen!«

Elizabeth kuschelte sich tiefer unter ihre Bettdecke. »Nein«, brummte sie. »Ich will nicht.«

»Du musst aber, du Küken, sonst kommst du zu spät in die Schule.«

»Ich will heute nicht in die Schule.«

»Wie dumm, es bleibt dir nämlich nichts anderes übrig.«

Annie hob Scooby hoch, den Spielzeughund, der Elizabeth auf Schritt und Tritt begleitete, und kitzelte sie mit seiner Schnauze am Hals.

Die Kleine kicherte und setzte sich auf. Dann legte sie den Kopf schief und lauschte auf ein herannahendes Geräusch.

»Was ist das?«

»Was ist was?«

»Ein Motorrad kommt! Es ist Johnnie! Warum besucht er uns so früh?«

Mutter und Tochter huschten zum Fenster und spähten hinaus. Ein Motorrad holperte die Auffahrt herauf. Elizabeth winkte mit beiden Armen, und Annie sah zu, wie ihr jüngerer Bruder die Yamaha vor das Haus schob, mit der Stiefelspitze den Motorradständer heruntertrat und den Helm vom Kopf zog. Dann ging er mit knirschenden Schritten auf die Haustür zu.

»Ich laufe rasch hinunter, um ihn zu fragen, was ihn so früh am Morgen zu uns führt«, sagte Annie. »Zieh du dich inzwischen an, Lizzie.«

»Aber ich will auch zu Johnnie!«

»Zuerst anziehen.«

Annie eilte die Treppe hinab in den großen, luftigen Flur, in dessen Mitte ein indischer Läufer mit üppigem Rankenmuster lag. Sie öffnete die Haustür. Ihr jüngerer Bruder stand mit dem Helm unter dem Arm da und ließ seinen Schlüsselanhänger in Form des A-Team-Vans um den Zeigefinger kreisen. Hinter ihm stand die Sonne schon hoch über dem Moor und tauchte den noch winterlich braunen Farn in ein rotes Licht, sodass man meinte, die Berge stünden in Flammen.

Annie verschränkte die Arme vor der Brust und sah ihren Bruder von oben bis unten an.

»Du bist seit letzter Woche schon wieder ein Stück größer geworden«, meinte sie.

»Ach, lass den Quatsch«, sagte Johnnie.

»Aber schöner geworden bist du nicht. Was willst du so früh hier? Möchtest du nicht reinkommen? Soll ich dir eine Tasse Tee machen?«

Er schüttelte den Kopf. »Ich muss weiter zur Zeche«, sagte er. »Ich wollte dir nur erzählen ...«

»Johnnie!« Elizabeth kam die Treppe herabgepoltert. Ihre Bluse war noch nicht zugeknöpft, der Reißverschluss ihres Schulrocks war noch offen, und die Strümpfe hatte sie in der Hand. Sie warf sich ihrem Onkel in die Arme, und er hob sie hoch, woraufhin sie Arme und Beine um ihn schlang. »Du musst reinkommen und mit uns frühstücken«, sagte sie. »Das ist ein Befehl.«

»Von wem?«

»Von mir. Und ich bin der Chef!«

Johnnie grinste. »Nun, wenn Miss Elizabeth Howarth das sagt, kann ich wohl kaum widersprechen.«

Sie gingen zusammen in die Küche. Den Helm ihres Onkels auf dem Kopf, schlang Elizabeth ihre Haferflocken hinunter. Annie machte derweil Tee und Toast. Sie füllte einen Becher und stellte ihn vor Johnnie hin.

»Also?«, fragte sie. »Was gibt es? Was führt dich so früh zu uns?«

Johnnie nahm einen tiefen Atemzug. Er warf einen verstohlenen Blick auf Elizabeth und sagte dann leise: »Tom Greenaway ist wieder da.«

Annie glitt das Messer aus der Hand. »Ich dachte, er wäre noch im Gefängnis.«

»Nein, er ist wieder draußen. Ich habe vor zehn Minuten mit ihm gesprochen. An der Tankstelle. Er hat an der Säule vor mir seinen Pick-up vollgetankt.«

Annie strich Honig auf die Toastscheiben. Sie war so nervös, dass sie sich die Finger und den Tisch bekleckerte. Dann stellte sie den Teller vor Johnnie hin.

»Zuerst hab ich ihn nicht erkannt. Aber dann ist er zu mir gekommen, hat ganz freundlich getan und gesagt: ›Du bist doch Johnnie Jackson, nicht wahr?‹ Und ich hab Ja gesagt, worauf er meinte: ›Nun, du wirst dich nicht an mich erinnern, du warst noch ein Kind, als ich von hier wegging, aber ich war einmal mit deiner Schwester zusammen.‹ Und da hat es bei mir klick gemacht.« Johnnie nahm den Toast und schob sich die ganze Scheibe in den Mund. Annie legte noch eine auf seinen Teller.

»Wer ist Tom Greenaway?«, fragte Lizzie.

»Niemand«, sagten Annie und Johnnie gleichzeitig. Lizzie zuckte mit den Schultern. Dann ließ sie Johnnies Schlüsselanhänger auf dem Tisch kreisen, aber Annie wusste, dass sie die Ohren spitzte.

Johnnie fuhr fort: »Er hat gefragt, was ich so mache und warum ich nicht bei den Streikposten bin, und ich hab gesagt, dass ich in der Kantine der Zeche arbeite und nur die Kumpels streiken, die übrige Belegschaft nicht.«

»Das dürfte ja wohl allgemein bekannt sein.«

»Mhm.« Johnnie nahm einen Schluck Tee. »Dann hat er mich gefragt, ob ich mir seinen Truck anschauen will.« Zu seiner Nichte gewandt, sagte er: »Schieb mir bitte den Zucker rüber, Lizzie. Danke. Nicht schlecht, sein Wagen. Ein Ford Pick-up. Mit Firmenlogo auf beiden Seiten und so. Und ich hab gesagt: ›Es scheint ja gut zu laufen bei dir‹, worauf er nur Ja sagte. Anscheinend ist er schon eine Zeit lang aus dem Knast heraus und hat seinen eigenen Betrieb gegründet; er legt Hecken an und fällt Bäume und solche Sachen. *Greenaway Garden Services* nennt er sich.«

»Er war schon immer am liebsten im Freien«, sagte Annie leise.

»Er hat sich nach dir erkundigt – wie es dir geht und was du so machst.«

»Hast du ihm etwas erzählt?«

»Das wär dir doch bestimmt nicht recht gewesen.«

»Nein.«

»Ich bin ja nicht blöd, Annie.«

»Nein, natürlich nicht.«

»Doch, du bist blöd«, sagte Lizzie im Flüsterton.

»Und du bist ein freches Gör.«

»Geh nach oben, Liebes, und putz dir die Zähne«, sagte Annie zu ihr.

Johnnie wartete, bis das Kind verschwunden war, dann schob er seinen Stuhl zurück und stand auf.

»Tom hat mich gebeten, dir das hier zu geben.« Er fischte ein gefaltetes Blatt aus seiner Jackentasche. »Ich wollte es eigentlich wegschmeißen, aber er hat gemeint, es wär wichtig. Und ich musste ihm hoch und heilig versprechen, dass ich es dir gebe.«

Annie nahm den Brief, schloss ihre Finger darum und knüllte ihn zusammen.

»Ich hab ihm gesagt, dass du ihn bestimmt nicht liest. Und dass du nichts mehr mit ihm zu tun haben willst. Das stimmt doch, oder, Annie?«

»Ja«, sagte sie. »Das hast du gut gemacht.« Sie lächelte ihren Bruder an und reckte sich, um ihm einen Kuss auf die Wange zu geben. Dann ging sie, gefolgt von seinem Blick, zu dem alten Kohleofen, öffnete die Tür und warf das zerknüllte Blatt in die Flammen.

ZWEI

So wie jeden Morgen richtete Annie ein Frühstückstablett für Williams Mutter her. Als sie das gekochte Ei mit einem Löffel aus dem Topf fischte, kam Mrs Miller, die private Pflegerin, durch die Hintertür herein.

»Guten Morgen!«, sagte sie fröhlich. »Und was für ein schöner Morgen es ist! Endlich fühlt es sich wie Frühling an.« Sie schlüpfte aus ihrem Mantel. Annie stellte das Ei in den Eierbecher, der auf dem Tablett stand.

»Wurde auch allmählich Zeit«, erwiderte sie. »So, das hier können Sie mit nach oben nehmen, Mrs Miller. In der Kanne ist frischer Tee, und hier ist Toast mit Ethels geliebter Aprikosenmarmelade.«

»Wunderbar«, sagte Mrs Miller. Sie hievte ihre voluminöse Handtasche auf den Küchentisch, öffnete sie und kramte darin herum. Elizabeth, fertig für die Schule angezogen, trat neugierig näher. »Oh, sieh mal, was ich gefunden habe«, sagte Mrs Miller. »Eine Karamellstange. Kennst du jemanden, der so was vielleicht mag, Lizzie?«

Elizabeth lächelte schüchtern. »Ich?«, sagte sie.

»Ach so? Du magst das? Wer hätte das gedacht! Dann nimm sie dir.« Mrs Miller reichte dem Kind die Karamellstange. »Heb sie für die Pause auf«, fügte sie hinzu.

»Danke, Mrs Miller.«

»Gern geschehen, Mäuschen.«

»Nun komm, Lizzie, wir sind spät dran«, sagte Annie. Sie öffnete die Hintertür, ließ Lizzie vorbei und rief Mrs Miller einen Abschiedsgruß zu. Sie folgten dem Plattenweg ums Haus herum zum Vorgarten, wo Elizabeth zu der Stelle auf dem Rasen huschte, von wo aus sie ihrer Großmutter jeden Morgen zum Abschied zuwinkte. Ethel Howard sah für gewöhnlich aus dem kleinen Fenster ihres Zimmers an der Stirnseite des Hauses. An manchen Tagen vergaß sie, dass sie eine Enkelin hatte, und ließ sich nicht am Fenster blicken. Aber als Annie und Elizabeth an diesem Morgen hinaufsahen, war Ethel da, ihr Gesicht ein Schatten hinter der Fensterscheibe.

»Ich schlag ein Rad für Großmutter«, verkündete Elizabeth und warf ihren Schulranzen auf den Rasen.

»Aber mach schnell«, sagte Annie.

Sie schirmte mit der Hand die Augen ab und betrachtete das Haus. Everwell war ein Jahrhundert zuvor für die Familie erbaut worden, der ursprünglich das Bergwerk von Matlow gehört hatte. Es verdankte seinen Namen dem Quellbrunnen im Garten und hatte zweimal den Besitzer gewechselt, ehe William es 1971 von dem Vermögen gekauft hatte, das sein Vater ihm hinterlassen hatte. Von außen sah das Haus noch genauso aus wie nach der Erbauung. Eine alte Glyzinie ergoss ihre Frühlingsblüten vor den Sprossenfenstern. Der Garten fiel sanft ab, am Rasenrand nickten Narzissen bedächtig in der sanften Brise, und hundertjährige Buchen säumten beidseitig die gekieste Auffahrt. Das ehemalige Cottage des Wildhüters, inzwischen eine baufällige Ruine, die William irgendwann einmal zu renovieren oder aber abzureißen gedachte, stand neben der niedrigen Steinmauer, die den Garten von der dahinterliegenden Kuhweide abtrennte. Und jenseits davon, ungefähr eine Meile entfernt, erstreckte sich unter einem strahlend blauen Himmel das Moor.

Es war schön, hier zu wohnen. Manchmal, so wie in diesem Moment, konnte Annie kaum fassen, dass sie es so weit gebracht hatte.

Nachdem sie Elizabeth bei ihrer Privatschule hatte aussteigen lassen, folgte sie in ihrem VW Golf der Landstraße zur Stadt hinunter. Die Zeche lag an der Bergflanke und überragte mit ihren Minengebäuden, Fördergerüsten, Kehrrädern und Abraumhalden den Ort. Vor dem Mineneingang musste sie anhalten, weil eine Menschenmenge die Straße blockierte. Ein älterer Mann in Jacke und Filzhut sprach über ein Megafon zu den Bergleuten; Annie konnte nicht verstehen, was er sagte, hörte nur seine dröhnende, widerhallende Stimme. Einige Männer hockten auf der Grundstücksmauer oder lehnten daran, andere standen, die Kragen hochgeschlagen, grüppchenweise auf der Straße rauchten und unterhielten sich lachend. Ein paar Polizisten plauderten scherzend mit ihnen und boten ihnen großzügig Zigaretten an. Die älteren Bergmänner waren von zäher, muskulöser Statur, ihre Gesichter unter den Schiebermützen ausgemergelt von der jahrelangen Plackerei unter Tage. Die jüngeren waren langhaarig. Ein paar von ihnen trugen noch immer ausgestellte Jeans. Matlow war in Sachen Mode immer ein paar Jahre zurück im Vergleich zu den größeren Städten Yorkshires.

Annie entdeckte ein paar bekannte Gesichter unter den Männern. Sie war mit ihnen zur Schule gegangen. Während sie den Wagen in dem Gedränge auf der Straße langsam vorrollen ließ, vernahm sie plötzlich raues Gelächter. Lachten die Männer über sie? Machten sie sich über sie lustig? Sie wusste, dass die Leute aus dem Städtchen hinter ihrem Rücken über sie redeten, das hatte Marie, ihre Mutter, ihr gesagt. Vielleicht erinnerten sich einige der Männer, die auf der Mauer saßen, an die Zeit, als sie noch in Matlow gewohnt und als Sekretärin im Rathaus gearbeitet hatte. Vielleicht erinnerten sie sich auch daran, dass sie einmal die Freundin von Tom Greenaway gewesen war.

Annie atmete langsam aus. Sie kam nur im Schneckentempo voran. Plötzlich ertönte irgendwo in der Menge ein Ruf, und die Männer um sie herum warfen ihre Zigaretten zu Boden, rückten von der Straße weg und drängten sich auf dem Vorplatz zusammen, sodass sie endlich weiterfahren konnte. Sie kämpfte mit dem Schaltknüppel, legte den zweiten Gang ein, beschleunigte und setzte erleichtert ihre Fahrt fort.

Annie passierte die neue Wohnsiedlung und gelangte am Gebäude der Heilsarmee und der Ruine des in den 1960ern erbauten Einkaufszentrums mit seinen zerbrochenen Fensterscheiben und graffitibesprühten Mauern vorbei in den älteren Teil der Stadt. Beim Stadtbad bog sie links ab, hielt vor der Reinigung an, um Williams Hemd abzuholen, und fuhr danach wieder zurück in die Vorstadtsiedlung, die sich hangabwärts erstreckte und deren

Sträßchen von den Reihenhäusern der Bergarbeiterfamilien gesäumt waren.

Sowohl Annie als auch Johnnie waren in dem nach vorn gelegenen Schlafzimmer in der Rotherham Road 122 geboren worden, im selben Bett, in dem ihre Eltern noch heute schliefen. Als Annie den Wagen vor dem Haus abstellte, öffnete Marie Jackson die Tür. Annie trat in den finsteren, engen Flur und ließ in dem schmalen Raum zwischen der Treppe und der Garderobe, wo Jacken und Mäntel an nackten Haken hingen, die Umarmung ihrer Mutter über sich ergehen. Marie hatte kräftige, sehnige Arme, blond gefärbtes, zu einem Knoten frisiertes Haar, Kreolen an den Ohrläppchen und war wie immer stark geschminkt – dunkel umrandete Augen unter gezupften und mit dünnen Strichen nachgezogenen Brauen. In der Küche war das Teewasser bereits aufgesetzt, und auf dem Tisch stand ein Teller mit selbst gebackenem Parkin – in Rechtecke geschnittenem und mit Butter bestrichenem Kuchen aus Haferflocken und dunklem Zuckersirup –, schwarz und klebrig wie Teer. Annie blickte durchs Fenster in den Hof, wo sich ihr ein Sammelsurium aus Mülltonnen, dem letztjährigen Weihnachtsbaum, Teilen eines Kinderfahrrads, das irgendjemand Johnnie vermacht hatte, und einem Kaninchenstall darbot. Die beiden Whippets von Annies Vater lagen auf einer alten Decke in der Sonne.

»Wo ist Dad?«, fragte sie. »Heute ist doch sein freier Tag.«

»Er ist zur Zeche hochgefahren, um zu hören, was die

Gewerkschaft sagt. Sie wollen, dass alle die Arbeit niederlegen.«

»Ich habe die Menschenmenge vor dem Zechentor gesehen. Aber die Kumpel schienen gut gelaunt.«

»Na ja, sie wissen, dass sie nicht verlieren können. Das ganze Land steht hinter ihnen.«

Der Wasserkessel machte einen Hüpfer auf der Herdplatte und begann zu pfeifen.

»Geh doch schon mal ins Wohnzimmer und mach es dir bequem, Annie. Ich komm gleich mit dem Tee nach.«

Annie folgte der Aufforderung ihrer Mutter und setzte sich auf den Sessel ihres Vaters beim Fenster zur Straße. Der braune Überzug der Armlehnen war durch das Aufstützen der Ellbogen speckig geworden, und die schadhaften Sprungfedern drückten durch das Sitzpolster. Im Zimmer roch es nach Kohle, und nach den vielen Jahren war alles mit einer braunen Nikotinschicht bedeckt, die das ganze Zimmer in einen ockerfarbenen Ton tauchte.

Marie kam mit dem Tablett herein und stellte es auf den Tisch.

»Ist bei dir alles okay, Annie?«, fragte sie. »Du siehst ein bisschen blass aus.«

»Nein, nein, alles okay.«

»Komm schon, raus damit! Irgendwas hast du doch auf dem Herzen!«

»Nein, es ist nur … Ach, Mum, wusstest du, dass Tom Greenaway wieder in der Stadt ist?«

»Oh«, sagte Marie. »Wie ich sehe, hat sich die Neuigkeit schon bis zu dir rumgesprochen.« Sie ließ sich schwer auf die Couch fallen und bückte sich nach der Zigarettenpackung und dem Aschenbecher auf dem Boden.

»Du hast es gewusst?«

»Ich bin neulich Sadie Wallace in die Arme gelaufen. Sie hat es mir erzählt.«

»Was hat sie gesagt?«

»Nicht viel. Sie zeigt mir noch immer die kalte Schulter, nach dem, was dein Tom ihrer Großmutter angetan hat.«

»Wenn Sadie sich mehr um ihre Großmutter gekümmert und sie nicht allein in diesem schrecklichen Bungalow gelassen hätte, wäre …«

»Nun reg dich nicht auf«, sagte Marie. »Lass uns nicht wieder davon anfangen.«

Sie bot ihrer Tochter eine Zigarette an, doch Annie schüttelte den Kopf.

»Weiß Dad, dass er zurück ist?«

»Sei nicht albern. Glaubst du, dein Tom hätte …«

»Er ist nicht mein Tom.«

»Glaubst du, er hätte noch einen heilen Knochen im Leib, wenn dein Dad davon Wind bekommen hätte, dass er wieder in der Stadt ist? Es wäre für alle das Beste, wenn Tom Greenaway schleunigst wieder in das Loch zurückkriechen würde, aus dem er herausgekommen ist.«

»Ja, das wäre in der Tat das Beste.«

Marie steckte sich eine Zigarette an. Sie blies den Rauch aus und sagte dann: »Wie auch immer, du solltest auf dich achtgeben, Annie. Pass auf, was du sagst.«

»Ach, lass doch die Leute reden, was sie wollen. Es ist mir egal.«

»Um das Gerede der Leute mache ich mir keine Sorgen.«

»Worum dann?«

»Was glaubst du wohl, warum Tom Greenaway zurückgekommen ist, wenn nicht wegen dir?«

»Er ist in Matlow geboren und aufgewachsen. Wohin sollte er denn sonst gehen?«

»Er weiß, dass er hier nicht willkommen ist. Er hat keine Familie mehr hier. Er erzählt überall rum, dass er seinen Namen wieder reinwaschen will, aber niemand interessiert sich dafür. Ich hab keine Ahnung, was er wirklich will.«

»Er wird schon einen triftigen Grund haben.«

»Ja, zum Beispiel dort wieder anzuknüpfen, wo er aufgehört hat. Mit dir, meine ich.«

Annie blickte auf ihre Hände in ihrem Schoß, die den Teebecher umklammert hielten. Sie betrachtete ihren Ehering und den zierlichen Verlobungsring mit dem von Diamanten eingefassten Saphir. Die Ringe hatten einmal Williams Großmutter gehört und waren für Annie eine Art Talisman. Mit ihnen war sie vor Tom sicher. Sie führte eine stabile Ehe mit einem guten, tüchtigen Mann. Ihr neues Leben war von einem Schutzwall umgeben.

»Wenn es das ist, was er will, hat er sich gehörig geschnitten. Ich will nichts mehr mit ihm zu tun haben!«

Marie legte ihre Zigarette auf den Aschenbecherrand und kratzte mit dem Fingernagel an einem Backenzahn, an dem ein Stück Parkin klebte.

»Du warst schon einmal so leichtsinnig, dich mit dem Kerl einzulassen.«

»Das ist lange her. Wie auch immer ...« – Annie streckte ihren Rücken – »lass uns nicht weiter Zeit mit Tom Greenaway verschwenden. Ich brauche ein neues Kleid. Ich wollte in die Stadt, hast du Lust mitzukommen?«

»Wozu brauchst du noch einen Fummel? Hast du nicht schon genügend davon?«

»Morgen ist ein Tanzdinner im *Haddington Hotel*. Für die Führungsebene der Polizei. Alles, was Rang und Namen hat, wird dort sein.«

Marie zog eine Grimasse. »Alles, was Rang und Namen hat, soso«, sagte sie in gespielt hochnäsigem Ton. »Und du glaubst, dass alle sich bei Mrs Annie Howarth abgucken wollen, was der neueste Schrei in Sachen Mode ist?«

»William will halt, dass ich hübsch aussehe.«

Marie stieß ihr kehliges Lachen aus. »William interessiert es nicht die Bohne, was du anhast. Er himmelt dich so oder so an. Man könnte meinen, ein Mann, der dein Vater sein könnte, hätte mehr Sinn und Verstand.«

Marie ließ keine Gelegenheit aus, auf den Altersunterschied zwischen Annie und ihrem Mann anzuspielen. Annie ging nicht darauf ein, sondern trank ihren Tee aus. »Gut, ich muss dann los«, sagte sie. »Und ich wünschte, du hättest ein bisschen mehr Vertrauen in mich. Diesmal werde ich in Bezug auf Tom Greenaway bestimmt das Richtige tun, keine Sorge.«

»Ja, ja«, erwiderte Marie verdrießlich, »dein Wort in Gottes Ohr.«

DREI

Als Annie im Wohnzimmer ihren Einkauf auspackte, kam Mrs Miller die Treppe herunter.

»Mrs Howarth schläft wie ein Baby«, sagte sie. »Könnten Sie ein Stündchen nach ihr sehen, während ich meine Mittagspause mache?«

Annie sagte, sie solle ruhig gehen, und begab sich dann nach oben in den ersten Stock. Sie klopfte behutsam an die Tür, und als keine Antwort kam, öffnete sie sie und betrat das Zimmer ihrer Schwiegermutter. Bevor Ethel zu ihnen gezogen war, hatte William die Wand zwischen zwei Schlafzimmern durchbrechen lassen, um ein größeres Zimmer für sie zu schaffen. Jetzt war es ein schöner, sonniger Raum, der in zwei Hälften aufgeteilt war – in der einen befanden sich ein Bett, eine Kommode, ein Waschbecken und ein Schrank und in der anderen eine Sitzecke, bestehend aus mehreren Lehnstühlen, einer kleinen Couch, einem Fernseher und einem Tisch. Die alte Dame schlief in ihrem Armsessel. Mrs Miller hatte ein Kissen in ihren Nacken geschoben und eine Häkeldecke über ihre Beine gebreitet. Ethels Mund stand offen, und sie schnarchte leise. Sie wirkte verletzlich wie ein kleiner Vogel, und durch ihr schütteres weißes Haar schimmerte ihre Kopfhaut durch. Der Elektroheizstrahler war eingeschaltet, sodass es im Zimmer sehr warm war. Annie trat ans Fenster und sah in den Garten hinunter. An der Stelle, von wo aus Elizabeth ihrer Großmutter jeden Morgen zum Abschied zuwinkte, war das Gras flach getreten und leicht bräunlich. Annies Blick wanderte zu den ersten zarten Blütenknospen des Kirschbaums mit seinen violetten Blättern hinüber, der neben dem baufälligen Cottage stand, und weiter zum Moor hinauf. Dort ästen zwei Rehe und hielten Wache, indem sie abwechselnd den Kopf hoben. In der Ferne konnte Annie die Autos auf dem Parkplatz vor der Mine glitzern sehen und die dunklen Silhouetten der Bergwerksanlagen.

Sie setzte sich ans Fenster, nahm eine von Mrs Millers Zeitschriften zur Hand und blätterte darin. Ein Artikel über einen amerikanischen Popstar namens Madonna erregte ihre Aufmerksamkeit. Annie besah sich die Fotos. Ihr gefiel der Kleidungsstil der jungen Frau und ihr schwungvoll nach einer Seite frisiertes Haar, ihre stark geschminkten Augen und ihre Ohrringe, die Maries Kreolen ähnelten. Annie fragte sich, wo sie solche langen Spitzenhandschuhe finden könnte, die gut zu ihrem Kleid passen würden. Madonna trug Armketten und Armreifen über den Handschuhen und um den Hals ein Dutzend Halsketten. Es wäre nicht schwer, diesen Stil zu kopieren – nur dass es William nicht gefallen würde. Er mochte es nicht, wenn sich Annie nach der neuesten Mode kleidete. Er bevorzugte einen klassischen Stil. Auf der nächsten Seite waren Fotos von Prinzessin Diana zu sehen – wie derzeit in jeder Zeitschrift; es war, als könnte sich die Welt nicht an ihren Fotos sattsehen. Manchmal verglich sich Annie mit Diana. Die Prinzessin war natürlich jünger als sie, aber beide hatten sie ältere und wohlhabende Männer geheiratet, beide sahen sich großer öffentlicher Aufmerksamkeit und dem Gerede der Leute ausgesetzt, und sowohl Diana als auch ihr fiel es manchmal schwer, ihren Rollen gerecht zu werden.

Annie schloss die Augen und lehnte sich in ihrem Sessel zurück. Natürlich würde sie diesen Vergleich mit Lady Di niemals jemand anderem gegenüber erwähnen, Gott bewahre! Die Leute würden denken, dass sie allmählich größenwahnsinnig wurde. Sie ließ sich die Worte ihrer Mutter noch einmal durch den Kopf gehen und versuchte, sich ihre ständigen Sticheleien nicht zu Herzen zu nehmen. Marie war nun einmal in ihrem winzigen, nach Zigarettenqualm riechenden Häuschen gefangen, zusammen mit ihrem Mann, für den gute Manieren ein Fremdwort waren. Da war es doch nur verständlich, dass sie eifersüchtig auf sie war. Die Wärme im Zimmer machte Annie schläfrig, und sie musste eingedöst sein, jedenfalls hörte sie nicht, dass ein Wagen die Auffahrt herauffuhr, und auch nicht, dass an die Tür geklopft wurde. Die Blumen vor der Haustür fand sie erst, nachdem Mrs Miller zurückgekommen war und Annie sich auf den Weg machte, um Elizabeth von der Schule abzuholen. Es waren keine Blumen aus dem Laden, sondern Frühlingswiesenblumen, Moorblumen in zarten Gelb- und Blautönen – Vergissmeinnicht, Scharbockskraut, Grasnelken, gelbe Schlüsselblumen, Primeln und Veilchen. Annie hob den kleinen Umschlag auf, der neben dem Einweckglas mit den Blumen lag, und riss ihn mit dem Daumen auf. Darin befand sich eine Karte mit einer Bleistiftskizze von einem Zaunkönig. Darunter standen sechs Worte.

Wann kann ich dich sehen? Tom.

»Oh nein«, sagte Annie im Flüsterton. »Nein, spar dir die Mühe, du wirst mich nicht mehr rumkriegen!«

Sie nahm die Blumen aus dem Glas, packte sie an den Stängeln, sodass sie mit den Köpfen nach unten baumelten und einige Blütenblätter wie Konfetti auf die Erde rieselten, und lief damit über den Rasen zu der niedrigen Mauer, die den Garten von der Wiese trennte, auf der Jim Friels kleine Milchkuhherde graste. Sie lockte die Kühe mit einem Pfeifen, und als sie angetrottet kamen, schleuderte sie ihnen die Blumen entgegen und die Karte hinterher. Die ranghöchste Kuh schnüffelte an den Blumen, rupfte mit dem Maul eine der struppigen, geschmackvollen Blüten heraus und begann, genüsslich zu kauen.

»Danke, Kuh«, sagte Annie. Sie rieb sich die Pollen von den Händen, drehte sich um und ging zum Haus zurück.

VIER

Am Abend des nächsten Tages, als sich William im Schlafzimmer für das Tanzdinner umzog, goss sich Annie ein Glas Wein ein und nahm es mit hinauf. Auf dem Treppenabsatz begegnete sie Ethel, die am Arm von Mrs Miller langsam zum Badezimmer schlurfte.

»Wer ist das?«, fragte Ethel die Pflegerin. »Was macht sie in meinem Haus?«

»Das ist Ihre Schwiegertochter, Mrs Howarth.«

»Ich habe diese Frau noch nie gesehen. Was macht sie hier? Wer ist sie?«

Mrs Miller lächelte entschuldigend. »Kommen Sie, Mrs Howarth«, sagte sie.

»Ich mag ihren Blick nicht!«, sagte Ethel. »Sie ist keine Howarth.« Sie wich ängstlich vor Annie zurück. »Ich traue Ihnen nicht! Sie bringen bestimmt Ärger in dieses Haus.«

Annie wusste um Ethels zunehmenden Gedächtnisverlust und war es gewohnt, dass sie hin und wieder verletzende Dinge sagte. Dennoch wünschte sie, die alte Dame würde instinktiv spüren, dass sie es gut mit ihr meinte.

»Na, na, Mrs Howarth, nun regen Sie sich doch nicht so auf«, sagte Mrs Miller, wobei sie Annie zuzwinkerte und die alte Dame weiterschob.

Annie trat in ihr Schlafzimmer und ging zum Fenster

hinüber, wo sie an ihrem Wein nippte und die Finger gegen die Schläfe presste. In ihrem Rücken stand William vor dem Spiegel und band sich die Fliege. Sie spürte, wie er sie im Spiegel ansah.

»Geht es dir nicht gut?«, fragte er.

»Ich habe schreckliche Kopfschmerzen.«

William trat hinter sie und legte seine Hände auf ihre Schultern. Er küsste sie auf den Kopf.

»Hast du ein Aspirin genommen?«

Sie nickte.

»Dann wird es dir gleich besser gehen.«

»Ja, bestimmt.«

Sie wünschte, er würde das Zimmer verlassen. Sie wollte ein paar Minuten lang allein sein. Wollte in Ruhe am Fenster stehen und zusehen, wie die Sonne hinter dem Moor unterging. In den eleganten Duft von Williams Eau de Cologne mischte sich der Geruch der medizinischen Seife, mit der er sich nach jedem Arbeitstag die Hände wusch. Er benutzte sie, um Keime abzutöten, sich den Schmutz der Menschen wegzuschrubben, mit denen er es zu tun hatte, die Verbrechen, die sie begangen hatten, die Hässlichkeit, die Armut, kurzum, die Misere, die eine Minenstadt in South Yorkshire prägte. William legte in jedem Bereich seines persönlichen Lebens Wert auf Ordnung und Sauberkeit und verstand nicht, warum andere Menschen das nicht auch taten. In seinen Augen war alles ganz einfach: Die Menschen mussten nur die gesellschaftlichen Regeln und Gesetze beachten.

Annie trat einen Schritt nach vorn, weg von seinen nach

Seife riechenden Händen, seinem Pfefferminzatem, dem Geruch nach Sauberkeit.

»Ich brauche nicht lange«, sagte sie. »Ein paar Minuten und ich bin fertig.«

»Natürlich«, sagte er. »Ich warte unten.«

Nachdem William gegangen war, zog Annie ihr neues Kleid an und setzte sich an den Frisiertisch, um ihr Haar zu richten. Elizabeth kam, den Saum ihres Bademantels hinter sich herziehend, herein und legte sich quer aufs Bett, sodass sie zusehen konnte, wie Annie sich Heißlockenwickler ins Haar drehte. Sie ahmte die Grimassen ihrer Mutter nach, während diese Lidschatten, Lippenstift und Mascara auftrug.

»Warum schminken sich schöne Frauen, hässliche Männer aber nicht?«

»Hm, keine Ahnung.«

»Ruthie Thorogood sagt, weil Frauen mit viel Make-up die reichsten Männer kriegen.«

Annie seufzte. »So ungefähr. Aber dich betrifft das ja nicht, denn du wirst ...«

»... eine gute Ausbildung bekommen und Karriere machen!«, beendete Elizabeth den von ihrer Mutter begonnenen Satz. »Aber vielleicht werde ich ja ein Popstar.«

»Gut, aber diese Neuigkeit darfst du deinem Vater dann selbst verkünden.«

Annie stand auf, nahm ein Paar Schuhe vom Boden ihres Schranks, von denen sie wusste, dass ihre Füße darin schmerzen würden, und schlüpfte hinein. Sie setzte sich aufs Bett und strich Elizabeth übers Haar.

»Ich wünschte, ich könnte heute Abend bei dir bleiben«, sagte sie leise.

»Warum denn? Ich dachte, du tanzt gern.«

»Früher, ja.« Annie schloss die Augen und rief sich die heißen Nächte im *Locarno* in Erinnerung, vor einem Jahrzehnt, und wie Tom sie hinterher immer nach Hause gebracht hatte. An das Prickeln in ihrem Bauch, daran, dass ihr ganz schwindlig gewesen war vor Liebe. »Heute Abend wird altmodische Musik gespielt, und wahrscheinlich muss ich mit einem Haufen langweiliger Männer tanzen«, sagte sie.

»Daddy ist nicht langweilig!«

»Nein, aber dein Daddy tanzt nicht gern.«

»Warum musst du mit langweiligen Männern tanzen? Warum kannst du nicht einfach sagen, dass du nicht willst?«

»Das geht nicht«, sagte Annie. »Man nennt das Etikette. Die muss man befolgen, wenn man weiterhin zu solchen Veranstaltungen eingeladen werden will. So, und nun schlüpf unter die Decke, du kannst in unserem Bett schlafen, bis wir zurückkommen. Mrs Miller übernachtet heute hier und passt auf dich auf.« Sie beugte sich zu Elizabeth hinab und küsste sie. »Sei schön brav.«

»Das bin ich doch immer.«

»Ja, ja, wer's glaubt, wird selig.«

William hatte im Wohnzimmer auf sie gewartet. Da es sich für die kurze Zeit nicht gelohnt hatte, den Kamin anzumachen, war es kalt im Raum. Als Annie hereinkam, stand er auf, und sie stellte wieder einmal befriedigt fest, welch stattliche Erscheinung er in seinem Smoking abgab. Er strahlte eine natürliche Präsenz aus – eine Mischung aus ernstem, aber klassisch gutem Aussehen und einem festen Charakter. Und das machte ihn attraktiv.

»Ist es der Streik?«, fragte Annie.

»Was ist mit dem Streik?«

»Ist er der Grund für dein finsteres Gesicht?« Sie wischte mit der Hand ein Paar Flusen von seiner Schulter.

»Die Lage ist ziemlich ernst«, sagte er. »Alle sind sich einig, dass sich der Streik gut und gern bis in den Sommer hinziehen könnte.«

»So lange? Oje!« Annie drehte sich anmutig um sich selbst. »Und? Wie sehe ich aus? Das Kleid ist neu. Und die Handschuhe habe ich mir von meiner Mutter geborgt.«

Er streckte die Hand nach ihr aus. »Du siehst perfekt aus. Ich mag, wie du dein Haar frisiert hast. Es ist sehr ...«

»Modern?«, schlug Annie neckend vor.

Sie reichte ihm ihre Stola, und er legte sie ihr über die Schultern. Dann geleitete er sie nach draußen zum wartenden Wagen. Er öffnete die Autotür für seine Frau und setzte sich neben sie in den Fond, wobei er dem Fahrer das Ziel nannte. Annie liebte den Luxus des großen Wagens, genoss es, darin zu dieser hochkarätigen Abendveranstaltung chauffiert zu werden. Keine Frage, sie hatte es weit gebracht. Wer hätte je gedacht, dass Annie Jackson – das Mädchen aus der Rotherham Road, das noch vor gar nicht so langer Zeit als schwarzes Schaf des Städtchens gegolten hatte, nachdem sein Freund wegen Totschlags verurteilt worden war – eines Tages im Fond einer Luxuslimousine sitzen würde, an der Seite eines Gatten, der einer der ranghöchsten Polizeioffiziere von South Yorkshire war und allseits bewundert und respektiert wurde? Ihre Mutter brauchte sich keine Sorgen zu machen, dachte Annie. Nie würde jemand sich zwischen sie und William stellen können, und schon gar nicht Tom Greenaway, selbst wenn er der letzte Mann auf Erden wäre.

FÜNF

Im Ballsaal des *Haddington Hotel* herrschte bereits lebhaftes Gedränge. Die Frauen trugen Abendkleider in leuchtenden Farben, die Männer Smoking oder die Ausgehuniform der Polizei. Lautes Stimmengewirr hallte von der hohen Decke mit der Kuppel in der Mitte des prächtigen Raums wider, der mit den eleganten Schabracken über den Fenstern, den Kronleuchtern und dem üppigen Blumenschmuck äußerst festlich wirkte. Annie ließ sich an Williams Arm durch die Reihen der Gäste führen.

»Du bist wirklich gut darin«, sagte sie.

»Worin? Im Small Talk? Darin, den Frauen meiner Kollegen Komplimente zu machen, von denen dir keine das Wasser reichen kann?«

»Du bist gut darin, würdevoll aufzutreten«, flüsterte

Annie ihm zu. »Und du strahlst Autorität aus. Die Männer haben Respekt vor dir, und die Frauen himmeln dich an.«

William gab sich unbeeindruckt von ihrer Bemerkung, aber Annie wusste, dass er sich geschmeichelt fühlte, denn er reckte unwillkürlich die Brust vor und zog sie enger an sich.

Nach und nach nahmen die Gäste an den langen Tischen Platz, die hufeisenförmig um die Tanzfläche herum gruppiert waren. Auf der Bühne an der hinteren Seite der Tanzfläche hatte die Band ihre Instrumente aufgebaut. Die Tische waren mit Stoffservietten und feinem Porzellangeschirr eingedeckt, und Dutzende Weinflaschen und Brotkörbe standen bereit. Annie war neben William platziert, und sie war froh, dass sie Paul Fleming gegenübersaß. Er schenkte ihr ein breites Lächeln und deutete eine Verbeugung an.

»Wie geht es Ihnen, Mrs Howarth?«, fragte er in gespielt formellem Ton.

»Gut, danke, Mr Fleming, und Ihnen?«

»Ich kann mich nicht beschweren. Auch wenn man es heutzutage nicht leicht hat als Polizist.«

»Das kann ich mir vorstellen.«

»Der Beruf wäre wesentlich einfacher, wenn es keine Kriminellen gäbe. Ein rücksichtsloses Pack.«

»Ja, immerzu müssen sie die Gesetze brechen, nicht wahr?«

»Ja!«, sagte Paul. »Und immer wieder lassen sie sich etwas Neues einfallen!«

»Nun, wenigstens sorgen sie dafür, dass euch die Arbeit nicht ausgeht.«

»Stimmt auch wieder.« Paul hielt Annie den Brotkorb hin. Sie nahm ein Brötchen, brach es über ihrem Brotteller und bestrich die beiden Hälften mit Butter. Zu ihrer Rechten unterhielt sich William mit Lady Mayoress. Er hatte Annie halb den Rücken zugedreht.

»Warum ist Janine nicht mitgekommen?«, fragte sie Paul.

»Sie ist zu Hause beim Baby geblieben. Die Kleine ist erkältet, und Jan wollte sie nicht bei einem Babysitter lassen. Schau.« Er nahm ein Foto aus seiner Brieftasche und reichte es Annie. Darauf war seine junge Frau zu sehen, die, ein pummeliges Baby im rosa Kleidchen in den schlanken Armen, stolz in die Kamera lächelte.

Annie betrachtete das Bild lächelnd und gab es ihm zurück. »Chloe ist wirklich ein prächtiges Kind.«

»Ganz der Vater, was?«

In diesem Moment wurde die Beleuchtung im Raum gedämpft, und im Scheinwerferlicht betrat der Chief Constable die Bühne, ein stattlicher Mann mit breiten Schultern und kurz geschorenem Haar. Er tippte ans Mikrofon, worauf ein lautes Pfeifen zu hören war, bis es ihm gelang, es richtig einzustellen. Dann begann er seine Rede. Er lobte den Einsatz der Polizeikräfte während der letzten zwölf Monate und beschrieb kurz die Höhepunkte und kritischen Phasen. »Die größten Herausforderungen stehen uns jedoch erst noch bevor«, warnte er. »Unsere vorrangige Aufgabe wird es sein, den Fortgang des Minenbetriebs zu gewährleisten, sodass die gesetzestreue Minderheit, diese tüchtigen Männer, die arbeiten wollen, dies tun können, ohne eingeschüchtert oder bedroht zu werden. Genauso wichtig ist es, der Öffentlichkeit zu demonstrieren, dass die Polizei die Lage unter Kontrolle hat, denn die Stimmung ist so aufgeheizt, dass jederzeit Gewalt ausbrechen kann.«

Zustimmendes Gemurmel erhob sich.

»Wir müssen damit rechnen, dass sich der Streik in den nächsten Wochen ausbreiten wird wie eine ansteckende Krankheit«, fuhr er fort. »Je länger er andauert, desto schwieriger wird unsere Aufgabe sein. Wir bereiten uns zwar schon seit Monaten auf diese Situation vor, aber unsere Gegner sind wild entschlossen. Sie sind auf Konfrontation aus. Sie wollen die Regierung in die Knie zwingen. Unsere wirklichen Gegner sind ihre Anführer, aber die verstecken sich hinter den ungebildeten Horden, die wie Schafe hinter ihnen herrennen.«

»Ungebildete Horden?«, sagte Annie leise. »Schafe? Wie redet er da über meinen Vater, schließlich ist er auch einer der Kumpel!«

Paul beugte sich zu ihr herüber. »Hör nicht auf diesen Trottel«, murmelte er.

Annie unterdrückte nur mit Mühe ihren Ärger, während der Chief Constable fortfuhr.

»Wir rechnen mit Streikposten aus Wales und anderen Regionen. Diese Gangster ...« Er machte eine Kunstpause, um seine Worte wirken zu lassen. »Sie kommen angereist, um die Zahl der Streikenden zu erhöhen, die die Minen in Yorkshire lahmlegen wollen. Das sind gefährliche Männer, professionelle Agitatoren. Sie sind auf Streit aus, und wir sind aufs Schlimmste gefasst.«

Am Ende seiner Rede neigte er kurz den Kopf, und die Anwesenden spendeten begeistert Applaus. Als Nächstes trat ein Vertreter des staatlichen Kohleunternehmens *National Coal Board* ans Mikrofon. Mit wenig Überzeugungskraft sprach er von den sozialen Folgen des Arbeitskampfs und davon, wie wichtig es sei, sich angesichts dieser zu allem entschlossenen Gegner vereint zu zeigen. Er beendete seine Rede mit einem Witz über einen Engländer, einen Iren und einen Schotten.

Auch während des Dinners war William eine gefragte Person. Immer wieder wollte jemand mit ihm reden, und zwischen den einzelnen Gängen saß er nur selten an seinem Platz. Paul bemühte sich zwar, Annie zu unterhalten, aber auch er musste seine Aufmerksamkeit immer wieder anderen zuwenden. Annie stocherte lustlos in ihrem Essen herum und nippte an ihrem Wein. Die Kellner schenkten unentwegt nach, sodass sie irgendwann den Überblick verlor, wie viel sie getrunken hatte. Sie hatte das Gefühl, als befände sie sich in einer Luftblase, gefangen im Zeitlupenmodus, während um sie herum hektische Betriebsamkeit herrschte.

Die Leute sprachen so schnell, dass sie ihnen nicht mehr folgen konnte. Immer wieder tauchte ein anderes Gesicht vor ihr auf, dessen Mund sich bewegte, und verschwand wieder. Benommen lächelte sie unzählige Menschen an, deren Namen und Gesichter sie sogleich wieder vergaß. Ein seltsames Gefühl der Einsamkeit befiel sie.

Als die Kellner nach dem Dinner die Tische abräumten und die Gäste grüppchenweise zusammenstanden und rauchten, betrat die Band die Bühne und begann zu spielen. Annie tanzte zuerst mit William, dann mit einem alten Mann mit silbrigem Haar, der nach Zigarren roch, und schließlich mit einem dickbauchigen Mann, der sie so dicht an sich drückte, dass sie seinen ranzigen Atem roch. Als der Chief Constable sie um den nächsten Tanz bat, gab Annie ihm glattweg einen Korb. Sie ging durch die Doppeltür in das mit Marmor ausgestattete Hotelfoyer, um sich auf der Toilette den Geruch ihrer Tanzpartner von den Händen zu waschen. Anstatt anschließend wieder in den Ballsaal zurückzukehren, folgte sie den metallenen Hinweisschildern in Form kleiner Hände, die an der Wand angebracht waren und den Weg zur Bar wiesen. Ihr war schwindelig, und sie war unsicher auf den Beinen. Ein-, zweimal stieß sie mit der Schulter gegen die Wand und musste sich mit der Hand abstützen, um nicht das Gleichgewicht zu verlieren. Sie wollte ein großes Glas Wasser mit Eiswürfeln bestellen und sich damit in eine ruhige Ecke setzen, wo sie sich eine Weile ungestört ausruhen konnte, bis sich der Schwindel und das Getöse in ihrem Kopf wieder gelegt hätten.

Die Bar befand sich im hinteren Teil des Hotels. In dem länglichen Raum herrschte ein gedämpfteres Licht als im Ballsaal. An der einen Seite zog sich der Tresen die komplette Wand entlang. Dahinter stand ein junger Barmann, die Ellbogen aufgestützt, das Kinn in den Händen. An der gegenüberliegenden Seite führte eine Tür auf einen Balkon hinaus, der von Hunderten kleinen Glühbirnen erleuchtet war und auf den Garten und das Tal blickte, das sich unterhalb des Moors ausbreitete. An die Lehnen der Stühle im Raum, die um die Tische standen, waren Luftballons gebunden. Da beide Flügel der Balkontür geöffnet waren, war es kühl in der Bar. Ungefähr vierzig Gäste waren anwesend und lauschten dem Gesang einer jungen Frau mit Rastalocken in Jeans und T-Shirt, die, über ihre Gitarre gebeugt, auf der winzigen Bühne saß.

Annie blieb neben dem Eingang stehen und hörte nun ebenfalls der Sängerin zu, die eine Liebesballade sang. Sie fühlte sich müde, so schrecklich müde, dass sie wünschte, sie könnte sich einfach auf den Boden sinken lassen und einschlafen. Sie lehnte sich an die Wand und schloss für einen Moment die Augen. Sie war sich sicher, dass es nur für einen Moment war, aber als sie die Augen wieder öffnete, blickte sie geradewegs in das Gesicht von Tom Greenaway.

»Annie«, sagte Tom und wirkte ebenso erschrocken wie sie.

»Du!«, rief sie aus und hob die Hand, als wollte sie ihn schlagen, doch er hielt sie am Handgelenk fest.

»Sei nicht albern«, sagte er, »und mach keine Szene.«

»Sag du mir nicht, was ich tun soll!«, entgegnete sie, und die Leute am nächstgelegenen Tisch sahen zu ihnen herüber. »Und wage es nicht noch einmal, mir Blumen zu schicken oder Briefe oder dir sonst irgendwelche Tricks einfallen zu lassen!«

»Komm, wir setzen uns an einen Tisch und reden.«

»Ich will nicht mit dir reden. Nimm deine Hände weg von mir!«

Sie wollte zurückweichen, verlor aber auf ihren hohen Absätzen das Gleichgewicht und wäre beinah hingefallen, hätte er sie nicht gehalten.

»Wenn du so weitermachst, werfen sie uns noch raus«, meinte Tom.

»Ich wundere mich, dass man dich überhaupt reingelassen hat! Weiß man hier, wer du bist?«

»Annie, beruhige dich, sei einfach …«

»Ich habe gesagt, du sollst mich in Ruhe lassen!«, schrie sie.

»Alles in Ordnung, Miss?« Ein junger Kellner trat zu ihnen.

Annie öffnete den Mund, um ihn aufzufordern, Tom hinauszuwerfen, doch im selben Moment stiegen all die Emotionen, die in ihr tobten, ihre Wut, der Schmerz und die Enttäuschung, in einer Welle der Übelkeit in ihr hoch. Sie bedeckte ihren Mund mit beiden Händen.

Mit panischem Blick sah sie zu Tom auf, der auf der Stelle begriff, was mit ihr los war.

»Ich kümmere mich um sie«, sagte er zu dem Kellner, und der junge Mann entfernte sich schnell.

Tom legte den Arm um ihre Taille – sie war zu schwach, um sich dagegen zu wehren – und führte sie, sie halb ziehend, halb tragend, quer durch die Bar und auf den

Balkon hinaus. Kalte Nachtluft schlug ihr entgegen. Mit beiden Händen umklammerte sie das Balkongeländer, beugte sich vor und übergab sich. Sie hörte, wie das Erbrochene unten auf die Büsche klatschte.

»Oh Gott!«, wimmerte sie.

»Ist schon gut.« Mit der einen Hand hielt Tom ihr das Haar im Nacken zurück, während er sie mit der anderen stützte.

Als er merkte, dass ihr noch immer schlecht war, führte er sie die schmiedeeiserne Wendeltreppe in den Hotelgarten hinab. Unten beugte sie sich erneut nach vorn und übergab sich in ein Blumenbeet. Tom hielt sie noch immer. Er rieb ihr sanft den Rücken, aber sie stieß seine Hand weg. Als die Übelkeit allmählich nachließ, überkamen sie ein Gefühl der Schwäche und der Drang, hemmungslos zu weinen. Doch Annie war entschlossen, sich keine weitere Blöße zu geben.

»Geht es dir ein bisschen besser?«, fragte Tom.

Annie nickte. Er reichte ihr eine Papierserviette, und sie wischte sich damit über den Mund. Als sie sich wieder aufgerichtet hatte, legte er ihr seine Jacke um die Schultern.

»Lass dir Zeit. Atme die frische Luft ein.«

»Hör auf, mich wie ein kleines Kind zu behandeln.«

»Ich wollte dir nur helfen.«

»Die Zeiten sind vorbei.« Sie warf einen besorgten Blick zum Hotel zurück. »Hat es jemand gesehen?«

»Ich glaube nicht. Komm, gehen wir aus dem Licht, bis du dich wieder erholt hast.«

Sie ließ sich von dem Blumenbeet wegführen. Der Gartenweg war von hohen Rhododendronbüschen gesäumt, deren Blätter im Wind raschelten. Annie zitterte wie Espenlaub. Weiße Atemwolken bildeten sich vor ihrem Mund. Frierend zog sie die Jacke enger um sich. Sie war weich, abgetragen und roch nach einem Leben in freier Natur. Sie roch nach Tom.

Sie gelangten zu einer verschnörkelten schmiedeeisernen Bank, und sie setzte sich. Er blieb neben ihr stehen.

»Was machst du hier? Verfolgst du mich?«, fragte sie.

»Natürlich nicht.«

»Woher wusstest du dann, dass ich hier bin?«

»Ich wusste es nicht. Ich war bereits in der Bar, als du hereingekommen bist. Die Sängerin ist eine Bekannte von mir. Sie wohnt in der Wohnung unter meiner in der Occupation Road.«

»Oh.« Annie atmete langsam aus. »Weiß sie, wer du bist? Was du getan hast?«

»Sie kennt die Wahrheit.«

»Dass du eine alte Frau getötet hast?«

»Ich habe niemals jemandem etwas zuleide getan. Ich weiß, dass es dir schwerfällt, das zu glauben, aber ...«

»Wie sollte ich dir glauben, Tom Greenaway, wo doch jedes Wort aus deinem Mund gelogen ist.« Annies Stimme war zusehends lauter geworden, doch nun sank sie fröstelnd in sich zusammen. »Geh weg!«, sagt sie. »Lass mich allein.«

»Ich kann dich in diesem Zustand nicht allein lassen.«

»Ich bin in den letzten zehn Jahren sehr gut ohne dich zurechtgekommen.«

»Hast du meine Briefe nicht gelesen?«

»Welche Briefe?«

»Die Briefe, die ich dir aus dem Gefängnis geschrieben habe.«

»Ich habe nie irgendwelche Briefe bekommen.«

»Annie, du musst sie bekommen haben.«

»Nein, ich schwör's.«

Annie stand auf und ließ die Bank hinter sich. Er folgte ihr, schloss zu ihr auf. Sie konnte sein Gesicht nicht sehen. Er ging mit hochgezogenen Schultern neben ihr, die Hände in den Hosentaschen.

»Während du im Gefängnis warst und mir angeblich Briefe geschickt hast, habe ich geheiratet«, sagte sie. »Aber das weißt du bestimmt, nicht wahr, Tom? Nicht, dass für einen Mann wie dich ein Ehering irgendeine Bedeutung hätte.«

»Ich bin nicht zurückgekommen, um dein Leben zu ruinieren, ich ...«

»Ich habe einen Mann, Tom, einen treuen, ehrlichen Ehemann, dem ich viel bedeute.«

»Du weißt nicht, was er ...«

»Und ich wohne in einem schönen Haus und habe eine wunderbare Tochter. Das Leben, das ich jetzt führe, ist weitaus besser, als du es dir vorstellen kannst. Weitaus besser als das, was du mir je hättest bieten können.«

»Kennst du ihn wirklich, deinen Mann? Weißt du, was für ein Mensch er ist?«

»Ich weiß, dass er rechtschaffen und ehrlich ist. Ich weiß, dass ich ihm vertrauen kann.«

Sie blieben stehen und starrten sich an. Annie rang um Fassung, aber sie war atemlos und den Tränen nahe.

Nach einer Weile sagte Tom: »Ich habe Edna Wallace nicht getötet, Annie. Ich war es nicht.«

»Halt den Mund, Tom«, sagte sie. »Halt einfach den Mund.«

Sie streifte seine Jacke von ihren Schultern und ließ sie achtlos zu Boden fallen. »Lass mich in Ruhe! Halte dich von mir fern!«

»Warum hörst du mir nicht wenigstens zu?«

»Weil du ein Lügner bist.«

»Nein! Nein. Annie, ich habe all die Jahre über auf diesen Moment gewartet, dir endlich zu erzählen, was wirklich passiert ist; ist es da zu viel verlangt, dass du mir fünf Minuten lang zuhörst, damit du begreifst, was wirklich geschehen ist?«

»Das habe ich längst begriffen! Ich weiß, wie verkommen du bist. Ich weiß, dass ich dich nie mehr wiedersehen möchte.«

»Hör mir zu, Annie!«

»Nein, das werde ich nicht. Weder jetzt noch irgendwann. Geh weg und lass mich in Ruhe! Wenn du mir noch einmal über den Weg läufst, sage ich meinem Mann, dass du mich belästigst, und er wird dafür sorgen, dass du wieder hinter Gitter kommst.«

Tom starrte Annie einen Moment lang an. Dann sagte er: »Gut, wenn es das ist, was du willst.«

»Ja, das will ich.«

»Okay, dann gehe ich.« Er drehte sich um und eilte von ihr weg in Richtung Hotel.

»Tom?«, rief sie ihm nach.

Er antwortete ihr nicht. Ohne zurückzublicken, begann er zu laufen.

»Tom!«, rief sie erneut, aber das Wort verhallte in der Dunkelheit. Annie stand da und starrte die Stelle an, wo Tom eben noch gestanden hatte. Ein paar Augenblicke lang sah sie seine Silhouette noch im Mondlicht, während er von ihr wegrannte, dann erreichte er das Wäldchen, das den Hotelgarten vom Moor trennte. Dort verschwand er zwischen den Bäumen, in den dunklen Schatten des Berghangs.

»Besser so«, murmelte Annie vor sich hin.

Sie beugte sich hinab, zog die Schuhe aus und trug sie an den Riemchen, während sie barfuß zum Hotel zurückrannte. Ein junger Mann stand am Fuß der Wendeltreppe, die zum Balkon hinaufführte, und rauchte eine Zigarette. Erst als sie die Treppe erreichte, erkannte Annie, dass es Paul Fleming war.

»Alles in Ordnung mit dir?«, fragte er. »Mir ist aufgefallen, dass du plötzlich weg warst, und da hab ich mir Sorgen gemacht.«

»Das brauchst du nicht, es ist alles okay.«

»Was ist los mit dir, Annie?«

»Nichts. Ich habe einfach nur frische Luft gebraucht, das ist alles.«

Sie schob sich an ihm vorbei, lief die Treppe hinauf und

ging ins Hotel zurück. Auf der Toilette wusch sie sich Gesicht und Hände, spülte sich den Mund aus und erneuerte ihr Make-up. Als sie in den Ballsaal zurückkehrte und wieder den Platz neben ihrem Mann einnahm, hatte sie sich wieder gefasst und sah aus, als wäre nichts geschehen. Sie brachte sogar ein Lächeln zustande, als der Chief Constable ihr ein Glas Champagner reichte.

SECHS

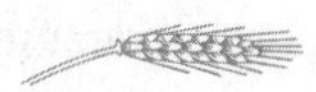

In derselben Nacht wurde eine Frau ermordet, deren Leiche man im Hochmoor oberhalb der Stadt Matlow fand.

Ein junges Paar in den Flitterwochen entdeckte sie auf einer Wanderung durch den Peak District. Die beiden hatten in einem Bed & Breakfast in der Nähe der Stadt übernachtet und waren früh am Morgen aufgebrochen, als noch Nebel über dem Moor hing. Im schwachen, diesigen Dämmerlicht konnten sie nur wenige Meter weit sehen, aber sie waren mit guten Wanderschuhen, Regenkleidung und einer offiziellen Wanderkarte von der nationalen Vermessungsbehörde ausgerüstet; sie wussten, solange sie dem Wanderweg folgten, konnten sie sich nicht verirren. Zwar bemerkten sie den Schal, der sich um den Zweig einen Bäumchens gewickelt hatte und wie eine Fahne im Wind wehte. Doch wenn sie nicht stehen geblieben wären, weil der junge Mann, ein Arzt, seinen Schnürsenkel binden wollte, hätten sie die Leiche womöglich gar nicht gesehen. Er hatte sich auf einen Felsen gesetzt und über seinen Schuh gebeugt, wobei er seinen Blick kurz über die Felsplatte unter sich schweifen ließ. Da sah er sie. Sie hatte eine Hand ausgestreckt, als flehe sie um Hilfe. Der junge Mann kletterte hinab. Rasch stellte er fest, dass die Frau tot war.

Die Flitterwöchner bewahrten Ruhe und gerieten nicht in Panik, aber sie brauchten eine Weile, um zu entscheiden, was sie tun sollten. Es schien ihnen irgendwie nicht richtig, die Leiche einfach so liegen zu lassen. Andererseits widerstrebte es der jungen Frau, allein mit ihr zurückzubleiben, angesichts der Möglichkeit, dass der Mörder vielleicht noch in der Nähe war; genauso wenig wollte sie ohne ihren frischgebackenen Ehemann den Weg zurückgehen, den sie gekommen waren. Durch den dichten Nebel konnten sie nichts entdecken, was auf eine menschliche Behausung in der Nähe hindeutete, doch auf ihrer Karte waren sowohl Everwell als auch der benachbarte Bauernhof eingezeichnet. Die Farmgebäude lagen am nächsten, und so hielten sie es für das Beste, sich dorthin zu begeben, in der Hoffnung, ein Telefon vorzufinden. Ehe sie sich auf den Weg machten, zog der junge Mann seine Jacke aus und breitete sie über die Tote.

Dann liefen die beiden, so schnell sie konnten, querfeldein den Berg hinab. In ihrer Eile, Hilfe herbeizuholen, stolperten und strauchelten sie immer wieder. Der Abstieg kostete sie an die vierzig Minuten. Als sie den Weg über eine von Jim Friels Viehkoppeln abkürzten, bemerkte dieser das Paar; er brachte gerade die Kühe vom Melken auf die Weide zurück. Die beiden Wanderer winkten und riefen, um seine Aufmerksamkeit zu erlangen, woraufhin er ihnen mit seinen Hunden entgegenging. Als sie ihm von dem schrecklichen Fund berichteten, nahm er sie in sein Cottage mit, wo es tatsächlich ein Telefon gab. Der junge Mann rief die Polizei an; der diensthabende Beamte sagte, sie sollten an Ort und Stelle warten, bis ein Streifenwagen da sei. Derweil stellte Jim den Wasserkessel auf den Herd, denn die beiden sahen so aus, als könnten sie eine Tasse starken Tee vertragen; vor allem die junge Frau, die ihm sehr blass erschien und vermutlich unter einem Schock litt.

Er reichte jedem der beiden eine Tasse. »Hier, trinken Sie«, sagte er zu der jungen Frau. »Das wird Ihre Lebensgeister wieder wecken.«

»Danke«, sagte sie matt.

»Während Sie Ihren Tee trinken, rufe ich rasch meinen Nachbarn, Mr Howarth, an. Er ist ein hohes Tier bei der Polizei.«

»Ach ja?« Der junge Arzt zog eine Augenbraue hoch, während er an seinem Tee nippte.

»Ein leitender Beamter und einer, der immer weiß, was zu tun ist. Seth, mein Junge, ist vor einiger Zeit ein wenig auf die schiefe Bahn geraten. Seine Mum ist leider verstorben, müssen Sie wissen, und da hat er allen möglichen Mist gebaut. Drogen und so'n Zeug. Aber Mr Howarth hat die Sache geregelt. Er hat gesagt, was Seth braucht, ist jemand, der ihn bei der Hand nimmt, und keine Gefängnisstrafe. Und seither sind mein Junge und ich ihm sehr verbunden.«

»Sicher«, meinte der junge Arzt. »Das ist nur zu verständlich.«

»Wie auch immer«, sagte Jim, »ich nehme an, Ihnen ist jetzt nicht danach, sich meine ganze Lebensgeschichte anzuhören. Ich rufe dann mal Mr Howarth an. Der wird wissen, was mit dem armen Mädchen da oben im Moor geschehen soll.«

Unglücklicherweise war William an diesem Morgen früh aufgestanden, hatte sein Gewehr aus dem mit einem Vorhängeschloss versehenen Schrank in der Diele genommen und war zur Jagd gegangen. Also eilte Annie, als das Telefon klingelte, die Treppe hinunter und nahm den Hörer ab. Sie war müde, hatte einen schweren Kopf und stand noch unter dem Einfluss ihrer verstörenden Begegnung mit Tom Greenaway. Es fiel ihr schwer, Jims Worten zu folgen.

»Sind Sie sicher, Jim?«, fragte sie. »Sind Sie sicher, dass im Moor eine tote Frau liegt?«

»Ja, wenn ich's Ihnen doch sag«, erwiderte Jim. »Auf einem Felsen zurückgelassen wie ein Stück Müll.«

»Vielleicht ist sie ja hinuntergestürzt.«

»Nein, die beiden jungen Leute, die sie gefunden haben, meinen, dass sie dort hingeschafft wurde.«

»Oh Gott, das ist ja furchtbar!«

»Und ich kann mich darauf verlassen, dass Sie es Mr Howarth sagen, sobald er zurück ist?«

»Aber sicher.«

»Es wird ihn bestimmt interessieren, was da oben los ist.«

»Ja, natürlich, Jim. Danke.«

Sie hatte gerade den Telefonhörer aufgelegt, als ein Polizeiwagen mit eingeschalteter Sirene auf der schmalen Landstraße vorüberfuhr, die zu Jims Farm führte. Kurz darauf kehrte William mit zwei zusammengebundenen toten Kaninchen zurück. Annie berichtete ihm, was vorgefallen war, wobei sie auf ihre Worte achtete, um Elizabeth nicht zu alarmieren. Das Mädchen war inzwischen aufgestanden und aß am Küchentisch seine Getreideflocken. William rief zuerst bei der örtlichen Polizeiwache an und dann bei Paul Fleming. Annie hörte, wie er sich lange und ausgiebig mit ihm unterhielt. Dann eilte er die Treppe hinauf, um zu duschen. Kurz darauf kam er mit noch feuchtem Haar wieder herunter; über seiner Freizeitkleidung trug er einen Einsatz-Overall. Er wirkte angespannt und war blass.

»Jim Friel fährt mich mit seinem Traktor zum Moor hinauf«, sagt er. »Es ist ein weiterer Streifenwagen unterwegs, um den Wanderweg abzuriegeln, aber ich will mir gern ein Bild von der Fundstelle machen, ehe es dort vor Einsatzkräften wimmelt.«

Annie drehte sich zu ihm um. »Aber heute ist Samstag, William. Ich habe dich die ganze Woche kaum zu Gesicht bekommen. Es ist dein freier Tag. Du hast gesagt, wir würden heute etwas unternehmen. Du hast es versprochen.«

»Aber, Schatz, ich kann doch einen verdächtigen Todesfall direkt vor unserer Haustür nicht einfach ignorieren.«

»Dafür sind doch die Polizisten vor Ort zuständig.«

»Der Fundort ist etwa eine halbe Meile von Everwell entfernt. Wie würde es aussehen, wenn ich mich nicht dort oben blicken ließe?«

»Du sagst, du tust es aus Pflicht«, entgegnete sie heftig, »aber in Wahrheit kannst du es nicht erwarten, dort oben zu sein. Du bist lieber bei der Arbeit als zu Hause bei mir und ...« Annie warf einen verstohlenen Blick auf Elizabeth und brach ab.

»Das ist nicht wahr«, erwiderte William. »Ihr bedeutet mir alles, Annie, du und Lizzie. Das weißt du.« Er küsste sie auf ihren Schmollmund und sagte zärtlich: »Ich bin sobald wie möglich wieder zurück. Schließ hinter mir ab. Und wenn dir etwas Verdächtiges auffällt oder du einen Fremden siehst, ruf auf dem Revier an.«

Annie nickte. Sie folgte William in den Flur und schob hinter ihm den Riegel vor die Tür. Einen Moment lang lehnte sie in einem plötzlichen Anflug von Einsamkeit die Stirn an die Holztür. Sie hatte keine Pläne für diesen Tag gemacht und hatte nichts zu tun.

Mrs Miller saß mit Ethel im Wintergarten und las ihr aus der Wochenendbeilage der Zeitung vor. Elizabeth hatte ihr Frühstück beendet, lag auf dem Bauch im Wohnzimmer und sah sich ein *Scooby-Doo*-Video im Fernsehen an. Annie fühlte sich nutzlos. Es gab niemanden in der

Nähe, den sie hätte anrufen und bitten können, rasch herüberzukommen, niemanden, mit dem sie über das reden konnte, was am Vorabend im *Haddington Hotel* geschehen war, niemanden, dem sie von der Toten erzählen konnte.

Eine Weile beschäftigte sie sich damit, zu kontrollieren, ob sämtliche Türen und Fenster im Erdgeschoss geschlossen waren. Dann machte sie sich einen Becher schwarzen Kaffee und nahm ihn mit nach oben. Sie ließ Badewasser ein und legte sich in die Wanne, sah zu, wie das heiße Wasser dampfte. Dabei dachte sie an die arme Frau im Moor und fragte sich, wie sie dort hingekommen war, wer sie wohl war und warum jemand sie an einem so kalten, einsamen Ort zurückgelassen hatte. Sie glitt tiefer ins Badewasser, bis fast ihr ganzes Gesicht bedeckt war und nur noch Nase und Stirn herauslugten. Das Leben hing an einem so dünnen Faden und war so unberechenbar; von einer Sekunde auf die nächste konnte es völlig auf den Kopf gestellt werden. Annie wusste das nur allzu gut.

SIEBEN

Für den Rest des Tages musste Annie auf ihren Mann verzichten. Erst am Abend kehrte William nach Hause zurück, müde zwar, aber, wie Annie von seinem Gesicht ablesen konnte, auf gewisse Weise zufrieden, wie immer, wenn er sich einer besonderen beruflichen Herausforderung gegenübersah. Als er hereinkam, küsste er Annie auf die Wange, nahm den Becher Tee entgegen, den sie ihm anbot, und ging, ohne ihr von den Ereignissen des Tages zu berichten, nach oben, um zu duschen. Annie nahm eine Flasche Chardonnay aus dem Kühlschrank und schenkte sich ein Glas ein, dann entkorkte sie eine Flasche Cabernet Sauvignon und füllte ein Glas für William. Beide Gläser nahm sie mit ins Wohnzimmer. Sie hatte bereits ein Kaminfeuer entzündet, die Vorhänge zugezogen, einen Salat vorbereitet und neue Kartoffeln gekocht, die sie zusammen mit einem Omelett zum Abendessen servieren wollte.

Als William wieder herunterkam, ging er in sein Arbeitszimmer, und kurz darauf hörte Annie die Eingangsklänge von Beethovens neunter Symphonie. Die Art Musik, die er nach einem besonders schweren Arbeitstag am liebsten mochte. Er fand sie beruhigend, und Annie wusste, er würde sich die komplette Symphonie anhören, ehe er etwas anderes tat.

Also nahm Annie die beiden Weingläser und trat damit ins Arbeitszimmer.

»Hier, ich habe dir ein Glas Wein eingeschenkt«, sagte sie.

William ließ die Schnallen seines Aktenkoffers auf dem Schreibtisch aufschnappen. Er holte einen Stapel Papier heraus, rückte sich die Brille auf der Nase zurecht und sah auf den Aktenstoß hinunter.

»Ich weiß, du würdest jetzt lieber in Ruhe arbeiten«, sagte Annie, »aber ich war den ganzen Tag allein, abgesehen von der Gesellschaft eines kleinen Kindes und einer alten Frau. Kann ich mich ein bisschen zu dir setzen?«

Diesmal nahm er das Glas, das sie ihm hinhielt, stellte es aber, ohne davon zu trinken, auf den Schreibtisch. Sein Gesicht wirkte müde, sein Blick distanziert. Annie setzte sich auf die Armlehne seines Sessels und wartete, dass er etwas sagte.

»Ich habe sehr viel zu tun«, meinte er schließlich.

»Ich weiß.«

»Sobald ich hier fertig bin, setze ich mich zu dir ins Wohnzimmer.«

»Aber, William, das wird wahrscheinlich erst in ein paar Stunden sein.«

Er sah von seinen Papieren auf, blickte Annie über den Rand seiner Brille hinweg an und senkte erneut den Blick.

»Gut«, sagte er, während er fortfuhr, in seinen Unterlagen zu lesen. »Was möchtest du, Annie?«

»Mit dir reden.« Er sagte nichts darauf. Er war derart in Gedanken vertieft, dass er sie gar nicht mehr wahrnahm.

»Dir von meinem Tag erzählen«, fuhr sie fort. Er schwieg. »Es ist nichts Aufregendes passiert. Deiner Mutter ging es heute ziemlich gut, sie hat sich daran erinnert, wer wir sind, und Elizabeth hat ein Piratenschiff gemalt. Das war sozusagen das Highlight. Beide sind schon seit einer Ewigkeit im Bett.«

»Gut«, sagte William. »Gut.«

»Und ich – nun, ich habe mit dem Vogelbeobachtungsfernglas deines Vaters zum Moor hinaufgesehen, aber keine Mörder entdeckt. Abgesehen davon habe ich darauf gewartet, dass mein Mann nach Hause kommt und mir Gesellschaft leistet.«

William seufzte. Er nahm die Brille ab und presste Daumen und Zeigefinger oberhalb der Nasenwurzel zwischen die Augenbrauen.

»Annie, du weißt doch, wie es ist. Wenn so etwas passiert ...«

»Dann hat es Vorrang vor allem anderen, einschließlich deiner Familie. Natürlich, wie dumm von mir, das zu vergessen.«

»Sei bitte nicht albern, ich habe dich eigentlich für vernünftiger gehalten.«

»Ich will doch einfach nur, dass du mir ein bisschen Zeit widmest, mehr nicht.«

»Das werde ich auch, aber nicht jetzt.« Er setzte seine Brille wieder auf und blickte erneut auf die Papiere. »Jetzt muss ich diese Unterlagen hier lesen. Die ersten vierundzwanzig Stunden ...«

»... sind entscheidend bei der Aufklärung eines Falles

von widerrechtlicher Tötung, ich weiß. Dann erzähl mir doch davon. Auf diese Weise kannst du arbeiten und mir ein bisschen Zeit widmen.«

»Das kann und darf ich nicht. Das weißt du. Es wäre ein Verstoß gegen meine Geheimhaltungspflicht.«

»Wisst ihr schon, wer sie ist, die tote Frau?«

»Nein.«

»Wird denn niemand vermisst?«

»Jedenfalls niemand aus Matlow.«

»Vielleicht ist ihr Verschwinden nur noch nicht aufgefallen.«

»Annie, bitte, hör auf.«

»Wie sieht sie aus?«

Diesmal sah William von seinen Akten auf. Er starrte Annie einen Moment lang durchdringend an und runzelte die Stirn.

»Was hast du? Ist etwas?«

Er schüttelte den Kopf. »Nein, nichts.«

»Nun sag schon.« Als er nicht antwortete, bohrte sie weiter. »Was ist los, William? Du wolltest doch etwas sagen!«

»Es spielt keine Rolle.«

Annie nahm einen Schluck Wein. Sie wartete ein paar Augenblicke, aber er schwieg beharrlich, den Blick wieder auf den Aktenstoß vor sich geheftet.

»Habt ihr einen Verdächtigen?«

»Ja«, sagte William. Er starrte geflissentlich auf seine Papiere.

»Tom Greenaway ist wieder in der Stadt«, sagte Annie leise.

»Ich weiß«, sagte William. »Wir haben ihn bereits zur Vernehmung einbestellt.«

»Glaubt ihr, er ist für den Tod dieser Frau verantwortlich?«

»Schon möglich.«

»Großer Gott!« Annie stand auf. Sie schlang die Arme um ihren Oberkörper. »Ich habe Tom gestern Abend im Hotel gesehen«, fuhr sie fort. »Ich habe mit ihm gesprochen.«

»Ich weiß. Paul hat es mir gesagt.«

Er ballte seine linke Hand auf dem Schreibtisch kurz zur Faust. Dann öffnete er sie wieder und streckte die Finger aus. Der goldene Ehering hob sich funkelnd von der faltigen Haut und den grauen Härchen auf seinem Handrücken ab.

»Es war ein komisches Gefühl, ihn wiederzusehen«, sagte Annie. »Aber du glaubst doch nicht wirklich, dass Tom jemanden vorsätzlich getötet hat, oder?«

»Ich weiß noch nicht, was ich glauben soll. Und deswegen muss ich jetzt diese Berichte lesen. Ich brauche Zeit und Ruhe, um mir eine Meinung zu bilden. Also lass mich bitte allein, Annie.«

Sie ging zur Tür, wo sie nochmals stehen blieb, um etwas hinzuzufügen, überlegte es sich dann jedoch anders. Sie ging hinaus und schloss leise die Tür hinter sich.

ACHT

Sie schlief schlecht. Mehrere Male wachte sie mit dem gleichen Gefühl des Grauens auf, das sie schon zuvor empfunden hatte; mehrere Male träumte sie, sie wäre aufgestanden, stünde am Fenster und beobachtete, wie eine junge tote Frau durch den Nebel wandelte. In Schweiß gebadet und benommen von dem vielen Wein, den sie getrunken hatte, lag sie im Bett und bildete sich ein, sie könnte die sich entfernenden Schritte der jungen Frau hören, die ihr vom Moor aus zuwinkte. Doch mit einem Mal war es nicht mehr die junge Frau, die winkte, sondern Tom Greenaway. Zu unruhig und aufgewühlt, um im Bett liegen zu bleiben, stand sie, obwohl es Sonntag war, in aller Herrgottsfrühe auf. William war bereits in seinem Arbeitszimmer. Entweder hatte er das Bett verlassen, als es noch dunkel gewesen war, oder er hatte sich gar nicht erst schlafen gelegt. Es wäre nicht das erste Mal.

Annie nahm zwei Kopfschmerztabletten aus der Packung im Badezimmerschrank und spülte sie mit einem Glas Wasser hinunter. Dann setzte sie sich aufs Bett, drehte Heißlockenwickler ins Haar und befestigte sie mit Metallnadeln, die sie an der Kopfhaut kratzten. Das Wetter war wieder umgeschlagen. Böige Wolken trieben über das Moor, und Regen fiel in sanften grauen Schwaden vom Himmel. Das altvertraute Krächzen der Krähen war zu hören, die schon seit Urzeiten in den Bäumen an den unteren Hängen des Hochmoors nisteten und nun über die Weiden der Farm hin- und herflogen; Hunderte Vögel, die aussahen wie schwarze Taschentücher, die man in die Luft geworfen hatte. Während Annie eine Haarsträhne aufwickelte, fragte sie sich, wie es Tom an diesem Morgen wohl ergehen würde. Es musste schlimm für ihn sein. Die Matlower Polizei würde ihn bestimmt nicht mit Samthandschuhen anfassen, nach dem, was er getan hatte. Es war nachvollziehbar, dass sie ihn eines Mordes verdächtigten, der sich genau in der Woche ereignet hatte, in der er nach seinem Gefängnisaufenthalt wieder in der Stadt aufgetaucht war; und das betraf nicht nur die Polizei: Der ganze Ort würde in ihm den Schuldigen vermuten. Er war ganz klar der Hauptverdächtige, und die Leute wären froh, wenn sich der Verdacht bestätigte, denn dann wäre die Angelegenheit rasch erledigt. Wobei sie, nach allem, was geschehen war, in Tom immer noch keinen kaltblütigen Mörder sah. Warum auch immer! Hör auf damit, sagte sich Annie, während ihre Gedanken immer wieder zu Tom wanderten. Hör auf, an ihn zu denken.

Mrs Miller kam sonntags nicht, also begab sich Annie mit den Lockenwicklern im Haar in Ethels Zimmer und half ihr, sich zu waschen und anzuziehen. Dann führte sie sie langsam am Arm die Treppe hinunter. William war nach wie vor in seinem Arbeitszimmer. Die Tür war geschlossen, und keine Musik war zu hören. Annie setzte Ethel in den Wintergarten, machte ihr Tee und Toast und begann dann, das Mittagessen vorzubereiten. Sie hatten die Flemings dazu eingeladen, ebenso den Pastor, ein alter Schulfreund von William, und seine Familie. Es gab also einiges zu tun.

Annie schälte das Wurzelgemüse und gab es in einen Topf mit Wasser, dann machte sie eine Käsesenfsauce für den Blumenkohl. Sie stellte den Backofen auf eine niedrige Temperatur ein, gab die Schweineschulter in eine Kasserolle, in die sie bereits Zwiebeln und Lauch gefüllt hatte, rieb Salz in die rautenförmig eingeschnittene Schwarte und schob die Pfanne in den Ofen. Als sie das Mittagessen so weit vorbereitet hatte, ging sie nach oben, um nach Elizabeth zu sehen. Sie fand sie halb angezogen in ihrem Zimmer.

Annie musterte ihre Tochter und stemmte die Hände in die Hüften. »Tut mir leid, Lizzie, aber die Stulpen kannst du nicht anlassen.«

»Warum nicht?«

»Du weißt, warum. Dein Daddy will, dass du hübsch angezogen bist, wenn wir ausgehen.«

»Die anderen haben auch alle Stulpen an.«

»Nein, nicht in der Kirche.« Annie holte ein Paar weiße Strümpfe aus der Schublade von Lizzies Kommode und warf sie ihrer Tochter zu.

Elizabeth schlug die Strümpfe mit der Hand weg.

»Damit sehe ich aus wie ein Baby«, maulte sie. »Alle werden mich auslachen. Warum bist du so gemein zu mir?«

»Weil ich deine Mutter bin, Mütter sind nun einmal so.«

Elizabeth hob die Strümpfe auf und starrte sie finster an. »Meine Kinder werden nie solche bescheuerten Sachen tragen müssen«, murrte sie. »Niemals! Meine Kinder werden einmal tragen dürfen, was sie wollen.«

»Schön für deine zukünftigen Kinder«, erwiderte Annie.

Die Türklingel ertönte. Elizabeth lief zum Fenster und sah hinaus.

»Wer ist es, Lizzie?«

»Onkel Paul.«

Annie stellte sich neben ihre Tochter. Sie konnte nur Pauls Kopf sehen und seine regennassen Schultern. Kurz darauf trat William hinaus und zog die Haustür hinter sich zu. Ohne sich um den Regen zu kümmern, steckten die beiden Männer die Köpfe zusammen und unterhielten sich. Paul wirkte aufgeregt. Er gestikulierte mit den Händen, dann blickte er zum Himmel und blinzelte. William deutete zum Wagen, legte die Hand auf Pauls Rücken, dann stiegen sie ein. Annie verfolgte, wie sie sich im Wagen weiter unterhielten, bis die Scheiben beschlugen und nichts mehr von ihnen zu sehen war.

»Komm«, sagte sie zu Elizabeth. Sie half ihr, sich fertig anzuziehen, und ging dann mit ihr nach unten.

»Was hatte Paul denn so Wichtiges mit dir zu besprechen, das nicht bis nach der Kirche warten konnte?«, fragte Annie ihren Mann, als er wieder hereinkam.

William runzelte die Stirn und wischte sich den Regen von seiner Jacke. »Wir mussten Greenaway gehen lassen. Er hat für die Tatzeit am Samstagmorgen ein Alibi.«

»Oh«, sagte Annie und war gegen ihren Willen erleichtert, dass Tom offenbar nichts mit der Toten im Moor zu tun hatte.

NEUN

Im Gottesdienst an diesem Morgen wurde dafür gebetet, dass Gott den Bergarbeiterstreik zu einem baldigen Ende führen möge. Die Kirchengemeinde gedachte bei den Fürbitten auch der Seelen der Toten. Obwohl die Frau vom Moor nicht ausdrücklich erwähnt wurde, wussten alle, dass das Gebet ihr galt.

Annie saß neben Janine Fleming und bemühte sich, die kleine Chloe abzulenken. Während gesungen wurde und es nicht weiter gestört hätte, gab Chloe keinen Piep von sich, doch während der Predigt und der andächtigen Momente wurde sie jedes Mal unruhig. Janine war anzusehen, wie müde sie war. Nach dem Gottesdienst fuhren die Howarths schweigend nach Hause. Annies Blick wanderte zum Moor hinauf, dessen Farben durch den Regen gedämpft waren.

Pastor Thorogood, seine Frau, die aus einer wohlhabenden Grundbesitzerfamilie stammte, und die Kinder, zwei magere Mädchen, die etwas älter waren als Elizabeth, aber dieselbe Schule besuchten, trafen kurz nach den Howarths in Everwell ein, gefolgt von den Flemings. Elizabeth rannte zu Paul, und er hob sie auf seine Schultern. Janine trug Chloe ins Haus, die in einen rosafarbenen Overall eingemummt war. »Komm, ich nehme sie dir ab«, sagte Annie im Hausflur. »Du bist ein richtiger Wonneproppen! So ein hübsches Mädchen, was, Chloe?« Sie befreite das Baby von dem wattierten Einteiler und zog ihm die Strickmütze vom Kopf. Es hatte offenbar geschwitzt, denn das feine Haar klebte an seinem Köpfchen.

Annie hielt das Baby weiterhin auf dem Arm. »Du siehst ganz schön geschafft aus«, sagte sie zu Janine.

»Ja, sie schläft nicht gut«, erwiderte Janine. »Ich muss alle paar Stunden aufstehen, und dann will sie nicht mehr einschlafen.« Sie blickte zu ihrem Mann. »Zum Glück bekommt er kaum etwas davon mit.«

»Mit der Zeit wird es besser, du wirst sehen«, sagte Annie. »Glaub mir. Komm, wir gehen ins Wohnzimmer, dort kannst du dich ein bisschen ausruhen.«

Die Erwachsenen nippten an ihrem süßen Sherry, während die Kinder auf dem Boden lagen und ein Comicheft ansahen.

Julia Thorogood, die Frau des Pastors, stand gern im Mittelpunkt. »Ist es nicht furchtbar?«, sagte sie mit theatralischer Stimme. »In den Bergwerken liefern sie sich erbitterte Kämpfe, in Nordirland erschießen sie sich gegenseitig, und als wäre das nicht schon genug, haben wir es nun auch noch mit einem Mord im Moor zu tun. Ich frage mich, ob das der Anfang vom Niedergang unserer Gesellschaft ist.«

»Nun, ganz so düster sehe ich es nicht«, wandte Paul ein und schenkte Julia sein strahlendstes Jungenlächeln. »Angeblich nimmt die Bedrohung durch nukleare Waffen ab, und der FC Liverpool spielt eine großartige Saison.«

»Schön, dass Fußball Sie aufmuntern kann«, sagte Mrs Thorogood säuerlich. »Ich für meinen Teil kann die Fernsehnachrichten kaum noch ertragen.«

»Nun, ich bin sicher, dass all das Teil von Gottes Plan ist«, warf ihr Mann ein. »Er wird es schon wieder richten, du wirst sehen.«

»Kommt jetzt nicht *Bergerac*?«, fragte Ethel unvermittelt.

»Noch nicht«, antwortete Annie.

»Oh.« Die alte Dame wirkte verzagt. »Ich liebe *Bergerac*. Dieser Charlie Hungerford ist großartig. Er erinnert mich an meinen Mann.«

Sie legte ihre zittrige Hand auf Paul Flemings Arm. »Zu unserem Hochzeitstag fährt mein Mann mit mir nach Jersey, mein Lieber«, sagte sie. »Ich werde aufpassen müssen, dass ich die beiden nicht verwechsle und aus Versehen mit Charlie nach Hause zurückkomme.«

Sie lachte über ihren eigenen Witz. Paul lachte ebenfalls. Annie warf einen Blick auf ihre Uhr und sagte: »Entschuldigt mich bitte, ich muss mich um das Essen kümmern.« Sie bettete die kleine Chloe zwischen die Sofakissen, und das Baby begann, an seiner Faust zu nuckeln.

Elizabeth und die beiden Töchter des Pastors folgten Annie zur Tür hinaus.

»Dürfen wir noch oben gehen?«, fragte Elizabeth.

Annie nickte, aber sie hielt ihre Tochter am Arm zurück, beugte sich zu ihr hinab und flüsterte ihr ins Ohr: »Nicht dass du mir wieder Stulpen anziehst, und *Mord im Dunkeln* spielt ihr bitte auch nicht. Die beiden Thorogood-Mädchen hatten letztes Mal Albträume hinterher.«

»Okay«, entgegnete Elizabeth fröhlich. »Kommt, wir gehen in mein Zimmer.« Sie rumpelte die Treppe hinauf, und die beiden Mädchen folgten ihr brav.

Annie ging ins Esszimmer. Es war ein großer Raum mit Ölgemälden an den Wänden und einem verschnörkelten Kronleuchter an der Decke. Sie breitete ein Tuch aus weißem Leinen über den Tisch, legte die Sets mit den Jagdszenen darauf und deckte dann mit dem Familiensilber ein. Der Regen trommelte gegen die Fensterscheibe, und die Stimme von Julia Thorogood drang über den Flur herüber. Da es schummrig war, knipste Annie das Licht an, um dann aus der antiken Anrichte Servierplatten und Schüsseln herauszuholen. Als sie Schritte auf der Treppe hörte, ging sie hinaus und sah eines der Thorogood-Mädchen weinend herunterkommen.

»Oh Ruthie, Liebes, was hast du denn?«

»Elizabeth hat gesagt, der Mörder wird uns alle holen kommen.« Ihre hellen Augen waren voller Tränen, und ihre Lippen zitterten.

Annie sog scharf die Luft ein. »Das ist doch Unsinn«, sagte sie empört. »Elizabeth weiß ganz genau, dass ihr

Onkel Paul und ihr Daddy den Mörder festnehmen und hinter Gitter bringen werden. Komm doch mit mir in die Küche und hilf mir mit dem Essen, was meinst du?«

Das Mädchen schien unschlüssig.

»Ich bräuchte jemanden, der mir beim Verzieren des Trifles zur Hand geht«, erklärte Annie. »Und ich bin sicher, dass du für diese Aufgabe genau die Richtige bist.«

In der Küche war es dampfig warm; es roch nach Braten und gekochtem Gemüse. Annie bat Ruthie, sich an den Tisch zu setzen, und stellte das Trifle vor sie hin, dazu einen Becher mit kandierten Kirschen und eine Packung Geleefrüchte. Dann ging sie zum Herd, nahm den Deckel vom Gemüsetopf und stach mit einer Gabel in eine Kartoffel, um zu prüfen, ob sie weich war. Im selben Moment klopfte es an die Hintertür.

»Puh, wer kann das denn sein?«

Annie legte die Gabel hin, begab sich zur Tür und öffnete sie. Kalte Luft schlug ihr entgegen. Draußen standen, dick gegen den Regen eingemummt, Jim Friel und Tom Greenaway.

»Hallo, Mrs Howarth«, sagte Jim.

»Hallo, Annie«, sagte Tom.

Annie war überrascht. Sie merkte, dass ihr Herz schneller schlug.

»Was wünschen Sie?«, fragte sie kühl. »Wir wollten gerade zu Mittag essen.«

»Mr Howarth hatte um Mörtel gebeten. Wir haben ihn mitgebracht«, erklärte Jim, während er sich das Wasser von den Ärmeln schüttelte. »Er meinte, sobald das Wetter besser ist, will er, dass wir anfangen, die Fugen zu erneuern.« Er sah Annie verstohlen an, die ihrerseits Tom anstarrte. »Mein Traktor ist kaputt. Tom war so nett, mich in seinem Pick-up mitzunehmen.«

Tom hob den Sack auf seinen Armen an, wie um Annie zu bedeuten, dass er wirklich nur gekommen war, um etwas abzuliefern. Sie konnte den Blick nicht von seinem Gesicht abwenden. Nun, bei Tageslicht, sah sie, wie sehr er sich verändert hatte. Natürlich war er immer noch Tom, aber die Gefängnisjahre waren nicht spurlos an ihm vorübergegangen. Mit dem Bart und dem nicht mehr so vollen Haar war er nicht mehr so jungenhaft gut aussehend wie früher, dafür jedoch interessanter. Eine Narbe unter seinem linken Auge ließ Annie einen Anflug von Zärtlichkeit verspüren. Sein Gesicht war nass; ein Regentropfen rann seine Wange hinab zum Kinn, und sie musste sich beherrschen, um nicht die Hand auszustrecken und ihn wegzuwischen.

Jim trat unruhig von einem Fuß auf den anderen. »Wir sollten die Säcke besser ins Trockene bringen, Mrs Howarth, sonst ist das Zeug nicht mehr zu gebrauchen.«

»Ja, natürlich.«

»Wo sollen wir sie hinstellen?«

»Hier in die Diele, bitte.«

»Gut.«

Tom trat ein, und Annie wich zurück, um ihm Platz zu machen. Als er den Sack auf den Boden gestellt hatte und sich wieder aufrichtete, standen sie sich direkt gegenüber und er schaute ihr in die Augen. Sie sah die grünen und braunen Tupfen in seinen Iriden, seine dunklen Wimpern, die kleinen Fältchen und Schatten um seine Augen, die früher noch nicht da gewesen waren. Sie hatte es gemocht, wenn er ihre Augenlider geküsst hatte. Er hatte sie so zärtlich geküsst. Sie erinnerte sich, wie er mit den Daumen ihre Schläfen massiert hatte, etwas, was sie entspannt, getröstet und erregt hatte …

»Annie«, sagte er im Flüsterton, »ich muss mit dir reden. Komm zu mir in meine Wohnung.«

»Nein. Nein, das werde ich nicht tun.«

»Annie? Ist alles in Ordnung?«

Sie drehte sich um. William stand hinter ihr und hatte die Hände locker zu Fäusten geballt. Er hatte die Krawatte abgenommen, und sein offener Kragen gab seinen rötlichen Hals frei. Mit einer Hand umfasste er ihre Schulter. Sie spürte den festen Griff seiner Finger.

»Geh zu unseren Gästen, Annie«, sagte er, aber sie rührte sich nicht.

Tom richtete sich zu voller Größe auf. Sein Gesicht war blass.

»Inspector Howarth!«, sagte er. »Es ist lange her. Das letzte Mal habe ich Sie im Gerichtssaal gesehen. Als Sie gegen mich ausgesagt haben.«

»Geh, Annie«, sagte William erneut.

»Nein, bleib!«, sagte Tom. »Das, was ich Mr Howarth sagen will, solltest du auch hören.«

Jim stupste Tom an, um ihn zum Schweigen zu bringen. »Wir haben den Mörtel gebracht, Mr Howarth! Tut mir leid. Tom hat mir versprochen, dass er nicht von …«

»Die Verhandlung vor zehn Jahren, das war echt ein starkes Stück«, fuhr Tom ungerührt fort. »Kommt es Ihnen wie zehn Jahre vor, Mr Howarth? Mir schon.«

»Verlassen Sie mein Haus, Greenaway.«

»Für Sie ist die Zeit bestimmt schnell vergangen. Sie waren ja beschäftigt, nicht wahr? Haben Annie den Hof gemacht, sie geheiratet und sich um Ihre Karriere gekümmert.«

William zerrte Annie an der Schulter und schob sie hinter sich. Sie stolperte und rempelte den Stuhl an, auf dem Ruthie kniete, um das Trifle zu verzieren. Das Mädchen stieß einen erschrockenen Schrei aus.

»Lassen Sie meine Familie in Ruhe, Greenaway!«, sagte William. Seine Stimme war leise und bedrohlich.

»Für mich sind die zehn Jahre nicht schnell vergangen«, sagte Tom. Seine Stimme klang genauso fest. Auch in ihr schwang ein bedrohlicher Unterton mit. »Sie haben sich ewig hingezogen. Und wissen Sie, wie ich die Zeit totgeschlagen habe?«

Annie ergriff Ruthies Hand.

»Tom«, sagte sie, »bitte. Nicht vor dem Kind.«

»Ich bin nicht gekommen, um Schwierigkeiten zu machen«, sagte Tom. »Ich will nur meinen Namen reinwaschen.«

»Komm, Ruthie, wir gehen ins Wohnzimmer«, sagte Annie und zog das Mädchen in Richtung Tür.

»Und das werde ich!«, rief Tom ihr nach. »Du wirst sehen, Annie, dass ich das tun werde.«

In dem Moment, als Annie die Tür hinter sich zuzog,

sah sie, wie William auf Tom zuging. Sie schob Ruthie in Richtung Toilette, wo sie den Wasserhahn aufdrehte und ihr mit einem Waschlappen die klebrigen Hände wusch.

»Warum schreien die so?«, fragte Ruthie.

»Ich weiß nicht.«

»Prügeln sie sich jetzt?« Ruthie machte ein besorgtes Gesicht und riss die Augen ängstlich auf. »Werden sie sich töten?«

»Nein, natürlich nicht, keine Sorge«, sagte Annie.

Sie drehte den Wasserhahn stärker auf, aber das Rauschen konnte dennoch die wütenden Stimmen nicht übertönen, die aus der Küche drangen. Annies Herz schlug so heftig, dass es schmerzte. Sie wartete, bis sie hörte, wie die Küchentür zugeschlagen wurde, dann drehte sie den Wasserhahn wieder zu, trocknete Ruthies Hände und schickte sie zu ihrer Mutter ins Wohnzimmer.

Annie ging leise zum Fenster im Flur. Sie beobachtete, wie Tom und Jim Friel wieder zum Pick-up gingen. Tom schlug mit der Faust gegen die Wagentür und reckte sie dann in die Luft. Jim sagte etwas zu ihm, woraufhin Tom zum Haus blickte. Schnell trat Annie vom Fenster zurück. Kurz darauf stiegen die beiden Männer ein und fuhren davon.

Ihr Herz raste noch immer vor Angst und Erregung. Die Landschaft war wie in Wasser getaucht. Himmel und Erde waren grau, und das Moor verschwamm in den Regenschwaden. In der Auffahrt bildeten sich Pfützen. Die Reifen des riesigen Pick-ups hatten Rillen im Kies hinterlassen. William kam aus der Küche und nahm den Telefonhörer von der Gabel. Er bemerkte seine Frau nicht, die am Erkerfenster stand. Ein paar Sekunden später, nachdem sich am anderen Ende der Leitung jemand gemeldet hatte, sagte William: »Greenaway war hier. Hier, am Haus. Ich dachte, das sollten Sie wissen ...« Einen Moment lang lauschte er aufmerksam, dann sagte er: »Das ist inakzeptabel. Ich werde nicht zulassen, dass die Sicherheit meiner Familie gefährdet wird.«

Er lauschte erneut, dann sagte er barsch: »Ob Sie Ressourcen haben oder nicht, interessiert mich nicht. Sorgen Sie gefälligst dafür, dass so was nicht wieder vorkommt! Egal wie!«

Nachdem er aufgelegt hatte, trat er vor den Spiegel, kämmte sich mit den Fingern durchs Haar und bemühte sich um eine unbekümmerte Miene. Dann ging er zur Wohnzimmertür und öffnete sie. Annie hörte, wie die Stimmen lauter wurden, während er hineinging, und wie sie wieder leiser wurden, als er die Tür hinter sich geschlossen hatte. Vom oberen Flur waren die Tritte der Kinder zu hören. Sie lehnte sich an die Wand und presste die Handflächen gegen die Augen.

»Annie?«

Sie erschrak, rang sich aber ein Lächeln ab. »Ach, Janine, du bist es.«

»Ich muss Chloe wickeln.«

»Ja, natürlich. Geh doch mit ihr ins Badezimmer.«

»Ist alles in Ordnung?«

»Ja, ja.« Annie nickte. »Das Essen ist gleich fertig.«

ZEHN

Annie hatte ein Bad genommen und ging im Nachthemd, das Haar mit einem Handtuch umwickelt, nach unten. Die Tür des Arbeitszimmers war zu, und unter dem Türschlitz schimmerte kein Licht hervor.

»William?«, rief sie.

»Ich bin hier.«

Sie trat ins Wohnzimmer. Er hatte die beiden Lehnstühle vor den Kamin gerückt und Annie und sich einen großzügig bemessenen Laphroaig mit Eis eingeschenkt. Sie nippte an ihrem Whisky und blickte in die Flammen.

»Ich dachte, ich bekomme Lizzie gar nicht mehr ins Bett«, sagte sie. »Manchmal strapaziert sie meine Geduld doch sehr.«

»Du solltest strenger mit ihr sein.«

»Wie meinst du das?«

»Ach, Annie, das weißt du doch selbst – ihre Manieren lassen zu wünschen übrig.«

Annie spürte, wie Ärger in ihr aufstieg. »Du willst also sagen, dass ich sie nicht gut genug erziehe?«

»Das habe ich nicht gesagt.«

»Aber gemeint.«

William ließ die Eiswürfel in seinem Glas kreisen. »Julia Thorogood hat heute gesagt ...«

»Und Julias Meinung ist ausschlaggebend, oder?«

»Annie, bitte. Sie hat keine Kritik geübt. Sie hat lediglich vorgeschlagen …«

»Ich kann mir vorstellen, was sie vorgeschlagen hat.«

»Wie sollen wir uns wie zwei Erwachsene unterhalten, wenn du mich nicht ausreden lässt?«

»Diese Art von Unterhaltung gefällt mir nicht. Es ist mir egal, was Julia Thorogood von mir denkt. Sie ist eine scheinheilige Kuh, und ich kann sie nicht ausstehen.«

William schloss einen Moment lang die Augen und schlug sie wieder auf. »Egal, was du von Julia hältst, wirst du zugeben, dass ihre Kinder gut erzogen sind.«

»Es sind schüchterne, verhuschte Mädchen. Sie hat ihnen jede Lebendigkeit ausgetrieben.« Und als William seufzte, fügte sie spitz hinzu: »Ja, seufz nur, aber du solltest mal erleben, wie sie sich bei den Treffen vom Brunnenfestkomitee aufführt, William. Wenn eine von uns es wagt, anderer Meinung zu sein als sie, stellt sie sie bloß oder fährt ihr über den Mund. Es macht keinen Spaß, weil sie alles bestimmen will.«

»Vielleicht solltest du ein bisschen kooperativer sein.«

»Und vielleicht solltest du auf meiner Seite sein statt auf ihrer.«

»Das bin ich ja«, sagte William. »Ich bin immer auf deiner Seite.«

Eine Weile schwiegen beide, dann räusperte sich William. »Das, was heute passiert ist, dass Greenaway hier aufkreuzt, wird sich nicht wiederholen.«

»Nein.«

»Ich habe ihn gewarnt, dass, sollte er sich dir nochmals

nähern und versuchen, mit dir zu reden, ich ihn wegen Nötigung festnehmen lasse.«

»Gut.«

»Ich werde nicht zulassen, dass er dich noch einmal belästigt.«

»Er belästigt mich nicht. Schließlich habe ich keine Gefühle mehr für ihn.«

»Wie auch immer, ich werde kein Risiko eingehen. Vor allem wegen dir und Lizzie nicht.«

Annie nahm ihr Glas und betrachtete durch das Eis die Flammen im Kamin. »William«, sagte sie, »es gab doch keinen Zweifel daran, dass Tom für Mrs Wallace' Tod verantwortlich war, oder?«

»Nein. Nicht den Hauch eines Zweifels.«

»Allem Anschein nach will er mich unbedingt von seiner Unschuld überzeugen.«

»Er ist jemand, der andere gern beeinflusst, das weißt du doch.«

»Ja.« Sie nippte an ihrem Drink. »Und glaubst du, er könnte etwas mit der Frau im Moor zu tun haben?«

»Nun, er hat ein Alibi.«

»Aber du nimmst es ihm nicht ab. Das spüre ich.«

William rieb sich nachdenklich das Kinn. »Es könnte ein Zufall sein, dass wir es in derselben Woche, in der er nach Matlow zurückkehrt, nach zehn Jahren zum ersten Mal wieder mit einem Tötungsdelikt zu tun haben.«

»Aber?«

»Ich habe noch nie an Zufälle geglaubt«, sagte William.

ELF

Am nächsten Donnerstag fuhr Annie wie immer nach Matlow. Auf den Straßen waren noch die Überbleibsel des Protestmarschs zu sehen. In den Fernsehnachrichten hatte sie verfolgt, wie die Kumpel mit Spruchbändern und Protesttafeln durch die Straßen zogen, die von Menschen gesäumt waren, die ihnen aufmunternde Worte zuriefen. Hinter ihnen standen Polizisten dicht gedrängt zusammen, eine undurchdringliche Schutzmauer aus schwarzen Mänteln und Helmen. An einigen Gebäuden waren Fensterscheiben eingeschlagen worden, Fetzen von Transparenten lagen auf den Bürgersteigen, und an den Laternenpfählen flatterten die Reste von Polizeiabsperrbändern. Überall an den Häusermauern klebten Plakate und Flugblätter.

Die Rotherham Road sah indessen aus wie immer. Die Tür des Hauses mit der Nummer 122 stand offen. »Hallo!«, rief Annie. »Ist jemand zu Hause?«

»Ich bin hier draußen!«, rief ihr Vater zurück.

Annie ging durch die Küche in den hinteren Garten. Dort beugte sich Denis gerade über die Whippets und legte ihnen Maulkörbe an. Eine glimmende Zigarette, fast bis zum Filter heruntergebrannt, hing in seinem Mundwinkel.

»Wo ist Mum?«

»Man hat sie gefragt, ob sie eine zusätzliche Putzschicht übernehmen will. Da konnte sie schlecht Nein sagen. Wo wir jeden Penny gut gebrauchen können.«

»Ja, klar.« Annie streckte die Hand aus, um zu prüfen, ob die Kleidungsstücke an der Wäschespinne schon trocken waren. Dann wanderte ihr Blick zu ihrem Vater, seinem fleckigen Nacken, der blassen Haut hinter seinen Ohren, seinem von Sommersprossen übersäten Schädel mit dem schütteren Haar, das sich im leichten Wind bewegte. Wenn er sich, so wie jetzt, sanft mit seinen Hunden beschäftigte, war es kaum zu glauben, dass er für seine Wutausbrüche gefürchtet war.

»Soll ich Teewasser aufsetzen?«, fragte sie.

»Nee, lass mal. Komm doch mit mir spazieren. Ich hab dich seit Wochen nicht gesehen.«

Sie gingen mit den Hunden zum Kanal hinunter und folgten dem Treidelpfad bis jenseits der Stadtgrenze, wo der Weg nicht mehr von Häusermauern, sondern von einem Stacheldrahtzaun gesäumt war, hinter dem Wiesen und Felder lagen. »So, Jungs, ab mit euch«, sagte Annies Vater. »Bringt uns einen oder zwei Hasen. Ach, wie ich es liebe, ihnen zuzusehen, wenn sie lossausen.«

Annie brach einen Weidenast und schlug ihn sanft gegen die neuen Zweige mit den Trieben. Sie befühlte die jungen Weidenkätzchen, und die gelben Pollen rieselten auf ihre Hand. Ab und zu blieb Denis stehen, um ein paar Worte mit einem Angler zu wechseln oder den Fang in den Käschern zu bewundern. Vater und Tochter hatten sich noch nie viel zu sagen gehabt, und seit dem Skandal um Tom Greenaway hatte sich die Wortlosigkeit zwischen ihnen noch verstärkt.

»Wie lange, glaubst du, werden die Streikenden noch durchhalten?«, fragte Annie nach einer Weile.

»So lange, wie es sein muss.«

»Thatcher sagt, dass die Bergarbeiter nicht gewinnen können.«

»Was weiß die schon über unsereins.«

Annie blickte aufs Wasser, in dem sich der Himmel spiegelte, und sah einer Ente zu, die im Schilf paddelte.

»Aber wenn die Männer nicht bezahlt werden und sie auch keine finanzielle Unterstützung bekommen, wovon sollen sie dann leben?«

»Wir kommen schon zurecht. Die Gewerkschaft kümmert sich um uns.«

Sie kamen zu der Stelle, wo die Straße den Kanal überquerte. Unter der Backsteinbrücke war der Pfad schmal und rutschig, und Wasser tropfte herab.

»Als kleiner Junge hat Johnnie diese Stelle gehasst«, rief sich Annie laut in Erinnerung. Sie fuhr mit dem Weidenzweig an der Backsteinmauer entlang. »Er hat geglaubt, dass unter jede Brücke ein Troll haust.«

Denis lachte in sich hinein. »Das war wegen diesem Märchen mit der Ziege.«

»Ja, *Drei Ziegenböcke namens Gruff*. Er hat jedes Mal die Luft angehalten, wenn wir unter der Brücke durchmussten, und ist gerannt, so schnell er konnte.«

»Der Junge ist einfach zu weich, das ist das Problem. So war es schon immer, und so wird es immer sein.«

Annie lächelte. »Erinnerst du dich, wie du mit Johnnie im Kanal geangelt hast und er ins Wasser gefallen ist, weil er eine Biene vor dem Ertrinken retten wollte?«

Denis nickte. »Wegen einer verdammten Biene!«

»Und wie er die Maden aufgegessen hat, weil er gesehen hat, wie du sie zum Anwärmen in den Mund genommen hast.« Annie schauderte.

»Und hinterher hatten wir Angst, deiner Mutter zu sagen, warum wir zur Teezeit keinen Hunger hatten!«

Sie lachten beide.

»Ja, ja, die guten alten Zeiten«, sagte Annie.

Denis machte ein finsteres Gesicht. »Sie waren gut, bevor du dich mit diesem Greenaway eingelassen hast.«

»Ach Dad.«

»Ich hab ihn von Anfang an nicht gemocht.«

»Du hast ihn nicht gemocht, weil er nicht unter Tage arbeiten wollte, das war der Grund.«

»Ich habe schon immer gesagt, wenn einer sich zu schade ist, ein Kumpel zu werden, ist das ein Zeichen für einen schlechten Charakter, und hatte ich recht oder nicht?«

»Er hat unter Platzangst gelitten, was sollte er tun?«

»Es ist nicht natürlich, dass ein Bursche, der in Matlow aufgewachsen ist, sich vor einer Grube fürchtet.«

Annie zuckte mit den Schultern. Sie verschränkte die Arme vor der Brust und ging ein paar Schritte voraus. Wann immer das Thema auf Tom kam, mündete es in dieser müßigen Auseinandersetzung, bei der keiner von seiner Position abrückte.

»Ich weiß, dass er wieder in der Stadt ist«, sagte Denis. »Er erzählt überall herum, dass er unschuldig ist.«

»Ich weiß.«

»Ich hätte vielleicht sogar Respekt vor ihm, wenn er Reue zeigen würde. Wenn er sich entschuldigen würde für das, was er der armen alten Frau angetan hat. Wenn er sich um Wiedergutmachung bemühen würde.«

Annie kickte mit der Schuhspitze einen Stein weg.

»Ich habe gedacht, er hätte die Botschaft inzwischen verstanden.«

»Welche Botschaft, Dad?«

»Dass er hier nicht willkommen ist. Ich würde ja liebend gern zu ihm gehen und ihm eine Lektion erteilen, aber deine Mutter ist dagegen.«

»Bitte tu das nicht, Dad. Es hat doch schon genug Ärger um die Geschichte gegeben.«

»Das Gleiche sagt deine Mutter auch. »›Beachte ihn einfach nicht, Den‹, hat sie gemeint, ›der Kerl wird von allein wieder verschwinden, wenn er merkt, dass man ihn hier nicht haben will.‹«

»Sie hat recht«, sagte Annie.

Denis sah seine Tochter an. »Ja, wenn er merkt, dass er hier nichts mehr verloren hat, wird er sein Bündel packen und verschwinden, nehme ich an.«

»Das glaube ich auch, Dad.«

»Und er hat hier doch nichts mehr verloren, oder, Annie?«

»Nein, nichts mehr.«

ZWÖLF

Annie seufzte und sah William an. »Weißt du eigentlich, dass wir seit drei Tagen kaum ein Wort miteinander gesprochen haben?«

»Ich bin zurzeit sehr beschäftigt.«

»Das werde ich irgendwann auf deinen Grabstein schreiben lassen, William.«

Weder lachte er, noch erwiderte er etwas.

»Heute ist Samstag«, fuhr Annie fort. »Du arbeitest ununterbrochen und lässt mich die ganze Zeit allein. Ich …«

Er schlug den Aktenkoffer zu, nahm ihn und verschwand damit durch den Vordereingang. Annie zog eine Grimasse in Richtung Haustür, nachdem sie hinter ihm zugefallen war. Sie sah nicht zu, wie er wegfuhr, sondern griff zum Telefonhörer und wählte die Nummer der Flemings. Janine nahm ab.

»Hallo, Janine, ich bin's, Annie. Ich nehme an, du bist auch allein. Ich wollte dich fragen, ob du Lust hast, etwas mit mir zu unternehmen. Ich könnte dich abholen – mit Chloe natürlich –, und dann fahren wir zur Küste oder woandershin.«

»Zur Küste?« Janine hörte sich schläfrig an.

»Du liebe Güte, habe ich dich etwa geweckt?«, fragte Annie.

»Nein, nein. Ich habe nicht wirklich geschlafen.« Sie gähnte. »Nur ein bisschen gedöst.«

»Tut mir leid. Das hätte ich mir denken können.«

»Woher solltest du das denn wissen. Chloe zahnt, und sie ist endlich eingeschlafen.«

»Dann geh jetzt bitte sofort wieder zu Bett, Jan«, sagte Annie, »und leg den Telefonhörer neben die Gabel. Vergiss einfach, dass ich dich gestört habe.«

»Aber du willst doch gern einen Ausflug machen.«

»Das tun wir ein andermal. Ich ruf dich wieder an.«

»Danke«, sagte Janine krächzend. Sie hörte sich wirklich nicht gut an.

Annie ging in die Küche und starrte sehnsüchtig zum Moor hinüber.

Mrs Miller, die an der Spüle stand, blickte sie über die Schulter an. »Gehen Sie ruhig in die Stadt und machen Sie einen Schaufensterbummel«, sagte sie. »Ich passe gern auf Lizzie auf, wenn Sie mögen.«

»Oh, danke, das ist lieb. Aber das macht zurzeit keinen Spaß. Die Hälfte der Läden ist geschlossen, und die, die noch offen sind, haben nicht allzu viel zu bieten. Abgesehen davon ...«

»Ja?«

»Abgesehen davon hätte ich ein schlechtes Gewissen, Geld einfach so für Kleidung auszugeben, die ich nicht brauche, während die Leute hier jeden Penny zusammenkratzen müssen.«

»Also ich denke, die Ladenbesitzer wären froh, wenn Sie ihnen etwas abkaufen würden.«

Annie blickte auf ihre Finger. »Die Frau in der Spirituosenhandlung unten in der Colliery Hill hat mich neulich nicht bedient. Sie meinte, sie nehme kein Geld, das von einem Polizistengehalt stamme.«

Mrs Miller schnaubte abfällig. »Manche Menschen haben einen falschen Stolz und schaden sich selbst damit. Nehmen Sie es nicht persönlich. Sie haben schließlich den Krieg nicht begonnen.«

Lizzie blickte von ihrem Comic auf. »Können wir nicht ins Moor gehen?«, fragte sie. »Wir könnten doch ein Picknick machen.«

»Daddy hat es verboten.«

»Wegen der Frau, die getötet wurde?«

»Er findet, wir sollten in der Nähe des Hauses bleiben, bis sie den bösen Mann geschnappt haben«, sagte Mrs Miller.

Lizzie sah sie unter ihrem Pony hervor an. »Und wenn es eine böse Frau war?«

»Könnte auch sein, ja.«

»Vielleicht war sie eifersüchtig auf die tote Frau und hat die Hände um ihren Hals gelegt … so … und sie gewürgt, bis sie nicht mehr geatmet hat.«

»Lizzie, hör auf, solche Sachen zu sagen, bitte.«

»Warum?«

»Weil das nicht schön ist. Außerdem sagt Daddy, dass der Mörder ein Mann gewesen sein muss.«

»Warum?«

Mrs Miller rollte die Augen. »Nun lass es mal gut sein, Lizzie Howarth. Warum gehen Sie nicht mit ihr gleich oben im Wald spazieren? Dort sind so viele Leute mit ihren Hunden unterwegs, dass es ungefährlich ist. Entfernen Sie sich nicht zu weit, und wenn Sie zum Tee nicht zurück sind, schicke ich einen Suchtrupp los.«

Also spazierten Annie und Lizzie durch den Wald, wo an Bäumen und Sträuchern hellgrüne Knospen aufsprangen und sich die jungen Blätter entrollten. Der Frühling hielt Einzug, und in Kürze würde das Moor vor Wildblumen regelrecht explodieren; schon jetzt waren die Wiesenhänge getupft mit Rosa, Blau und Gelb, Farben, die nur wenige Tage überdauern würden, ehe sie vom Wind oder einem aufziehenden Sturm wieder zerstreut würden.

Lizzie ging händeschwingend neben ihrer Mutter her und plapperte fröhlich vor sich hin, während Annie ihre Gedanken schweifen ließ und sich vorstellte, wie es jetzt oben im Moor wäre. Sie rief sich Momente in Erinnerung, die sie dort als Teenager verbracht hatte. Mit Tom. Sie fragte sich, ob er noch in Matlow war oder die Stadt vielleicht doch schon verlassen hatte. Seit einigen Tagen hatte sie nichts mehr von ihm gehört. Wahrscheinlich war er längst wieder gegangen. Aber wohin? Und würde er zurückkommen? Wenn er unschuldig war, würde er bestimmt nicht so einfach sein Ansinnen aufgeben, seinen Namen reinzuwaschen. Und was, wenn es stimmte? Was, wenn er fast zehn Jahre lang unschuldig im Gefängnis gesessen hatte, noch dazu mit seiner Klaustrophobie? Hör auf, an ihn zu denken, Annie, sagte sie sich. Hör auf mit deiner Grübelei.

»Buh!« Elizabeth sprang hinter einem Baum hervor, und Annie war so in Gedanken versunken, dass sie tatsächlich erschrak.

»Du Schlingel, du!« Sie lachte zwar, doch sie hatte sich die Hand auf die Brust gelegt und spürte, wie ihr Herz raste. »Du hast mir einen ordentlichen Schrecken eingejagt.«

»Hast du gedacht, es wär der Mörder?«

»Nein. Ich habe gedacht, dass du ein kleines freches Mädchen bist, warte nur, wenn ich dich kriege ...«

»Was machst du dann?«

»Dann kitzele ich dich, bis du um Gnade flehst!«

Einige Stunden später sah Annie die Scheinwerfer des Jaguars, der die Auffahrt herauffuhr. Sie wartete an der Tür auf William. Als sie ihn küsste, schob er sie zwar nicht zurück, aber ihre Begrüßung schien ihm lästig zu sein.

»Ich hatte einen verdammt anstrengenden Tag«, sagte er.

»Gab es Ärger?«

»Wir mussten die Autobahnen und Schnellstraßen absperren, um die Streikposten aus anderen Gegenden an der Anreise zu hindern.«

»Du meine Güte«, sagte Annie. »Wo soll das noch hinführen? Möchtest du eine Tasse Tee?«

»Nein, ich muss an die frische Luft. Um meinen Kopf wieder klar zu kriegen.«

Er schloss die Tür seines Arbeitszimmers auf, stellte seinen Aktenkoffer hinein und ging dann nach oben, um sich umzuziehen. Einige Minuten später kam er wieder herunter, holte sein Gewehr aus dem Schrank in der Diele und verließ ohne ein weiteres Wort das Haus. Annie starrte einen Moment lang auf die Tür.

»Ja, ebenfalls schön, dich zu sehen«, murmelte sie. Als sie sich umwandte, sah sie, dass die Tür des Arbeitszimmers nur angelehnt war. Ohne zu zögern, ging sie hinein.

Das späte Nachmittagslicht fiel durchs Fenster und beschien die fein säuberlich angeordneten Unterlagen auf Williams Schreibtisch. An der Wand hingen Aquarelle, darunter ein kleines Original von Thomas Girtin, und Drucke mit Landschaftsansichten aus Yorkshire. Ein gerahmtes Foto von Annie mit der zweijährigen Lizzie im Arm nahm einen Ehrenplatz auf dem Schreibtisch ein. Annie setzte sich auf den Schreibtischstuhl und drehte sich ein paarmal hin und her. Sie war nervös und zugleich aufgeregt, weil sie zum ersten Mal allein in diesem Raum war, zu dem sie normalerweise, wenn ihr Mann nicht da war, keinen Zutritt hatte. Sie hätte gern einen Blick in die Schubladen geworfen, aber alle waren abgeschlossen und sie suchte vergeblich nach dem Schlüssel. In einer Ecke stand ein kleiner Aktenschrank, der ebenfalls verschlossen war. Annie kniete sich neben Williams Aktenkoffer auf den Boden. Sie versuchte, die Schnallen zu öffnen, ebenfalls vergeblich.

»Mist!«, sagte Annie. Sie schob sich auf die Fersen zurück. Dann stand sie auf und ging wieder zum Schreibtisch.

Ein einzelner wattierter Umschlag stach ihr ins Auge.

Annie öffnete ihn. Ein Dutzend Schwarz-Weiß-Fotos und ein Zeitungsausschnitt befanden sich darin. Zuerst besah sie sich den Zeitungsausschnitt. Der Artikel stammte vom 15. Januar 1975, und die Überschrift lautete:

MANN AUS MATLOW WEGEN TOTSCHLAGS VERURTEILT

Ein Gärtner aus Matlow wurde heute des Totschlags einer alten Frau für schuldig befunden, für die er wie ein Sohn gewesen war.

Thomas Nicholas Greenaway, 22, stand ungerührt da, als das Urteil im Gerichtssaal von Sheffield verkündet wurde. Während der wochenlangen Verhandlung erfuhr die Jury, wie sich Greenaway die Zuneigung von Edna Wallace, 83, erschlichen hatte, einer allein lebenden Witwe.

Mrs Wallace hatte Greenaway anvertraut, dass sie in ihrem Bungalow in der Salford Avenue in Matlow eine erhebliche Summe Bargeld sowie Schmuck versteckt hatte.

Greenaway gab zu, dass er mehr als 500 £ von Mrs Wallace genommen hatte, behauptete jedoch, sie habe ihm diese Summe gegeben, weil sie nicht gewollt habe, dass ihre Angehörigen ihre Ersparnisse erbten.

Er sagte dem Gericht, er habe am Nachmittag des 28. September des vergangenen Jahres den Bungalow betreten und die alte Dame mit einer schweren Verletzung an Rücken und Kopf, auf dem Fußboden des Esszimmers liegend, vorgefunden. Mrs Wallace starb noch am selben Tag im Krankenhaus.

Die polizeilichen Ermittlungen ergaben, dass Mrs Wallace nach Hause gekommen war und einen Einbrecher gestört haben musste. Es war zu einem Handgemenge gekommen, in dessen Verlauf sie umgestoßen wurde.

Nachdem man im Zimmer von Greenaway einen Ring entdeckt hatte, der Mrs Wallace gehörte, nahm die Polizei den jungen Mann fest. Laut übereinstimmender Zeugenaussagen war dieser Ring für Mrs Wallace von hohem sentimentalem Wert, und sie hätte sich niemals freiwillig von ihm getrennt. Es gab keinerlei Hinweise, dass jemand anders den Bungalow betreten hatte.

Richter Justice Cooper sagte, Greenaway sei ein »gefährlicher Mensch und manipulativer Lügner und Fantast«, der das Vertrauen, das Mrs Wallace ihm entgegengebracht habe, missbraucht habe. Ferner meinte er, Greenaway scheine sich so lange seine Unschuld eingeredet zu haben, bis er schließlich selbst daran geglaubt habe. »Glücklicherweise«, fügte er hinzu, »ist es jedoch nicht so einfach, die Justizbehörden hinters Licht zu führen.«

Jemand hatte die Worte »gefährlich« und »manipulativ« eingekringelt und »Psychopath« an den Rand gekritzelt. Es war nicht Williams Handschrift.

Annie legte den Zeitungsartikel auf den Schreibtisch.

Sie kannte ihn. Sie hatte damals sämtliche Zeitungsberichte gelesen. Sie wusste genau, was in diesem Gerichtssaal geschehen war; sie war selbst dort gewesen. Sie hatte im Zeugenstand gestanden und dem Gericht die intimen Details ihrer Beziehung zu Tom erzählen müssen. Sie hatte sich vor der ganzen Stadt geschämt. Es war eines ihrer schlimmsten Erlebnisse gewesen; alle hatten sie angestarrt, als wäre sie eine Hure. Und hinterher war sie beschimpft worden. Das Gerede der Leute. Die Schmach, die ihr anhaftete wie ein übler Geruch. Bis William sie im Sturm erobert und sie von Matlow und seinen gehässigen Bewohnern weggeholt hatte.

Sie schüttelte den Kopf, um die schlimmen Erinnerungen zu verscheuchen. Dann griff sie erneut nach dem Umschlag, fischte vorsichtig die Fotos heraus und ging damit zum Fenster, um sie bei Tageslicht anzusehen.

Auf den Fotos war offenbar die Tote im Moor zu sehen. Manche waren aus nächster Nähe, andere aus größerem Abstand aufgenommen. Annie konnte erkennen, dass das Opfer eine junge Frau war, schlank und blass, Gesicht und Schultern von einzelnen Strähnen ihres dunklen, halblangen Haars bedeckt – offensichtlich war es vom Wind zerzaust. Sie war in situ fotografiert worden, so, wie man sie gefunden hatte, einen Arm nach oben gereckt, als hätte sie die Hand nach etwas ausgestreckt. Sie wirkte zerbrechlich, gar nicht wie ein Mensch aus Fleisch und Blut, sondern eher wie der Natur zugehörig, dem Wetter oder dem Moor, wie etwas Vergängliches. Annie besah sich eine der Aufnahmen ihres Gesichts aus der Nähe. Sie hatte einen hellen Teint und Sommersprossen auf Nase und Wangen. An einem Ohrläppchen war ein zarter Ohrstecker zu sehen. Ihre Augen waren geöffnet, und ihr Blick schien auf einen Punkt in der Ferne gerichtet zu sein. Ihre Mascara war um die Augen herum verschmiert, was ihr etwas Clowneskes verlieh, ein Umstand, der das Grauenhafte ihres Todes noch unterstrich. Man konnte nicht sagen, ob sie geweint hatte, bevor sie gestorben war, und ihre Tränen das Make-up verwischt hatten, oder ob es dem Regen geschuldet war, der später eingesetzt hatte.

Annie war sich fast sicher, dass sie die Tote kannte, auch wenn sie nicht zu sagen vermochte, woher. Noch einmal betrachtete sie das Foto aus der Nähe und versuchte sich vorzustellen, wie das Gesicht ausgesehen hatte, als die Frau noch gelebt hatte, als das Make-up noch frisch gewesen war. Ihr fiel wieder ein, wie sie William gefragt hatte, wie die Tote aussehe, und dass er ihr beinahe geantwortet hätte, während ein sorgenvoller Ausdruck über sein Gesicht gehuscht war. Und plötzlich fiel es Annie wie Schuppen von den Augen.

Der Grund, warum die Tote ihr bekannt vorkam, war, dass sie ihr ähnlich sah. Sie beide hätten Zwillingsschwestern sein können.

DREIZEHN

Annie hielt beim Zeitschriftenladen an, um sich eine Zeitung zu kaufen. Als sie den Laden betrat, sah sie Johnnie, der, seinen A-Team-Schlüsselanhänger um den Finger schwingend, unschlüssig vor dem Regal mit den Schokoriegeln stand. Als er seine Schwester bemerkte, huschte er schnell um die Ecke, aber Annie tat es ihm am anderen Ende der Regalreihe gleich, sodass er ihr nicht mehr ausweichen konnte.

»Was ist los?«, fragte sie. »Warum gehst du mir aus dem Weg?«

»Nichts ist los, und ich gehe dir auch nicht aus dem Weg. Ich habe einfach nur fünfzehn Pennys in der Tasche und kann mich nicht entscheiden, ob ich ein Mars oder ein Yorkie kaufen soll.«

»Was hast du da im Gesicht?«

»Ach, nichts, Annie.«

»Lass mich sehen.« Sie umfasste sein Kinn und neigte sein Gesicht nach unten, sodass sie es betrachten konnte. Die Haut um sein linkes Auge herum war geschwollen und lila verfärbt. Sie berührte mit den Fingerspitzen seine Wange. Er zuckte zurück.

»Was ist passiert, Johnnie?«, fragte sie mit gesenkter Stimme, damit der Ladeninhaber sie nicht hören konnte.

»Es war ein Unfall«, murmelte Johnnie.

»Das war kein Unfall, jemand hat dir eine Abreibung verpasst. Wer war das?«

Johnnie blickte zu Boden. Er fuhr sich mit dem Handgelenk über die Nase.

»Wer hat das getan, Johnnie?«

»Ein paar Kumpel haben mich zusammengeschlagen.«

»Warum?«

»Sie haben gesagt, ich bin ein Streikbrecher.«

»Und stimmt das?«

»Ich musste doch zur Arbeit. Ich bin schließlich Mitglied der NACOD, oder nicht? Alle Kantinenangestellten und Köche sind bei dieser Gewerkschaft, und bei uns wird nicht gestreikt.«

Wut stieg in Annie auf. »Tun sie das jedem an, der die Arbeit nicht niederlegt, oder nur halbwüchsigen Jungs?«

»Ich bin kein Junge mehr.«

»Andere einzuschüchtern, das verstehen die wohl unter Demokratie, was?«

»Es waren nicht viele, nur ein paar Kumpel.« Johnnie runzelte die Stirn. »So schlimm war es auch wieder nicht. Bitte, Annie, mach keinen Aufstand deswegen, und sag bloß nichts deinem Mann. Fehlt nur noch, dass sich die Bullen einmischen.«

»Ich sage schon nichts zu William, keine Sorge. Aber ungeschoren sollen die nicht davonkommen, das wäre nicht richtig, Johnnie.«

»Was ist zurzeit schon richtig?«, antwortete ihr Bruder.

Als sie nach Everwell zurückkam, traf sie William beim Packen an. Wie bei allem, was er tat, ging er äußerst systematisch vor. Alles, was er für eine Übernachtung außer Haus benötigte, lag genau in der Reihenfolge auf dem Bett, in der es in dem kleinen Handkoffer landen würde. Annie setzte sich auf die Bettkante, und ein penibel zusammengelegtes Hemd verrutschte ein wenig. Sofort streckte William die Hand aus, um es wieder glatt zu streichen. Sie hörte, wie er angesichts ihrer Ungeschicklichkeit ärgerlich mit der Zunge schnalzte.

»Du verreist doch nicht schon wieder?«, fragte sie.

William blickte kurz zu ihr hoch. Er machte einen Gesichtsausdruck, als wollte er ihr sagen, dass er wohl kaum zum Spaß packte. »Ja, tut mir leid. Die Regierung hat eine Krisensitzung in London einberufen.«

»Du bist in letzter Zeit nur noch bei irgendwelchen Meetings. Worum geht es diesmal?«

»Strategieplanung.«

»Also noch mehr Kriegsspiele.«

»Man könnte es tatsächlich so nennen.«

»Und auf welcher Seite bist du?«

»Ich bin auf gar keiner Seite, ich tue nur meinen Job. Hast du die Zeitung für mich gekauft?«

Sie reichte sie ihm. Das Titelfoto zeigte eine Gruppe älterer Frauen, die einen Polizeikonvoi mit Tomaten bewarfen. Schaulustige hatten sich um die Frauen geschart, die diese lachend anfeuerten und sich über die Polizei lustig machten. William betrachtete das Foto einen Moment lang, dann legte er die Zeitung wieder weg.

»Genau diese Art von Geschichten geben uns der Lächerlichkeit preis«, sagte er. »Was sollen wir in den Augen der Leute denn tun? Diese Rentnerinnen einsperren?«

Er atmete langsam aus, dann rollte er die Unterwäsche, die er aufs Bett gelegt hatte, zusammen und steckte sie in seine Schuhe, um den Platz optimal auszunutzen. Annie bemühte sich, sich von seiner Pedanterie nicht irritieren zu lassen.

»Wie lange wirst du wegbleiben?«

»Ein paar Tage. Höchstens drei oder vier.«

Zum Schluss breitete er ein Handtuch über den Kofferinhalt und zog den Reißverschluss zu. Die ins Zimmer fallenden Strahlen der Frühlingssonne hoben seine Züge hervor. Annie bemerkte seine Falten, die grauen Fäden in seinen Augenbrauen und im Haar. Dass sein Kinn nicht mehr so straff war wie früher.

»Du siehst müde aus«, sagte sie.

»Ich habe nicht gut geschlafen. Ich mache mir Sorgen, weil der Mörder noch immer frei herumläuft. Wir tun nicht genug. Aber wir sind zu wenig Leute. Irgendwie habe ich das Gefühl, als ließen wir das Opfer im Stich.«

»Sie ist tot, William. Für sie macht es keinen Unterschied mehr, was ihr tut und was ihr unterlasst.«

»Was, wenn es wieder passiert?«

»Glaubst du das denn?«

»Was ich glaube, spielt keine Rolle. Ich weiß es nicht.«

Er nahm ein Paar Manschettenknöpfe aus der kleinen Schale auf der Kommode.

»Komm, ich lege sie dir an«, sagte Annie. Er hielt ihr

das Handgelenk hin, und sie befestigte die Knöpfe an seinen Manschetten. Sie konnte sein Eau de Cologne riechen und den Pfefferminzgeruch seiner Pastillen, mit denen er seinen Atem erfrischte. »Du machst dir zu viele Sorgen«, sagte sie sanft. »Du kannst nicht die Verantwortung für die ganze Welt auf deine Schultern laden. Du kannst nur tun, was in deiner Macht steht.«

»Wir kennen noch nicht einmal ihren Namen. Das Einzige, was wir über sie wissen, ist, dass sie ein Kind hatte«, sagte William. »Sie hat mindestens einmal ein Kind geboren, das hat die Obduktion erbracht. Irgendwo ist jetzt ein kleiner Junge oder ein kleines Mädchen ohne Mutter.«

Annie strich seine Ärmel glatt und ging dann zum Fenster. Sie betrachtete das Moor und die Schatten der Wolken, die über die Hänge glitten. William stellte sich hinter sie.

»Annie?«

»Ja?«

»Sei bitte vorsichtig, solange ich weg bin«, meinte er. »Achte darauf, dass die Türen abgeschlossen sind. Und versprich mir, dass du nicht zum Moor hinaufgehst, jedenfalls nicht allein.«

»Aber ich habe kein Angst.«

»Das weiß ich.« Er küsste sie auf den Kopf und sagte: »Aber vielleicht wäre es besser, wenn du Angst hättest.«

VIERZEHN

Am nächsten Morgen fuhr Annie nach Matlow. Der Gitterzaun um das Bergwerk herum war mit Transparenten der *National Union of Mineworkers,* der Nationalen Bergarbeitergewerkschaft, behängt. Es waren selbst gemachte Plakate mit Sprüchen wie RETTET UNSERE JOBS oder solchen, die die Premierministerin und Ian MacGregor, den Vorsitzenden des *National Coal Board,* verhöhnten. Der Zecheneingang wurde von zwei Reihen helmbewehrter Polizisten in langen dunklen Mänteln bewacht. Hinter ihnen standen Grüppchen von Bergleuten herum. Sie hatten ein Kohlefeuer in einer Eisenpfanne entzündet, obwohl es ein sonniger, wenngleich stürmischer Tag war, sodass der Wind den Rauch mal hierhin und mal dahin wehte. Annie hielt Ausschau nach ihrem Vater, konnte ihn aber nicht unter den Männern entdecken.

Sie fuhr in die Rotherham Road, parkte vor dem Haus ihrer Eltern, ging zum Vordereingang und betätigte den Türklopfer.

Ihre Mutter öffnete die Tür einen Spaltbreit. Im Haus war es dunkel, aber Annie konnte erkennen, dass ihr Haar zerzaust und ihr Gesicht fleckig und aufgequollen war, wie immer, wenn sie sich über etwas aufgeregt hatte.

»Was willst du?«, fragte Marie im Flüsterton. »Heute ist doch nicht Donnerstag.«

»Ich möchte mit Dad reden.«

»Nicht jetzt, Annie. Geh wieder.«

»Lass mich zu ihm, Mum.«

Marie versuchte, die Tür zu schließen, aber Annie drückte von außen dagegen. »Hast du gesehen, was mit Johnnie passiert ist?«, fragte sie keuchend.

»Verflixt noch mal, natürlich hab ich das!«

»Das können die doch nicht machen!«

»Können sie sehr wohl, und auch wenn du hier anrückst wie die verdammte Kavallerie, wirst du nichts dran ändern. Aber es wird nicht wieder passieren.«

»Und was, wenn doch? Was dann? Was, wenn sie ihn das nächste Mal umbringen?«

»Die Sache hat sich erledigt. Er hat versprochen, den Streik nicht mehr zu brechen.«

»Ach, so ist das. Sie haben unseren Johnnie dazu gezwungen, nach der Pfeife der Gewerkschaft zu tanzen, und was er will, zählt überhaupt nicht, was?«

Marie neigte den Oberkörper nach vorn und senkte die Stimme. »Hör zu, Annie. Zurzeit geschehen Dinge, von denen du nichts verstehst. Du hast ja keine Ahnung, was es für uns bedeutet.«

»Ich weiß aber, was richtig und was falsch ist! Das habt ihr mir schließlich beigebracht.«

Annie hörte die Schritte ihres Vaters auf dem oberen Treppenabsatz. Er lehnte sich übers Geländer. »Wer ist da, Marie?«, rief er.

Marie gab den Widerstand auf und öffnete die Tür. »Unser Fräulein Tochter Neunmalklug.«

Annie sah zu ihrem Vater hoch. Denis Jackson trug geflickte Socken, eine alte Hose, in der Taille straff von einem Gürtel zusammengehalten, einen Pullover mit Rautenmuster und darunter ein Hemd. Auf seiner linken Wange war noch der Kissenabdruck zu sehen, und seinem verschlafenen Ausdruck nach zu urteilen, war er gerade aufgewacht.

»Was ist denn los?«, fragte er.

»Danke, ebenfalls schön, dich zu sehen«, sagte Annie ironisch.

»Sie hat Johnnie getroffen«, erklärte Marie.

»Oh.«

Denis kam in seinen Socken die Treppe herunter. Er war nicht groß, aber breitschultrig und muskulös. In jungen Jahren hatte er geboxt, und jetzt trainierte er die Jugendlichen im Boxclub. Im Flur war es so eng, dass Annie einen Schritt zurücktrat, um ihm Platz zu machen.

»Du willst mir doch nicht erzählen, dass es okay ist, was sie mit Johnnie gemacht haben, oder, Dad?«

»Ist alles schon geklärt.«

»Wirst du die, die ihm das angetan haben, der Gewerkschaft melden?«

»Natürlich nicht, verdammt!«

»Also findest du in Ordnung, was sie getan haben?«

Ihr Vater seufzte. »Wenn wir jetzt diskutieren wollen, was an diesem Streik richtig und was falsch ist, kannst du schon mal Teewasser aufsetzen.«

Annie schob sich an Marie vorbei, die noch immer ein finsteres Gesicht machte, und ging in die Küche. Ihr Vater folgte ihr. Sie hielt den Kessel unter den Wasserhahn, entzündete eine Gasflamme und stellte den Kessel auf den Herd.

Denis trat auf den Trethebel des Abfalleimers und leerte den Aschenbecher, dann rückte er sich einen Stuhl zurecht und setzte sich an den Tisch. Annie nahm drei Tassen vom Abtropfgestell auf der Spüle und stellte sie auf den Tisch. Dann holte sie die halb volle Milchflasche aus dem Kühlschrank und die Zuckerdose vom Fenstersims, ehe sie auf dem Stuhl gegenüber ihrem Vater Platz nahm.

»Also, Dad«, sagte sie, »sei so nett und erklär mir, warum du es in Ordnung findest, was mit Johnnie passiert ist.«

Er steckte sich eine Zigarette an, inhalierte mit geschlossenen Augen und entließ den Rauch durch die Nase. »Thatcher will die Kohlezechen schließen«, sagte er. »Alle. Wenn sie damit durchkommt, was sollen Leute wie wir dann tun? Und Johnnie und Johnnies Kinder? Darum geht es.«

»Ja, aber ...«

Denis hob die Hand und bedeutete ihr, zu schweigen. »Diesmal sind wir für einen langen Kampf gewappnet. Aber wir können nur erfolgreich sein, wenn wir alle zusammenhalten. Alle. Nicht nur die Jungs von der NUM, sondern alle – Stahlarbeiter, Eisenbahner und auch die, die in der Kantine oder sonstwo im Bergwerk arbeiten.«

Der Kessel in Annies Rücken begann zu pfeifen. Sie löschte die Flamme, goss Wasser in die Teekanne und stülpte den gestrickten Teekannenwärmer darüber.

»Fünfzehnhundert Kumpel arbeiten in der Zeche Matlow«, fuhr Denis fort. »Wie sollen diese Männer ihre Familien ernähren, wenn die Zeche dichtmacht? Wo sollen sie eine neue Arbeit finden? Wir können doch nichts anderes als Bergbau, haben nie was anderes gemacht. Ich will nicht, dass deine Mutter für den Rest ihres Lebens verdammte Büros putzt, während ich daheim auf dem Allerwertesten sitze und Däumchen drehe.«

»Aber das rechtfertigt noch lange nicht, was sie mit Johnnie gemacht haben! Das zeigt nur, dass die Kumpel genauso brutal sind wie die Regierung. Johnnie und die anderen von seiner Gewerkschaft haben sich demokratisch gegen einen Streik entschieden.«

Denis schüttelte den Kopf. »Du kannst nur einer Seite gegenüber loyal sein. Du musst Flagge zeigen. Und das wird er jetzt tun.« Denis klopfte die Asche seiner Zigarette im Aschenbecher ab.

»Weil er dazu gezwungen wurde.«

»Er wird es irgendwann verstehen. Und du auch.«

Annie stand auf. »Nein«, sagte sie. »Nein, Dad. Ich verstehe, dass die Gewerkschaft wichtig ist, und das Bergwerk und die Jobs sind es auch. Das alles verstehe ich. Aber die Familie ist noch wichtiger.«

FÜNFZEHN

Sie musste jetzt allein sein. Musste sich bewegen, um ihren Groll loszuwerden. William hatte sie zwar ermahnt, sie solle sich vom Moor fernhalten, aber sie hatte keine Angst, sie war aufgebracht, kochte vor Wut. Und sollte es irgendein Mörder wagen, sich ihr in ihrem momentanen Gemütszustand zu nähern, dann wehe ihm. Das stramme Gehen wirkte befreiend auf sie. Und sich Williams Anweisung zu widersetzen war ein kleiner, aber wohltuender Akt der Rebellion.

Sie nahm den unteren der beiden Wanderwege, der sanfter anstieg und über Jim Friels Farmland führte. Der Pfad über die Viehkoppel war steinig und nass. Die Kühe rupften an blassem, struppigem Gras, das nach dem langen Winter noch mickrig und gelblich war. Am Rand der Koppel beugten die jungen Narzissen ihre noch geschlossenen Blütenknospen. Mücken surrten in der Luft, und Vögel huschten emsig in den Hecken herum. Annie kletterte über den Zaunübertritt und folgte dem Weg in das kühle Halbdunkel des Waldes. Der Ruf eines Kuckucks hallte von den Bäumen wider. Der Waldboden färbte sich allmählich grün, und die ersten Blätter der Hasenglöckchen lugten durch das gelbliche Wintergras hervor. Während sie beherzt dem Weg folgte, bemerkte Annie weiter vorn eine Gestalt, eine Frau. Ein großer Hund sprang vor ihr her. Im Näherkommen erkannte Annie die Frau.

»Janine!«, rief sie.

Janine drehte sich um. Sie hatte eine Jeans und eine lange grüne Wachsjacke an, die schon bessere Tage gesehen hatte. Unter der Jacke trug sie die kleine Chloe in einer Babytrage vor der Brust.

Janine blieb stehen, hob die Hand und winkte. Sie wartete, bis Annie sie eingeholt hatte.

»Hat dir Paul nicht auch verboten, hier oben spazieren zu gehen?«, fragte Annie.

Janine schob sich eine Haarsträhne hinters Ohr. »Er meint, wenn ich Souness dabeihabe, ist es okay.« Sie nickte in Richtung Hund. »Er hat zwar die Polizeihundeprüfung nicht bestanden, aber Paul sorgt dafür, dass er die Basics nicht vergisst. Ich muss nur ein Wort sagen, und er greift an.«

»Ach so. Ist es okay, wenn ich dich begleite?«

Janine lächelte. »Natürlich. Ich freue mich, wenn du mir Gesellschaft leistest.«

Der Hund schnüffelte an Annie. Es war ein großer Deutscher Schäferhund. Sein Kopf reichte bis zu ihrer Taille herauf.

»Keine Angst, du kannst ihn ruhig streicheln«, sagte Janine. »Im Grunde ist er ein braves Tier.«

»Hast du keine Angst, dass er zu Hause dem Baby etwas tun könnte?«

»Oh, er darf nicht ins Haus. Er ist Tag und Nacht draußen, in einem Zwinger.«

Sie gingen weiter den Berg hinauf. Eine Weile plauderten sie über dies und das, doch als der Aufstieg zusehends anstrengender wurde, verfielen sie in Schweigen. Mit zunehmender Höhe wurde der Wald lichter, und bald konnte Annie von oben Jim Friels Cottage am Fuß des Berghangs sehen und jenseits davon das Gelände der Kohlemine, das sich kahl von dem graubraunen Moor abhob, mit den Minengebäuden und den Fördergerüsten, den Abraumhalden und dem Schlammbecken, neben dem die Polizeifahrzeuge standen. Hin und wieder trug der Wind eine Megafonstimme heran, schrill und autoritär. Und noch weiter in der Ferne, und tiefer gelegen, die Stadt, ein Gewirr aus Straßen und Gebäuden, das sich im Talbecken ausbreitete und an den Hängen emporkroch.

Annie und Janine mieden den Weg, den die meisten Wanderer nahmen, den breiten Wanderweg, der sich um den Berg herumzog und dem auch die Flitterwöchner an dem Tag gefolgt waren, als sie die Leiche gefunden hatten. Je höher sie kamen, desto kleiner und unscheinbarer wirkten die Farmgebäude, Everwell, das Bergwerk und Matlow. Als sie einen felsigen Abschnitt erreichten, setzten sie sich auf einen sonnigen Felsvorsprung und ließen die Beine in der Luft baumeln. Chloe, das Köpfchen zur Seite geneigt, schlief in ihrer Babytrage. Der Hund legte sich mit der Schnauze zwischen den beiden Vorderpfoten in den Schatten.

Annie lehnte sich zurück und stützte sich auf ihre nach hinten ausgestreckten Hände.

»Von hier wirkt die Entfernung zwischen der Stadt und

den Häusern weiter oben an der Landstraße gar nicht so groß, nicht wahr?«, sagte sie.

»Nein, es sind nur ein paar Meilen.«

Annie streckte die Hand aus und deutete auf einen Punkt. »Siehst du das Haus dort? Das mit dem grauen Dach und dem kleinen Cottage daneben? Das ist Everwell. Als ich ein Kind war, schien es mir ebenso weit entfernt wie der Mond.«

»Aber du hast es gekannt?«

»O ja. Wir Schulkinder wurden jedes Jahr zum Brunnensegnungsfest eingeladen – so, wie es heute noch Tradition ist. Ich erinnere mich, wie ich damals durch die Fenster gespäht habe.«

»Und – hat dir gefallen, was du gesehen hast?«

»Es sah für mich aus wie der Himmel auf Erden.«

Chloe war aufgewacht. Sie wand sich und wimmerte.

Janine befreite sie aus der Trage und putzte ihr die Nase. Das Baby rieb sich mit den Fäusten die Augen. »Ist es für dich okay, wenn ich sie stille?«

»Natürlich.«

Annie faltete ihren Pullover zu einem Kissen und legte sich rücklings auf den Felsen. Das warme Sonnenlicht machte sie schläfrig. Sie schloss die Augen und lauschte Chloes Gewimmmer, während Janine ihren BH aufhakte; sobald sie das Kind an die Brust gelegt hatte, hörte das Wimmern auf.

»Arbeitet Paul in letzter Zeit auch rund um die Uhr?«, fragte Annie.

»Mhm. Ich krieg ihn kaum zu sehen. Immerzu verspricht er, mir mehr mit dem Baby zu helfen, aber wenn er nach Hause kommt, ist er so müde, dass ich es nicht über mich bringe, ihn einzuspannen.«

»Und wahrscheinlich fällt ihm gar nicht auf, wie müde du bist.«

»Nein.«

»Das war bei William genauso, als Lizzie noch klein war. Ich nehme an, die Männer denken, sich um ein Baby zu kümmern, sei ein Kinderspiel.«

Eine Weile schwiegen sie wieder.

»Paul hält große Stücke auf William«, sagte Janine schließlich.

»Das beruht auf Gegenseitigkeit.«

»Er ist ein großes Vorbild für Paul. Er sagt, er ist noch nie jemandem begegnet, der so integer ist wie William.«

Annie lachte. »Gut, das muss man William lassen. Aber auf der anderen Seite ist es nicht einfach, mit jemandem verheiratet zu sein, der so korrekt ist wie er.«

»Ja, das kann ich mir vorstellen.«

Annie lauschte dem zufriedenen Schmatzen des Säuglings.

»Du hast doch Tom Greenaway gekannt, nicht wahr?«, fragte Janine.

»Ja. Wir sind zusammen aufgewachsen. Warum?«

»Ach, nur so.«

»Paul hat dich gebeten, mich auszufragen, stimmt's?«

Janine lachte. »Nein, ganz bestimmt nicht. Er hat mir nur erzählt, dass Tom eine schwierige Kindheit hatte, und ich würde gern mehr darüber erfahren. Du weißt ja, dass ich Lehrerin war, bevor ich geheiratet habe. Toms Mutter starb, als er noch ein Baby war, nicht wahr? Und sein Vater hat ihn schlecht behandelt.«

»Ja, das stimmt.« Annie zupfte an den stoppligen Grashalmen neben dem Felsen. »Sein Dad wollte, dass Tom traditionsgemäß die übliche Laufbahn eines Matlower Jungen einschlägt: So bald wie möglich ab von der Schule, dann rauf auf den Berg und runter in den Stollen, aber Tom konnte das einfach nicht. Er litt unter Klaustrophobie. Allein beim Gedanken, unter Tage zu arbeiten, wurde er bleich wie ein Leintuch.«

»Oh, das muss schwer für ihn gewesen sein.«

»Toms Vater war ein schrecklicher Mann. Er dachte, dass Toms Problem ein schlechtes Licht auf ihn werfen würde. Er hat ihn einen Weichling geschimpft – und Schlimmeres.«

»Der arme Junge.«

»Die Leute mochten ihn. Viele haben versucht, ihm zu helfen.«

»Ja, aber das wiegt die Ablehnung durch den Vater auch nicht auf. Kinder, die von klein an gesagt bekommen, sie seien nutzlos, errichten eine Mauer um sich herum. Sie sagen, was die Leute hören wollen. Sie haben oftmals Probleme mit der Wahrheit, auch später, als Erwachsene. Kannst du das in Bezug auf Tom Greenaway bestätigen?«

»Ich weiß nicht.«

Janine nahm Chloe von der Brust und reichte ihr stattdessen ihren kleinen Finger; ein Tropfen Milch rann über das Kinn des Säuglings. »Du kleiner Nimmersatt, du«, sagte sie zärtlich.

Annie hatte sich wieder aufgesetzt und schlang die Arme um ihren Oberkörper. Die Sonne war hinter der Bergkuppe verschwunden, und sie fröstelte. Über ihre Schulter hinweg blickte sie übers Moor.

»Lass uns zurückgehen«, sagte sie. »Nebel zieht auf.« Sie erhob sich und half Janine aufzustehen. Der Hund streckte sich und gähnte. Noch einmal ließ Annie den Blick in Richtung Stadt schweifen, die langsam im Dunst versank. Sie fragte sich, ob Janines Analyse auf Tom zutraf. Sie rief sich ins Gedächtnis, was er zu ihr gesagt hatte, wenn sie zusammen ausgegangen waren, die Versprechungen, die er ihr gemacht hatte. Hatte er ihr nur erzählt, was sie hören wollte?

Die schönen Dinge, die er ihr ins Ohr geflüstert hatte. Waren das alles Lügen gewesen?

SECHZEHN

Am nächsten Tag wehte ein kräftiger Wind, der am Nachmittag noch zunahm. Er peitschte die Baumwipfel und rüttelte an den Dachrinnen. Als plötzlich Paul Flemings Gesicht am Küchenfenster erschien, erschrak Annie. Er lächelte und winkte ihr zu, worauf Annie zur Hintertür eilte und sie öffnete.

»Ich habe an der Haustür geklingelt«, sagte er, »aber es hat niemand aufgemacht.«

»Ich habe es nicht gehört«, sagte Annie. »Der Wind macht einen solchen Lärm. Wolltest du zu William?«

»Nein, nein, ich weiß, dass er in London ist. Ich wollte zu dir.«

»Ach ja? Wie wär's mit einer Tasse Tee?«

»Gern, bevor ich mich schlagen lasse.«

Er stellte seinen Aktenkoffer und einen Plastikbeutel auf den Fliesenboden und zog sich einen Stuhl heran.

»Ich habe gestern Janine getroffen«, sagte Annie, während sie Tee machte.

»Ja, das hat sie mir gesagt. Sie meinte, ihr zwei hättet einen netten Plausch gehabt.«

»Sie ist sehr müde; das Baby und der Haushalt, das ist schon sehr anstrengend. Ich weiß noch sehr gut, wie das war. Manchmal wird es einem einfach zu viel.«

»Sobald ich kann, nehme ich Urlaub; dann fahren wir

für eine Woche zu Jans Mutter nach Southport. Aber wir haben zurzeit strikte Urlaubssperre. Jeder Mann wird gebraucht.«

»Gibt es Fortschritte im Mordfall?«

»Nein, noch nicht. Aber schau mal, was ich hier habe.«

Er zog ein großes Blatt Papier aus dem Plastikbeutel und legte es auf den Tisch. Annie sah es sich an. Es war ein Polizeiplakat. Am oberen Rand stand: *Wer kennt diese Frau?*, und darunter sah man ein gezeichnetes Frauengesicht. Die Frau blickte mit ausdrucksloser Miene den Betrachter an. Es sah aus wie ein schlecht gemachtes Porträt von Annie.

»Das ist unsere Tote vom Moor«, erklärte Paul. »Wir bemühen uns, sie zu identifizieren.«

»Wenn sie von hier wäre, müsste sie doch inzwischen als vermisst gemeldet worden sein, oder nicht?«

»Nun, vielleicht war sie auf der Durchreise. Aber wir hoffen, dass jemand sie erkennt.«

Annie nahm eine Tüte mit Vollkornplätzchen aus dem Schrank und leerte die Hälfte auf einen Dessertteller. Dann goss sie Tee in zwei Tassen und gab Milch dazu, ehe sie sich gegenüber von Paul an den Tisch setzte.

Er nahm ein Plätzchen und tunkte es in seinen Tee.

»Und, was kann ich für dich tun?«, fragte sie.

»Hm?«

»Du hast gesagt, du wolltest zu mir.«

»Oh, wegen nichts Bestimmtem. Ich habe William versprochen, ein Auge auf dich zu haben, während er in London ist. Er macht sich Sorgen um dich.«

»Ich weiß. Aber das braucht er nicht. Ich kann gut selbst auf mich aufpassen.«

»Ihr wohnt ziemlich abgelegen hier draußen, du bist allein mit einem Kind und einer alten Frau in diesem großen Haus. Das macht dich verletzlich.«

»Vielleicht.« Annie sah sich um. Sie hatte sich immer sicher in dem alten Haus gefühlt, aber sie hatte ja auch nie einen Grund gehabt, sich unsicher zu fühlen. »Es gibt eine Alarmanlage. Wir benutzen sie nur selten, aber William meint, es sei eine gute Abschreckung.«

»Ist sie mit dem Polizeirevier verbunden?«

»Ich denke schon. Du weißt doch, wie gründlich William ist.«

»Ich werde es überprüfen. Das dürfte nicht schwer sein.«

»Aber im Ernst, Paul, ich bin sicher, dass es keinen Grund zur Sorge gibt. Es geht uns gut. Und im Ernstfall kann ich ja auf Williams Gewehr zurückgreifen.«

»Kannst du denn damit umgehen?«

»Nun, ich könnte einem Eindringling den Gewehrkolben über den Schädel schlagen.«

Paul lächelte. »Ich sorge dafür, dass ein-, zweimal am Tag ein Streifenwagen vorbeifährt, um sicherzugehen. Und wenn dir etwas Verdächtiges auffällt, ruf einfach auf dem Revier an.«

»Okay, mache ich«, sagte Annie.

Als Paul gegangen war, begab sich Annie in die Diele. Sie versuchte, den Gewehrschrank zu öffnen, doch er war abgeschlossen. Sie suchte den Schlüssel an den Stellen im Flur, die sich als Versteck eigneten, fand ihn jedoch nicht.

Daher nahm sie sich vor, William nach seiner Rückkehr danach zu fragen – um sicherzugehen, wie Paul gemeint hatte.

Dann holte sie einen Beutel Kartoffeln aus dem Vorratsraum und ging damit in die Küche zurück, um sie zu schälen. Sie war fast fertig, als Johnnie kam. In der Küche zog er seine Motorradhandschuhe aus, nahm seinen Helm ab und legte beides auf den Tisch. Annie küsste ihn auf die eiskalte Wange.

»Ganz schön ungemütlich da draußen«, sagte er und rieb sich die Hände.

»Du solltest bei diesem Wetter nicht Motorrad fahren.«

»Ach, das macht mir nichts aus. Ist da noch 'ne Tasse für mich drin?« Er deutete auf die Teekanne.

»Ja, ich denke schon. Und bedien dich auch bei den Plätzchen. Oh, das hast du ja schon, wie ich sehe.«

Johnnie kaute genüsslich und grinste sie an. Er besah sich das Blatt mit der Vermisstenanzeige, das Paul dagelassen hatte. »Wer ist das?«

»Die Frau, die ermordet wurde.«

»Sie sieht dir ähnlich. Irgendwie unheimlich, findest du nicht?«

»Das ist ein Zufall«, erwiderte Annie, »mehr nicht. Es gibt bestimmt unzählige Frauen auf der Welt, die mir ähnlich sehen. Wie geht's deinem Auge?«

»Besser.« Er beugte sich über den Tisch, damit sie sein Gesicht begutachten konnte.

»Die Blutergüsse sind verheilt, aber die Haut ist immer noch gelb verfärbt.«

»Das ist wahrscheinlich nur ein bisschen Dreck. Hast du noch ein paar Plätzchen?«

»Johnnie Jackson, du bist ein Vielfraß. Soll ich dir ein Sandwich machen?«

»Ja, gern, aber deswegen bin ich nicht gekommen.«

Annie hielt inne und sah ihren Bruder an. Er war rot geworden.

»Weswegen denn?«, fragte sie.

»Ich wollte dir das hier geben.«

Er griff mit der Hand in die Jackentasche, nahm einen in eine Tragetüte gewickelten rechteckigen Gegenstand heraus und legte ihn auf den Tisch.

»Was ist darin?«

»Schau nach.«

Annie wickelte die Plastiktüte auf, fasste hinein und brachte ein von einem Gummiband gehaltenes Bündel Briefe zum Vorschein. Die Briefe waren an *Miss Annie Jackson* in der Rotherham Road adressiert, und sie erkannte die Handschrift; sie war ihr ebenso vertraut wie ihre eigene.

»Oh mein Gott!«, sagte sie.

Sie setzte sich, streifte das Gummiband ab und breitete die Briefe auf dem Tisch aus. Jeder Umschlag war mit der gleichen Gefängnisbriefmarke frankiert. Der älteste Brief war im Januar 1975 abgeschickt worden, in dem Monat, als Tom seine Haftstrafe angetreten hatte.

»Weißt du, von wem die sind, Johnnie?«, fragte Annie.

Er nickte.

»Wo hast du sie gefunden?«

»Ganz hinten in Mums Küchenschrank, hinter ihrem Strickzeug. Sie muss vergessen haben, dass sie noch immer dort waren.«

»Hat Mum sie dort versteckt?«

»Ja.«

»Sie hat sie die ganze Zeit vor mir verborgen? Warum hat sie das getan?« Annie stand auf und schlug wütend mit der flachen Hand auf den Tisch, dann zog sie sich erneut den Stuhl heran und setzte sich wieder. »Hätte sie sie mir damals gegeben, wäre vielleicht alles anders gekommen.« Sie stützte den Kopf in ihre Hände. »Wie konnte sie bloß?«, rief sie aus. »Wie konnte sie mir das antun?«

Johnnie runzelte die Stirn. »Ich wollt's dir sagen. Aber dann hab ich gedacht, Mum wird schon wissen, warum sie das macht. Doch als ich neulich gehört hab, wie du für mich Partei ergriffen hast, dacht ich, dass ich das Gleiche für dich tun sollte. Außerdem war's falsch, sie vor dir zu verstecken.«

»Oh ja, das war es.«

Annie strich sich das Haar nach hinten über die Schultern. »Als Tom mir gesagt hat, er habe mir Briefe geschrieben, habe ich ihm nicht geglaubt. Ich habe ihm gar nicht zugehört. Ich dachte, er lügt.«

Johnnie machte ein besorgtes Gesicht.

»Meinst du, es war richtig von mir, Annie? Dass ich sie dir jetzt gebracht hab?«

Sie streckte eine Hand über den Tisch aus und legte sie auf Johnnies Unterarm.

»Ja«, sagte sie. »Oh ja, das war richtig von dir.«

Annie wartete bis zum Abend, bis Ethel und Lizzie im Bett waren, ehe sie sich daran machte, die Briefe zu lesen.

Die ersten Briefe waren lang und weitschweifend. Abschnitte, in denen Tom Annie seine Liebe und Zuneigung ausdrückte, wechselten mit Passagen voller Wut, in denen er immer wieder seine Unschuld beteuerte. Er habe Mrs Wallace nicht umgebracht, er hätte ihr nie im Leben ein Haar gekrümmt, sei sie doch, abgesehen von Annie, der einzige Mensch gewesen, den er geliebt habe.

Zuerst dachte ich, ich würde es nicht überleben. Ich habe den Beamten gesagt, ich kann es nicht ertragen, eingesperrt zu sein, aber sie haben mir nicht geglaubt. Sie wissen ja nicht, wie es ist, wenn man meint, man würde von den Wänden erdrückt, wenn man keine Luft mehr kriegt. Warum schreibst Du mir nicht, Annie? Wenigstens eine Postkarte. Irgendein Zeichen. Lass mich doch zumindest wissen, dass Du noch an mich denkst. Schreib mir wenigstens ein paar Worte.

Im Laufe der Monate wurden die Briefe kürzer.

Ich erzähle den anderen von Dir, Annie. Ich erzähle ihnen, wie wunderbar Du bist, wie stark und lustig, wie Du Deiner Mutter Widerworte gibst. Ich nehme an, sie glauben mir nicht. Wahrscheinlich denken sie, ich hätte Dich erfunden. Allmählich fange ich an, das selbst zu glauben. Habe ich Dich mir nur eingebildet, Annie? Existierst Du nur in meiner Fantasie?

Und dann:

Einer der Wärter hat mir gesagt, Du würdest den Detective Superintendent heiraten. Das stimmt doch nicht, oder, Annie? Das würdest Du doch nicht tun?

Annie legte den Brief zurück zu den anderen. Sie stocherte in der Glut im Kamin, bis das Feuer wieder aufflammte. Sie wusste nicht mehr, was wahr und was falsch war. Das Einzige, was sie wusste, war, dass ihre eigene Mutter Toms Briefe vor ihr verborgen hatte.

Würde sie ihr das je verzeihen können?

SIEBZEHN

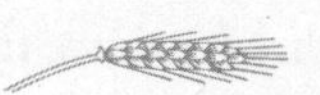

Am nächsten Tag nahm der Wind nochmals zu, und es blitzte und donnerte. Annie war froh, als sie es sich, nachdem sie Elizabeth von der Schule abgeholt und die Türen verschlossen hatte, gemütlich machen konnten. Ethel, Mrs Miller, Annie und Elizabeth waren im Wintergarten. Im Radio lief ein Comedy-Quiz, und Ethel hörte zu und lachte, wenn das Publikum lachte. Annie las einen Roman, Mrs Miller strickte, und Elizabeth saß auf dem Läufer auf dem Boden und zeichnete. Es war so behaglich, dass Annie, als das Telefon im Flur läutete, keine Lust hatte aufzustehen.

»Gehst du bitte dran?«, sagte sie zu Elizabeth. Das Mädchen rappelte sich hoch und rannte durch das Wohnzimmer in den Flur hinaus.

»Wer ist es?«, fragte Ethel. »Ist es mein Mann? Ist es Gerry?«

»Ich glaube nicht«, erwiderte Annie.

»Wo ist er denn? Er wollte schon vor einer Stunde zurück sein. Er will mich zum Abendessen ausführen.«

»Keine Sorge, es ist bestimmt alles in Ordnung.«

»Ich muss mich umziehen und mich schminken. Bestimmt sehe ich schrecklich aus.«

Annie lächelte und sah ihre Schwiegermutter an. »Nein, das musst du nicht«, sagte sie. »Du siehst wie immer wunderbar aus.«

Elizabeth kam zurück und ließ sich wieder auf den Boden nieder.

»Es war Daddy«, sagte sie. »Er konnte nicht lange sprechen. Er muss mit ein paar Leuten zu Abend essen und übernachtet heute in einem Hotel in Kensington. Ich soll dich von ihm grüßen.«

»Wie nett von ihm«, sagte Annie.

»Es ist nicht fair«, sagte ihre Tochter. »Wir übernachten nie in einem Hotel.«

»Er ist ja nicht im Urlaub, Lizzie«, sagte Mrs Miller. »Es ist bestimmt kein Vergnügen für ihn. Ich würde wetten, er wäre viel lieber zu Hause bei euch.«

Da wäre ich mir nicht so sicher, dachte Annie.

»Erinnerst du dich an das Hotel an der Riviera, wo wir in den Flitterwochen waren?«, fragte Ethel. »Und an die Terrasse, auf der wir immer gefrühstückt haben? Honig und Feigen. Oh, es war wunderschön dort. Ich war so glücklich.«

»Sie und Ihr Mann hatten ein schönes Leben, nicht wahr, Mrs Howarth?«, fragte Mrs Miller.

»Ja, das stimmt. Ich war sehr glücklich.«

»Hoffentlich können Annie und ich das auch sagen, wenn wir in Ihrem Alter sind.«

Später aßen sie am Küchentisch zu Abend. Die Fensterläden klapperten, und draußen war ein Heulen zu hören wie von Wölfen, aber es war nur der Wind, der um die Schornsteine pfiff. Annie räumte gerade den Tisch ab, als erneut das Telefon klingelte. Wieder rannte Elizabeth in den Flur, aber diesmal war es für Mrs Miller. Wenig später kam sie mit geröteten Wangen in die Küche zurück.

»Mein Vater hat sich tatsächlich schon wieder das Knie verrenkt«, sagte sie. »Ich muss leider nach Hause.« Sie sah Annie an. »Tut mir leid, meine Liebe. Könnten Sie bitte heute Abend ausnahmsweise Ethel ins Bett bringen?«, fragte sie.

»Aber sicher«, antwortete Annie, »gehen Sie ruhig.«

Nachdem Mrs Miller fort war, zog Annie die Vorhänge vor. Als sie den Fernseher anmachen wollte, um sich *Coronation Street* anzusehen, ging er nicht. Sie vermutete, dass der Wind die Antenne beschädigt hatte. Da Ethel nicht im Wohnzimmer bleiben wollte, wenn sie nicht fernsehen konnte, brachte Annie sie zu ihrem Sessel im Wintergarten zurück. Dort nahm Annie erneut ihr Buch zur Hand und versuchte, wieder in die Geschichte einzutauchen, aber ihre Ruhe war dahin. Sie sah auf die Uhr. Es war kurz nach acht.

»Ab mit dir ins Bett, Liebes«, sagte sie zu Elizabeth. »Es ist höchste Zeit.«

Elizabeth machte ein langes Gesicht.

»Was hast du?«, fragte Annie.

»Ich will nicht allein hochgehen. Ich habe Angst.«

»Oh Lizzie, es ist doch nur der Wind. Der wird dir schon nichts tun.«

»Aber was, wenn ein Baum aufs Dach fällt und uns tötet?«

»Das passiert schon nicht.«

»Was, wenn der Blitz einschlägt und es anfängt zu brennen und wir sitzen oben fest und sterben?« Elizabeth biss sich auf die Lippe und blinzelte. »Was, wenn plötzlich das Licht ausgeht und ich noch im Treppenhaus bin und ein Mörder kommt herein und packt mich ...«

»Das reicht jetzt«, sagte Annie.

Sie warf einen verstohlenen Blick zu Ethel hinüber. Die alte Dame saß entspannt in ihrem Sessel und schien in Gedanken versunken. Sie lächelte friedlich und nickte sachte mit dem Kopf. Annie ging zu ihr, beugte sich hinab, sodass sie auf gleicher Augenhöhe mit ihr war, und berührte ihre Hand. Ethel öffnete die Augen.

»Ist es okay, wenn ich dich fünf Minuten allein lasse, Ethel, während ich Elizabeth ins Bett bringe?«

»Ich warte auf meinen Mann.«

»Ich weiß, meine Liebe, aber ist es dir recht, wenn du kurz allein auf ihn wartest?«

»Er wird mich zum Abendessen ausführen.«

»Ich weiß, ich weiß. Also warte bitte hier, Ethel. Ich bin gleich wieder zurück. In Ordnung?«

»In Ordnung«, sagte Ethel.

Annie überprüfte, ob die Verandatür zum Garten abgeschlossen war. Sie zog den Schlüssel ab und versteckte ihn hinter der Blumenvase auf dem Fensterbrett. Draußen konnte sie kaum etwas erkennen, nur das Stück Rasen, das vom Licht, das durch die Fenster fiel, erhellt wurde. Ein unbehagliches Gefühl ergriff sie, als ihr klar wurde, dass jemand, der im Garten oder oben im Moor stünde, zu ihnen hereinsehen könnte. Von draußen gesehen, wirkte der Wintergarten mit dem vielen Glas sicher wie ein hell erleuchtetes Schaufenster.

»Komm, beeil dich.« Sie zog Elizabeth an den Händen hoch.

Sie gingen in Lizzies Zimmer und begannen mit dem üblichen Gutenachtritual. Normalerweise genoss Annie diese Zeit mit ihrer Tochter. Sie mochte es, ihr den angewärmten Pyjama aus dem Wäschetrockenschrank zu reichen, die weiche, saubere Bettdecke zurückzuschlagen und ihr eine Geschichte vorzulesen – ein Luxus, den Marie mit all ihren Teilzeitjobs Annie nie hatte bieten können, als sie klein gewesen war. An diesem Tag versuchte sie allerdings, die Abläufe ein wenig zu beschleunigen, doch Elizabeth war widerspenstig und weinerlich. Als sie schließlich im Bett lag, schmiegte sie ihre Wange an ihren Spielzeughund, während ihre Mutter auf der Bettkante saß und sich mit der Hand neben ihr auf dem Bett abstützte. Elizabeth lutschte am Daumen, und immer wieder fielen ihr die Augen zu.

»Lies mir etwas vor, Mami«, bat sie.

»Ich muss jetzt wieder hinunter und nach Großmutter sehen.«

»Nur ein paar Seiten, dann schlafe ich ein, versprochen!«

»Lizzie …«

»Bitte, Mami!«

»Na gut. Aber nur ein Kapitel, dann muss ich wirklich wieder nach unten.«

Sie lasen gerade *Clever Polly and the Stupid Wolf*, eine Geschichte, die von einem kleinen Mädchen handelte, das Kapitel für Kapitel den Wolf austrickste, der sie fressen wollte. Elizabeth liebte dieses Buch, obwohl es für Annies Geschmack ziemlich grausam war. Nachdem Annie ein kurzes Kapitel gelesen hatte, gähnte Elizabeth.

»So, nun mach die Augen zu«, sagte Annie. Elizabeth kuschelte sich noch tiefer unter die Bettdecke und legte den Kopf auf den Schoß ihrer Mutter. Annie streichelte zärtlich ihre Stirn und strich eine Haarsträhne hinter ihr Ohr.

»Willst du, dass ich das Licht anlasse?«

Die Kleine nickte. Dann sagte sie: »Mami?«

»Ja, mein Schatz?«

»Bleib bei mir, bis ich eingeschlafen bin. Nur für den Fall.«

»Ich muss zu Großmutter zurück, das weißt du doch.«

»Ich schlafe bestimmt gleich ein.«

Also blieb Annie noch und wartete, bis Elizabeth tief und gleichmäßig atmete, und weil es so warm und gemütlich im Zimmer war, musste Annie wohl ebenfalls eingenickt sein. Als ein Geräusch von unten erklang – ein lauter Schlag –, schreckte sie hoch. Sie sprang auf und lief ins Treppenhaus. »Ethel!«, rief sie. »Ethel, ist alles in Ordnung?«

Von unten kam keine Antwort. Sie rannte, so schnell sie konnte, die Treppe hinab, war aber noch immer ein wenig benommen, sodass ihr nicht gleich einfiel, wo sie Ethel zurückgelassen hatte. Unten im Flur spürte sie einen Windzug an den Beinen. Dann hörte sie eine schlagende Tür.

»Oh mein Gott!«, wisperte sie und lief in den Wintergarten.

Die Decke, die sie um Ethels Beine gewickelt hatte, lag auf dem Boden, Ethels Sessel war verwaist, und die Terrassentür zum Garten stand sperrangelweit offen und wurde vom Wind in den Angeln hin- und hergerissen. Die Scheibe in einem der Türflügel war zerbrochen, die Scherben lagen auf dem Boden.

Von der alten Frau fehlte jede Spur. Sie war verschwunden.

ACHTZEHN

Annie rannte in den Garten. Die Sichel des Halbmonds stand am Himmel, und Wolken jagten darüber. Kalter Wind wehte tosend durch die Bäume.

»Ethel!«, schrie Annie. »Ethel, wo bist du?«

Sie dachte, die alte Frau sei vielleicht zum Wildhüter-Cottage gelaufen, aber als sie dort ankam, fand sie die Tür verschlossen vor. Ethel konnte also nicht dort drinnen sein. Annie rannte mal in die eine Richtung, mal in die andere, zu aufgeregt, um systematisch zu suchen. Da sie nicht glaubte, dass Ethel kräftig genug war, um den Zaunübertritt zu überwinden, der vom Garten auf die dahinterliegende Weide führte, konzentrierte sie ihre Suche auf den Garten. Als Nächstes sah sie im Brunnen nach, um sicherzugehen, dass ihre Schwiegermutter nicht ins Wasser gefallen war, dann lief sie an der Hecke entlang, die den Garten umrandete. Als sie die ersten Regentropfen auf ihrer Haut spürte, geriet sie in Panik. Sie rannte ums Haus herum und schrie nach Ethel. Und plötzlich dachte sie an die Frau im Moor und dass der Mörder, wenn er noch irgendwo da draußen war, sie hören würde, dass sie ihn mit ihren Schreien anlocken könnte. Aber das war albern, schalt sie sich sogleich, die Panik ließ sie dummes Zeug denken, warum sollte sich ein Mörder im Gewittersturm im Moor herumtreiben? Auf der anderen Seite, warum nicht? Er könnte sich in einer der Höhlen versteckt haben. Hatte William ihr nicht gesagt, dass sie vorsichtig sein solle? Er glaubte offenbar an eine Gefahr. Und Paul Fleming hatte sie ebenfalls gewarnt. War er es, der vom Yorkshire Ripper gesprochen hatte, oder war das jemand im Fernsehen gewesen? Und nun war Ethel da draußen, allein! Annie lief ins Haus zurück. Sie wählte die Nummer der Flemings, und als Janine abnahm, bat sie, mit Paul sprechen zu können.

»Paul ist noch nicht zu Hause«, sagte Janine. »Soll ich ihm etwas ausrichten, wenn er zurückkommt?«

»Nein«, sagte Annie. »Nein, ist schon gut.«

Sie legte wieder auf. Sollte sie die Polizei anrufen und um Hilfe bitten? Vielleicht sollte sie das, aber dann würde sich die Nachricht wie ein Lauffeuer durch sämtliche Abteilungen verbreiten, und William würde sich zu Tode schämen, wenn all seine Kollegen erführen, dass seine senile Mutter in dieser stürmischen Nacht aus dem Haus entwischt war. Er würde sich zutiefst erniedrigt und beschämt fühlen, wenn er zum Gespött der Kollegen würde. Annie wusste nicht, in welchem Hotel William übernachtete und wie sie ihn kontaktieren sollte, und selbst wenn sie ihn erreichen würde, was könnte er von London aus schon ausrichten? Wen konnte sie sonst noch um Hilfe bitten? Jim Friel, ja genau. Jim wusste bestimmt, was zu tun war.

Die Telefonnummer der Farm stand auf der ersten Seite des Telefonbuchs, das in der Flurgarderobe lag. Annie wählte mit zittrigen Fingern. Jim nahm ab, und seine verschlafene Stimme sagte Annie, dass sie ihn aufgeweckt hatte. Es war zwar noch keine neun Uhr, aber er ging früh zu Bett, weil er vor Tagesanbruch aufstehen musste, um die Kühe zu melken.

»Jim, ich brauche Ihre Hilfe«, sagte sie. »Mr Howarth übernachtet heute auswärts, und Mrs Howarth, Williams Mutter, hat das Haus verlassen; sie irrt jetzt irgendwo da draußen herum und trägt nur ein Kleid, hat nicht mal Schuhe an, und es regnet und ich kann sie nicht finden …«

»Oje«, sagte Jim. »Dann müssen wir schnell etwas unternehmen!«

»Ich weiß mir nicht mehr zu helfen! Ich habe den ganzen Garten abgesucht, aber sie ist nirgendwo. Was, wenn sie auf die Straße hinausgelaufen ist? Oder gar ins Moor hinauf?«

»Ist das Tor am unteren Ende der Auffahrt zu?«

»Kein Ahnung. Ich glaube nicht.«

»Dann laufen Sie schnell hinunter und schauen Sie nach. Ich mach mich inzwischen auf den Weg. Ich nehme mir den oberen Teil der Straße vor und versuche, jemanden aufzutreiben, der den unteren Teil absucht.«

»Danke, Jim. Vielen Dank.«

Mit zitternden Händen zog sich Annie Mantel und Stiefel an. Sie nahm die Taschenlampe, die in der Diele lag, eilte hinaus und die Auffahrt hinunter. Immer wieder rief sie nach Ethel, aber der Sturm riss ihr die Worte von den Lippen. Sie richtete den Lichtkegel der Taschenlampe mal hierhin, mal dorthin, aber er erleuchtete nur Äste und Zweige, sturmgepeitschte Büsche, den rotbraunen Schwanz eines Fuchses, der in einer Hecke verschwand.

Während sie die Auffahrt hinablief, jagten ihr Schreckensvisionen durch den Kopf: Ethel, die irgendwo gestürzt war; Ethel, die frierend und blutend irgendwo lag; Ethel, die auf die Straße gelaufen und, geblendet von den Scheinwerfern eines Lastwagens, erschrocken stehen geblieben und von ihm überfahren worden war; Ethel, die neben einem Felsen kauerte, halb tot vor Kälte; Ethel, die mit dem Mörder sprach; Ethel, die ihn verwirrt ansah, als er die Hände um ihren Hals legte; Ethel, die auf eine Felsplatte hinabgestoßen worden war.

»Bitte, lieber Gott«, betete Annie, »lass sie unversehrt sein, bitte, o Gott!«

In der Dunkelheit und dem tosenden Wind erschien ihr die Auffahrt unendlich. Und als Annie schließlich das Ende erreichte, stand das Tor sperrangelweit offen, wie sie es befürchtet hatte; die Torflügel ratterten in den Angeln, was sich anhörte wie Kettenrasseln. Sie wandte sich nach links, hangabwärts, in die entgegengesetzte Richtung, in der die Farm lag; sie lief die schmale Landstraße entlang, suchte mit der Taschenlampe die Umgebung ab und rief unentwegt nach Ethel.

Nachdem sie ungefähr hundert Meter gegangen war, sah sie das Scheinwerferlicht eines aus der Stadt kommenden Wagens, der um die Kurve bog. Annie trat auf die Straße und winkte mit beiden Armen. Der Wagen bremste und blieb ein paar Meter vor ihr stehen, sodass sie von den Scheinwerfern geblendet wurde. Trotz des Regens öffnete der Fahrer die Tür und stieg aus. Sie rannte zu ihm hinüber. Im ersten Moment erkannte sie ihn nicht, dann sah sie, dass es Tom war. Erleichtert ergriff sie seine Hand.

»Oh Tom!«, rief sie. »Gott sei Dank, dass du hier bist, du musst mir helfen! Hast du jemanden gesehen, hast du ...«

»Scht. Es ist alles gut, Annie. Ich habe sie gefunden. Sie ist hier bei mir im Wagen, schau ruhig rein.«

Annie spähte ins Innere des Pick-ups, und da war sie: In eine dicke alte Decke gehüllt und Toms Wollmütze bis über die Ohren heruntergezogen, saß Ethel auf dem Beifahrersitz.

»Oh Ethel! Gott sei Dank.« Annie war den Tränen nahe.

»Jim hat mich angerufen«, erklärte Tom, »und mich gebeten, langsam die Landstraße hochzufahren, und siehe da, wer ist bei Wind und Wetter in Richtung Stadt spaziert? Mrs Howarth, als wäre es das Normalste der Welt. Sie waren zum Abendessen aus, stimmt's, Mrs Howarth?«

Ethel lächelte. »Es war so nett«, sagte sie. »Ich habe Hühnchen gegessen.«

Annie bemühte sich, nicht vollends die Fassung zu verlieren.

»Beruhige dich«, sagte Tom leise. »Es geht ihr gut, Annie, es ist nichts passiert.«

Annie hatte die Arme um ihren Oberkörper geschlungen, und ihr Gesicht brannte vor Kälte in dem strömenden Regen. Der Sturm wurde immer schlimmer. Aber im Moment spürte sie nur noch unendliche Erleichterung.

»Schnell, rein mit dir in den Wagen«, sagte Tom. »Dann fahre ich die beiden Ladys nach Hause.«

»Ich habe Lizzie allein gelassen«, sagte Annie. »Und die Verandatür ist nicht abgeschlossen.«

»Es ist bestimmt alles in Ordnung. Wir sind gleich dort.«

»Es könnte einfach so jemand ins Haus spazieren.«

»Annie, Liebes, es geht ihr sicher gut.«

Tom reichte ihr die Hand und half ihr in den Wagen. Sie kletterte über den Fahrersitz hinweg auf den mittleren Platz, zwischen Ethel und Tom. Die Heizung blies warme Luft ins Wageninnere. Sie griff unter die Decke und nahm die Hand ihrer Schwiegermutter in die ihre. Ethels Wangen waren leicht gerötet, und ihre Augen strahlten.

»Du hast mir einen ganz schönen Schrecken eingejagt, Ethel«, sagte Annie. Die Hand der alten Dame zitterte; sie fühlte sich zerbrechlich an, die Haut wie Pergament, und sie war kalt.

»Was hatte ich noch mal zum Dessert?«, fragte Ethel. »Orangensorbet? Oder hab ich mit Gerry ein Stück Kuchen geteilt?«

»Jedenfalls haben Sie einen kleinen Schluck Brandy genommen, nachdem Sie bei mir eingestiegen sind«, sagte Tom.

Ethel beugte sich vor und strahlte an Annie vorbei Tom an. »Und der war ausgezeichnet. Außerdem sind Sie ein guter Fahrer«, sagte sie. »Wir werden Ihre Dienste gern wieder in Anspruch nehmen.«

»Sie sind mir ja eine Schmeichlerin, Mrs Howarth«, erwiderte Tom.

»Wobei Sie dringend mal zum Frisör gehen sollten. Ohne den Bart wüsste man nicht, ob Sie ein Mann oder eine Frau sind.«

»Das hat mein Dad auch immer gesagt.«

»Sie hätten besser auf ihn hören sollen«, meinte Ethel.

NEUNZEHN

Auf Jim Friel war Verlass. Als sie die Auffahrt hinauffuhren, war er mit Seth, seinem Sohn, in der Nähe des Hauses unterwegs. Die beiden Männer gingen im strömenden Regen noch immer suchend mit ihren Taschenlampen durch den Garten.

Tom öffnete die Fahrertür und sprang aus dem Wagen. »Es ist alles okay!«, rief er. »Wir haben sie gefunden.«

»Dem Himmel sei Dank!«, sagte Jim.

Auch Annie stieg aus dem Wagen. »Jim, an der Tür des Wintergartens ist die Scheibe kaputtgegangen.«

»Keine Sorge, das bringen wir wieder in Ordnung«, sagte der Nachbar. »Seth und ich kümmern uns darum.«

Während die beiden Friels sich in den Wintergarten begaben, um nach der zerbrochenen Scheibe zu sehen, trug

Tom Ethel ins Haus und die Treppe hinauf. Auf dem Weg zu Ethels Zimmer sah Annie rasch nach Elizabeth, um sich zu vergewissern, dass das Kind in seinem Bett lag und schlief. Dann öffnete sie Tom die Tür und sah zu, wie er Ethel sanft auf ihr Bett legte.

»Danke, junger Mann«, sagte Ethel kokett.

»Gern geschehen. Sie sollten sich jetzt etwas Warmes anziehen, Mrs Howarth.«

»Ich kümmere mich darum«, sagte Annie. »Würdest du mit den anderen bitte unten warten, Tom?«

»Bist du sicher?«

»Ja. Ja, das bin ich.«

Während sie Ethel wusch, ihr Haar trocknete und ihr ein warmes Nachthemd und Socken anzog, hörte sie von unten die Stimmen der Männer, rau und fröhlich, und dass gehämmert wurde. Sie fühlte sich hilflos in ihrer Dankbarkeit ihnen gegenüber. Annie schaltete Ethels Heizdecke an und legte eine zusätzliche Decke über sie. Nachdem sie sich davon überzeugt hatte, dass es ihrer Schwiegermutter an nichts fehlte, schlich Annie auf Zehenspitzen aus dem Zimmer. Ein Bündel nasser Kleidungsstücke in den Armen und ein Handtuch um den Kopf geschlungen, ging sie die Treppe hinunter. In der Zwischenzeit hatten die Männer die Lücke in der Verandatür mit einer Holzplatte notdürftig zugenagelt. Annie nahm sich vor, gleich am nächsten Tag den Glaser kommen und die Scheibe ersetzen zu lassen.

»Ich weiß nicht, was ich ohne Sie getan hätte«, sagte Annie zu den Männern, die in der Küche auf sie warteten. »Möchten Sie vielleicht eine Tasse Tee? Oder lieber Whisky?«

»Ich habe keine Ahnung, was diese beiden Burschen möchten«, sagte Jim, »aber Whisky hört sich für mich gut an.«

Annie holte den Dekanter aus dem Esszimmer und schenkte jedem einen ordentlichen Schluck ein. Sie setzten sich an den Küchentisch und stießen an. Ihr Gespräch ging um Stürme und Unwetter aus früheren Jahren, darüber, dass Menschen vermisst und wieder gefunden worden waren. Annie saß, leicht beunruhigt, auf der Bank. Sie fürchtete, dass jemand Toms Wagen vor dem Haus sehen könnte. Während sie an ihrem Whisky nippte, versuchte sie, sich nichts anmerken zu lassen. Hinzu kam, dass sie sich allzu sehr Toms Anwesenheit bewusst war; sie spürte, welche Anziehungskraft noch immer von ihm ausging. Nun, nachdem sie seine Briefe gelesen hatte, sah sie ihn in einem anderen Licht. Er hatte ihr so oft geschrieben, und sie hatte kein einziges Mal geantwortet. Wieder und wieder hatte er seine Unschuld beteuert. Als das Gericht ihn für schuldig befunden hatte, Edna Wallace fahrlässig getötet zu haben, hatte sie sich von ihm abgewandt, während er nie aufgehört hatte, an ihre Liebe zu glauben. Sie rief sich ihre gemeinsame Jugend in Erinnerung. Sechs Jahre lang waren sie ein Paar gewesen – eine glückliche Zeit. Wie sehr hatte sie es genossen, seinen Körper an ihrem zu spüren, wenn er sie liebkost und geküsst hatte. Nur den letzten Schritt hatten sie nicht gemeinsam getan, obwohl sie sich beide danach gesehnt hatten. Doch das hatten sie sich für einen ganz besonderen Moment aufsparen wollen, zu dem es dann leider nicht mehr gekommen war.

Und nun war Tom wieder da, saß hier in ihrer Küche, weniger als eine Armeslänge von ihr entfernt. Und William war nicht da. Vielleicht war das der richtige Moment. Doch gleich darauf schämte sie sich für ihre Gedanken. Schließlich war sie mit William verheiratet.

Jim Friel stellte sein Glas auf den Tisch. Er räusperte sich. »Mrs Howarth, da wäre noch etwas, was Sie wissen sollten ...« Er zögerte einen Moment.

»Nur zu, Jim, sagen Sie es mir.«

»Na gut«, fuhr er fort. »Sie wissen ja, wie es war, als wir zuletzt hier waren, Tom und ich, als wir den Mörtel für Mr Howarth gebracht haben.«

»Ja – und?«

»Nachdem Sie hinausgegangen waren, hat Ihr Mann ... na ja, er ist ganz schön wütend geworden. Und hat gesagt, dass er Tom nicht mehr in der Nähe seines Hauses sehen will.«

»Oh.« Annie sah zwischen den beiden Männern hin und her.

»Er ist ziemlich deutlich geworden. Er ist sogar so weit gegangen, dass er gesagt hat, er würde Tom wieder ins Gefängnis stecken, wenn er noch mal den Fuß auf sein Grundstück setzt.«

Tom nickte. Annie nickte ebenfalls. »Ich kann es mir lebhaft vorstellen«, murmelte sie.

»Normalerweise tu ich nichts, was Mr Howarth nich' will«, fuhr Jim fort. »Aber als Sie heute Abend angerufen haben, is' mir niemand anders eingefallen, wen ich hätt um Hilfe bitten können bei der Suche nach der alten Mrs Howarth. Ich hab gewusst, Tom macht es nichts aus, schnell in seinen Pick-up zu springen und herzufahren. Und da hab ich halt ihn angerufen.«

»Das ist in Ordnung, Jim«, sagte Annie. »Keine Angst, ich werde William erklären, was passiert ist. Er wird es schon verstehen.«

Jim wirkte keineswegs überzeugt. »Es wär vielleicht besser, wenn Sie ihm nichts sagen würden.«

Annie runzelte die Stirn.

»Warum unnötig Staub aufwirbeln?«, fuhr Jim fort.

»Ich weiß, aber ...«

»Ich meine, wenn wir ihm nichts sagen, ersparen wir uns 'ne Menge Ärger. Und wenn Ihr Mann erfährt, dass seine Mutter unbeaufsichtigt war und bei diesem Regen und in ihrem Zustand da draußen rumgeirrt ist, würde ihn das bestimmt mächtig aufregen, meinen Sie nicht?«

»Ich habe normalerweise keine Geheimnisse vor William«, sagte Annie, »selbst auf die Gefahr hin, dass ich in einem schlechten Licht dastehe.«

Tom leerte sein Glas. »Wenn du willst, rede ich mit ihm.«

»Nein«, sagte Annie. »Das ist keine gute Idee. Und dazu besteht auch kein Grund.«

»Na ja, Sie werden es ja am besten wissen«, sagte Jim.

Er stand ächzend auf und klopfte Seth auf die Schulter. »Komm, Junge, es ist Zeit, dass wir in die Falle gehen. Danke für den Drink, Mrs Howarth.«

»Keine Ursache, ich habe zu danken.«

»Kommen Sie mit der Kleinen doch mal zur Farm hoch. Wir haben zurzeit einige Kälbchen im Stall.«

»Danke, Jim, das würde ihr bestimmt gefallen.«

Tom war ebenfalls aufgestanden, aber er zögerte noch. Nervös spielte er mit dem Autoschlüssel.

»Danke, Tom«, sagte Annie.

»Wann immer du etwas brauchst, Annie, egal was, du kannst mich jederzeit anrufen.«

Sie nickte und konnte ihren eigenen Herzschlag hören. Sollte sie Tom bitten, noch einen Moment zu bleiben?

Tom griff nach seiner Mütze, die Ethel im Wagen getragen hatte, und zog sie an.

»Und vergessen Sie nicht, hinter uns abzuschließen!«, rief Jim Annie im Gehen zu.

»Das werde ich.«

»Ich mach das Tor zu, wenn wir rausgefahren sind.«

»Danke, Jim.«

Tom zögerte noch immer.

»Was ist, kommst du?«, fragte Jim.

»Gleich«, antwortete Tom. Noch einmal wandte er sich zu Annie um. »Ich habe Mrs Wallace nichts angetan«, sagte er leise. »Ich habe sie nicht angerührt. Glaubst du mir, Annie?«

»Ich denke schon.«

»Nun gut, das ist ein erster Schritt. Bis bald, Annie Jackson.«

»Ja«, sagte sie, »bis bald.«

ZWANZIG

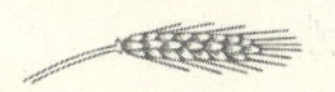

Annie überlegte, wie sie reagieren würde, wenn Tom in dieser Nacht zurückkehrte, insgeheim hoffte sie darauf, wusste jedoch, dass er nicht kommen würde. Sie stellte sich vor, wie er wartete, bis Jim und Seth Friel in ihr Cottage gegangen waren, ehe er erneut die Landstraße hinauffuhr. Wie er leise an die Tür klopfte und sie, nachdem sie geöffnet hatte, auf seine starken Arme nahm. Sie lauschte dem Regen, der gegen die Fensterscheiben trommelte. Hin und wieder trat sie ans Fenster, zog den Vorhang einen Spaltbreit zurück und spähte hinaus, aber niemand war zu sehen, kein Wagen fuhr vorbei.

Als plötzlich das Telefon klingelte, zuckte sie vor Schreck zusammen.

»Hallo?«, meldete sie sich atemlos. Die Verbindung war schlecht, es rauschte und knackte.

»Annie? Ich bin's, Paul. Janine hat gesagt, du hättest versucht, mich zu erreichen.«

»Stimmt, aber es war nichts Besonderes. Ich wollte dich nur fragen … ob du mit William gesprochen hast.«

»Warum?«

»Nur so. Damit ich weiß, wann er nach Hause kommt.«

»Ich habe keine Ahnung. Aber ich kann ihm eine Nachricht übermitteln, wenn du willst.«

»Nein, nein. Nicht nötig. Er kommt, wann er kommt.«

»Sonst alles in Ordnung? Niemanden gesehen? Nichts Auffälliges bemerkt?«

»Nein, nichts. Alles okay. Ehrlich. Es geht mir gut.«

Nachdem sie aufgelegt hatte, blickte sie erneut zum Fenster hinaus. Doch das Einzige, was sie sah, waren Regentropfen, die die Fensterscheibe hinabliefen. Ruhelos wanderte sie durchs Haus.

Eine Stunde verging, und noch eine. Sie nahm noch einmal Toms Briefe zur Hand. Jedes Mal, wenn sie sie las, glaubte sie ihm ein bisschen mehr. Sie glaubte ihm, dass er Mrs Wallace nichts angetan hatte, sondern sie verletzt, auf dem Boden liegend, vorgefunden hatte. Sie glaubte ihm auch, dass er das Geld nicht gestohlen hatte, sondern dass Mrs Wallace es ihm gegeben hatte. Und sie glaubte ihm, dass er nicht wusste, wie Mrs Wallace' Ring in sein Zimmer gelangt war. Sie glaubte ihm fast alles, nur, dass William ihm das Verbrechen angehängt hatte, glaubte sie nicht, weil William so etwas nie tun würde. Niemals. Zu einer solchen Niedertracht wäre ihr überkorrekter Ehemann nicht fähig!

Aber wer sonst konnte den Ring in Toms Zimmer versteckt haben?

Als die Uhr auf dem Treppenabsatz dreimal schlug, blickte Annie ein letztes Mal zum Fenster hinaus. Sie sah die Scheinwerfer eines Streifenwagens, der langsam das Sträßchen hinunterfuhr, und wusste, dass Tom nicht mehr kommen würde. Müde ging sie nach oben, sah kurz nach Elizabeth, die friedlich schlief, und trat dann in Ethels Zimmer, wo sie im Sessel neben dem Bett ein provisorisches Nachtlager bezog. Die alte Frau schlief, und das Zimmer strahlte mit seinem zarten Puder- und Seifenduft, dem gedämpften Licht und den Kissen und Lehnsesseln eine friedliche Atmosphäre aus. Annie vergewisserte sich, dass die alte Dame weder schwitzte noch fror, ehe sie es sich in ihrem Sessel bequem machte. Sie faltete eine von Ethels Strickjacken zusammen, schob sie sich unter die Wange und wickelte sich in eine Decke.

Wenn Tom die Wahrheit sagte, hatte er fast zehn Jahre unschuldig hinter Gittern verbracht. Eines so langen Lebensabschnitts beraubt zu werden war etwas Furchtbares. Annie wollte Tom gern glauben, aber sie hatte Tom ja immer schon alles geglaubt. Und genau das war das Problem.

In dieser Nacht träumte sie, sie befände sich auf einem Lastkahn. Er trieb auf einem Kanal, einem dieser Industriekanäle, die sich wie Bänder zwischen den Fabriken und Hüttenwerken Yorkshires durch die Landschaft zogen und die geschaffen worden waren, um die Kohle aus den Minen zu den Hochöfen zu transportieren. Das Sonnenlicht wärmte sie, spiegelte sich in den zerbrochenen Fensterscheiben der Fabriken und beschien die Graffitis auf den Backsteinmauern. Auf dem Wasser schwammen Enten, Fische tummelten sich darin, und am Himmel flogen Vögel. Alles bewegte sich im gleichen gemächlichen Tempo. Annie lag auf dem Dach des Kahns und sah zu den hohen Gebäuden hinauf, betrachtete die Pflanzen, die aus den Regenrinnen wuchsen. Ein Flugzeug flog durch die Wolken am Himmel, tauchte hinein und wieder heraus. Plötzlich schob sich ein Schatten vor die Sonne. Es war Tom. Er beugte sich über sie, sah zu ihr hinab und senkte dann ganz langsam, wie in Zeitlupe, das Gesicht herab und küsste sie.

»Ich kenne dich«, sagte er. »Ich kenne dich in- und auswendig, Annie Jackson«, und als er das sagte, spürte sie, wie Begierde, stärker als die Sonne, sie durchströmte.

Sie erwachte atemlos und blinzelte im trüben Morgenlicht. Ihr Nacken schmerzte wegen der unbequemen Schlafposition, und ihr war kalt. Ethel lag reglos in ihrem Bett und sah Annie mit wässrigen grauen Augen an.

»Wer sind Sie?«, fragte sie.

»Ich bin Annie, deine Schwiegertochter.«

»Ich kenne Sie nicht. Ich habe Sie noch nie gesehen. Warum sind Sie hier? Und wo ist mein Mann?«

»Gleich wird die Schwester hier sein und dir bei deiner Morgentoilette helfen«, erwiderte Annie. »Möchtest du inzwischen eine Tasse Tee, Ethel?«

»Ich möchte, dass mein Mann kommt. Und verlassen Sie mein Zimmer. Los, gehen Sie.«

»Okay«, sagte Annie. »Ich geh ja schon, reg dich nicht auf.«

Sie verließ den Raum und begab sich in ihr Zimmer. Dort zog sie die Vorhänge zurück und sah auf die Auffahrt hinab. Der Sturm hatte Äste und Zweige abgerissen. Der Kies war nass und dunkel. Annie fragte sich, ob es ihr einmal wie Ethel ergehen würde; ob auch sie die letzten Jahre ihres Lebens mit dem langsamen Verlust ihres Gedächtnisses verbringen würde. Vielleicht wäre das sogar besser, als alt zu werden und den verpassten Gelegenheiten nachzutrauern.

EINUNDZWANZIG

Am Morgen nach dem Sturm fuhr Annie Elizabeth wie immer in die Schule. Mrs Miller erzählte sie nichts von Ethels nächtlichen Eskapaden. Annie war nervös. Ein garstiger Wind wehte, es war kalt, und Regen lag in der Luft. Annie hüllte sich in ihren Mantel, schlug die Kapuze hoch und ging hinaus. Sie kickte einen alten Tennisball über den Rasen. Vergeblich versuchte sie, ihre innere Ruhe wiederzufinden.

Sie begab sich zum Cottage des Wildhüters. Mit der Schulter drückte sie gegen die Tür, um zu sehen, ob das Schloss noch intakt war. Doch die Schrauben, die das Scharnier gehalten hatten, lösten sich aus dem Holz, und die Tür schwang nach innen auf. Drinnen war es dunkel, und ein starker Modergeruch hing in der Luft. Annie betrat den Flur. Der Raum zu ihrer Rechten war verfallen; an den Wänden lagen die rauen Holzbretter frei, und der Verputz war von der Decke gebröckelt. Der Raum zu ihrer Linken, früher einmal die Küche, war ein einziges Durcheinander aus in sich zusammengefallenen Schränken und heruntergekrachten Balken. Sie stieg die Treppe hinauf, die unter ihren Schritten ächzte. Oben gab es zwei kleine Zimmer ohne Bad. Annie ging in das größere und trat ans Fenster. Obwohl die Fensterscheibe zerbrochen war, war es durch das hereinfallende Sonnenlicht fast warm im Raum. Es roch nach Mäusen. In einer Ecke lag ein Haufen welker Blätter, einige Bodenplanken fehlten, und die verblasste Tapete hing in Fetzen von den Wänden. Durch das Fenster betrachtete Annie die schwarz-weißen Kühe auf der Weide. Ihr Blick schweifte zu den Wolken über dem Moor. Sie wusste nichts mit sich anzufangen. Sie wusste nicht, wie sie die Sehnsucht loswerden konnte, die sie befallen hatte, diese Sehnsucht nach Tom.

Einer der letzten Tage, die sie zusammen verbracht hatten, kam ihr in Erinnerung. Es war Sommer, in Matlow herrschte eine Hitzewelle, und in der Stadt war es staubig und trocken. Überraschend war Tom bei ihr zu Hause in der Rotherham Road aufgetaucht. Sie saß auf der Türschwelle in der Sonne und las. Plötzlich stand Tom vor ihr und lächelte sie an. Schon damals trug er das Haar so lang, dass es Denis' Missfallen hervorrief.

»Komm«, sagte er und zog sie an der Hand hoch, »gehen wir schwimmen.«

Er legte ihr den Arm um die Schultern, und sie spürte seine Hand auf der nackten Haut. So gingen sie zusammen die Occupation Road bis zur Brücke hinauf. Er half ihr über die Mauer, dann kletterten sie den Abhang zum Ufer hinunter. Ihre Jacke hatte sie sich um die Hüften gebunden. Sie zogen die Schuhe aus und ließen sie im langen, von Wiesenkerbel gesäumten Ufergras liegen. Als Annie sich die Beine an Brennnesseln verbrannte, bestand er darauf, ein Ampferblatt zu suchen und den grünen Saft auf die geröteten Stellen zu reiben. Als er sie auf die Schenkel küsste, stieß sie ihn lachend weg. Eine Weile balgten sie sich. Dann hüpften sie ein Stück weit den Fluss hinunter, von Stein zu Stein, wie sie es als Kinder immer gemacht hatten; sie hielten sich an Weidenzweigen fest und spritzten sich vergnügt gegenseitig nass. Das Wasser war eiskalt und glasklar.

Annie ging voraus, Tom folgte ihr, und die grüne Jacke, die sie umgebunden hatte, wippte bei jedem Sprung auf und ab. Ihre Beine waren blass, ihre Knöchel und Füße wirkten im klaren Wasser weiß. Sie breitete die Arme seitlich aus, um die Balance zu halten. Wenn sie ausrutschte, lachte sie, und ihr Haar hatte sich aus der Klammer gelöst und fiel ihr auf die Schultern.

Sie erreichten die Stelle, wo sie immer schwimmen gingen, ein von einer kleinen Staumauer begrenztes Becken auf der einen Seite des Flusses. Dort setzten sie sich ans Ufer und sahen den Fliegen zu, die über dem Wasser tanzten. Die Sonne stand niedrig am Himmel und tauchte alles in ein goldenes Licht; auch Annies Haar schimmerte golden, und sie streckte die Beine aus, die im Sonnenlicht honigbraun wirkten.

»Ich habe jetzt fast genug Geld gespart, um ein Auto zu kaufen«, sagte Tom. »Und sobald ich eins hab, können wir von hier weg.«

Annie schirmte ihre Augen mit der Hand ab und drehte sich zu ihm um. »Wie kommt es, dass du so schnell so viel Geld gespart hast?«

Er hatte einen Grashalm im Mund und zuckte mit den Schultern. »Ist doch egal, wie«, sagte er. »Die Hauptsache ist, dass das Geld für uns ist, Annie Jackson, für dich und mich. Es ist unsere Fluchtkasse.«

Sie ließ nicht locker. »Sag mir, woher du das Geld hast.«

Sie erinnerte sich so gut an ihre Unterhaltung, weil Toms Reaktion sie befremdet hatte. Er wirkte irgendwie, ja, wie genau? Beschämt? Merkwürdig? Seltsam aufgewühlt?

»Mrs Wallace hat es mir gegeben.«

»Du kannst doch kein Geld von einer alten Frau annehmen, Tom!«

»Das habe ich ihr auch gesagt. Ich wollte es zuerst nicht, aber sie hat darauf bestanden. Sie meinte, sie gibt es lieber mir als ihrer Enkelin. Sadie tut nichts für sie. Sie besucht sie nicht einmal.«

»Trotzdem ...«

»Was, trotzdem? Es ist Mrs Wallace' Geld. Sie ist absolut

zurechnungsfähig und kann damit tun und lassen, was sie will.«

»Stimmt eigentlich«, meinte Annie, noch nicht gänzlich überzeugt. Dann fügte sie hinzu: »Aber ich komme nicht mit, solange wir nicht verlobt sind.«

»Gut, dann verloben wir uns halt.«

»Aber wir haben keinen Ring.«

»Wir brauchen keinen Ring.«

»Doch. Ohne Ring ist es nicht offiziell.«

»Herrgott, du bist wohl nie zufrieden!«, sagte Tom neckend und zog sie ins Gras hinunter. Er küsste sie auf den Hals, und sie lachten.

Dann schwammen sie und legten sich anschließend am Ufer in die Sonne. Sie schmiegte sich an ihn, und er küsste sie aufs Haar. »Wir kaufen einen Ford Capri und einen Ring«, sagte er, »und dann fahren wir, wohin wir wollen. Und wenn wir angekommen sind, stoßen wir auf Mrs Wallace an.«

»Laden wir sie zu unserer Hochzeit ein?«

»Natürlich.« Mit einem Mal wirkte Tom ernst. »Aber sag niemand was von dem Geld, ja, Annie? Sadie würde bestimmt ein Mordstheater machen, wenn sie davon Wind kriegt. Wir könnten Schwierigkeiten kriegen.«

Annie versprach, kein Wort zu sagen. Und das hatte sie auch nicht – bis man sie im Gerichtssaal dazu gezwungen hatte, ihr Versprechen zu brechen.

Jetzt, zehn Jahre später, schloss Annie im ehemaligen Wildhüter-Cottage einen Moment lang die Augen. Jener Tag, an dem sie und Tom schwimmen gegangen waren, war einer der letzten gewesen, die sie zusammen verbracht hatten. Einer der letzten, ehe die arme Mrs Wallace tot in ihrem Bungalow gefunden worden war. Einer der letzten, an dem Annie völlig glücklich gewesen war.

ZWEIUNDZWANZIG

Nach einer Weile streckte sie ihre Glieder und verließ das Cottage. Sie ging zu ihrem Wagen, nahm den Schlüsselbund aus ihrer Manteltasche, schloss die Tür auf, setzte sich hinein und fuhr nach Matlow. Diesmal wählte sie die längere Strecke, um nicht wieder das Bergwerk passieren zu müssen. Sie fuhr die Occupation Road ganz hinunter bis zu dem Kreisverkehr am Fuß des Hügels, wo sie kehrtmachte und wieder hinauffuhr. Die Häuser, die die Straße säumten, einst für das Edwardische Bürgertum erbaut, waren schmal und hoch mit breiten Fenstern und schmiedeeisernen Zäunen um die Treppen herum, die zu den ehemaligen Dienstbotenwohnungen im Souterrain führten. Überall hingen Plakate. *Kohle statt Stütze*, lautete einer der Slogans. Oder: *Nur vernagelte Politiker machen Zechen dicht*. Zwischen den Streikbotschaften war hie und da eines der Polizeiplakate zu entdecken, die Paul ihr gezeigt hatte und auf denen um sachdienliche

Hinweise zu der toten Frau im Moor gebeten wurde. Immer wenn Annie eines davon ins Auge fiel, hatte sie das Gefühl, in ihr eigenes Gesicht zu blicken. Lose Blätter trieben in dem böigen Wind, zu dem sich der nächtliche Sturm abgeschwächt hatte; sie tanzten in den Straßen und Gassen der schmuddeligen Kleinstadt, sammelten sich auf den Müllsäcken, die sich an den Straßenecken türmten, wirbelten über die Kleidungsstücke, die an den Wäscheleinen in den Hinterhöfen flatterten.

Toms Pick-up war nirgendwo zu sehen. Annie stellte ihren Wagen vor dem Blumenladen ab. Eine Weile blieb sie im Auto sitzen und beobachtete die Hauseingänge auf der anderen Straßenseite. Als die Tür des mittleren Hauses aufging, machte ihr Herz einen Satz, aber es war eine Frau in einem Sari, die rückwärts mit einem Kinderwagen herauskam und ihn dann die Vordertreppe hinuntermanövrierte.

Annie blieb noch eine Weile sitzen, als jedoch nichts weiter geschah, stieg sie aus. Vor dem Blumenladen standen wenige Eimer mit Blumen – dünnstängelige Tulpen, langweilige Nelken –, aber keine farbenfrohen, duftenden Sorten. Annie suchte sich einen Strauß gelber Tulpen aus und begab sich damit in den Laden. Die Frau hinter dem Tresen nahm die Blumen entgegen. Sie war übergewichtig, hatte ein rotes Gesicht und krauses Haar. Ein rötliches Ekzem bedeckte ihre Hände.

»Du bist doch Annie Jackson, nicht wahr?«, fragte sie. »Ich bin Sally Smith. Erinnerst du dich – ich war in der Klasse über dir.«

»Ach ja, stimmt. Wie geht es dir?«

Sally wickelte die Blumen in eine Lage Papier. »Nicht so gut.« Sie seufzte. »Niemand kauft mehr Blumen. Das Einzige, was uns noch ein bisschen Umsatz beschert, sind Beerdigungskränze. Nur gut, dass die Leute auch während des Streiks sterben.«

Wieder fühlte Annie den Blick der toten Frau auf sich, die sie diesmal von der Laden-Pinnwand herab ansah.

»Bestimmt wird es bald besser«, sagte sie.

»Ja, wollen wir's hoffen. Das macht vierzig Pence, bitte.« Sally reichte Annie den eingewickelten Strauß. »Ich habe dich schon lange nicht mehr in dieser Gegend gesehen«, fuhr sie fort. Sie gab das Geld in die Ladenkasse und sah Annie aus dem Augenwinkel an. »Wolltest du etwas Bestimmtes in der Occupation Road?«

»Nein«, erwiderte Annie betont fröhlich. »Nein, ich bin zufällig vorbeigekommen.«

DREIUNDZWANZIG

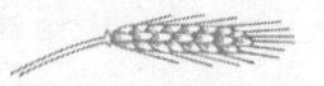

Nachdem sie Elizabeth von der Schule abgeholt hatte, sagte Annie zu ihr: »Zieh dir deine Freizeitsachen an, dann machen wir einen Spaziergang zur Farm.«

»Warum?«

»Lass dich überraschen. Es wird dir gefallen.«

»Ich will aber nicht zur Farm. Die Kühe stinken, und Seth ist ein komischer Kauz.«

»Mr Friel hat gesagt, es gibt einige gerade geborene Kälbchen. Vielleicht darfst du sie mit der Flasche füttern.«

Elizabeth sah ihre Mutter misstrauisch an.

»Gut«, sagte Annie, »dann gehe ich eben allein.«

»Nein, warte, ich komme mit!« Elizabeth rannte nach oben und kehrte kurz darauf in einer Latzhose und einem Sweatshirt zurück. Sie zogen sich ihre Mäntel und Stiefel an und verließen das Haus. Hand in Hand gingen sie durch den Garten, stiegen über den Zaunübertritt und spazierten weiter über die Weide bis zur Farm. Als Jim Friel sie quer über den Hof kommen sah, hob er grüßend eine Hand, und Elizabeth rannte auf ihn zu.

»Wir möchten gern die Kälbchen sehen!«, rief sie. »Mami hat gesagt, ich darf sie füttern!«

»Ich hab gesagt, vielleicht«, betonte Annie.

»Wie es der Zufall will, ist sowieso gerade Fütterungszeit«, erwiderte Jim. »Erinnerst du dich noch, wie man Kälbchen füttert, junge Lady? Wie wir es letztes Jahr gemacht haben?«

Elizabeth nickte eifrig.

»Gut«, sagte Jim. »Dann nichts wie los.«

Annie sah, dass Seth aus der dunklen Scheune herüberblickte. Er stand über den Traktormotor gebeugt da, einen offenen Werkzeugkasten neben sich, und hatte den Kopf gehoben. Er sah Annie und Elizabeth lange und abweisend an, ehe er sich wieder seiner Arbeit zuwandte.

Elizabeth hüpfte hinter Jim her über den schlammigen

Hof zum Melkschuppen. Kurz darauf kam sie mit einer Milchflasche in den Händen wieder heraus. Jim führte Mutter und Tochter zum Kuhstall und zog den schweren Metallriegel zurück, der die Tür zuhielt. Ein Schwalbenpaar schoss heraus und so nah an Annie vorbei, dass sie einen Lufthauch an der Wange spürte. Im Stall war es dampfig und düster, und ein Geruch nach Heu und Kühen schlug ihnen entgegen. Spinnweben hingen von den Dachsparren. Die Kälbchen lagen dicht an dicht im hinteren Teil des Stalls, doch als sie die Milch rochen, standen sie augenblicklich auf und staksten auf ihren dürren Beinen auf die Besucher zu. Ungeduldig stupsten sie den Farmer in seiner schmutzigen Arbeitshose an.

»Nur zu«, sagte Jim zu Elizabeth.

Elizabeth hielt dem kleinsten Kälbchen den Sauger der Milchflasche hin. Es begann sofort daran zu nuckeln und zog kräftig an der Flasche; während es saugte und schlürfte und sich weißer Milchschaum vor seinem Maul bildete, hielt Elizabeth lachend die Flasche fest. Jim streckte Annie eine zweite Flasche hin, aber sie schüttelte den Kopf.

Sie lehnte sich an die Stalltür und betrachtete die Kälbchen.

»Es tut gut, hier zu sein«, sagte sie zu Jim. »Tiere sind so erfrischend unkompliziert.«

Er stieß ein abfälliges Schnauben aus. »Ja, ja, wer's glaubt, wird selig.«

»Na ja, wenigstens werden Sie nie arbeitslos.«

»Bleiben Sie mir bloß weg mit den Kumpels, falls Sie

auf die anspielen«, sagte Jim. »Ich habe kein Mitleid mit denen. Diesen faulen Säcken.«

Elizabeth blickte erschrocken zu dem Farmer auf.

»Entschuldigen Sie meine Ausdrucksweise, Mrs Howarth«, sagte Jim. »Entschuldigung, Lizzie. Aber die meisten dieser Männer wissen nicht, was harte Arbeit ist. Sie sollten mal meinen Job machen, dann wüssten sie, was malochen heißt.«

Das Kalb saugte gierig an der Flasche in seiner Hand. Mit der anderen Hand kraulte er es an der buschigen Stelle zwischen den Ohren. Seine Hände waren riesig, die Haut rau und rot.

»Die Gewerkschaften sind das Problem. Schauen Sie sich British Leyland an«, sagte er. »Und was die Belegschaft aus der Firma gemacht hat. Ihre Gier hat den Laden den Bach runtergehen lassen. Wenn Sie mich fragen, hat Mrs Thatcher recht, wenn sie keinen Millimeter nachgibt.«

Elizabeth sah zu ihrer Mutter hoch. Annie zwinkerte ihr zu.

»Sie streiken, um ihre Jobs zu retten«, sagte Annie.

»Ach ja? Wenn sie ein bisschen härter gearbeitet hätten, würde sich das Bergwerk vielleicht noch rentieren. Und sie würden nicht in diesem Schlamassel stecken.«

Annie atmete tief durch, ehe sie erneut das Wort ergriff. »Ich bin nicht hergekommen, um über Politik zu reden. Ich wollte Ihnen nochmals dafür danken, dass Sie mir geholfen haben.« Sie nahm einen Briefumschlag aus der Jackentasche und hielt ihn ihm hin. »Das ist für Sie. Es ist nur ein kleines Taschengeld, damit Sie und Seth sich ein Bier kaufen können. Bitte, nehmen Sie es.«

Jim rieb sich das Kinn. »Ich möchte kein Geld von Ihnen nehmen«, sagte er. »Nachbarn sind dazu da, dass man sich hilft.«

»Bitte«, sagte Annie. »Ich habe ein besseres Gefühl, wenn Sie es nehmen. Und hier ist auch ein Umschlag für Tom Greenaway. Sehen Sie ihn demnächst?«

»Abends ist er meistens unten im *Black Horse* und spielt Billard. Da trifft man sich.«

»Dann geben Sie ihm das hier bitte.« Sie steckte beide Kuverts in die Tasche seiner Latzhose und lächelte ihn freundlich an.

Einen Moment lang erwiderte er ihren Blick, ehe er sagte: »Gut. Vielen Dank, Mrs Howarth. Das wäre aber nicht nötig gewesen.«

»Und noch etwas, Jim. Ich habe darüber nachgedacht, und ich glaube, Sie haben recht. Es gibt keinen Grund, Mr Howarth mit dem, was passiert ist, zu behelligen. Es würde ihn nur unnötig aufregen. Am besten, wir vergessen es.«

Er nickte. »Ja, ganz Ihrer Meinung.«

Elizabeth quiekte, als das Kälbchen sie fordernd mit der Schnauze anstieß, nachdem es die Flasche leer getrunken hatte. »Die Milch ist alle, und es hat immer noch Hunger! Darf es noch ein bisschen Milch haben? Bitte!«

»Nein, Schätzchen, der gierige kleine Lümmel hat mehr als genug gehabt. Er wird rund wie ein Fass, wenn du ihm noch mehr gibst.«

»Nun komm, Lizzie«, sagte Annie. »Wir müssen zurück. Danke, Jim.«

Sie streckte die Hand nach ihrer Tochter aus. Auf einmal hatte sie es eilig zu gehen. Sie hatte eine unsichtbare Linie übertreten, jetzt gab es kein Zurück mehr. Sie hatte etwas in Gang gesetzt. Was als Nächstes passieren würde, hatte sie nicht mehr in der Hand.

VIERUNDZWANZIG

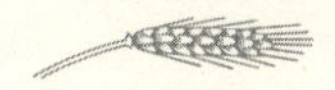

William rief aus London an und informierte sie, dass er zum Abendessen zurück sein werde. Annie kochte in Bier geschmortes Rindergulasch, gab es in eine Auflaufform und schob sie in den Backofen, damit das Essen sich warm hielt. Dann ging sie nach oben, um ein Bad zu nehmen.

Anschließend zog sie im Schlafzimmer das taubenblaue Kleid an, von dem sie wusste, das es William gefiel, und dazu eine perlgraue Strickjacke. Dann setzte sie sich an den Frisiertisch, bürstete sich das Haar und legte einen Hauch Make-up auf. Sie war erhitzt und unruhig, wie von einem Virus befallen.

Als sie ein Auto die Auffahrt herauffahren hörte und der Lichtkegel der Scheinwerfer über die Decke huschte, trat sie ans Fenster und zog den Vorhang ein Stück zurück. Sie verfolgte, wie William im beleuchteten Taxi seine Brieftasche zückte und den Taxifahrer bezahlte, der ihm im Gegenzug eine Quittung reichte. Er bedankte sich beim Fahrer und stieg aus. Als hätte er ihren Blick gespürt, sah er zum Fenster hoch. Annie winkte ihm zu, und er winkte zurück.

Während William unten Ethel und Elizabeth begrüßte und dann die Treppe heraufkam, kehrte sie zum Frisiertisch zurück und setzte sich wieder auf den Hocker. Im Spiegel verfolgte sie, wie er zur Tür herein – und auf sie zukam. Sie spürte seine Hand auf ihrer Schulter und seinen Kuss auf ihrem Haar.

»Du siehst müde aus«, sagte sie.

»Es waren anstrengende Tage.« Er setzte sich aufs Bett, um sich die Schuhe auszuziehen. »Und? Irgendwelche besonderen Vorkommnisse während meiner Abwesenheit?«

»Nein«, sagte Annie. »Es war ganz ruhig.«

Er sah sie an, und sie wusste, dass er sie in dem ovalen Spiegel mit den beiden nach innen gestellten Seitenflügeln dreifach erblickte.

»Paul Fleming hat vorbeigeschaut«, sagte sie. »Er hat gut auf uns aufgepasst.«

»Das freut mich zu hören.«

Annie beugte sich zum Spiegel vor und straffte die Lippen, um Lipgloss aufzutragen. William stand mühsam auf, als hätte er Rückenschmerzen. Er zog sein Jackett aus und hängte es auf einen Bügel. Im Spiegel verfolgte sie, wie er den Gürtel aus den Schlaufen zog und sich seiner Hose entledigte. Sie sah die grauen Haare auf seiner Brust, den leichten Bauchansatz, der sich seinem Kampf gegen das Altern zum Trotz bildete, seine altmodische Herrenunterhose und wandte den Blick ab.

Beim Abendessen saßen sich Annie und William an den beiden Stirnseiten des Esszimmertischs gegenüber. Ethel und Elizabeth hatten an den beiden Längsseiten Platz genommen. Zu dem Gulasch gab es gestampfte Kartoffeln und letztjährige Stangenbohnen aus der Tiefkühltruhe. Annie beobachtete William verstohlen durch den Kerzenschein. Wie er das Fleisch zerteilte, wie bedächtig und langsam er aß. Nach jedem Bissen nahm er seine Serviette zur Hand und tupfte sich den Mund ab. Zwischendurch nippte er an seinem Wein. Hin und wieder musste er dezent aufstoßen und hielt sich die Hand vor den Mund. Es war so leise im Zimmer, dass Annie den Eindruck hatte, die Kaugeräusche ihres Mannes überdeutlich zu hören, obwohl er ein gutes Stück von ihr entfernt saß. Er hatte schon immer so gegessen. Als sie geheiratet hatten, gehörte das zu den Seiten an ihm, die ein Gefühl der Zuneigung bei ihr ausgelöst hatten, aber an diesem Abend musste sie den Impuls unterdrücken, ihn aufzufordern, sich ein bisschen zu beeilen.

»Wir haben einen Ausflug gemacht, nicht wahr, Annie?«, verkündete Ethel plötzlich. Sie aß weiter und machte mit ihrem Löffel kleine Klopfgeräusche auf dem Teller.

»Morgen unternehmen wir einen Ausflug mit dem Wagen«, sagte Annie. »Ich fahre mit dir ins Krankenhaus, zu deinem Arzt.«

»Nein, nein, das meine ich nicht. Ich meine unsere Fahrt neulich Abend mit dem sympathischen jungen Mann. Wir sind in einem kleinen Lastwagen gefahren. Er hat mir seine Mütze geliehen, William.«

William legte seine Gabel hin und sah Annic an, deren Mund auf einmal trocken war.

»Was habt ihr gemacht?«

»Es war meine Schuld, William«, sagte Ethel. »Ich bin ausgegangen, um meinen Mann zu treffen, nicht wahr, Annie, und …« Sie blickte sich Hilfe suchend um, als könnte sie den Rest der Geschichte irgendwo zwischen den Falten der Vorhänge oder unter der Anrichte finden. »… und es hat geregnet, glaube ich. Ich hatte keinen Regenschirm, und es gab ein Problem mit der Rechnung … Man hat uns den Kaffee zweimal berechnet. So war es doch, Annie, oder?«

»Ja«, sagte Annie matt. »Genau so war es.«

William sah fragend zwischen seiner Frau und seiner Mutter hin und her und tupfte sich die Lippen mit der Serviette ab.

»Es war kalt«, fuhr Ethel unvermittelt und mit veränderter Miene fort. »Es war so kalt da draußen in der Dunkelheit und …«

»Scht, Ethel, es ist alles gut«, sagte Annie. Sie griff über den Tisch und nahm die Hand ihrer Schwiegermutter. »Hier bist du in Sicherheit und hast es warm. Und wir sind bei dir.«

Ethel nickte. »Wo ist mein Mann?«

»Ich weiß nicht.«

»Wo ist Gerry? Wo ist er hingegangen? Warum hat er mich nicht abgeholt?«

William schaltete sich ein. »Vielleicht solltest du Mutter jetzt besser zu Bett bringen«, sagte er zu Annie.

Als sie später im Wohnzimmer waren, kniete sich Annie neben den Kamin. Sie legte ein Holzscheit nach und stocherte in der Glut, bis die Flammen an dem Holz leckten. Dann lehnte sie sich auf die Fersen zurück und sah ins Feuer. William saß schweigend in seinem Sessel. Annie sah auf ihren Schoß hinab. Sie zupfte am Saum ihres Kleids. Als William nach einer Weile immer noch nichts gesagt hatte, drehte sie sich zu ihm um. Sie hatte nicht gehört, wie er aufgestanden war, denn nun stand er am Fenster und starrte in die Nacht hinaus.

»Woran denkst du?«, fragte sie.

»Seit letztem Monat wird eine junge Frau aus Doncaster vermisst, deren Beschreibung zu unserem Mordopfer passt. Ihr Name ist Kate Willis.«

»Glaubst du, sie ist es?«

»Es ist möglich. Die dortige Polizeidienststelle hat ein Foto gefaxt, aber darauf ist sie nicht eindeutig zu erkennen.«

»Wie werdet ihr vorgehen?«

»Ich werde mit Kates Mann sprechen.«

»Warum hat er sich denn nicht schon früher gemeldet?«

William seufzte. »Kate hatte eine Affäre. Ihr Mann nahm

an, dass sie ihn verlassen hat. Neulich war ein Freund von ihm in Matlow und hat die Aushänge gesehen. Jetzt fürchtet er das Schlimmste.«

»Oh Gott.«

William wandte sich vom Fenster ab und ging zu Annie hinüber. Er ließ das Eis in seinem Whiskyglas kreisen.

»Wenn die Menschen ihr Leben besser im Griff hätten, würde es viel weniger Unglück geben.«

»Nicht jeder ist so organisiert wie du«, sagte Annie. »Nicht jeder ist so gut gestellt wie du.«

»Das ist keine Frage der sozialen Stellung. Es geht einfach nur darum, die Gebote zu befolgen. Du sollst nicht stehlen. Du sollst kein falsches Zeugnis geben. Du sollst nicht die Ehe brechen.« Annie nickte kurz. Sie vermied es, zu ihrem Mann hochzusehen. Sie hatte diese Predigt schon tausendmal gehört. »Die Menschen wissen oft nicht, dass Regeln zum Vorteil aller da sind. Wenn alle sie beachten würden, wären Polizei, Gerichte und Gefängnisse überflüssig. Es gäbe keine Einbrüche, keine Tragödien, keine gebrochenen Herzen. Alle wären viel glücklicher und zufriedener.«

»Aber was, wenn Kate Willis unglücklich in ihrer Ehe war? Was, wenn ihr Mann sie geschlagen hat oder ein Spieler oder Säufer ist? Was dann, hm?«

William sah sie fragend an. »Ich glaube nicht, dass etwas davon zutrifft«, sagte er. »Am Telefon hat er einen guten Eindruck auf mich gemacht.«

Annie seufzte. »Für dich ist es normal, Regeln und Gebote zu beachten, William. Alles ist entweder schwarz oder weiß für dich. Aber für den Rest von uns ist es eben nicht so einfach.«

»Ist etwas passiert?«, fragte William. »Hat Elizabeth etwas angestellt?«

»Nein, nein. Nichts dergleichen. Wahrscheinlich bin ich einfach nur müde. Ich war in letzter Zeit viel zu oft allein in diesem Haus. Am besten gehe ich jetzt zu Bett.«

In dieser Nacht drehte sich William zu Annie um, während sie wach unter ihrer Bettdecke lag. Er hob den Saum ihres Nachthemds hoch und schob sich auf sie. Sie bewegte sich ein bisschen, damit er sich leichter tat, und er kam schnell, fast geräuschlos. Anschließend dankte er ihr und küsste sie, ehe er sich wieder auf seine Seite legte.

Kurz darauf schlief William ein. Er schnarchte auf seine höfliche, irritierende Weise. Annie drehte sich von ihm weg und zog sich die Bettdecke bis über die Ohren.

FÜNFUNDZWANZIG

Am nächsten Morgen holte Paul Fleming William in einem Streifenwagen ab. Sie wollten gemeinsam nach Doncaster fahren und Kate Willis' Mann befragen. William wollte die Zeit im Wagen nutzen, um einen Teil der in seiner Abwesenheit liegen gebliebenen Arbeit zu erledigen. Annie stand in der Tür und winkte ihnen nach. Wie immer wirkte William abgeklärt und organisiert, und Paul begeistert und eifrig wie ein Schuljunge, der mit seinem Lieblingslehrer einen Ausflug machen darf. Es war ein wunderschöner Morgen, und Annie konnte einen blasslila Schleier auf dem Boden des Moors ausmachen, was bedeutete, dass die Hasenglöckchen zu blühen begonnen hatten.

Sie nahm das Bündel mit Toms Briefen aus den Tiefen ihres Kleiderschranks, legte es in eine leere Gebäckdose und versteckte diese im Wildhüter-Cottage. Dann ging sie in den Garten und hielt beim Brunnen inne, um in dem kleinen dunklen Wasserbecken ihr Spiegelbild zu betrachten. Anschließend wandte sie sich um, stieg über den Zaunübertritt und ging über die Viehkoppel und dann bergaufwärts in Richtung Moor. Sie spazierte quer durch den von Licht und Schatten gesprenkelten Wald, sog den würzigen Duft des Bärlauchs ein, dessen spitze Blätter die Laubschicht auf dem Boden durchstachen. Annie konnte sich nicht genug an dem jungen Grün der Bäume sattsehen und lauschte dem Zwitschern der Vögel; nach dem langen Winter lechzte sie danach, die Sonnenstrahlen auf der Haut zu spüren und die frische Luft einzuatmen.

Nach einer Weile blieb sie im Schatten stehen, um zwei Eichhörnchen zuzuschauen, die über den Waldboden tollten. Sie dachte an ihren Brief an Tom, den sie Jim gegeben hatte. Sie hatte Tom gebeten, am Vormittag des nächsten Tages nach Everwell zu kommen. Aber was sollte sie ihm sagen? Was wollte sie von ihm? Eine Affäre? Sie wusste es nicht.

Sie roch den Duft der Hasenglöckchen, noch ehe sie sie sah, doch gleich darauf lagen sie vor ihr, Tausende der kleinen Blumen, die einen lilafarbenen Teppich auf dem Waldboden bildeten und ihr in ihrer Schönheit den Atem raubten. Bei ihrem Anblick durchströmte sie ein Glücksgefühl, wie sie es schon seit Längerem nicht mehr erlebt hatte. Eine Empfindung, die von dem Wissen rührte, dass sich alles immer veränderte und dass nichts, ob Sorgen, Liebe, Angst, Begierde oder Leidenschaft, ewig währte.

Annie setzte sich auf einen sonnenbeschienen Flecken ins Gras und pflückte einen kleinen Blumenstrauß. Dann wanderte sie weiter hinauf, bis sie auf den Weg stieß, der sich um die Hänge des Hochmoors wand, und folgte ihm. Sie wusste nicht genau, wonach sie Ausschau halten sollte, hoffte aber, dass sie die Stelle erkennen würde, wenn sie daran vorbeikam. Und das tat sie.

Die Polizei hatte sämtliche technischen Gerätschaften, das Zelt und das Absperrband, mit dem sie den Fundort der Leiche abgeriegelt hatte, wieder entfernt. Dennoch war die Stelle unschwer zu erkennen. Auf beiden Seiten des Weges war das Gras von den Autoreifen platt gedrückt worden, und einige Büsche waren abgeschnitten und den Abhang hinuntergeworfen worden. Annie legte das Sträußchen auf den Felsvorsprung und kletterte hinauf. Sie ließ den Blick über die Umgebung schweifen. Die Stadt und das Bergwerk waren von hier aus nicht zu sehen, nur grüne Wiesen und Trockensteinmauern, Kühe, Schafe und darüber der Himmel.

Ob auch der Mörder hier gestanden und sich umgesehen hatte? Sie schlang sich die Arme um den Oberkörper. Der Gedanke ließ sie erschaudern. Es war ein schöner Blick, aber auch ein einsamer. Ein Anflug von Melancholie erfasste sie, plötzlich fühlte sie sich bedrückt.

Reiß dich zusammen, sagte sie sich, und als sie sich wieder gefasst hatte, hörte sie ein Geräusch in ihrem Rücken. Sie drehte sich um, dachte zunächst, jemand komme über den Weg in ihre Richtung, doch sie nahm nur eine flüchtige Bewegung wahr, etwas, das hinter eine Felsnase schoss.

»Ist da jemand?«, rief sie. »Wer ist da?« Ihre Stimme klang schwach in ihren Ohren, inmitten dieser verlassenen Natur. Wahrscheinlich war es nur ein Vogel oder ein Schatten, sagte sie sich. Sie wollte sich dazu zwingen, auf den Felsen zu klettern und nachzusehen, ob sich jemand dahinter verbarg, aber sie brachte es nicht über sich. Stattdessen machte sie kehrt und rannte querfeldein den Berghang hinab, so, wie die beiden Flitterwöchner, nachdem sie die Leiche entdeckt hatten. Sie kletterte über Felsen und durch Dickicht, schürfte sich Hände und Knie auf und blickte immer wieder über die Schulter zurück, ohne ein einziges Mal innezuhalten, bis sie die Farm erreicht hatte. In der Ferne sah sie Seth, der sich um ein Kalb auf der Viehkoppel kümmerte. Er blickte hoch und starrte sie an. Sie erwiderte seinen Blick nicht, sondern folgte rasch dem kleinen Pfad in Richtung Everwell.

Später schälte sie Kartoffeln fürs Abendessen. Sie nahm eine Packung Stangenbohnen aus der Tiefkühltruhe, bereitete eine Pilzsauce vor und grillte ein paar Lammkoteletts. Um sieben lieferte Paul Fleming William zu Hause ab.

»Willst du nicht mit reinkommen und mit uns zu Abend essen?«, fragte William.

»Nein danke. Ich muss nach Hause. Janine hat bestimmt schon einen Lagerkoller, nachdem sie den ganzen Tag mit dem Baby allein war.«

»Ihr seht beide müde aus«, sagte Annie. »War es schlimm? Hat das Gespräch mit Kate Willis' Mann etwas gebracht?«

William schüttelte den Kopf. »Nein. Sie kann es nicht sein. Kate hat keine Kinder – sie kann keine bekommen. Wir müssen also weitersuchen.«

SECHSUNDZWANZIG

Am nächsten Morgen fuhr William früh ins Büro. Annie brachte Elizabeth zur Schule und traf bei ihrer Rückkehr Mrs Miller in der Küche beim Backen an. Diese wischte sich die Hände an einem Geschirrtuch ab und sagte: »Ihre Mutter hat angerufen.«

»Ach ja?«

»Sie wollte wissen, ob Sie am Donnerstag in die Stadt kommen. Sie meinte, letzte Woche habe sie vergeblich auf Sie gewartet.«

»Nun, sie ist selbst schuld, dass ich nicht gekommen bin.«

»Haben Sie sich gestritten?«, fragte Mrs Miller.

»Johnnie, mein Bruder, wurde verprügelt, weil er sich nicht am Streik beteiligt hat, und Mum und Dad haben nichts dagegen unternommen. Ich habe ihnen gehörig meine Meinung gesagt.«

Mrs Miller legte das Geschirrtuch hin. Traurig sagte sie: »Streiks verursachen immer eine Menge Probleme in den Familien. 1924 gab es in unserer Straße einen Streikbrecher, und noch heute, sechzig Jahre später, sagen die Leute nicht einfach seinen Namen, wenn von ihm die Rede ist, sondern nennen ihn den ›Streikbrecher-Harry‹.«

»Ja, die Leute aus Yorkshire sind äußerst nachtragend.«

»Das stimmt, aber Sie hätte ich eigentlich für klüger gehalten, Annie Howarth.«

»Oh, es ist nicht nur wegen Johnnie. Ich habe herausgefunden, dass meine Mutter lange etwas vor mir versteckt hat. Briefe, die an mich adressiert waren.«

Mrs Miller öffnete den Kühlschrank und nahm eine Packung Butter heraus. »Sie wird wohl ihre Gründe gehabt haben.«

»Darum geht es nicht.«

»Sie sollten Ihre Mutter trotzdem besuchen«, sagte Mrs Miller. »Mit ihr reden. Die Sache klären.«

»Nein, ich möchte sie nicht sehen. Noch nicht.« Sie

verschwieg Mrs Miller, dass sie für diesen Tag andere Pläne hatte.

Annie nahm ihren Mantel und ging hinaus, ohne Mrs Miller zu sagen, wohin sie wollte. Sie begab sich über den Rasen zum Wildhüter-Cottage und stellte sich an die hintere Mauer, wo sie vor dem Wind geschützt war. Während sie aufs Moor blickte, legte sie sich zurecht, was sie zu Tom sagen würde, wenn er kam.

Vielleicht kam er ja gar nicht. Möglicherweise war er verhindert, hatte einen dringenden Auftrag zu erledigen. Oder Jim hatte ihm den Brief noch nicht gegeben. Eine ganze Weile wartete sie vergeblich.

Ein leichter Nieselregen fiel; der obere Teil des Moors war nebelverhangen. Annie fror. Sie begab sich ins Cottage, wanderte von Zimmer zu Zimmer. Hie und da zog sie einen Streifen der alten Tapete ab, die sich von den Wänden löste. Immer wieder musste sie einer Lücke im Boden ausweichen, dort, wo ein Dielenbrett fehlte, oder mit der Fußspitze trockene Blätter wegschieben. Eine tote Amsel lag auf dem oberen Treppenabsatz; sie kam ihr wie ein böses Omen vor, und sie traute sich nicht, sie zu beseitigen. In dem größeren Schlafzimmer lehnte sie sich an die Fensterbank und legte die Wange an die gesprungene Fensterscheibe. Sie zündete ein Streichholz nach dem anderen an, nur um etwas zu tun, und warf die erloschenen Hölzer in den Kamin, wo die Asche des letzten Feuers, das dort gebrannt hatte, immer noch am Rost klebte. Es kam ihr vor, als wartete sie schon seit Stunden, als sie eine Gestalt über den Rasen neben der Auffahrt kommen sah. Sie klopfte sich den Staub von den Händen, stieg die knarzende Treppe hinunter und wartete in der Haustür. Den Jackenkragen hochgeschlagen, die Hände in den Taschen vergraben und die Schultern gegen den Regen hochgezogen, kam Tom auf sie zu.

»Hallo, Annie«, sagte er, und obwohl sie sich im Geiste jedes Wort zurechtgelegt hatte, das sie zu ihm sagen wollte, konnte sie ihm jetzt nicht einmal in die Augen sehen.

»Ich habe den Truck auf dem Rastplatz an der Landstraße abgestellt, wie du es wolltest.«

»Danke. Es ist nur ... die Polizei patrouilliert von Zeit zu Zeit, sie haben ein Auge auf unser Haus. Wenn sie deinen Truck in der Auffahrt sehen würden, gäbe es unliebsame Fragen.«

»Ist schon okay. Ich verstehe.«

»Komm rein«, sagte sie und trat einen Schritt zurück, um ihn vorbeizulassen. Er hatte seine Mütze abgenommen und hielt sie in den Händen. »Ich wollte dir danken für deine Hilfe neulich Abend«, fuhr sie fort.

»Annie«, sagte er, »ich ...«

»Das war mal das Cottage des Wildhüters«, erklärte Annie. »William wollte es eigentlich für seine Mutter herrichten lassen. Nach dem Tod seines Vaters sollte sie hier wohnen, aber dann wurde sie dement. Deswegen wohnt sie bei uns in Everwell und ...«

»Annie ...«

»Das Cottage steht schon seit Jahren leer. Es ist eine Schande, es so verfallen zu lassen.«

»Lass uns lieber über die Dinge reden, die wirklich wichtig sind«, sagte Tom.

»Ich habe Fotos von früher gesehen. Das Cottage hatte ursprünglich Bleiglasfenster und ein Schilfdach. Die Tür war von Rosenbüschen eingerahmt und vor den Fenstern gab es Blumenkästen. Es war sehr hübsch, ein richtiges Märchencottage.«

»Warum hast du mich hergebeten?«

»Es ist wirklich traurig, dass es jetzt so aussieht …«

»Annie, bitte!«

Sie verstummte, sah ihn an. »Ich habe dich hergebeten, um dir zu sagen, dass …«

»Was?«

»Dir zu sagen, dass …«

»Was, Annie? Was willst du mir sagen?«

»Ich weiß es nicht. Ich weiß ehrlich gesagt nicht, wo ich anfangen soll.« Ihre Stimme war leise und ruhig. Sie hatte früher schon in diesem Ton mit ihm gesprochen. Es ermutigte ihn.

»Ich habe Mrs Wallace nichts angetan«, sagte er. »Als ich an diesem unglückseligen Tag zu ihr in den Bungalow gekommen bin, lag sie auf dem Boden. Ich hab ihr auch den Ring nicht gestohlen.«

»Ich weiß«, sagte Annie. »Ich glaube dir.«

»Wirklich?«

»Ja.«

Sie ging ihm nicht entgegen, wich aber auch nicht zurück, als Tom auf sie zukam, und gebot ihm auch nicht Einhalt, als er sie berührte. Sie wehrte sich nicht, als er sie küsste; ihr war gar nicht klar gewesen, wie sehr sie ihn vermisst hatte, aber als er sie nun küsste, wurde sie von Sehnsucht überwältigt, und sie wollte nur noch ihn; mehr von ihm, alles. Er hatte eine Hand an ihren Hinterkopf gelegt und presste sie an sich. Er küsste sie mit einer Intensität, als hätte er in all den Jahren ihrer Trennung keine Frau mehr geküsst – und ihr erging es ebenso. Er küsste sie, bis ihre Lippen wund waren, seine Finger vergruben sich in ihrem Haar, und sie hatte das Gefühl, als versuchte er, einen unersättlichen Hunger zu stillen, einen Hunger, der niemals gestillt werden könnte.

Schließlich lösten sie sich voneinander, rannten zusammen die knarzende Treppe hinauf, stiegen über den toten Vogel und betraten das Schlafzimmer, und Annie kümmerte es nicht, dass es kalt und feucht darin war und es nach Mäusen roch. Sie lehnte sich an die Wand, blickte durch das Loch im Dach zu den grauen Wolken hinauf und versuchte, Reue zu empfinden, konnte es aber nicht. Da war keine Reue, nur Erleichterung, eine unendliche Erleichterung und unbeschreibliches Glück.

Sie taten es, an die Wand gelehnt, im Stehen. Noch nie in ihrem Leben hatte sie sich so außer Kontrolle gefühlt, so schwindelig, in solch freudiger Ekstase. Hitze durchströmte ihren Unterleib, während Tom sie mit seinem Gewicht an die Wand drückte, und als er stöhnend kam, klammerte sie sich an ihn wie ein Seestern an einen Felsen.

»Lass mich nicht los«, rief sie, »lass mich nicht los!«

»Nein, ich lass dich nicht los«, raunte er, »oh Liebste, wie könnte ich!« Und er presste sein Gesicht an ihren

Hals und lachte, und sie spürte, dass seine Wangen tränennass waren.

Schließlich stellte er sie sanft auf den Boden. Zärtlich strich er ihr die Haare aus den Augen. »Oh Gott, Annie«, sagte er, »wie habe ich dich vermisst.«

Sie senkte den Blick, war jedoch weder beschämt noch verlegen, obwohl sie es hätte sein sollen. Sie war eine Ehebrecherin. Sie hatte ihren Mann angelogen, ihm Dinge verheimlicht. Und nun würde es noch mehr Lügen geben, Lügen, um ihre Untreue zu verbergen. Sie hatte etwas getan, was nicht ungeschehen gemacht werden konnte, hatte die Gebote gebrochen.

»Annie, sag was! Ist alles in Ordnung mit dir?«, fragte Tom, und sie wünschte, er würde sie aufs Bett legen und sie überall berühren. Sie wollte ihn mit jeder Faser ihres Körpers in sich spüren, sich in ihm verlieren, Sex mit ihm haben, der ihr den Verstand raubte, sodass keine Entscheidungen, Worte oder Pläne mehr nötig oder möglich wären. Das war es, was sie wollte.

»Ja, alles okay«, sagte sie.

»Mein Gott, wie schön du bist!« Er streichelte ihr Gesicht, küsste sie. »Annie, Annie, Annie.«

»Das war unser erstes Mal, Tom.«

»Ich weiß ...«

»Ich habe nur ...« Sie konnte den Satz nicht beenden. Welche Rolle spielte ihr Mann, ihre Ehe in dieser Geschichte, die sie gerade begonnen hatten?

»Dir ist kalt«, sagte Tom. »Komm, gehen wir zu meinem Wagen. Lass uns irgendwo hinfahren. Wohin du willst.«

»Das geht nicht. Es könnte uns jemand sehen. Ich muss ins Haus zurück. Mrs Miller fragt sich bestimmt schon, wo ich abgeblieben bin. Ich bin schon zu lange weg gewesen. Ich muss ins Haus zurück.«

Er legte seine Hand an ihre Wange. »Kann ich dich wiedersehen?«

»Wenn du es willst.«

»Natürlich will ich es. Es gibt nichts, was ich mehr will. Sollen wir uns wieder hier treffen? In diesem Cottage?«

»Ja. Hier ist es sicher. Niemand kommt je hierher. Du musst nur deinen Truck gut verstecken. Stell ihn irgendwo ab, wo er niemandem auffällt.«

»Du wolltest es doch auch, nicht wahr, Annie? Du wolltest, dass wir es tun?«

»Ja. Ja, das wollte ich.«

SIEBENUNDZWANZIG

Sie hatte sich verändert. Annie war anders als sonst. Sie war hellwach. Lebendig. Sie lief singend durchs Haus, bestellte sich neue Kleider aus Mrs Millers Katalog, verbrachte viel Zeit vor dem Frisiertisch, um sich zu schminken. Sie ging aufrechter, fühlte sich gesünder und besser und glücklicher.

Johnnie kam nach Everwell; sein blaues Auge war verheilt, und er war ebenfalls guter Laune. Er arbeitete jetzt in der Küche des *Miner's Club*, wo er Essen kochte, das die Frauen den Streikposten brachten. Er war nicht allein, zwei weitere Kollegen aus der Bergwerkskantine hatten ihre Arbeit aus Solidarität ebenfalls niedergelegt. Es sei fast wie in der Kantine, sagte er. Sicher, sie müssten die vorhandenen Lebensmittel strecken, aber die Arbeit mache ihm dennoch Spaß.

Marie rief aus der öffentlichen Zelle am Ende der Rotherham Road an, aber Annie weigerte sich, mit ihr zu sprechen.

William hatte immer noch viel zu tun. Busse voller Polizisten aus anderen Regionen des Landes trafen in Yorkshire ein, darunter auch Beamte, die auf Einsätze bei Massenausschreitungen spezialisiert waren, wie es sie in Toxteth und Brixton gegeben hatte. Beide Seiten rüsteten sich für eine Eskalation der Auseinandersetzung. Die Frau aus dem Moor lag noch immer im Leichenschauhaus, das sich etwas versetzt hinter dem Büro des Untersuchungsrichters befand. Noch immer hatte sich niemand gemeldet, der sie vermisste.

Annies Leben drehte sich nur noch um Tom. Wann immer sie es einrichten konnte, traf sie sich mit ihm. Sie gestaltete ihren Tagesablauf so, dass sie sich zwischendurch davonstehlen konnte. Häufig ließ sie Elizabeth bei Mrs Miller oder holte sie etwas später von der Schule ab. Sie erfand irgendwelche unaufschiebbaren Termine, Freundinnen, um die sie sich kümmern müsse, Besorgungen, die dringend erledigt werden müssten – lauter Lügen, die ihr Freiheit verschafften. Sie konnte nicht genug von Tom bekommen, und er nicht von ihr, und sie hatte weder Schuldgefühle, noch empfand sie Reue. Sie trafen sich im Cottage, im Moor oder im Wald. Noch nie hatte Annie so viel Energie gespürt. Sie hatte das Gefühl, von Sonnenlicht erfüllt zu sein, und immer wieder fühlte sie voller Entzücken die Nachbeben ihrer sexuellen Begegnungen, die sie in Momenten überkamen, in denen sie es am wenigsten erwartete. Noch nie hatte sie etwas Derartiges erlebt. Ihre Flitterwochen waren im Vergleich dazu langweilig und dröge gewesen; alles war so neu und berauschend und großartig und perfekt und machte wunderbar süchtig.

Sie und Tom mussten vorsichtig sein. Sie schlichen herum wie Kriminelle, versteckten sich im Gebüsch neben der Landstraße, wenn ein Auto vorbeifuhr, riefen sich heimlich an und kosteten jeden Moment ihres Beisammenseins aus. Es war wundervoll und aufregend und machte Annie glücklich – glücklicher, als sie je gewesen war. Sie dachte nicht darüber nach, was sie tat. Sie ließ sich einfach mitziehen. Und wollte nie wieder damit aufhören.

William war erschöpft von der doppelten Last seiner Verantwortung – für die Polizeieinsätze während des Streiks und den Mordfall –, konnte aber dennoch nicht schlafen. Annie lag wach neben William, aufgeputscht von der Liebe, während ihn die viele Arbeit wach hielt. Er stand jetzt meistens früh auf und ging im Moor auf die

Jagd. Wenn Annie allein in ihrem Bett lag, dachte sie an ihren Geliebten; und wenn William da war, wandte sie ihm den Rücken zu und rief sich jedes Wort ins Gedächtnis, das Tom zu ihr gesagt hatte, jeden köstlichen Moment ihres Beisammenseins. Dabei verbot sie es sich, daran zu denken, was ihnen möglicherweise bevorstand, oder daran, was sie bereits angerichtet hatten.

Als sie eines Nachts wieder einmal wach dalag und im Geiste noch einmal die Glücksmomente des vergangenen Tages erlebte, ging die Tür auf, und vom Flur her drang Licht herein. Annie drehte sich um und sah Elizabeth in der Tür stehen, deren kleine bloße Füße unter dem Nachthemdsaum hervorlugten. Sie hielt ihren Plüschhund im Arm.

»Was ist los?«, fragte Annie leise.

»Mir ist schlecht.«

Annie schlüpfte aus dem Bett, trat auf den Flur hinaus und befühlte Lizzies Stirn; sie war glühend heiß. Plötzlich krümmte sich das Kind zusammen und erbrach sich auf den Flurteppich. Annie legte von hinten die Arme um ihre Tochter, um sie zu stützen.

»Mein armer Schatz!«, murmelte sie mit den Lippen an ihrem Haar. Sie hielt sie, bis der Brechreiz nachließ und das Kind erschöpft in ihre Arme sank. Annie gab ihr einen Kuss. »Komm, geh in dein Bett zurück, während ich hier sauber mache.«

»Ich will nicht in mein Bett. In meinem Zimmer ist ein Geist.«

»Lizzie, es gibt keine Geister.«

»Doch, gibt es!«, beharrte das Kind. »Es ist der Geist der toten Frau aus dem Moor.«

»Du solltest dich gar nicht mit dieser Frau beschäftigen, Lizzie. Das ist nichts für euch Kinder.«

»Ruthie Thorogood hat gesagt, dass du die Nächste bist, die ermordet wird.«

»Was hat sie gesagt?«

»Sie hat gesagt, dass der Mörder es auf dich abgesehen hatte!«

»Aber das ist doch Unsinn! Was redet sie nur für schreckliches Zeug.«

»Aber die Frau sieht aus wie du, Mami – ich weiß es! Und Ruthie hat gesagt, dass der Mann, der zurückgekommen ist, schon mal eine alte Frau getötet hat. Sie sagt, er ist der Mörder, und dass er bei unserem Haus war, weil er dich gesucht hat und …«

»Nein, Ruthie irrt sich, sie hat etwas völlig falsch verstanden.«

»Aber was, wenn er wirklich der Mörder ist? Was, wenn er dich umbringen wollte und dich mit dieser Frau verwechselt hat?«

Annie seufzte. Die Schlafzimmertür ging auf, und William sah heraus. Vom Flurlicht geblendet, kniff er die Augen zusammen.

»Was ist denn hier los?«

»Lizzie musste sich übergeben.«

»Was fehlt dir denn, Lizzie? Warum weinst du?«

»Es ist schon wieder gut«, sagte Annie. »Geh wieder ins Bett, William. Ich kümmere mich um sie.«

Sie half Elizabeth, ein neues Nachthemd anzuziehen und sich die Zähne zu putzen. Dann setzte sich Elizabeth auf den Boden, schlang die Arme um die Knie und sah zu, wie Annie den Boden sauber wischte. Ihre Wangen waren gerötet, und ihre Augen glitzerten fiebrig.

»Ich will nicht in mein Zimmer zurück«, jammerte sie. »Ich möchte bei euch im Bett schlafen.«

»Daddy ist müde. Er braucht seinen Schlaf.«

»Er wird auf mich aufpassen.«

»Dir wird nichts geschehen.«

»Ich will aber zu Daddy!«

Annie ergriff Elizabeth' Hand. »Nun komm, Lizzie, es reicht, du gehst jetzt bitte wieder in dein Bett.«

»Aber wenn der Mörder ...«

»Hör auf, Lizzie. Hör auf! Everwell ist ein großes Haus mit starken Mauern, und alle Türen sind fest verschlossen. Draußen fährt regelmäßig ein Streifenwagen vorbei. Dir kann hier drinnen also nichts passieren, okay? Nichts und niemand kann uns etwas anhaben.«

»Schwörst du es?«

»Ja«, sagte Annie, »ich schwöre es.«

ACHTUNDZWANZIG

Auf Elizabeth' Fieberanfall folgte eine hartnäckige Erkältung. Da sie zu Mandelentzündung neigte, entschuldigte Annie sie in der Schule. Sie bettete die Kleine aufs Sofa im Wohnzimmer und wartete, bis Mrs Miller Ethel badete, ehe sie zum Telefon im Flur ging und Toms Nummer wählte. In dem Moment, als er sich meldete, klopfte es an der Haustür, und sie hatte gerade noch Zeit zu sagen: »Wir können uns heute nicht sehen, tut mir leid«, bevor sie den Hörer wieder auf die Gabel legte.

Sie öffnete die Haustür, und auf der Schwelle stand Marie, stark geschminkt und mit Kopftuch, eine Auflaufform in den Händen.

»Ich habe dir einen Brotpudding gemacht«, sagte sie und hielt Annie die Auflaufform hin. Annie nahm sie.

»Komm rein.« Sie machte einen Schritt zur Seite, und Marie trat in einer Parfümwolke in den Flur. Allem Anschein nach wollte sie bei Annie gut Wetter machen.

»Ich bin mit dem Bus zur Zeche hinaufgefahren und von dort aus zu Fuß gegangen«, sagte Marie. »Ich wollte nicht länger darauf warten, dass du dich meldest.«

Elizabeth kam in den Flur. »Hallo, Großmutter.«

»Hallo, du Küken! Warum bist du nicht in der Schule?«

Elizabeth hustete theatralisch. »Ich bin krank. Ich habe mich oben im Flur übergeben.«

»Du Arme!«

»Ich setze Teewasser auf«, sagte Annie.

Marie ging mit Elizabeth ins Wohnzimmer. Derweil begab sich Annie in die Küche und atmete tief durch. Als sie die Schritte ihrer Mutter in ihrem Rücken hörte, drehte sie sich um. Marie hatte das Kopftuch abgenommen. Ihr Haar war frisch gefärbt, und sie hatte eine Kraushaar-Dauerwelle machen lassen, was sie größer erscheinen ließ.

»Gillian von weiter oben in unserer Straße hat sie mir gemacht«, sagte Marie. Sie tätschelte ihr Haar. »Dein Vater meint, wenn ich neben Olivia Newton-John stehen würde, könnte er nicht sagen, wer wer ist.«

Annie tat ihr nicht den Gefallen zu lächeln.

Marie zog sich einen Stuhl heran und setzte sich. Sie stellte ihre Handtasche auf den Tisch. »Johnnie hat mir von den Briefen erzählt«, sagte sie.

»Oh.«

»Kein Wunder, dass du sauer auf mich bist.«

»Sauer? Ich bin außer mir vor Wut, Mum! Diese Briefe gehören mir. Sie waren an mich gerichtet. Du hattest kein Recht ...« Sie biss sich auf die Lippen, um nicht all die schlimmen Worte und Anschuldigungen heraussprudeln zu lassen, die sich in ihrem Kopf türmten. »Wenn du mir diese Briefe gegeben hättest, als sie eintrafen, wäre vielleicht alles anders gekommen.«

»Dann hättest du William womöglich nicht geheiratet, meinst du das? Dann hättest du auf diesen Taugenichts gewartet, an den du dein Herz verschleudert hattest?

Dann hätte Tom Greenaway fortfahren können, dein Leben zu ruinieren – selbst vom Gefängnis aus?«

»Aber er ist unschuldig, Mum. Er hat Mrs Wallace nicht getötet. Er hat weder das Geld noch den Ring gestohlen. Er hat nichts Böses getan.«

Marie schüttelte den Kopf. »Er hat dich wieder hinters Licht geführt, stimmt's? Er hat es wieder geschafft, dir Sand in die Augen zu streuen.«

»Nein, es ist die Wahrheit.«

»Es ist nicht die Wahrheit! Kann es gar nicht sein. Schließlich wurde er schuldig gesprochen.«

»Aber er ist unschuldig!«, rief Annie.

Beide verstummten und starrten einander an. Marie ergriff als Erste wieder das Wort. »Wie hat er's diesmal geschafft?«, brummte sie. »Wie hat er dir nach all den Jahren weisgemacht, dass er unschuldig ist?«

Annie drehte ihrer Mutter den Rücken zu.

»Du hast mit ihm geredet. Nachdem du hoch und heilig versprochen hast, dass du ihn nie wieder in deine Nähe lässt.« Marie schwieg einen Augenblick. Dann sagte sie: »Oh Annie, du wirst doch nicht wieder ...«

»Wieder was?«

Marie senkte ihre Stimme zu einem lauten Flüstern. »Du hast doch nicht wieder was mit Tom Greenaway angefangen, oder?«

»Sei nicht albern.«

»Oh nein, Annie. Bitte, lass es nicht wahr sein, lieber Gott. Ich hab gedacht, du hättest mehr Verstand.«

»Mum ...«

»Ich hab's gewusst. Ich hab gewusst, dass du ihm hilflos ausgeliefert bist. Hab ich dir nicht gesagt, du sollst einen großen Bogen um ihn machen?«

»Mum, es gibt keinen Grund, sich aufzuregen.«

»Keinen Grund, mich aufzuregen? Ich soll mich nicht aufregen? Wie konntest du nur, Annie Jackson, wie konntest du nur?«

Marie stand auf und ging nervös in der Küche auf und ab. Ihre Kreolen baumelten unter ihrer Kraushaarfrisur. »Einunddreißig Jahre bin ich jetzt mit deinem Vater verheiratet, und noch nie hab ich die Beine für 'nen anderen Kerl breit gemacht. Nicht ein einziges Mal. Nicht einmal im Traum hab ich daran gedacht.«

»Mum, hör auf damit, sei ruhig! Du verstehst das nicht.«

»Was versteh ich nicht? Dass ich eine Tochter großgezogen hab, die sich wie eine läufige Katze benimmt? Du bist eine gewöhnliche Schlampe, Annie Howarth. Eine Hure, das bist du!«

»Nein! Du weißt genau, dass das nicht stimmt.«

»Ist dir eigentlich klar, was du tust, Annie? Wenn dein Mann herausfindet, dass du mit Tom Greenaway vögelst, kannst du dich von deinem hübschen Leben verabschieden – diesem Haus, dem Wagen, den Reisen, Lizzies Privatschule. Wahrscheinlich würde er dir dieses süße kleine Mädchen da drinnen wegnehmen. Und was machst du dann?«

»Das könnte er nicht!«

»Oh, und ob er das könnte. Du bist diejenige, die Ehebruch begeht, noch dazu mit einem verurteilten Mörder, glaubst du, unter den Bedingungen würde irgendein Richter dir das Kind zusprechen?«

»Es war Totschlag, außerdem hat Tom es nicht getan.«

»Und wo soll das Ganze hinführen, Annie? Denk mal darüber nach! Glaubst du, deine Geschichte mit Tom Greenaway wird ein glückliches Ende nehmen? Glaubst du, er wird dich glücklich machen?«

»Er macht mich glücklich.«

»Oh heilige Mutter Gottes! Wenn ich dir doch nur ein kleines bisschen Vernunft einbläuen könnte! Hat er dich damals glücklich gemacht? Hat er das? Warst du glücklich, als du herausgefunden hast, dass er ein kleiner dreckiger Lügner und Dieb und ... «

Die Tür ging auf, und Mrs Miller kam herein. »Was ist denn hier los?«

»Nichts«, sagten Marie und Annie wie aus einem Mund.

»Merken Sie denn nicht, dass Lizzie weint? Ich habe es sogar oben gehört und bin deswegen heruntergekommen«, sagte die Pflegerin vorwurfsvoll.

»Oh, das tut mir leid«, sagte Annie. »Mum wollte ohnehin gerade gehen.« Sie schob sich an Mrs Miller vorbei in den Flur und sah, dass Elizabeth am Boden kauerte. Sie nahm die Kleine an die Hand und ging mit ihr nach oben.

»Was habt ihr denn?«, fragte Lizzie schluchzend. »Warum schreit ihr euch so an, Großmutter und du? Warum wird Dad mich dir wegnehmen?«

»Das wird er nicht«, sagte Annie. »Keine Angst, meine

Süße, alles ist gut. Es wird nichts Schlimmes passieren, und niemand wird dich mir wegnehmen.«

Ein paar Sekunden später hörte Annie, wie die Haustür laut ins Schloss fiel.

NEUNUNDZWANZIG

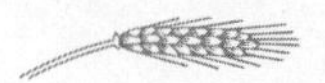

William saß in einem Armsessel und blätterte in der Sonntagszeitung. Eigentlich hätte Annie dankbar sein sollen, dass er endlich einmal beschlossen hatte, den Sonntag im Wohnzimmer bei seiner Familie zu verbringen, anstatt sich wie sonst in seinem Arbeitszimmer einzuschließen, mit seinen Papieren und seiner Musik, aber sie war nicht dankbar. Er war zwar physisch bei ihnen, mit den Gedanken jedoch woanders. Er las sämtliche Zeitungsberichte über den Streik. Warum gönnte er sich nicht mal einen Tag, ohne sich mit dem Streik zu beschäftigen?, dachte Annie. Er blätterte um und räusperte sich. Das brachte Annie noch mehr auf die Palme. Am liebsten hätte sie ihn angeschrien: Hör auf damit! Merkst du nicht, dass du mich mit deinem Räuspern zur Weißglut bringst? Stattdessen stand sie auf, dehnte ihre Glieder und sagte: »Was hältst du von einem Spaziergang im Garten, Ethel? Die Kirschbäume blühen, dass es eine wahre Pracht ist!«

Ethel blickte von ihrem Sessel zu ihr hoch. »Sehr gern, meine Liebe.«

William legte die Zeitung auf den Tisch und nahm die Brille ab. »Ich leiste euch Gesellschaft.«

»Wir kommen schon zurecht, William. Bleib ruhig sitzen. Genieß die Ruhe und den Frieden.«

»Es wird mir guttun, mir ein wenig die Beine zu vertreten.«

»Na gut.« Wenn es unbedingt sein muss, schickte sie im Geiste hinterher.

Annie zog Ethel warm an, ehe William und sie die alte Frau in ihre Mitte nahmen und mit ihr nach draußen gingen. Elizabeth rannte fröhlich hinter ihnen her. Während sie langsam ums Haus herumspazierten, machte Annie Ethel immer wieder auf etwas aufmerksam, auf die jungen Triebe an den Ästen, die Vogelnester und die Blumen. Als sie beim Wildhüter-Cottage vorbeikamen, ließ William den Arm seiner Mutter los und bedeutete Annie, kurz auf ihn zu warten.

»Die Tür wurde geöffnet«, sagte er.

Annie hielt den Atem an.

»Das Schloss ist kaputt. Jemand muss es aufgebrochen haben.«

Er sah Annie über die Schulter an, und wahre Besorgnis spiegelte sich in seinen Augen; sie wusste, dass er an die Frauenleiche im Moor dachte und sich fragte, ob der Mörder vielleicht im Cottage gewesen war. Und auch sie war beunruhigt, allerdings aus einem anderen Grund, wusste sie doch genau, was im Cottage vorgefallen war.

»Geh nicht hinein, William.«

»Ich sehe nur rasch nach. Ich muss wissen, ob jemand hier war.«

Annie überlegte fieberhaft, was sie tun sollte. Mit Schrecken fiel ihr ein, dass sich die Gebäckdose mit Toms Briefen noch oben im Schlafzimmer befand. Außerdem hatte sie den ein oder anderen Gegenstand ins Cottage geschafft, um ihr Liebesnest ein bisschen komfortabler zu machen.

»Es könnte gefährlich sein!«, rief sie. »Geh bitte nicht hinein.«

William sah sie lächelnd an. Er hatte den panischen Klang ihrer Stimme bemerkt. Wahrscheinlich dachte er, sie sorge sich um seine Sicherheit.

»Ich pass schon auf, keine Angst«, sagte er, »ich bin gleich wieder zurück.«

Während Annie mit Ethel auf dem Gartenweg wartete, verschwand er nach drinnen. Das Herz schlug ihr bis zum Hals, ihr war schwindelig und übel. Sie tätschelte Ethels Hand, aber mehr, um sich selbst zu beruhigen. Ein Spatz hüpfte vor ihnen über den Weg. Ein Bussardpaar kreiste über den Feldern.

Ethel fragte: »Ist etwas passiert?«

»Jemand war im Cottage.«

»Oh.«

»Kein Grund zur Sorge. Es waren bestimmt irgendwelche Jugendliche.«

»Nein, es waren keine Jugendlichen«, sagte Ethel. »Du gehst doch ins Cottage, nicht wahr, Annie? Du und der Chauffeur.«

Annie rang nach Luft. »Was meinst du damit, Ethel?«

»Ich habe euch gesehen. Ich habe aus dem Fenster geschaut, während Mrs Miller das Bett gemacht hat, und da habe ich gesehen, dass du dich mit ihm triffst. Manchmal kommt er am Morgen und manchmal am Nachmittag. Ich halte jeden Tag Ausschau nach ihm. Er hat sich die Haare immer noch nicht schneiden lassen.«

»Du hast dich geirrt, Ethel«, sagte Annie matt.

»Nein, hab ich nicht. Ich beobachte euch. Was soll ich denn sonst den lieben langen Tag tun?«

»Ethel, bitte, sag nichts, sag ...«

William kam aus dem Cottage und rieb sich die Hände an einem weißen Taschentuch sauber. Er machte ein finsteres Gesicht.

»Jemand muss das Bett als Lager benutzt haben«, sagte er. »Da sind Decken und Kissen und leere Weinflaschen. Auf dem Fenstersims steht sogar ein Glas mit Wiesenblumen. Da hat es sich jemand richtig gemütlich gemacht.«

Ethel sah Annie vielsagend an. Annie drückte verschwörerisch ihre Hand.

»Obdachlose vielleicht?«, sagte sie.

William schüttelte den Kopf. »Ich muss es jedenfalls überprüfen lassen. Ich muss sicherstellen, dass ...« – er warf einen verstohlenen Blick zu seiner Mutter – »... dass unser Freund vom Moor nicht hier war.«

Annie lachte. »Oh, aber das glaubst du doch nicht wirklich, William! Bestimmt waren es ein paar Jugendliche. Es ist ...«

Aber William ging bereits mit großen Schritten in Richtung Haus.

»Kümmere dich bitte um Mutter!«, rief er über die Schulter zurück. »Und sag Elizabeth, dass sie sich auf keinen Fall dem Cottage nähern darf. Ich werde die Kollegen von der Spurensicherung bitten, es sich vorzunehmen.«

Ethel sah Annie an. »Sollen wir ihm nicht von unserem Chauffeur erzählen?«, fragte sie leise.

»Nein, ist schon gut, Ethel. Der Chauffeur ist ein Freund von uns.«

»Ach ja.« Die alte Dame nickte, beruhigt.

Annie wartete, bis William im Haus verschwunden war, dann rief sie Elizabeth zu sich.

»Pass bitte kurz auf Großmutter auf, ja, Liebes?«

»Warum?«

»Ich muss nur rasch etwas aus dem Cottage holen.«

Sie rannte in das verfallene Haus, die Treppe hinauf und ins Schlafzimmer. Dort nahm sie die Gebäckdose an sich und vergewisserte sich schnell, dass keine weiteren Gegenstände da waren, die sie verraten würden. Dann lief sie wieder hinunter und nach draußen.

»Was ist in der Dose?«, fragte ihre Tochter.

»Das ist ein Geheimnis.«

»Verrätst du es mir?«

»Ja, irgendwann einmal.«

»Können wir jetzt wieder ins Haus zurück?«, fragte Ethel. »Ich bin müde.«

DREISSIG

William hatte ihr die Nachricht hinterlassen, dass es an diesem Abend spät werden würde. Ethel und Elizabeth schliefen schon, und Mrs Miller blieb über Nacht, weil sich Ethel bei Elizabeth angesteckt hatte. Die Pflegerin wollte lieber in der Nähe der alten Frau sein, falls sich ihr Zustand verschlechtern sollte. Annie rief Tom an und verabredete sich mit ihm an der Brücke. Kurz informierte sie Mrs Miller, die im Wohnzimmer saß.

»Ich gehe nur rasch ein wenig an die Luft«, sagte sie. »Ist das für Sie in Ordnung, Mrs Miller?«

Mrs Miller sah Annie über ihre Lesebrille hinweg an.

»Ob das eine so gute Idee ist? Allein in dieser Dunkelheit da draußen?«

»Ich habe Kopfschmerzen und möchte mir nur ein bisschen die Beine vertreten. Ich bin bald wieder zurück.«

Sie zog die Tür hinter sich zu, schlüpfte in ihren Mantel und eilte die schmale Straße hinunter, die zum Moor führte. Sie wollte nicht an der Mine vorbeifahren und riskieren, von ihrem Vater oder irgendwelchen Bekannten gesehen zu werden, und schon gar nicht von der Polizeipatrouille, der sie dann möglicherweise irgendwelche Erklärungen würde abgeben müssen; außerdem würde sie mit dem Wagen auf der Hauptstraße länger brauchen, die im großen Bogen ums Moor herumführte. Sie nahm die

Abkürzung quer durchs Unterholz, sprang über Unebenheiten und Steine, während der Berghang silbrig grün im Mondlicht glänzte. Sie konnte ihren eigenen Atem hören und das saugende Geräusch des schwammigen Bodens unter ihren Schritten; vertrocknete Farnwedel peitschten gegen ihre Beine oder knackten unter ihren Sohlen. Sie lauschte auf andere Geräusche, die auf die Anwesenheit einer weiteren Person hier draußen deuteten, aber da war nichts. Nur die Rufe einer Eule waren zu hören und aus der Ferne eine Polizeisirene.

Als sie sich dem Stadtrand näherte, verlangsamte sie ihre Schritte, um zu Atem zu kommen und sich zu vergewissern, dass niemand in der Nähe war.

Schon von Weitem sah sie Tom. Im Lichtkegel einer Straßenlampe beugte er sich über das Brückengeländer und blickte aufs Wasser hinab, das, von weißer Gischt bedeckt, über die Felsen stürzte. Auch er war zu Fuß gekommen, jedenfalls war sein Truck nirgends zu sehen.

Als er sie bemerkte, sah er hoch und lächelte.

»Hi«, sagte er.

»Hi.«

Sie stand so dicht vor ihm, dass sie die Wärme seines Atems spürte, und die Luft zwischen ihnen schien wie magnetisiert; am liebsten hätte sie sich an ihn gepresst, um das Gefühl zu haben, mit ihm zu verschmelzen.

»Komm«, sagte Tom.

Sie spazierten ein Stück weit die Straße hinauf. Die Brücke markierte das Ende des Städtchens und den Beginn des Heidemoors. Nach ein paar Hundert Metern gelangten sie zu einem Bushäuschen aus Beton, von dem aus man die ganze Stadt überblicken konnte und das sie schon als Teenager gern aufgesucht hatten. Sie setzten sich. Tom steckte sich eine Zigarette an, dann tasteten seine Finger über die Holzbank nach Annies Hand, und im nächsten Moment küssten sie sich. Seine Hände gruben sich in ihr Haar und ihre wanderten unter seine Jacke. Toms Zigarette rollte davon, auf die Straße hinaus, und Rauch stieg wabernd in die Nachtluft auf.

Annie wusste, dass um diese Zeit niemand im Moor unterwegs war; niemand war in der Nähe, der sie hörte oder sah, und dennoch fühlte sie sich ungeschützt und verletzlich und hatte Angst. Sie wollte hinter einer geschlossenen Tür sein, irgendwo, wo sie sicher wären, und nicht in diesem kalten Bushäuschen mit den graffitibesprühten Wänden und den Zigarettenkippen auf dem Boden.

»Wir müssen vorsichtiger sein«, sagte sie. »William weiß, dass jemand im Cottage war, und meine Schwiegermutter hat uns hineingehen sehen.«

»Hat sie etwas zu William gesagt?«

»Nein, noch nicht, aber das kann durchaus noch passieren.«

»Sie dürfte wohl kaum eine glaubwürdige Zeugin sein.«

»Aber ich kann nicht behaupten, dass sie lügt, wenn sie die Wahrheit sagt. Außerdem ist William nicht blöd. Ich mache mir Sorgen, dass ich im Schlaf etwas sagen oder mich auf andere Weise verraten könnte. Ich weiß nicht mehr, was ich machen soll. Ich habe irgendwie verlernt, mich normal zu verhalten. Ich fühle mich nirgendwo mehr sicher. Und ich habe das Gefühl, dass bald etwas Unheilvolles passieren wird.«

»Das bildest du dir nur ein, Annie.«

»Meine Mutter weiß es.«

»Deine Mutter? Woher denn?«

»Sie hat's erraten.«

»Ach du lieber Himmel. Glaubst du, sie unternimmt etwas?«

»Keine Ahnung, aber ich denke nicht. Jedenfalls noch nicht. So leichtfertig wird sie den schönen Schein nicht zerstören.«

Tom hielt zärtlich eine Hand an Annies Wange. Sie legte ihre Hand auf seine. Eine Weile saßen sie so da.

Um sie herum war nur die dunkle Nacht. Annie fror allmählich; sie spürte, wie die Kälte durch ihren Mantel und ihre Kleidung kroch.

Sie betrachtete die Lichter in den Fenstern der Häuser unter ihnen und dachte an die Menschen, die darin wohnten. Wenn sie zum Moor hochblickten, sahen sie die Lichter des Bergwerks in der Ferne, aber Annie und Tom würden sie nicht sehen können. Sie hatten keine Ahnung, dass die beiden Liebenden dort oben waren, in diesem Bushäuschen, wo sie sich wie zwei Ausgestoßene versteckten.

»Ich glaube, ich kann nicht so weitermachen«, sagte sie.

»Willst du, dass wir Schluss machen?«

»Nein. Das ist das Letzte, was ich will.«

»Was willst du dann?«

»Ich habe Angst, Tom. Früher oder später wird etwas passieren, ohne dass wir es verhindern können. Mum könnte irgendwann reden, oder jemand könnte uns sehen, oder du hast irgendwann genug von dieser Heimlichtuerei, und ich ... Was wird dann aus mir, Tom?«

Er drehte Annies Hand um und strich mit seinen Fingerspitzen ihre Finger entlang.

»Warum verlässt du ihn nicht?«

»Wie bitte?«

»Warum verlässt du William nicht? Lass uns zusammenleben. Oder wir gehen fort von hier, wohin du willst.«

»Und was ist mit meiner Tochter? Was ist mit Elizabeth?«

»Nimm sie mit. Viele Paare lassen sich heutzutage scheiden. Und deren Kinder überleben es auch.«

»Er würde sie mir wegnehmen.«

»Das kann er nicht.«

»Tom, jemand wie William kann tun, was ihm beliebt. Er hat Geld, alle werden auf seiner Seite sein, und er kann einen ganzen Polizeiapparat nach seiner Pfeife tanzen lassen. Er kennt die besten Anwälte, ja, sogar die Richter. Wenn ich ihn verlasse, wird er mir mein Kind wegnehmen und dafür sorgen, dass ich es nicht mehr sehe. Das wird passieren. Er könnte den Gedanken, dass seine Ehe gescheitert ist und Lizzie bei ihrer ehebrecherischen Mutter lebt, nicht ertragen. Mit diesem Makel könnte er nicht leben.« Sie seufzte. Ihr war so schwer ums Herz. »Ich habe schon oft darüber nachgedacht, Tom. Nächtelang habe ich mir den Kopf darüber zerbrochen, ohne dass ich einen

Millimeter weitergekommen wäre. Ich kann ihn nicht verlassen, jedenfalls nicht, solange Elizabeth noch so klein ist. Ich kann einfach nicht.«

»Dann werde ich warten müssen.«

Tom ließ ihre Hand los. Sie zog die Ärmel ihres Mantels über ihre Hände, klemmte die Handgelenke zwischen die Knie und ließ den Kopf nach vorn sinken, sodass ihr Haar wie ein Vorhang an beiden Seiten vor ihr Gesicht fiel.

»Kannst du dir vorstellen, wie es für mich ist?«, fragte er. »Nachts allein im Bett zu liegen und zu wissen, dass du bei ihm bist? Kannst du dir vorstellen, wie es ist, wach dazuliegen, an dich zu denken und zu wissen, dass er nur die Hand nach dir auszustrecken braucht? Dass uns Meilen trennen, dich und ihn aber nur wenige Zentimeter? Dass er deine Wärme spüren kann, während mir kalt ist?«

»Er ist mein Mann, Tom.«

»Es ist wie körperlicher Schmerz, Annie. Ich ertrage es schon seit Jahren. Nacht für Nacht hab ich vor Augen, wie er dich berührt und ...«

»Hör auf! Sag jetzt nichts mehr!«

»Aber ich muss immerzu daran denken; jede Nacht frage ich mich, ob er ... was er mit dir macht. Diese Bilder kreisen unaufhörlich in meinem Kopf, wie er dich anfasst, wie er seinen Mund auf ...«

»Hör auf, Tom! Hör auf!« Er stöhnte auf, und sie fuhr in sanfterem Ton fort. »Wenn es dich beruhigt: William und ich haben so gut wie keinen Sex mehr. Ich glaube, er ... er empfindet Ekel davor. Sex ist für ihn etwas Gewöhnliches.«

»Herr im Himmel!« Tom stand auf, entfernte sich ein paar Schritte auf der Straße, dann sah er auf seine Uhr und kam wieder zurück.

»Ich muss jetzt gehen«, sagte er. »Ich habe meiner Nachbarin versprochen, dass ich sie vom Kino abhole.«

»Dann geh. Ich bleibe noch eine Weile hier sitzen.«

»Ich kann dich nicht allein im Dunkeln zurücklassen.«

»Ich will aber allein sein.«

»Herrgott noch mal, sei doch vernünftig, Annie! Du bist durcheinander, du ...«

»Tom, geh jetzt bitte, geh einfach.«

Er trat von einem Fuß auf den anderen, wölbte die Hände vor dem Mund und hauchte hinein.

»Bitte«, sagte sie erneut.

»Ruf mich nachher an, damit ich weiß, dass du sicher nach Hause gekommen bist.«

»Wie soll ich ...«

»Du musst nichts sagen. Lass es einfach zweimal klingeln, dann weiß ich, dass du es bist.«

»Okay.«

Er beugte sich zu ihr hinab, um sie zu küssen, aber sie drehte das Gesicht weg, sodass seine Lippen nur ihren Kopf berührten.

»Wann sehen wir uns wieder?«

»Ich weiß es nicht.«

»Annie, bitte ...«

»Am Dienstag. Da fährt William nach Sheffield.«

»Gut, dann am Dienstag. Wo?«

»Keine Ahnung. Ins Cottage können wir nicht mehr.«

»Dann komm zu mir.«

»Jemand könnte mich sehen.«

»Annie.«

»Gut, ich werde da sein.«

Traurig horchte sie seinen verhallenden Schritten nach und betrachtete ihre weißen Atemwölkchen in der kalten Luft. Sie stellte sich vor, wie es wäre, mit Tom zusammen zu sein, für immer. Zu wissen, dass er abends zu ihr nach Hause zurückkommen, mit ihr zu Abend essen würde; wie es wäre, mit ihm zu reden, nicht in Eile, leise und verstohlen, ständig in der Angst, entdeckt zu werden, sondern ganz offen und selbstverständlich; jede Nacht mit ihm zu verbringen; ohne Angst und schlechtes Gewissen mit ihm zu schlafen; mit ihm spazieren zu gehen, Einkäufe zu erledigen; mit ihm Kinder zu haben; mit ihm alt zu werden, seinen Ring am Finger zu tragen.

Sie konnte ihn haben. Sie musste nur bereit sein, ihre Tochter zu opfern, ihren Mann, ihr gewohntes Leben.

Nach einer Weile stand sie auf, dehnte ihre Glieder und ging zur Brücke hinunter. Sie beugte sich über das Geländer, so wie Tom zuvor, und blickte in das rauschende Wasser hinab. Die Luft fühlte sich kalt auf ihrem Gesicht an, und das Rauschen des Flusses wirkte irgendwie reinigend. Die Dunkelheit, die Tiefe und das Wasser unter ihr hatten etwas Schönes, Anziehendes. Und all ihre Probleme wären gelöst.

EINUNDDREISSIG

Das Spurensicherungsteam traf ein. Sie parkten ihren weißen Transporter auf der Auffahrt und marschierten dann quer über den Rasen zum Cottage. Annie stand am Fenster und beobachtete sie. Sie kaute an ihrem Daumennagel. Paul Fleming war auch dort, und William führte die Oberaufsicht. Er plauderte jovial mit den Männern, gab sich betont locker, aber Annie wusste, dass er angespannt war. Paul merkte es wohl auch, denn er bemühte sich um eine entspannte Atmosphäre. Annie riss sich zusammen, um nicht in Panik zu geraten. Es fiel ihr jedoch schwer, zuschauen zu müssen, wie diese Männer ihr Liebesnest auseinandernahmen, nach Hinweisen suchten, die zur Identität der Personen führte, die sich dort aufgehalten hatten, ohne zu ahnen, dass eine von ihnen durchs Fenster dabei zusah, während ihr das Herz bis zum Hals schlug und sie vor Angst und Schuldgefühlen weiche Knie hatte.

Die Hintertür ging auf, und Annie zuckte zusammen.

»Tut mir leid«, sagte William. »Habe ich dich erschreckt?«

»Ist schon okay, ich bin einfach nur ein bisschen nervös.«

William legte seine Hand auf ihre Schulter und drückte sie aufmunternd. »Ich weiß. Es ist ein schreckliches Gefühl, zu wissen, dass jemand unsere Privatsphäre verletzt hat.«

»Ja.«

»Ich habe eine unserer Decken dort entdeckt. Die mit dem Schottenmuster, die auf dem Sofa im Wintergarten lag. Derjenige, der sie genommen hat, muss also in unserem Haus gewesen sein.«

»Nein.« Annie schüttelte den Kopf. »Nein. Mir ist neulich schon aufgefallen, dass eine Decke verschwunden ist – von der Wäscheleine. Sie müssen sie also von dort genommen haben.« Mühsam brachte sie ein Lächeln zustande.

»Warum hast du mir nicht gesagt, dass etwas fehlt?«

Annie lachte. »Oh William, es ist doch nur eine alte Decke. Ich dachte nicht, dass es wichtig ist.«

Er runzelte missbilligend die Stirn. »Ich hatte dich gebeten, mir zu sagen, wenn etwas Ungewöhnliches passiert. Das hättest du mir nicht verschweigen dürfen!«

»Also wirklich, so ein Theater wegen einer alten Decke. Wenn so etwas noch mal passiert, sage ich es dir.«

Sie lachte erneut, aber ihr Lachen klang falsch in ihren Ohren, und sie fragte sich, ob William merkte, dass sie log. Bisher hatte sie ihn nie belogen – bis Tom wieder in ihr Leben getreten war. Sie hatte nie einen Grund gehabt.

Am Dienstag verließ William früh das Haus, um mit dem Zug nach Sheffield zu fahren. Sobald er weg war, schob Annie Elizabeth eilig zu ihrem Wagen, um sie zur Schule zu fahren. Unterwegs kam ihnen Johnnie entgegen, der ihr anzuhalten bedeutete. Er lenkte das Motorrad neben die Fahrertür. Sie ließ die Fensterscheibe herunter, und er klappte den Sichtschutz seines Helms nach oben.

»Alles okay, Johnnie?« Sie musste fast schreien, um gegen das Knattern des Motorrads anzukommen.

»Vor dem Zecheneingang ist der Teufel los«, sagte er. »Nimm lieber die Umgehungsstraße. Dort sind jede Menge Leute. Sie verbrennen etwas.«

»Was verbrennen sie denn?«

»Eine Puppe, die wie Margaret Thatcher aussieht. Und ich habe noch nie so viele Polizisten auf einem Fleck gesehen. Die Stimmung ist total aufgeheizt, das Ganze kann jeden Augenblick eskalieren.«

»Ist Dad auch dort?«

»Ja. Der war heute Morgen schon auf hundertachtzig.«

»Oh Gott.«

»Mach dir keine Sorgen, Annie. Mum sagt, er hat sich im Griff.«

»Ja, bis jemand das Fass zum Überlaufen bringt. Und wohin fährst du?«

»Mum wartet unten im *Miner's Club* auf mich, ich soll Kartoffeln schälen.«

Annie küsste ihre Fingerspitzen, streckte die Hand zum Fahrerfenster hinaus und berührte seine Wange. »Pass auf dich auf, Johnnie-Boy Jackson. Und verschließ das Kinnband von deinem Helm!«

Er schob grinsend ihre Hand weg. »Geht nicht«, sagte er. »Die Schnalle ist kaputt.« Dann betätigte er den Gasgriff und brauste mit knatterndem Motor davon.

Annie setzte Elizabeth vor der Schule ab, machte einen Abstecher zum Supermarkt und fuhr dann in die Stadt. Matlow schien an diesem Morgen verändert. Die Stimmung war wie aufgeladen. Annie konnte es beinahe an der Luft fühlen. Sie fuhr langsam die Occupation Road entlang, stellte den Wagen auf dem Parkplatz hinter der kleinen Ladenzeile ab und eilte zu Toms Haus zurück. Sie hielt den Kopf gesenkt, sodass ihr das Haar vors Gesicht fiel. In Toms Wohnung würde sie vorerst in Sicherheit sein, bei ihm. Er winkte ihr von einem Fenster aus zu und eilte die Treppe herab, um ihr die Tür zu öffnen. Als sie in seiner Wohnung waren, fielen sie sich in die Arme.

»Gott sei Dank, du bist hier«, sagte er, und sie weinte fast, weil sie ihn so sehr vermisst hatte.

Sie schliefen miteinander und tranken dann Tee. Annie saß in einem von Toms T-Shirts auf dem Futon, während er Gitarre spielte. Zum Mittagessen aßen sie vor dem Fernseher getoastete Sandwiches. Dann gingen sie wieder ins Bett. Sie schliefen eine Weile, und als sie aufwachten, liebten sie sich erneut. Annie hielt die ganze Zeit über die Augen geöffnet, weil sie sehen, sich alles einprägen wollte. Schließlich murmelte Tom: »Oh Gott, Annie«, sein Körper entspannte sich, und sein Kopf sank auf ihre Brust. Sie streichelte sein Haar und wartete darauf, dass sich sein Herzschlag und sein Atem beruhigten.

Dann stützte er sich auf die Ellbogen und lächelte sie an. Zärtlich strich er ihr eine Haarsträhne aus dem Gesicht.

»Danke«, sagte er sanft und küsste sie.

Ihr Herz schlug nur noch für ihn. Sie ignorierte die Schuld und die Scham, sie verdrängte die Worte ihrer Mutter. Sie dachte nicht an die Männer oben im Bergwerk und an die Frauen, die zusammen Essen kochten, um ihre Familien mit dem wenigen, was sie hatten, satt zu bekommen. Sie dachte nicht an ihren Mann, der sich bemühte, einen Mord aufzuklären und gleichzeitig den Minenbetrieb zu gewährleisten; sie dachte nicht daran, dass vielleicht auch William in diesem Moment an sie dachte.

Tom betrachtete ihr Gesicht. Sie sah, wie sich seine Pupillen bewegten und wie sie sich in seinen Augen spiegelte.

»Annie«, sagte er, »ich liebe dich. Verlass ihn und zieh zu mir. Oder lass uns von hier weggehen.«

»Bitte nicht, Tom. Sag das nicht.«

»Wohin du willst.«

Sie seufzte.

»Es war dein Mann, der dafür gesorgt hat, dass ich ins Gefängnis gehen musste«, sagte Tom.

»Bitte, Tom. Nicht jetzt. Lass uns nicht jetzt darüber reden.«

»Wenn ich beweisen kann, dass er korrupt ist, würdest du ihn dann verlassen?«

Sie küsste ihn. »Pst«, sagte sie. »Sei still.«

Er lag seitlich neben ihr; sein rechter Arm ruhte auf ihrem Brustkorb, sodass er sich mit ihrem Ein- und Ausatmen hob und senkte. Nach einer Weile schlief er wieder ein. Das Fenster stand offen, und die hereinwehende Nachmittagsluft war kalt. Es war, als würde ein melancholischer Hauch über ihren Körper kriechen und die Schönheit des Tages trüben. Annie beobachtete, wie die horizontalen Schatten der Jalousien über das Bett wanderten. Sie spürte den Schweiß auf Toms Brust und seinen feuchten Atem an ihrer Wange. Er schnarchte leise, und selbst sein Schnarchen war für sie schön. Von draußen drang das Dröhnen des Verkehrs herein, und in der Ferne heulte eine Sirene.

Annie schloss die Augen. Sie wusste, sie würde bald aufbrechen müssen. Sie würde aufstehen, sich rasch duschen und sich anziehen, ein Lächeln auf ihren unzüchtigen Mund malen, sich den Anschein einer respektablen Ehefrau geben. Sie würde sich wieder in Mrs William Howarth verwandeln müssen.

Noch einmal drehte sie sich zu Tom um, atmete seinen Duft ein, den Geruch nach Sex, das Aroma eines Mannes, der geliebt wurde, und versuchte, sich einzureden, dass alles gut war. Aber nichts war gut. Ein einziges Schlamassel war es, und sie war hoffnungslos verloren in diesem Geflecht aus Liebe, Verrat und Lügen und wusste nicht, wie sie sich daraus befreien konnte.

Das Sirenengeräusch schwoll an, kam näher, laut und durchdringend plärrend pflügte es sich einen Weg durch den nachmittäglichen Verkehr. Dann stimmte eine zweite Sirene ein, und sie kreischten gemeinsam durch die Straßen.

Annie schlüpfte aus dem Bett, bedeckte sich mit Toms T-Shirt und stieg über seine am Boden liegende Gitarre hinweg zum Fenster. Sie spähte hinaus. Die Fahrzeuge auf der Occupation Road waren an den Straßenrand gefahren, einige standen mit zwei Rädern auf dem Gehsteig, um eine Gasse zu bilden. Ein Motorradfahrer blickte über die Schulter zurück, und aus dem Gemischtwarenladen kam eine Frau mit einem Kleinkind; sie hielt es an den Riemen seines Laufgeschirrs fest. Ein kleines Mädchen in einem blauen Kleid sammelte auf dem Gehsteig gelbe Blumen auf, die jemand dort verstreut hatte. Annie beugte sich ein wenig vor, wandte sich nach links, in Richtung Innenstadt, und sah, wie ein Krankenwagen mit Blaulicht unter ihrem Fenster vorbei- und weiter die Straße hinaufbrauste, gefolgt von einem zweiten Krankenwagen. Beide Fahrzeuge fuhren über die Brücke und weiter in Richtung Mine.

»Tom!«, rief Annie. »Tom, irgendwas stimmt nicht. Es muss etwas passiert sein.«

Er sprang aus dem Bett und trat zu ihr ans Fenster.

»Es muss Verletzte gegeben haben«, sagte Annie. »Beim Bergwerk muss etwas passiert sein. Mein Vater ist auch da oben. Was, wenn …«

»Liebling, beruhige dich, da oben sind so viele Leute. Die Wahrscheinlichkeit, dass dein Vater betroffen ist, ist sehr gering.«

»Aber er ist ein Hitzkopf. Wenn er in eine Auseinandersetzung gerät, ist er nicht mehr zu halten.«

Tom schloss das Fenster. Sie drehte sich zu ihm um, und er schlang die Arme um ihre Taille.

»Es ist bestimmt alles in Ordnung«, sagte er. »Alles ist gut, ich verspreche es dir.«

ZWEIUNDDREISSIG

Auf dem Rückweg machte Annie einen Abstecher in die Rotherham Road, um sich zu vergewissern, dass ihrem Vater wirklich nichts passiert war. Da niemand da war, schob sie eine Nachricht unter der Tür durch, in der sie Marie bat, sie anzurufen, sobald sie wieder zu Hause war. Dann fuhr sie weiter zur Schule und versuchte, die Angst herunterzuschlucken. Sie hatte das Radio angemacht und erfuhr aus den Nachrichten, dass es in der Mine von Matlow zu gewalttätigen Ausschreitungen und Festnahmen gekommen war. Ein Kumpel wurde interviewt, der sagte, die Polizei sei unverhältnismäßig brutal vorgegangen; ein interviewter Polizist wiederum bezeichnete die Bergleute als außer Kontrolle geratenen Mob.

Beim Schultor standen die Frauen in Grüppchen zusammen und unterhielten sich über die Ausschreitungen vor dem Bergwerk. Die Mütter schienen die Hände ihrer Kinder in diesen Tagen fester zu umklammern, sie schneller zu ihren Wagen zu drängen, um sie so rasch wie möglich nach Hause und in Sicherheit zu bringen.

Elizabeth kam zusammen mit ihrer Lehrerin aus dem Schulgebäude.

»Ist alles in Ordnung?«, fragte Annie.

Die Hand der Lehrerin lag auf der Schulter des Kindes. »Das wollte ich eigentlich Sie fragen, Mrs Howarth. Ist bei Ihnen zu Hause alles in Ordnung?«

Annie errötete. »Ja, warum?«

»Nun, Lizzie hat heute ein Gedicht geschrieben und illustriert.« Die Lehrerin reichte ihr ein Blatt Papier. Das Gedicht trug die Überschrift *Mord in Matlow,* und das Bild zeigte einen blutigen Kampf zwischen einer männlichen Gestalt mit einem Schwert in der Hand und einer anderen, die einen Helm auf dem Kopf hatte. Annie erkannte auf Anhieb, dass es sich um einen Bergarbeiter und einen Polizisten handelte und dass der Bergarbeiter den Kampf verloren hatte.

»Oh.« Annie strich ihrer Tochter übers Haar.

»Nicht gerade angemessen für eine Siebenjährige, würde ich sagen.«

»Nein, da haben Sie recht. Wir werden darüber reden.« Sie lächelte Lizzie an, die panisch wirkte, weil sie offenbar nicht wusste, ob sie nun bestraft werden würde oder nicht.

Die Lehrerin wirkte noch immer ungehalten. »Vielleicht könnten Sie und Ihr Mann drauf achten, dass Lizzie keine Gespräche mitbekommt, die nur für Erwachsene bestimmt sind? Sie ist in letzter Zeit ein bisschen durcheinander, wie ich finde.«

Annie nahm ihre Tochter bei der Hand. Sie spürte, wie ihre Wangen glühten. »Wie gesagt, wir werden mit ihr reden«, sagte sie. »Komm, mein Schatz.«

Sie stiegen in den Wagen. Lizzie setzte sich auf den Beifahrersitz und schnallte sich an. Dann beugte sie sich vor, um das Autoradio einzuschalten. Der *Ghostbusters*-Titelsong wurde gespielt. Normalerweise sang die Kleine mit, wenn das Lied erklang, aber an diesem Tag war sie still.

Als sie sah, dass Annie nicht Richtung Everwell fuhr, sondern in die entgegengesetzte Richtung, fragte sie: »Wo fahren wir hin?«

»Nach Matlow.«

»Warum?«

»Ich will zu Großmutter und zu Großvater.«

»Warum?«

»Nach dem Rechten sehen.«

Lizzie hatte die Barbiepuppe aufgehoben, die sie am Morgen im Wagen gelassen hatte. Sie glättete das Prinzessinnenkleid.

Annie sah sie kurz von der Seite an. »Lizzie, du brauchst dir keine Sorgen zu machen.«

»Was meinst du?« Das Mädchen ließ die Puppe über seine Knie staksen und hielt sie mit dem Gesicht nach außen an die Fensterscheibe. »Worüber soll ich mir keine Sorgen machen?«

»Nun, über Dinge, die wir Erwachsene so reden. Daddy und ich und andere Leute. Wir sind alle groß genug, um auf uns aufzupassen.«

»Ich weiß.«

»Dieser Streik ist bestimmt bald vorbei, und dann wird alles wieder normal sein. Du wirst sehen. In ein paar Wochen werden die Menschen alles vergessen haben. Und Daddy wird dafür sorgen, dass alle bösen Menschen ins Gefängnis kommen ...«

»Und Onkel Paul.«

»Hm?«

»Onkel Paul wird Daddy helfen, den bösen Mann zu fangen.« Lizzie ließ die Puppe gegen die Windschutzscheibe prallen und dann in ihren Schoß fallen.

Annie warf ihr einen argwöhnischen Blick zu. »Hat Ruthie Thorogood dir wieder irgendeinen Unsinn erzählt?«

Elizabeth schüttelte den Kopf.

»Bist du sicher? Sie hat wirklich nichts gesagt?«

»Nein.«

»Wenn dich etwas bedrückt, dann sag es mir, okay?«

»Okay.«

»Versprichst du es mir?«

»Ich verspreche es.«

»Gut.«

Annie fuhr auf demselben Weg, den sie gekommen war, nach Matlow zurück. Sie kamen an Grüppchen von Männern vorbei, die vom Bergwerk aus nach Hause trotteten. Sie wirkten erschöpft. Bei manchen war die Kleidung zerrissen, einige trugen nicht einmal ein Hemd. Sie sah, wie sich einer von ihnen einen Stofffetzen an die Stirn hielt, wieder ein anderer hatte Blutspritzer im Gesicht. Sie sah Elizabeth besorgt von der Seite an. Das Kind hielt jetzt Scooby, seinen Spielzeughund, an die Scheibe und ließ ihn den Männern zuwinken, aber niemand sah es oder machte sich die Mühe, zurückzuwinken.

Als sie in der Rotherham Road ankamen, parkte Annie den Wagen vor dem Haus ihrer Eltern, stieg aus und klopfte an die Tür. Wieder öffnete niemand. Sie ging mit Elizabeth über den Gartenweg hinter dem Haus und quer über den Anger, der zu einem Gemüsegarten umfunktioniert worden war, zum *Miner's Club*. An den Schaukeln davor spielten Kinder. In dem Clubgebäude hatte man ein provisorisches Notfallzentrum eingerichtet. Einige Männer saßen, die Ellbogen auf die Knie gestützt, auf Stühlen, und Frauen verarzteten, so gut sie konnten, die Wunden der Verletzten. Wieder warf Annie einen besorgten Blick auf ihre Tochter.

»Kein Grund zur Sorge, okay, Lizzie?«

»Okay.«

Sie gingen zögernd weiter.

»Entschuldigung?«, sagte Annie zu einem Mann.

Er sah zu ihr hoch. Sein Gesicht war blutig und von Blutergüssen bedeckt. »Sie sind doch die Tochter von Den Jackson, oder?«, fragte er.

Annie nickte. »Haben Sie ihn gesehen?«

Der Bergmann schüttelte den Kopf.

Gillian, die in der Nachbarschaft ihrer Eltern wohnte, trat zu Annie und nahm sie beim Arm. »Siehst du, was die Polizei heute den Männern angetan hat? Diese Scheißkerle. Erzählst du deinem Mann, was du gesehen hast? Wirst du das tun?«

»Gill, ich bin hier, weil ich meinen Vater suche.«

»Nun, er ist nicht hier. Du musst wohl weitersuchen.«

»Ist das das Mädchen von Den Jackson?«, rief jemand.

»Ja.«

»Sag ihr, sie haben ihn mitgenommen.«

»Wer hat ihn mitgenommen?«

»Wer wohl? Sie haben ihn zusammen mit anderen in

einen Transporter getrieben und sind mit ihm davongefahren.«

»Er wird im örtlichen Knast sitzen.«

»Er und die anderen.«

»Danke«, sagte Annie. »Danke, Gill. Wenn du meine Mum siehst …«

»Sag ich ihr, dass du hier warst.«

»Komm, Schatz.« Annie nahm Lizzie an der Hand und eilte mit ihr hinaus. Sie liefen zum Auto zurück und stiegen ein. Annie verriegelte die Türen.

»Warum sind alle so wütend?«, fragte Elizabeth.

»Es war ein schlechter Tag für sie. Aber es wird bald vorbei sein.«

Sie wollte zur Polizeistation von Matlow fahren, aber sie kam erst gar nicht in die Nähe. Die Straße war an beiden Enden abgeriegelt worden, und unzählige Menschen drängten sich an den Straßensperren. Einige stießen wütende Rufe aus. Eine Flasche flog durch die Luft, und einen Moment später hörte man, wie eine Fensterscheibe zerbrach. Elizabeth saß aufrecht auf ihrem Sitz und starrte zum Fenster hinaus, während sie ihren Hund fest umklammert hielt. Die Puppe lag einsam und vergessen im Fußraum.

»Ist Großvater hier?«, fragte Elizabeth.

»Ich weiß nicht.«

»Schauen wir nach?«

»Nein. Ich glaube, wir fahren jetzt besser nach Hause.«

»Aber was, wenn er darauf wartet, dass wir ihn abholen?«

»Wir bitten Daddy, nach ihm zu schauen, wenn er heute Abend nach Hause kommt.«

Annie legte den Rückwärtsgang ein und wendete den Wagen. Menschenmengen schoben sich durch die Straße – Männer, die sich gegenseitig stützten, Frauen, die einander Trost zusprachen. Annies Hände zitterten. Sie hatte Mühe, zu schalten. In diesem Moment konnte sie es kaum noch erwarten, endlich aus der Stadt herauszukommen, weg von alldem, und wieder in Everwell zu sein.

Als sie dort eintrafen, gab es immer noch keine Neuigkeiten. Mrs Miller sagte, es habe den ganzen Nachmittag über niemand angerufen. Annie schenkte Lizzie ein Glas Fruchtsaft ein und machte ihr ein Sandwich, dann schaltete sie den Fernseher im Wohnzimmer ein, ehe sie sich an die Vorbereitung des Abendessens machte. Sie verfolgte den ersten Teil der Nachrichten, aber statt um die Streiks ging es um Prinzessin Diana, die erneut schwanger war.

Als das Telefon klingelte, rannte Annie in den Flur und nahm ab. »Hallo? Mum?«

Am anderen Ende der Leitung war ein verlegenes Lachen zu hören. »Nein, hier ist Julia Thorogood. Ich wollte mich nur vergewissern, dass du nicht krank bist.«

»Ich bin nicht krank. Aber warum fragst du?«

»Weil du unser Meeting versäumt hast.«

»Was für ein Meeting?«

»Die Vorbesprechung für das Brunnenfest. Sie hat heute Nachmittag stattgefunden. Letzte Woche hast du gesagt, dass du bestimmt da sein würdest. Und als du nicht aufgetaucht bist, haben wir uns Sorgen gemacht.«

Annie ließ langsam den Atem entweichen. »Tut mir leid, Julia, das habe ich völlig vergessen. Aber ich weiß zurzeit nicht, wo mir der Kopf steht, und …«

»Vielleicht könnte ich jetzt kurz nach Everwell kommen?«

»Nein, im Moment ist es ungünstig, lieber ein andermal.«

»Aber es gibt einige Punkte, die nicht warten können, Annie. Wir müssen dringend ein paar Entscheidungen treffen. Wir fragen uns sogar, ob wir das Brunnenfest dieses Jahr überhaupt abhalten sollen. Es könnte der Eindruck entstehen, dass wir die Bergleute unterstützen.«

»Ich verstehe nicht, was das Brunnenfest mit dem Streik zu tun hat. Und was soll schlecht daran sein, wenn wir die Kumpel unterstützen? Schließlich lebt unsere Stadt vom Bergbau.«

»Aber der Streik ist nicht legal, Annie. Dieser schreckliche Scargill wiegelt die Männer auf, und die haben nicht genug Grips im Kopf, um …«

»Mein Vater ist zufällig einer dieser Männer.«

»Oh, natürlich.« Am anderen Ende der Leitung stellte sich ein längeres Schweigen ein. »Nun, wir wollen uns nicht über Politik in die Haare kriegen. Also, was ist? Kann ich kurz bei dir vorbeischauen?«

»Nein«, sagte Annie und legte auf. Als sie sich umdrehte und in die Küche zurückwollte, kamen ihr Ethel und Mrs Miller von der anderen Seite des Flurs entgegen. Ethel musterte Annie abfällig.

»Wer ist das?«, fragte sie die Pflegerin. »Wer ist diese Person, und was macht sie in meinem Haus?«

Lieber Gott, dachte Annie, steh mir bei! Sie kehrte in die Küche zurück. Die in Butter gebräunten Zwiebeln waren in der Pfanne angebrannt, und das Kartoffelwasser war übergekocht. Sie stellte die Pfanne in die Spüle und drehte das kalte Wasser auf, ehe sie wieder von vorn begann. In dem Moment, als William zur Haustür hereinkam, klingelte das Telefon erneut. Annie eilte, sich die Hände an einem Geschirrtuch abtrocknend, in den Flur.

William reichte ihr den Telefonhörer. »Es ist deine Mutter«, sagte er. »Sie ist in einer Telefonzelle.«

Natürlich ruft sie von einer verdammten Zelle aus an, dachte sie. Von wo sonst? »Danke«, sagte sie und nahm den Hörer entgegen. »Hallo, Mum?«

»Dein Vater ist verhaftet worden«, platzte Marie heraus. »Zusammen mit einem Dutzend anderer. Er wird mindestens eine Nacht hinter Gittern bleiben müssen.«

Annie warf einen verstohlenen Blick zu William. Er stand am Flurtisch und sah den Poststapel durch.

»Kommst du klar, Mum?«

»Was glaubst du wohl? Aber wenigstens weiß ich, wo Den ist – um ihn mache ich mir keine Sorgen. Aber um Johnnie. Er hätte uns heute eigentlich in der Küche im Club helfen sollen, ist aber nicht aufgetaucht und auch nicht nach Hause gekommen. Du hast ihn nicht zufällig gesehen, oder?«

»Doch, heute Morgen. Er hat gesagt, er ist auf dem Weg zum *Miner's Club*.«

»Es muss etwas passiert sein. Johnnie hat mich noch nie im Stich gelassen, noch nie.«

Das stimmte. Annie wusste, dass sie recht hatte. Ein mulmiges Gefühl machte sich in ihrer Magengegend breit.

»Ich komme zu dir, Mum«, sagte Annie. »So schnell ich kann. Dann machen wir uns zusammen auf die Suche nach ihm.«

DREIUNDDREISSIG

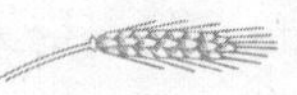

Sie fanden Johnnie im South Yorkshire Infirmary in Sheffield. Er war mit einem Krankenwagen eingeliefert worden; die Ärzte vom Matlow General hatten ihn wegen der Schwere seiner Verletzungen in die nächstgrößere Klinik verlegen lassen.

Die Schwester am Empfangsschalter wirkte erleichtert, als Annie und Marie auftauchten und sich nach einem siebzehnjährigen rothaarigen Jungen erkundigten, denn der junge Mann, der am Nachmittag eingeliefert worden war, hatte keine Papiere bei sich gehabt. Marie beschrieb den Christophorus-Anhänger, den Johnnie immer um den Hals trug, worauf die Empfangsschwester meinte, es handele sich garantiert um ihren Sohn.

»Wir wussten ja nicht, wer er ist, und konnten daher niemanden kontaktieren«, erklärte sie.

»Wie geht es ihm?«, fragte Marie. »Und was ist passiert? Kann ich zu ihm?«

»Warten Sie einen Moment hier, während ich mich erkundige.« Die Empfangsschwester lächelte. »Machen Sie sich keine allzu großen Sorgen«, fügte sie hinzu. »Er ist hier in den besten Händen.«

Marie wandte sich vom Schalter ab, als die Schwester zum Telefonhörer griff. Annie folgte ihrer Mutter in eine der Wartezonen. Einige müde wirkende Menschen saßen dort auf abgenutzten Stühlen. Ein paar lasen Zeitung, aber die meisten warteten einfach nur.

»Ich bring ihn um«, murmelte Marie. »Ich bring deinen Vater um. Da braucht ihn seine Familie ein einziges Mal, und was tut er? Ist so dämlich, sich einsperren zu lassen.«

»Das mit Johnnie konnte er ja nicht wissen.«

»Dieser selbstsüchtige Scheißkerl! Kann der nicht einmal sein Gehirn einschalten?«

»Mrs Jackson?«

Die Empfangsschwester stand hinter ihnen. Annie gefiel ihr Gesichtsausdruck gar nicht. Sie wirkte zwar äußerlich ruhig, aber ihre Augen blickten besorgt.

»Sie können gleich zu Ihrem Johnnie, aber zuerst sollten Sie sich mit dem Arzt unterhalten.«

Marie nickte.

»Ich bringe Sie ins Privatwartezimmer. Dort ist es freundlich und hell, und Sie haben mehr Ruhe.«

»Danke«, sagte Marie.

Sie wurden in einen kleinen, stickigen Raum geführt. Es gab keine Fenster, dafür aber Bilder mit esoterisch angehauchten Motiven wie Tauben und Wolken an der Wand. Der Raum verstärkte Annies Angst noch. Marie setzte sich mit geradem Rücken auf einen Stuhl und legte die Hände in den Schoß. Sie starrte die Tür an, als könnte sie so die Ankunft des Arztes beschleunigen.

Schließlich trat er ein. Er erläuterte ihnen detailliert, aber zügig Johnnies Verletzungen und deren Auswirkungen. Seine Worte drangen in Annies Bewusstsein und verebbten wieder wie Bilder eines Traums. Sie sah Marie verstohlen an, die ebenso benommen und verloren dasaß, wie sie selbst sich fühlte.

»Ich verstehe nicht, was Sie uns sagen«, sagte Marie. »Wird mein Sohn wieder gesund oder nicht?«

»Das wissen wir noch nicht«, erwiderte der Arzt. »Es ist noch zu früh für eine Prognose.«

»Was ist ihm denn zugestoßen?«, fragte Annie.

»Seine Verletzungen sind typisch für Opfer von Motorradunfällen. Soweit ich weiß, haben die Leute, die ihn gefunden haben, gesagt, dass sich sein Helm vom Kopf gelöst hatte. Er hat einen Schädelbruch erlitten. Außerdem hat er starke Blutungen, die auf sein Gehirn drücken.«

Marie war weiß im Gesicht; sie presste ihre Lippen so fest aufeinander, dass sie einen violetten Strich bildeten. »Der Kinnriemen von seinem Helm war kaputt«, brachte sie schließlich heraus.

»Das erklärt, warum sich der Helm gelöst hat.«

»Ich habe Den gesagt, er soll den verdammten Helm reparieren. Ich hab's ihm tausendmal gesagt. Ich hab gesagt: ›Unser Junge wird noch verunglücken mit diesem Helm, Den.‹ Das hab ich ihm gesagt, aber er hat nicht auf mich gehört.«

»Und was heißt das nun?«, fragte Annie. »Ist Johnnies Gehirn ... ist es beschädigt?«

»Wir wissen es noch nicht. In ein paar Tagen werden wir uns ein klareres Bild von seinem Zustand machen können.«

»Was heißt ›in ein paar Tagen‹?«

»In vier Tagen, vielleicht auch fünf.«

»Danke«, sagte Marie. »Vielen Dank, Herr Doktor.«

»Da ist noch etwas. Möglicherweise wird er seinen linken Arm verlieren. Er wurde bei dem Unfall teilweise durchtrennt. Wir haben unser Möglichstes getan, aber ich kann Ihnen nicht versprechen, dass wir ihn retten können.«

»Danke«, sagte Marie abermals. Sie zitterte. »Abgetrennt«, flüsterte sie Annie zu. »Abgetrennt!«

Annie legte den Arm um ihre Mutter. »Es wird bestimmt wieder gut«, sagte sie beruhigend.

»Sie können jetzt zu ihm, wenn Sie möchten«, sagte der Arzt. »Reden Sie mit ihm. Aber seien Sie darauf gefasst, dass sein Anblick Sie schockieren wird. Versuchen Sie, es ihn nicht spüren zu lassen.«

Annie ergriff die Hand ihrer Mutter und drückte sie. Dann folgten die beiden Frauen dem Arzt durch ein Gewirr von Fluren und durch eine Doppeltür in einen hell erleuchteten Raum. In der Mitte stand ein Bett, umgeben von zahlreichen Apparaten.

»Das ist ja furchtbar«, sagte Marie.

»Es tut mir leid«, entgegnete der Arzt.

Marie näherte sich zögerlich dem Bett. Dann zog sie einen Stuhl heran und setzte sich neben ihren Sohn. Sie ergriff Johnnies rechte Hand, hob sie hoch und küsste seine Finger. Annie begab sich auf die andere Seite des Bettes. Johnnies linker Arm war von der Schulter an bandagiert und wurde von einer Hebevorrichtung gehalten. Bis zur Taille war er mit einem Laken bedeckt. Drähte waren an seiner dürren Jungenbrust befestigt und verliefen zu einer Reihe von Monitoren. Er lag flach auf dem Rücken, sein Kopf war rasiert, und sein Schädel wirkte entblößt und verletzlich. Er hatte einen Sauerstoffschlauch im Mund, der mit einer Binde zwischen Mund und Nase fixiert war.

Marie sprach leise und langsam zu Johnnie, wie zu einem kleinen Kind. Sie erzählte ihm eine Geschichte: wie er mit sieben Jahren von der Hofmauer gestürzt war und sich das Schlüsselbein gebrochen hatte und wie sie in der Notaufnahme ewig lang hatten warten müssen, weil es Samstag gewesen war und so viele Betrunkene dagewesen waren. Einer von ihnen hatte Johnnie mit Brotkrumen aus seiner Jackentasche füttern wollen, die er für die Tauben bei sich getragen hatte. Es war eine ihrer alten Anekdoten, die sie schon seit Jahren nicht mehr erzählt hatte. Da sie sich nicht mehr an alle Einzelheiten erinnerte, korrigierte sie sich immer wieder. Obwohl ihre Stimme rau war vom vielen Rauchen, hatte sie einen zärtlichen Klang. Annie fühlte sich wieder in ihre Kindheit zurückversetzt. Es war genau die Stimme, mit der Marie mit kleinen Kindern, alten oder verletzlichen Menschen sprach.

Nach einer Weile sah sie Annie an und sagte: »Es ist wichtig, dass wir mit ihm reden.«

»Ja, ich weiß.«

»Was hältst du davon, wenn wir ihm morgen Musik bringen? Wir könnten seinen Kassettenrekorder und ein paar von seinen Lieblingskassetten mitnehmen. *The Specials*. Er mag *The Specials.*«

»Das ist eine gute Idee, Mum.«

Marie wandte sich wieder Johnnie zu und streichelte zärtlich seinen Handrücken. »Der Doktor hat gesagt, dass wir zu dir sprechen sollen, Schatz, bis du wieder zu dir kommst. Und wir werden es richtig ausnutzen, dass du uns keine Widerrede geben kannst.«

Annie sah ihre Mutter an. »Der Arzt hat gesagt, dass sie in vier Tagen mehr über Johnnies Gesundheitszustand sagen können.«

Marie ging nicht auf die Worte ihrer Tochter ein. »Bestimmt wirst du am Samstag wieder aufwachen. Du wurdest an einem Samstag geboren, Johnnie, das war schon immer dein Glückstag.«

VIERUNDDREISSIG

Als Annie nach Everwell zurückkehrte, war William noch auf. Da er die Vorhänge in seinem Arbeitszimmer nicht zugezogen hatte, konnte sie sehen, dass er hinter seinem mit Papieren übersäten Schreibtisch saß. Er hatte die Ärmel seines Hemdes bis zu den Ellbogen hochgekrempelt und die obersten Knöpfe geöffnet, sodass seine grauen Brusthaare hervorlugten. Das sagte ihr, dass er eine seiner Lieblingsplatten aufgelegt und getrunken hatte. William betrank sich nur selten.

Annie zog Mantel und Stiefel aus und ging in die Küche. Aus Williams Arbeitszimmer war Opernmusik zu hören, eine Frauenstimme sang eine schwermütige Arie. Wenig später gesellte sich William mit einem Whiskyglas in der Hand zu ihr. Die Tür seines Arbeitszimmers stand weit offen, und die Musik drang laut zu ihnen herüber.

»Hallo, Annie«, sagte er. »Wie geht es Johnnie?«

»Er liegt auf der Intensivstation im Koma.«

»Oh Gott. Als du mich aus dem Krankenhaus angerufen hast, hast du recht zuversichtlich geklungen.«

»Ich habe nur so getan, weil Mum bei mir war.« Annie war hundemüde. Sie fühlte sich ausgelaugt. »Wo ist Lizzie?«

»Im Bett. Sie hat sich lange gesträubt. Ich musste ein ernstes Wörtchen mit ihr reden.«

»Oh William.« Annie umfasste die Rückenlehne eines

Stuhls und senkte den Kopf. »Du musst Geduld mit ihr haben. Sie ist erst sieben! Es ist alles zu viel für sie.«

»Was ist zu viel?«

»Alles. Diese Unsicherheit.«

»Ich weiß nicht, von welcher Unsicherheit du sprichst«, sagte William. »Die Welt da draußen mag ja in Aufruhr sein, aber unsere Familie ist intakt und sicher. Es sei denn, mir ist da etwas entgangen?«

»Bist du wütend wegen irgendetwas, William?«

»Nein.«

»William.« Sie machte einen Schritt auf ihn zu und wollte ihm die Hand reichen. Da er nicht reagierte, ließ sie sie wieder sinken. Sie nahm ein Glas aus dem Küchenschrank und hielt es unter den Wasserhahn. Nachdem sie einen Schluck getrunken hatte, sagte sie: »Ich wünschte, ich bräuchte nur mit dem Finger zu schnippen und alles würde wieder in den Zustand versetzt, in dem es war.«

»Wie es wann war?«

»Vor dem Streik«, antwortete sie leise, aber sie meinte die Zeit vor Mrs Wallace' Tod. Sie meinte die Zeit, bevor alles den Weg genommen hatte, den sie seitdem gegangen war. William beobachtete sie. Er sah zu, wie sie das Glas unter dem laufenden Wasserhahn wusch und es umgekehrt auf den Abtropfständer stellte.

»Kennst du den Unfallhergang?«, fragte er.

»Ich weiß nur, dass Johnnie mit seinem Motorrad gestürzt ist. Und sein Helm hat sich offenbar gelöst.«

»Es ist in der Crossmoor Lane passiert. Zwei Constables in einem Streifenwagen haben ihn gefunden.«

»Das wusste ich nicht.«

»Sie haben Erste Hilfe geleistet und bei ihm gewartet, bis ein Krankenwagen kam. Er hatte Glück.«

»Glück ...«, wiederholte Annie. Sie zog sich einen Stuhl heran, setzte sich und barg den Kopf in den Händen. William machte immer noch keine Anstalten, auf sie zuzugehen.

»War noch jemand anderes an dem Unfall beteiligt? Hat es jemand gesehen?«, fragte sie.

»Nein, es ist eine abgelegene Strecke.«

»Was hat er denn da oben zu suchen gehabt?«

»Die anderen Straßen waren gesperrt. Ich nehme an, es war die einzige Möglichkeit durchzukommen.«

»Ich bin so müde«, sagte Annie. Sie rieb sich mit den Handballen die Augen.

Endlich löste sich William von der Stelle, wo er gestanden hatte. Er nahm eine Weinflasche aus dem Seitenfach des Kühlschranks, entkorkte sie und füllte ein Glas, um es dann Annie zu reichen. Sie trank einen Schluck, dankbar für die freundliche Geste.

»Es gibt noch etwas«, sagte sie. »Dad wurde heute verhaftet.«

William nickte.

»Du wusstest es bereits?«

»Natürlich weiß ich es. Die Beamten, die ihn festgenommen haben, fanden es ziemlich lustig, als sie hörten, dass er mein Schwiegervater ist.«

»Oh.« Ein Teil von ihr wollte sich für Den entschuldigen, aber der andere Teil, der stärker war, hinderte sie daran. »Ich bin durch die Stadt gefahren«, sagte sie. »Es hat ausgesehen wie in einem Katastrophengebiet. Überall ist Chaos.«

»Das ist das Gesetz der zunehmenden Entropie. Die natürliche Tendenz der Dinge, in Unordnung zu geraten.«

Sie starrte ihn an. »Aber du lässt das doch nicht zu, William. Du sorgst dafür, dass die Ordnung bewahrt bleibt. Das tust du doch die ganze Zeit.«

»Ich versuche es zumindest.«

Obwohl der Wein kalt und sauer war, leerte Annie ihr Glas. Er verursachte ihr Schwindel und Übelkeit. Sie sehnte sich nach ihrem Bett, nach Wärme und Schlaf. Nachdem sie das leere Weinglas auf den Tisch gestellt hatte, stand sie auf. »Ich gehe nach oben. Kommst du auch?«

»Später. Ich habe noch zu tun.«

»Wie du willst.« Sie machte keine Anstalten, ihm einen Kuss zu geben, sondern schob sich an ihm vorbei in Richtung Tür.

»Noch etwas, Annie«, sagte William, als wäre ihm soeben ein Gedanke gekommen.

»Ja?«

»Wo warst du heute?«

»Das habe ich dir doch gesagt. In der Stadt.«

»Was hast du dort gemacht?«

»Ich war shoppen.«

»Was hast du gekauft?«

»Nichts.«

»Mrs Miller hat gesagt, du warst den ganzen Tag weg.«

»Ja. Weil ich nicht finden konnte, was ich gesucht habe.« Annie stand reglos da. Sie bemühte sich, normal zu atmen, aber ihr Herz raste. William sah sie stirnrunzelnd an. Sie hielt die Luft an, bis sie sah, wie sich sein Gesichtsausdruck entspannte. Doch sie konnte ihn nicht deuten, wusste nicht, ob William ihr glaubte oder nicht.

»Gut, dann schlaf schön«, sagte er.

»Gute Nacht, William. Bis morgen früh.«

Sie ging nach oben, zog sich aus und den Morgenmantel über und tapste barfuß und auf Zehenspitzen über die knarrenden Dielen zum Badezimmer, um Elizabeth und Ethel nicht zu wecken. Sie ließ Wasser in die Wanne ein, um sich die Spuren dieses Tages wegzuwaschen, der so gut begonnen und so schlimm geendet hatte. Danach tupfte sie sich mit einem Handtuch das Gesicht trocken und sah zu, wie das seifige Wasser spiralförmig den Abfluss hinabsprudelte. Im Schlafzimmer zog sie sich ein Nachthemd an und legte sich ins Bett. Um die Klänge der klagevollen Arie zu dämpfen, die aus Williams Arbeitszimmer drangen, zog sie sich die Decke über den Kopf.

FÜNFUNDDREISSIG

Am nächsten Morgen war das Moor ein Spiel aus Licht und Schatten, das Gras der Weiden zartgrün, der alte Farn leuchtete orangefarben im frühen Sonnenlicht, und dazwischen war das helle Grün der sich entrollenden jungen Farnwedel zu sehen. Die Vögel hatten ihren morgendlichen Chor angestimmt, und junge Feldhasen hoppelten an den Feldsäumen entlang, während ihre Eltern das Bussardpaar im Auge behielten, das über dem Rand des Moors kreiste.

Zwei Gestalten kamen in Begleitung eines großen Hundes von den unteren Berghängen herab. Als sie aus dem Schatten des Waldes ins Sonnenlicht traten, erkannte Annie in einem von ihnen William. Er trug eine Tarnjacke, und das Gewehr hing an seiner Schulter. Zwei zusammengebundene Fasane baumelten an seiner Hand. Der andere Mann war Paul, in Jeans und einer Jacke; er hatte Mühe, mit William Schritt zu halten. Pauls Hund folgte seinem Herrchen mit der Schnauze dicht über dem Boden. Immer wieder schob sich Paul das Haar aus den Augen und nickte, als stimme er allem zu, was William sagte. Annie beobachtete, wie sie auf das Haus zukamen und sich in der kalten Luft Atemwolken vor ihren Mündern bildeten. Sie fragte sich, worüber sie sich wohl unterhielten und warum sie sich schon so früh am Morgen verabredet hatten.

Als sie bei Pauls Wagen ankamen, den er neben einer der Buchen an der Auffahrt abgestellt hatte, blieben sie stehen. Sie sprachen noch ein paar Worte, dann schüttelten sie sich die Hand, und William klopfte Paul auf die Schulter. Paul sah zu William auf und lächelte sein breites Lächeln. Dann öffnete er die Fahrertür und wartete, bis sein Hund hineingesprungen war, ehe er selbst einstieg.

Annie zog Jeans an, eine Bluse mit Stehkragen und eine grüne Wolljacke, die ihre Mutter für sie gestrickt hatte. Dann ging sie hinunter in die Küche, um die Waschmaschine auszuräumen. Sie legte die nasse Wäsche in einen Wäschekorb und trug ihn nach draußen. Die von Sonnenstrahlen erhellte Luft war kalt, später Raureif glitzerte im Gras. Annie klappte die Wäscheleinenvorrichtung herunter und schüttelte das erste Laken aus. Während sie es über eine Leine breitete und mit Wäscheklammern befestigte, flatterte es ihr feucht um die Beine. Sie hörte, wie Jim Friel seine Kühe in den Melkschuppen rief. Oben im Moor blökten die Mutterschafe mit ihren fast menschlich klingenden Stimmen nach ihren Lämmern, und diese schrien mit ihren Babystimmen zurück. Vielleicht würde dieser Tag ja besser werden, dachte Annie. Vielleicht würde es gute Nachrichten geben. Sie nahm ein Handtuch und befestigte es an der Wäscheleine.

William bog um die Hausecke und blieb vor der Hintertür stehen. Er hängte die toten Vögel an den Metallwinkel an der Mauer, den er für diesen Zweck angebracht hatte, und wusch sich die Hände unter dem kalten Strahl des Außenwasserhahns. Annie beobachtete ihn verstohlen hinter der wehenden Wäsche hervor. Sie bedauerte alles, was sie getan hatte, und alles, was sie vielleicht noch tun würde. Sie bedauerte die Demütigung, die William wegen ihres Vaters erlitten hatte. Und gleichzeitig hatte sie Angst.

Nachdem sie die Wäsche aufgehängt hatte, kehrte sie in die Küche zurück. Elizabeth war inzwischen aufgestanden. Sie hatte den Teller mit der vom Abendessen übrig gebliebenen kalten Hühnerpastete aus dem Kühlschrank genommen. Scooby lag in ihrer Armbeuge, während sie aß.

»Hallo, mein Schatz!« Annie küsste ihre Tochter und genoss den süßen, warmen Kinderduft und den Anblick ihres zerzausten Haars. Sie schlang die Arme um Elizabeth, um ihren zarten Körper und ihren Herzschlag zu spüren.

»Was ist denn!«, murrte Elizabeth und befreite sich aus der Umarmung. »Lass mich!« Ihr Atem roch nach dem würzigen Laucharoma der Pastete. Während sie weiteraß, verteilten sich Krümel auf ihrem Pullover und dem Steinfußboden.

»Wo ist Daddy hingegangen?«, fragte Annie. »In sein Arbeitszimmer?«

Elizabeth schüttelte den Kopf. »Er ist nach oben, sich duschen.«

Annie schaltete den Wasserkocher ein und spülte die Kaffeekanne aus. »Hast du gut geschlafen, Lizzie?«

»Nein. Ich hab von Johnnie geträumt. Er lag tot auf der Erde, und ich hielt sein Gesicht zwischen den Händen und küsste ihn und sagte immer wieder zu ihm: ›Bitte, bitte, bitte wach auf‹, aber er ist nicht aufgewacht. Und dann ist Daddy mit einem Spaten rausgegangen und hat ein großes Loch für ihn gegraben. Du hast gesagt, wir würden eine Rose auf seinem Grab pflanzen. Und ich habe geweint.«

So ähnlich war es sechs Monate zuvor gewesen, als Lizzies Labrador Martha gestorben war.

»Oh Lizzie!« Annie setzte sich neben ihre Tochter und strich ihr zärtlich übers Haar.

»Johnnie wird doch nicht sterben, oder, Mami?«

»Ich hoffe nicht, Süße. Ich hoffe, es wird ihm bald wieder besser gehen.«

Elizabeth biss mit ihren kleinen weißen Zähnen in den letzten Rest der Pastete. »Gut, ich hab nämlich eine Karte für ihn gemacht und muss sie ihm geben.«

»Er ist im Krankenhaus, Lizzie.«

»Das weiß ich. Aber ich kann ihn doch besuchen.«

»Ich bin mir nicht sicher, ob Kinder die Intensivstation betreten dürfen.«

»Oh.« Elizabeth leckte sich die Finger ab und dachte nach. »Kannst du ihm dann die Karte geben, Mami?«

»Natürlich.«

»Und ihm sagen, dass sie von mir ist?«

»Aber sicher.«

»Na gut, dann müssen wir es halt so machen.«

Annie trat einen Schritt zurück und betrachtete ihre Tochter. »Wann bist du eigentlich so erwachsen geworden?«, fragte sie.

Lizzie grinste. »Während du woandershin geschaut hast.«

Nachdem Elizabeth nach oben gegangen war, um sich

für die Schule fertig zu machen, nahm Annie die Karte, die auf dem Tisch lag. Das Bild, das ihre Tochter gezeichnet hatte, zeigte ein Mädchen, offenbar Elizabeth selbst, das die Hand eines größeren Jungen mit orangefarbenem Haar hielt, das ihm wie Sonnenstrahlen vom Kopf abstand. Die Mundwinkel des Jungen waren nach unten verzogen. Blut tropfte von einer mit rotem Filzstift gemalten Kopfwunde und sammelte sich in einer Lache auf dem Strich, der den Boden darstellte. Darunter hatte Elizabeth geschrieben: *Ich hab dich lieb, Johnnie,* und die Worte mit bunten Kussmündern und Herzen umrahmt.

Annie hauchte einen Kuss auf jedes der beiden Gesichter und steckte die Karte dann in ihre Handtasche.

SECHSUNDDREISSIG

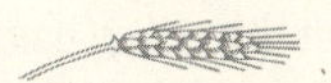

William kam frisch geduscht, rasiert und angezogen herunter. Annie schob ihm eine Tasse Kaffee hin. »Ich fahre nachher aufs Polizeirevier und erkundige mich, wie weiter mit deinem Vater verfahren werden soll.«

»Danke, das ist nett von dir.«

»Aber natürlich kann ich ihm keine Sonderbehandlung zuteilwerden lassen.«

»Niemand hat dich darum gebeten.«

»Aber deine Mutter wird es womöglich als illoyal betrachten, wenn ich nicht interveniere.«

»Es geht sie nichts an, wie du deine Arbeit machst«, sagte Annie matt.

William sah sie von der Seite an. »Ich bin mir nicht sicher, dass sie das ebenso sieht.«

Er stellte sich vor den kleinen Spiegel an der Küchenwand und rückte den Krawattenknoten gerade. Obwohl seine äußere Erscheinung wie gewohnt makellos war, sah er genauso blass aus wie Annie. Sie wusste, dass er keinen Deut besser geschlafen hatte als sie. Als sie in den frühen Morgenstunden aufgestanden war, um zur Toilette und dann nach unten zu gehen und sich eine Tasse Tee zu machen, hatte sie an seinem leichten Atmen gemerkt, dass auch er wach gewesen war, obwohl er nichts gesagt hatte; und auch als sie wieder ins Bett zurückgekommen war, hatte er nicht geschlafen.

»Ich habe gestern mit der Spurensicherung gesprochen«, sagte William. »Ich wollte wissen, ob die Untersuchung des Cottages irgendwas erbracht hat. Sie lassen sich mal wieder lächerlich viel Zeit.«

Annie sah zu ihm auf. »Ich nehme an, sie sind genauso überlastet wie die anderen Abteilungen.«

»Ich habe sie gebeten, dieser Sache Vorrang zu geben. Schließlich müssen wir wissen, ob derjenige, der in unser Cottage eingedrungen ist, schon mal mit der Polizei zu tun hatte.«

»Natürlich.«

»Möglicherweise kommen sie noch mal her, um deine Fingerabdrücke zu nehmen«, fuhr William fort.

»Warum das denn?«

»Um dich auszuschließen. Obwohl ich ihnen gesagt habe, dass niemand von uns in den letzten zehn Jahren im Cottage war.«

»Ist Mami in Schwierigkeiten?«, fragte Elizabeth.

»Nein, bin ich nicht, du kleine Lauscherin. Aber du wirst es gleich sein, wenn du dich nicht beeilst. Zieh schnell deinen Mantel an und sag Daddy auf Wiedersehen. Wir müssen uns sputen, sonst kommst du zu spät zur Schule.«

»Auf Wiedersehen, Daddy.«

William drehte sich zu seiner Tochter um und sah sie so liebevoll an, dass Annie den Blick abwenden musste. Sie wartete an der Tür, während sich Vater und Tochter umarmten. An diesem Morgen hielt William seine Tochter so fest, als wollte er sie gar nicht mehr loslassen, und Lizzie, erstaunt und erfreut über seine plötzliche Liebesbezeugung, schlang ihre Arme um seinen Hals und schmiegte ihre Wange an seine.

Nachdem Annie Elizabeth zur Schule gebracht hatte, fuhr sie weiter in die Occupation Road. Sie parkte wieder hinter der Ladenzeile, damit ihr Wagen von der Straße aus nicht zu sehen war, und verbarg das Gesicht hinter einer großen Sonnenbrille und unter einem Kopftuch. Kaum hatte sie Toms Haustürklingel gedrückt, eilte er in einer Trainingshose und mit einem Handtuch um die Schultern die Treppe herunter. Sein langes Haar hing ihm nass auf die Schultern herab, an seinem Hals klebte noch Rasierschaum.

»Annie!« Er kam auf sie zu, doch sie wich ein wenig zurück. »Komm mit nach oben.«

Sie folgte ihm die Treppe hinauf. Ein alter Läufer zog sich in der Treppenmitte bis in den dritten Stock hinauf. An manchen Stellen wellte er sich oder war blank gewetzt. Das Treppengeländer war alt und glänzte speckig; das ganze Treppenhaus war irgendwie schäbig, die Wände brauchten dringend einen neuen Verputz und Anstrich; die Pflanze auf dem Fenstersims im ersten Stock war abgestorben, die Blätter hingen schlaff über den Rand des terrakottafarbenen Plastiktopfs.

Am Vortag waren Annie diese Dinge nicht aufgefallen. Vermutlich war sie zu aufgeregt gewesen, hatte sie es doch nicht erwarten können, endlich mit Tom zusammen zu sein. Dafür stach ihr, als sie ihm jetzt die Treppe hinauffolgte, jedes Detail ins Auge. Nachdem sie in Toms Wohnung angekommen waren, setzte sie sich nicht, sondern blieb an der Tür stehen. Er umarmte sie, doch es war ihr unangenehm. Sie schob ihn weg.

»Hast du gehört, was Johnnie passiert ist?«, fragte sie.

»Ja. Ja, hab ich. Wie geht es ihm?«

»Nicht gut.«

»Das tut mir leid.«

»Ich muss jetzt für ihn da sein, Tom. Für ihn und meine Familie. Ich werde dich nicht mehr treffen können, jedenfalls nicht, solange er in diesem kritischen Zustand ist.«

»Lass mich dir helfen.«

»Bist du neuerdings ein Arzt? Ein Gehirnchirurg? Nein? Dann kannst du mir nicht helfen.«

»Ich kann mich um dich kümmern.«

»Nein, das kannst du nicht, Tom. Du bist nicht ... Du bist nicht ...«

»Ich bin nicht dein Mann.«

»Nein.«

»Ich würde alles für dich tun. Das weißt du.«

»Hör auf, Tom. Sag nicht solche Sachen, nicht jetzt. Es ist einfach so, dass ... Ich würde mich noch schlechter fühlen, noch mehr schämen, wenn ich dich weiterhin treffe, während Johnnie ...« Ihre Worte verebbten. »Ich muss immerzu denken, dass Johnnies Unfall eine Art Strafe ist.«

»Das ist Unsinn.«

»Aber es fühlt sich so an.«

»Die Crossmoor Lane ist eine miserable Nebenstraße voller Schlaglöcher Es war ein Unfall, nicht mehr und nicht weniger.«

Tom streckte die Hand aus und strich ihr zärtlich das Haar aus dem Gesicht. Diesmal ließ sie es geschehen. Sie seufzte.

»Sie werden herausfinden, dass wir im Cottage waren«, sagte sie. »Und dann wird William über uns Bescheid wissen.«

»Dann ist es gut so.«

»Nein, Tom, es wird nicht gut sein.«

»Vielleicht sollten wir es ihm besser vorher sagen, bevor er es anderweitig herausfindet.«

Annie sog scharf die Luft ein. »Ich soll ihm von uns erzählen? Soll William vielleicht auch erfahren, dass ich mit dir geschlafen habe, während mein Bruder halb tot im

Krankenhaus liegt und wahrscheinlich einen Arm verliert? Während mein Vater im Gefängnis sitzt und Lizzie bei all den Sorgen völlig durcheinander ist? Bist du verrückt, Tom? Hast du völlig den Verstand verloren?«

Er hielt sie fest in seinen Armen. »Ist ja gut, Annie, beruhige dich.«

»Ich hab solche Angst.«

»Ich weiß. Hat sich jemand um Johnnies Motorrad gekümmert?«, fragte Tom.

»Ich weiß nicht. Ich habe überhaupt noch nicht darüber nachgedacht. Wahrscheinlich liegt es noch an der Unfallstelle.«

»Dann fahre ich nachher mit dem Truck hoch und hole es. Ich stelle es in den Hinterhof deiner Eltern.«

»Tu das lieber nicht, Tom! Lass dich bloß nicht beim Haus meiner Eltern blicken. Wenn dich jemand sieht ...«

»Ich werde vorsichtig sein.«

»Nein, wirklich, mach das nicht.«

»Es ist bestimmt in Ordnung.« Er nahm ihre Hand, hob sie an seine Lippen und küsste die Rückseite ihrer Finger. »Lass mich nur machen, dann hast du eine Sorge weniger, Annie Jackson.«

»Howarth«, sagte sie. »Ich bin jetzt Annie Howarth.«

»Besuch mich, wann immer du willst. Du weißt, wo du mich findest.«

»Ja.«

»Annie ...«

»Nein, sag jetzt nichts Zärtliches, nicht jetzt. Ich glaube, ich könnte es nicht ertragen.«

Sie hob ihre Tasche auf und verließ Toms Wohnung. Als sie die Treppe hinablief, kam ihr eine junge Frau entgegen. Es war die Musikerin, die in der Bar des *Haddington Hotels* Gitarre gespielt hatte. Sie lächelte Annie an.

»Hi! Ist Tom da?«

»Ja, er ist in seiner Wohnung.«

»Gott sei Dank. Ich brauche ihn nämlich, er muss mich dringend zu einem Termin fahren.«

Sie stieg weiter die Treppe hinauf und ließ einen fruchtigen Duft zurück. Annie lief die Stufen hinab. Unten im Flur setzte sie erneut ihre Sonnenbrille auf und band sich das Kopftuch um. Vorsichtig öffnete sie die Haustür und spähte hinaus. Sally Smith, die Floristin, stand vor dem Blumenladen und sprach mit einer Frau mit einem Kinderwagen. Es war Janine Fleming. Als Annie aus dem Haus trat, sah sie herüber. Annie beachtete sie nicht, sondern zog das Kopftuch tiefer in die Stirn und eilte zu ihrem Wagen.

Sie fuhr in die Rotherham Road. Die Tür des Hauses ihrer Eltern war offen, und sie ging hinein. Gillian aus der Nachbarschaft saß bei Marie in der Küche. Marie hatte geschwollene Augen, ihre Wimperntusche war verschmiert, ihr Haar war ungekämmt, sodass der dunkle Haaransatz deutlich zu erkennen war. Sie sah aus, als hätte sie die ganze Nacht nicht geschlafen. Annie trat zu ihr und nahm sie in die Arme. Marie fischte ein Taschentuch aus dem Ärmel ihrer Strickjacke und knetete es nervös.

»Ich weiß nicht, was ich mit mir anfangen soll«, sagte sie mit zittriger Stimme.

Gillian tätschelte Maries Hand. »Ist schon gut, Schätzchen. Du musst dich wieder beruhigen.«

»Gibt es irgendwelche Neuigkeiten?«, fragte Annie.

»Sie haben Anklage gegen deinen Dad erhoben, wegen unerlaubter Zusammenrottung.«

»Ich meinte eigentlich Johnnie.«

Gillian schüttelte den Kopf. »Wir haben gerade im Krankenhaus angerufen, und sie haben gesagt, dass sein Zustand unverändert ist, stimmt's, Marie? Aber keine Nachrichten sind besser als schlechte Nachrichten.«

»Der Arzt hat ja vorausgesagt, dass es so sein würde«, sagte Annie. »Er meinte, in den nächsten Tagen sei mit keinen großen Veränderungen zu rechnen.«

»Was hast du denn da drin?«, fragte Gillian und nickte in Richtung der beiden Einkaufstaschen, die Annie auf den Boden gestellt hatte.

»Ich habe ein paar Sachen von zu Hause mitgebracht.«

Gillian hievte eine der Taschen auf den Tisch und spähte hinein. »Hm, Lammkoteletts«, sagte sie. »Ich habe seit Wochen kein Kotelett mehr zu sehen gekriegt.«

»Ein Stück Lammhals ist auch dabei. Und drei Hasen und eine Taube.«

»Nimm dir was davon, Gillian«, sagte Marie.

»Wird sich Mr Howarth nicht fragen, wo das Zeug abgeblieben ist?«

»Er hat keine Ahnung, was alles in der Tiefkühltruhe ist«, erwiderte Annie und machte sich daran, die Taschen auszupacken. Sie räumte die Dosen in den Küchenschrank und das Brot in den Brotkasten.

»Ich hab gestern Nacht kein Auge zugetan«, sagte Marie. »Es war die erste Nacht seit unserer Hochzeit, in der ich Den wirklich gebraucht hätte, und die erste Nacht in dreißig Jahren, in der ich ohne ihn im Bett gelegen hab.«

»Wenn du dich angezogen hast, fahre ich mit dir ins Krankenhaus«, sagte Annie.

Sie zog einen Stuhl heran und setzte sich. Dabei berührte ihr Knie das ihrer Mutter. Sie griff über den Tisch und nahm Maries Hände zwischen ihre.

»Es wird alles gut, Mum. Du wirst sehen.«

Marie stieß ein ungehaltenes Schnauben aus. »Mein Sohn liegt im Koma, mein Mann ist im Kittchen, und meine Tochter ...« Sie sah verstohlen von Annie zu Gillian, ohne den Satz zu beenden.

»Deine Tochter ist hier bei dir, genau, wie es sein sollte«, sagte Gillian.

»Ja, zur Abwechslung mal, fürwahr.«

SIEBENUNDDREISSIG

Annie saß im Wohnzimmer und ließ den Saum von Lizzies Schulkleid aus. Ihr war beklommen zumute, ihre Schultern schmerzten von der angstvollen Anspannung. Die Lampe auf dem Tisch neben ihr warf einen ovalen Lichtkegel. Annie war schreckhaft wie ein Fohlen, und das leiseste Geräusch – ein Knistern im Kamin, wenn Harz in die Glut tropfte, ein Windstoß, der ein Fenster erzittern ließ, oder ein Knacken im Gebälk des alten Hauses – ließ sie aufhorchen. In den Wasserrohren ächzte und rauschte es; die Bäume im Garten bogen sich im Wind und zeichneten im Mondlicht flackernde Schattenmuster auf die Fenster. Sie horchte auf das Motorengeräusch von Williams Wagen, brannte darauf, zu erfahren, was er wusste, was an diesem Tag auf dem örtlichen Polizeirevier geschehen war, warum ihr Vater immer noch festgehalten wurde.

Als sie das Knarren der Hintertür hörte, legte sie ihr Nähzeug auf die Armlehne des Sessels, ging durch den Flur und öffnete die Küchentür. Im Raum war es dunkel, aber vor dem helleren Quadrat des Fensters zeichnete sich die Silhouette ihres Mannes ab. William stand mit aufgestützten Händen am Küchentisch. Er hatte die Schultern hochgezogen und ließ den Kopf hängen. Im Fenster sah Annie die Scheinwerfer eines Fahrzeugs, das von der Farm herunterkam; die Lichter holperten auf dem unebenen Feldweg auf und ab und entfernten sich in Richtung Landstraße.

»William?« Sie machte einen Schritt auf ihn zu. Die Art, wie er dastand, die tiefe Traurigkeit, die er ausstrahlte, alarmierte sie. »Was ist denn los, William? Warum hast du das Licht nicht angemacht?«

Er richtete sich auf. Sie konnte sein Gesicht nicht sehen.

»Ich dachte, du würdest schon schlafen«, sagte er. »Ich wollte dich nicht wecken.«

»Warum kommst du so spät?«

»Ich musste noch ein paar Dinge regeln.«

Annie sah, wie die Scheinwerfer die Kreuzung erreichten, wo der Farmweg in die Landstraße mündete, und wie das Fahrzeug, statt nach links in Richtung Stadt abzubiegen, nach rechts in Richtung Moor weiterfuhr. Vielleicht war eine Kuh oder ein Kalb gestorben und Jim transportierte den Kadaver im Anhänger zu einer abgelegenen Stelle im Moor, um ihn zu entsorgen.

»Möchtest du etwas essen?«, fragte Annie. »Ich habe dein Abendessen für dich aufgehoben.« Sie deutete zu dem zugedeckten Teller auf dem Küchentresen. »Es ist nicht viel, eine Scheibe Schinken und Kartoffeln. Ich kann es dir aufwärmen.«

»Nein, nicht nötig, danke«, sagte William.

Sie spürte, dass er lieber allein sein wollte. Wahrscheinlich würde er sich gleich in seinem Arbeitszimmer einschließen und seine geliebten Opernarien hören. Sich einen Whisky einschenken und sich in seinen Sessel zurücksinken lassen, die Augen schließen und der Musik lauschen, um die Gedanken auszublenden, was immer es auch war, was ihn so quälte. Es war schon sehr spät.

»Hast du etwas über Dad herausgefunden?«

»Annie, bitte, ich bin schrecklich müde. Können wir nicht morgen früh darüber reden?«

»Ja, natürlich, aber ...«

»Deinem Vater geht es gut. Vermutlich wird er morgen dem Haftrichter vorgeführt.«

»Danke, William.« Sie trat zurück, legte die Hand auf die Türklinke. »Dann gute Nacht, William.«

Sie zog sich aus, wusch sich und legte sich ins Bett. Williams Musik drang ins Schlafzimmer herauf; es war ein Stück von Sibelius, eine dunkle, schwermütige Musik. Hin und wieder hörte sie einen dumpfen Laut, wenn William den Whisky-Dekanter mit dem Stöpsel verschloss. Sie konnte nicht schlafen und fragte sich, ob sie je wieder in der Lage dazu sein würde. Die alte Uhr unten im Flur schlug jede Viertelstunde, dann zwei volle Schläge, als es zwei Uhr wurde. Irgendwann begannen die Farmhunde zu bellen. Vielleicht war ein Fuchs über den Hof gelaufen, oder Jim war von seinem nächtlichen Ausflug zurückgekehrt. Sie zog die Steppdecke bis zum Kinn hoch, rutschte etwas tiefer und schlug die kalten Füße in die Decke ein.

Vom Halbschlaf driftete sie in einen schattenhaften Traum, in dem Szenen von Johnnies Unfall, die Streikposten vor der Mine, das Gesicht der Toten im Moor und ihre Schuldgefühle durcheinanderwirbelten, als William ins Schlafzimmer kam. Er ließ die Tür einen Spalt auf und zog sich im Schein des Flurlichts aus. Annie war sofort wieder hellwach und machte sich gar nicht erst die Mühe, sich schlafend zu stellen. Sie wusste, er war sich darüber im Klaren, dass sie ihn beobachtete.

William hängte, ordentlich wie immer, seine Hose auf einen Kleiderbügel und diesen in den Schrank. Er zog seinen Pyjama an, hob das Bündel schmutziger Wäsche vom Boden auf und ging damit ins Bad, um sie im Wäschekorb zu verstauen. Annie hörte das Wasser in den Leitungen gurgeln, während er sich das Gesicht wusch und die Zähne putzte.

Als er, nach Karbolseife riechend, ins Bett kam, drehte sie sich zu ihm hin. Sie streckte die Hand nach seiner aus, aber er reagierte nicht. Er lag reglos auf dem Rücken und starrte an die Decke.

»William?«, sagte sie im Flüsterton. Er antwortete nicht. Also drehte sie sich wieder von ihm weg, rollte sich zusammen, schmiegte die Wange ins Kissen und wartete sehnsüchtig auf den Tagesanbruch.

ACHTUNDDREISSIG

Während Annie die Vanillebuttercreme für die Füllung vorbereitete, kniete Elizabeth auf einem Stuhl und träufelte den Rührteig in die Papierbackförmchen, vor sich Scooby, der an der Zuckerdose lehnte. Sie hörten sich die Hitparade im Radio an, eine angenehme Abwechslung zu der ewigen Opernmusik, dachte Annie. Allerdings hatte sie das Radio leise gestellt, um William nicht zu stören.

Mrs Miller kam in die Küche und machte sich daran, ein Tablett für Ethel zu richten. Elizabeth wischte die Teigschüssel mit dem Finger aus und schleckte ihn ab.

»Das habe ich gesehen«, sagte Annie. Elizabeth kicherte, im selben Moment ertönte die Türklingel.

»Ich gehe hin!«, rief William aus dem Arbeitszimmer.

Annie trat an die Küchentür, öffnete sie einen winzigen Spalt und spähte in den Flur hinaus. Paul Fleming stand in der Haustür. Er und William tauschten ein paar rasche Worte aus, dann nahm William seinen Mantel von der Garderobe und die beiden Männer verschwanden nach draußen.

»Wer ist es, Mami?«, fragte Elizabeth, die sich auf ihrem Stuhl zu ihr umdrehte. Ein Tropfen Rührteig löste sich von ihrem Löffel und fiel zu Boden.

»Onkel Paul.«

»Was will er?«

»Das weiß ich nicht, Schatz.«

»Kann ich Baby Chloe besuchen?«

»Wir werden Tante Jan nächstes Mal, wenn wir sie sehen, fragen.«

»Wann ist das?«

»Das kann ich nicht sagen. Verdammt, Lizzie, ich kann schließlich nicht hellsehen!«

»Du sollst nicht fluchen, Mami.«

»Tut mir leid.«

»Es ist sehr ungezogen, wenn man ›verdammt‹ sagt.«

Annies Augen wurden schmal. »Das ist aber keine Entschuldigung, um das Wort zu wiederholen. Nerv mich nicht, Lizzie, ich hab letzte Nacht nicht gut geschlafen.«

Im Flur klingelte das Telefon.

»Was ist denn jetzt schon wieder?«

Annie ging zum Telefon und nahm ab. Am anderen Ende der Leitung war zunächst Schweigen.

»Hallo, wer ist dran?«

»Annie?«

»Tom?« Sie hielt den Hörer näher an den Mund und drehte sich von der offenen Küchentür weg. »Bist du wahnsinnig, hier anzurufen?«

»Kannst du sprechen?«

»Nur ganz kurz.«

»Es geht um Johnnies Motorrad«, sagte Tom. »Es war nicht mehr an der Straße. Jemand hat es mitgenommen.«

»Die Polizei vielleicht?«

»Nein. Ich habe mit einer Frau gesprochen, die mit ihrem Hund dort spazieren gegangen ist. Sie sagt, sie hätte gesehen, wie zwei Männer etwas, was ein Motorrad gewesen sein könnte, auf einen Anhänger geladen haben. Sie hätten es sehr eilig gehabt.«

»Meinst du, dass es gestohlen wurde?« Annie seufzte und strich sich eine Haarsträhne aus dem Gesicht.

»Möglich.«

»Mami!«, rief Elizabeth aus der Küche.

»Ich muss jetzt Schluss machen«, sagte Annie. »Danke für deine Mühe, Tom.«

»Wann kann ich dich sehen?«

»Ich weiß nicht, ich …«

»Mami, ich brauche dich, *jetzt*!«

»Ich muss aufhören, ich rufe dich an, sobald ich kann.«

Sie legte auf und kehrte in die Küche zurück. Elizabeth stand gebieterisch auf dem Stuhl, während um sie herum der Boden mit Teigspritzern übersät war – es sah aus wie nach einer Explosion. Annie starrte auf den Boden.

»Sind die Kuchen fertig für den Ofen?«, fragte sie.

»Ich weiß nicht! Deswegen habe ich dich doch gerufen!«

Annie ging zum Tisch, nahm das Kuchengitter und schob es in den Backofen. Dann hob sie Elizabeth von ihrem Stuhl und kämmte mit den Fingern Zucker aus ihrem Haar. Die Zuckerkristalle rieselten zu Boden und knirschten unter Annies Sohlen. Sie musste sofort den Boden aufwischen, andernfalls würde der Zucker feucht werden und festkleben. In dem Moment hörte sie, wie die Haustür aufging und wieder zufiel, kurz darauf drang Musik aus Williams Arbeitszimmer. Wieder Sibelius.

Als sie aus dem Fenster blickte, sah sie Paul Fleming wegfahren. Es kam ihr merkwürdig vor, dass er nicht kurz in die Küche gekommen war, um Hallo zu sagen.

NEUNUNDDREISSIG

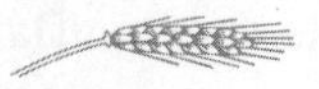

Es war der vierte Tag nach dem Unfall, der vierte Tag, an dem Annie ihren Bruder auf der Intensivstation des Krankenhauses besuchte; zusammen mit ihrer Mutter stand sie neben Johnnies Bett. Längst fiel ihnen nichts mehr ein, was sie zu Johnnie hätten sagen oder worüber sie sich hätten unterhalten können.

»Mach diesen verflixten Kassettenrekorder aus«, sagte

Marie. »Ich kann diese Musik nicht mehr ertragen. Inzwischen habe ich die Songs so oft gehört, dass ich die verdammten Texte auswendig kenne.«

Annie drückte die Stopptaste. Sie stand auf und ging im Zimmer umher.

»Wie geht es Dad?«

»Seine Laune ist im Keller, wie du dir bestimmt vorstellen kannst.«

»Ich dachte, er wollte heute mit ins Krankenhaus kommen.«

»Er kann Krankenhäuser nicht ausstehen. Du kennst ihn ja. Ich habe ihm gesagt, er soll sich mit dem Verbindungsmann der Gewerkschaft treffen und um rechtlichen Beistand ersuchen. Er wird ihn brauchen können.«

»Oh ja, bestimmt.«

»Es war nett von deinem William, dass er eine Bürgschaft für ihn geleistet hat.«

Annie nickte. Sie hatte Maries Botschaft zwischen den Zeilen herausgehört: dass der gehörnte Ehemann der Familie in Zeiten der Not aus der Klemme half. Um das Gespräch nicht fortführen zu müssen, trat Annie näher zu Johnnie und betrachtete sein Gesicht. Die Blutergüsse nahmen mit jedem Tag grellere Farben an, und der Wundschorf hatte sich zu einer dunklen Kruste verhärtet. Aber die Schwellungen schienen allmählich abzuklingen. Die Haut um seine Augen herum war nicht mehr so gespannt, als würde sie jeden Moment aufplatzen.

Marie und Annie versuchten ihr Bestes, gingen sich aber inzwischen gegenseitig gehörig auf die Nerven. Marie hatte seit Johnnies Unfall kaum noch etwas gegessen, wurde zusehends zu einem Schatten ihrer selbst. Annie versuchte, sie aufzumuntern, ermahnte sie immer wieder, sich auszuruhen, eine ordentliche Mahlzeit zu sich zu nehmen, zu stricken, zu lesen, zu schlafen oder, wenn es ihr helfen würde, sich zu betrinken, um endlich mal auf andere Gedanken zu kommen, aber Marie weigerte sich. Es war, als fürchtete sie, Johnnie könnte die geringste Unterbrechung ihrer Liebesbezeugungen und ihres Wachens wahrnehmen und sie für immer verlassen.

Die Tür ging auf, und ein junger Mann kam zögernd herein. Es war Johnnies bester Freund. Normalerweise durften nur Familienangehörige zu den Patienten auf der Intensivstation, aber diesmal machten die Ärzte eine Ausnahme, weil sie hofften, dass es etwas bei Johnnie bewirken würde, wenn er die Stimme seines Freundes hörte.

»Sam!«, rief Marie mit aufrichtiger Freude. »Oh, wie schön, dich zu sehen, wie nett von dir, dass du kommst.«

»Ich bin mit dem Bus hergefahren.«

»Er ist mit dem Bus von Matlow nach Sheffield gefahren, Annie, stell dir das mal vor! Das hat dich bestimmt 'ne Stange Geld gekostet, du bist doch auch im Ausstand, oder, Sam? Du und deine Brüder?«

»Ja, das stimmt.« Sam trat einen Schritt näher ans Bett.

»Du brauchst keine Angst zu haben. Er sieht heute noch schlimmer aus als die letzten Tage, weil sich die Blutergüsse verfärbt haben«, sagte Marie. »Aber das ist ein gutes Zeichen. Es bedeutet, dass sein Körper zu heilen beginnt.«

»Ich hab nicht gedacht ... Ich hab ja gewusst, dass es schlimm um ihn steht ... aber er sieht gar nicht wie Johnnie aus.«

»Er ist es aber, Sam, es ist noch immer unser Johnnie.«

Sam stellte sich ans Fußende des Bettes. Er zappelte nervös herum, trat von einem Fuß auf den anderen, sah mal auf seine Füße, dann wieder zu einer Wand, zu Annie – überallhin, nur nicht zu seinem Freund.

»Es wäre gut, wenn du etwas zu ihm sagen würdest, Sam«, meinte Annie.

»Was soll ich denn sagen?«

»Egal, irgendetwas.«

Sam fühlte sich sichtlich unwohl in seiner Haut. Doch mit einem Mal erhellte sich seine Miene.

»Komm schon, Johnnie«, sagte er. Er sah Annie an, die ihm aufmunternd zunickte. »Wir brauchen dich, ohne dich ist nichts mit uns los. Unsere Mannschaft ist auf dich angewiesen. Am Samstag haben wir ohne dich echt scheiße gespielt. Entschuldigung, Mrs Jackson.«

Sam berührte Johnnies unverletzten Fuß.

»Du kannst es schaffen«, sagte er mit gesenkter Stimme. »Du kannst wieder gesund werden. Du hast dir doch nur den Kopf gestoßen, Johnnie. Ich hab auf dem Fußballplatz schon Schlimmeres gesehen.«

Johnnie lag reglos im Bett, während der Sauerstoffapparat Luft in seine Lungen pumpte und wieder absaugte und künstliche Atemgeräusche erzeugte, ein sanftes Zischen.

Sam wischte sich mit dem Handrücken über die Nase und kratzte sich mit der Fußspitze die Wade des anderen

Beins. Marie legte ihr Handgelenk an Johnnies Stirn, als wollte sie seine Temperatur prüfen.

Annie wandte sich in Richtung Tür.

»Ich gehe uns Tee holen«, murmelte sie. Durch die Korridore eilte sie zur Damentoilette, wo sie sich in eine Kabine einschloss. Dort legte sie das Gesicht in ihre Hände und weinte nach Johnnies Unfall zum ersten Mal.

VIERZIG

In Sheffield, wo es in den Geschäften noch ein breites Sortiment an Waren gab, hatte Annie Garnelen, geräucherten Schellfisch, Zuckermais und Sahne gekauft. Wieder zu Hause kochte sie daraus nach einem recht aufwendigen Rezept ein Fish Chowder. Die dickflüssige, sämige Fischsuppe stand in einem Topf auf dem Herd und duftete köstlich. Zum Nachtisch hatte Annie eine Rhabarbercreme vorbereitet, die sie zum Abkühlen ins Gefrierfach stellte.

Elizabeth übernachtete bei einer Freundin, und Ethel und Mrs Miller hatten bereits gegessen, sodass Annie und William allein sein würden. Sie deckte den Tisch hübsch ein und zündete eine Kerze an. Dann klopfte sie an die Tür des Arbeitszimmers und öffnete sie. William war in irgendwelche Unterlagen vertieft. Als Annie hereinkam, legte er sie mit der Oberseite nach unten auf den Schreibtisch. Seine Haut war aschfahl vor Müdigkeit, seine Augen gerötet. Wie üblich trug er Kleidung in gedeckten Farben, immerzu die gleichen Grau- und Beigetöne. Er war so anders als Tom.

Hör auf! Hör auf, William mit Tom zu vergleichen, dachte sie. Es ist nicht Williams Schuld, dass er älter ist. Nichts ist seine Schuld.

»Das Abendessen ist fertig«, sagte sie.

»Gut.« Er legte einen Aktenordner auf die Papiere, die er gelesen hatte, um sie vor ihr zu verbergen.

»Was sind das für Unterlagen, William?«

»Ach, nichts.«

»Warum willst du nicht, dass ich sie sehe?« Sie streckte die Hand aus, als wollte sie nach den Papieren greifen, aber er hielt sie fest, umfasste ihr Handgelenk und legte die Papiere weg.

»Du weißt, dass meine Arbeit vertraulich ist«, sagte er.

»Ich bin deine Frau. Du solltest keine Geheimnisse vor mir haben.« Im selben Moment fiel Annie die Ironie ihrer Worte auf. Sie drehte sich um und rieb ihr Handgelenk. »Gut, ich stell dann das Essen auf den Tisch«, sagte sie. »Ich habe ein Fish Chowder gemacht. Auf die Art, wie du es am liebsten magst.«

Er antwortete nicht, aber kurz darauf folgte er ihr wortlos und setzte sich an den Tisch. William brach ein Stück vom Brotlaib ab, bestrich es mit Butter und begann, seine Suppe zu essen, wobei er den Löffel am Rand der Schüssel abstreifte und ihn dann auf seine pedantische Art zum Mund führte. Annie probierte ihre Suppe. Sie war kräftig gewürzt und schmeckte rauchig, zu fischig für ihren Geschmack.

»Schmeckt sie dir?«

»Ja, sie ist gut.«

»Das Rezept ist von Keith Floyd.«

»Von wem?«

»Diesem Fernsehkoch, du weißt schon, der beim Kochen immer Wein trinkt.«

»Nein, den kenne ich nicht.«

Nein, natürlich nicht, wie solltest du ihn auch kennen, da du doch nie fernsiehst, dachte sie. Für solch banale Dinge interessierst du dich ja nicht.

»Tut mir leid, wenn ich eben ein bisschen überreagiert habe«, sagte William. »Entschuldige bitte.«

»Schau, William, es besteht kein Grund, so formell zu sein, ich bin schließlich deine Frau.«

Er tupfte sich mit seiner Serviette die Lippen ab, ohne sie anzusehen. Bildete sie es sich ein, oder hatte sich sein Verhalten ihr gegenüber verändert? Hatte *er* sich verändert?

»Ich bin ein bisschen aufgewühlt«, sagte William.

Annie wollte gerade den Löffel zum Mund führen und hielt auf halbem Weg inne. »Warum?«

Er aß weiter, ohne Annie anzusehen, als müsste er sich ganz aufs Essen konzentrieren.

»Wir wissen jetzt, wer sie ist«, sagte er, »oder besser gesagt, wer sie *war*.«

»Die Frau aus dem Moor?«

»Ja.«

»Oh.« Annie legte ihren Löffel hin.

»Sie hieß Jennifer Dunnock – Jenny. Sie war zweiundzwanzig, ein Strichmädchen.«

»Eine Prostituierte?«

»Ja.«

»Großer Gott.« Annie seufzte und lehnte sich auf ihrem Stuhl zurück. Sie dachte daran, dass die arme Frau fast noch ihr ganzes Leben vor sich gehabt hatte.

»War sie von hier?«

»Nein, aus Sheffield. Sie hat einen Sohn, der bei ihrer Schwester in Bacup lebt. Aber keinen Freund oder Lebensgefährten. Der Vater des Kindes ist nicht in der Geburtsurkunde eingetragen. Sie hat offenbar zeitweise in Bacup und sonst in Sheffield gelebt. Deswegen ist bislang niemandem ihr Verschwinden aufgefallen. Alle haben gedacht, sie wäre am jeweils anderen Ort.«

»Das arme Ding. Hilft diese Information euch dabei, ihren Mörder zu finden?«

»Bei einem Opfer aus diesem Milieu ist es immer schwierig, den Mord aufzuklären.«

»Weil sie auf den Strich ging?«

»Weil sie ein ungeregeltes Leben führte.« Er nahm einen Löffel Suppe und tupfte sich danach erneut die Lippen ab. »Sie ist sicher mit sehr vielen dubiosen Männern in Berührung gekommen.«

»Ich nehme an«, sagte Annie betont beiläufig, »dass wir uns dann keine Sorgen mehr wegen des Cottages machen müssen.«

»Warum nicht?« William legte seinen Löffel hin. Er hatte seine Mahlzeit beendet.

»Weil derjenige, der sie ermordet hat, sie wahrscheinlich in der Stadt aufgelesen hat – vielleicht in einem Pub.«

»Es gibt kein ›wahrscheinlich‹ in diesem Zusammenhang. Sie könnten sich irgendwo begegnet sein.«

Annie sah ihn an. Am liebsten hätte sie gesagt: *Aber doch bestimmt nicht in unserem Cottage, oder?* Aber sie tat es nicht.

»Und was macht ihr jetzt?«, fragte sie stattdessen. »Wollt ihr die anderen Prostituierten warnen? Werdet ihr mit ihnen reden?«

»Damit ist es nicht getan. Wir haben es zurzeit mit einer sehr mobilen Bevölkerung zu tun. Es gibt unzählige Menschen, die ständig den Aufenthaltsort wechseln – Polizisten, Bergleute, Streikposten, Unterstützer der Streikenden.« Er seufzte. »Und die Prostituierten folgen ihnen.«

»Sie müssen dorthin, wo sie die Chance haben, Geld zu verdienen. Aber ich nehme an, das erleichtert eure Ermittlungen nicht gerade.«

»Stimmt. Es gibt sehr viel mehr Unsicherheitsfaktoren als sonst.«

Er stand auf und griff nach seinem Weinglas. »Ich muss noch arbeiten. Ich möchte nochmals die Zeugenaussagen lesen, um sicherzugehen, dass wir nichts übersehen haben.«

»Kann das nicht bis morgen warten?«

»Nein.«

Annie blickte ihm nach, als er den Raum verließ, und

blieb allein mit den Überresten des Abendessens sitzen. Sie fragte sich, ob es einen halbwegs zivilisierten Weg gab, das filigrane Flechtwerk einer Ehe wieder aufzulösen. Sie rief sich all die kleinen Gewohnheiten und Gepflogenheiten ins Gedächtnis, all die Gesten, die William und sie sich angewöhnt hatten, um ihr Zusammenleben zu gestalten, die Dinge, die sie gelernt hatten, nicht zu sagen und nicht zu bemerken, die Irritationen, die sie stillschweigend hinnahmen, und auch die kleinen Freundlichkeiten, die sie einander zuteilwerden ließen. In den vergangenen Jahren hatte sie so viel über ihn gelernt; es war ein delikates Wissen, und sie fürchtete, dass die einzige Möglichkeit, dieses Gewebe wieder aufzulösen, darin bestand, es mit den Füßen zu zertrampeln. Der Gedanke, dass sie womöglich im Begriff war, genau dies zu tun, machte sie traurig.

EINUNDVIERZIG

Annie wollte mit Tom zusammen sein. Sie wollte nichts anderes mehr. Sie stellte den Wagen auf dem gewohnten Platz hinter der kleinen Ladenzeile ab und klingelte an der Haustür; diesmal sah er nicht aus dem Fenster, aber kurz darauf wurde die Haustür geöffnet. Die indische

Frau aus dem Erdgeschoss kam heraus. Sie hielt für Annie die Tür auf, und Annie bedankte sich und ging hinein, schob sich an den Fahrrädern, dem Kinderwagen und dem ganzen Krimskrams vorbei, der den dunklen Flur verstopfte, und eilte die Treppe hinauf.

Oben angekommen blieb sie einen Moment vor Toms Wohnung stehen, um Atem zu schöpfen. Als sie sanft an die Tür klopfte, öffnete sie sich von allein.

Ihr war sofort klar, dass er nicht da war. Er hatte ja auch nicht mit ihrem Besuch gerechnet. Es war ein normaler Werktag, und wahrscheinlich arbeitete er irgendwo. Sie beschloss, dennoch hineinzugehen und eine Weile zu warten.

Sie ging durchs Wohnzimmer und trat in die kleine, schmale Küche. Die rote Plastikschüssel in der Spüle war halb voll mit schmutzigem Geschirr. Das Wasser war lauwarm und schaumig. An dem hölzernen Wäscheständer vor dem Heizkörper hing feuchte Wäsche. Annie zeichnete mit den Fingerspitzen die Faltlinie eines grauen T-Shirts nach. Sie schaltete das Radio ein, *Tainted Love* erklang, und sie stimmte in den Song ein. Dabei sah sie sich weiter in der Wohnung um. Die Zimmer des Hauses waren ursprünglich einmal größer gewesen und bei der Umwandlung in Mietwohnungen in kleinere Räume unterteilt worden, sodass die Proportionen irgendwie nicht mehr stimmten. Die Zimmer waren lang und schmal. Sie hatten hohe Decken, und die in flammendem Orange gestrichenen Raufasertapeten mochten ein paar Jahre zuvor modern gewesen sein, jetzt allerdings nicht mehr. Tom hatte ein paar Poster an den Wänden befestigt und seine Schallplatten in behelfsmäßigen Regalen aus Holzbrettern und Ziegelsteinen verstaut. An den Fenstern gab es keine Vorhänge, nur Jalousien. Tom hatte sich keine große Mühe gegeben, die Wohnung in ein gemütliches Heim zu verwandeln; es war einfach nur ein Ort zum Übernachten, bis er seine Zelte wieder abbrechen und woanders hingehen würde. Eine Tatsache, die Annie erst jetzt auffiel und sie beunruhigte. Es war ein Ort, den er ohne großes Aufhebens schnell wieder verlassen konnte.

Sie schlenderte von Zimmer zu Zimmer. Auf dem Schlafzimmerboden lag ein feuchtes grünes Handtuch, das Kopfkissen auf dem Bett war zerknüllt; die Laken ließen noch seine schlafende Gestalt erahnen. Sie zog die Schranktüren auf und spähte hinein. Der Schrank war fast leer; nur drei Kleiderbügel waren in Gebrauch, mit zwei Hemden und einer Jacke, und um einen Haken an der Rückwand war eine Krawatte geschlungen. Sie betrachtete sich in dem Wandspiegel an der Innenseite einer der Türen und meinte, eine Bewegung in ihrem Rücken auszumachen, aber als sie sich umdrehte, war niemand da; wahrscheinlich hatte ein Luftzug die Tür erfasst, sodass ihr Spiegelbild ein wenig gezittert hatte.

Als Nächstes zog sie die Schubladen der hohen Kommode auf. In der einen lag zusammengerollte Unterwäsche, die andere enthielt T-Shirts. Die dritte war voller Papiere, Rechnungen, die von *Greenaway Garden Services* ausgestellt waren, Quittungen, Rechnungen, die an Tom gerichtet waren, und Briefe. Auch der Umschlag mit der

Nachricht, die sie geschrieben und Jim Friel gegeben hatte, mit der Bitte, sie an Tom weiterzureichen, war dabei. Darunter lag eine Ansichtskarte. Sie nahm sie heraus. Auf der Vorderseite war ein Gemälde von einer Frau abgebildet, die an einem Tisch saß und schrieb. Annie drehte die Karte um. Auf der Rückseite stand in einer weiblichen Handschrift mit elegant geschwungenen Bögen geschrieben: *Ich hoffe, Du findest, was Du suchst. Ich hoffe, sie macht Dich glücklich. Liebe Grüße, S.*

Annie legte die Ansichtskarte an ihren Platz zurück und schob die Schublade wieder zu. Dann zog sie die dritte Schublade auf. Sie war ebenfalls voller Papiere – Briefe und Zeitungsausschnitte, Formulare und Dokumente, mit dem Unterschied, dass diese säuberlich sortiert waren. Annie zog eine Aktenmappe heraus und schlug sie auf. Es war die Korrespondenz zwischen Tom und seiner Anwältin. Annie besah sich die Seiten von hinten nach vorn. Tom hatte unmittelbar nach seiner Verurteilung mit dem Schreiben der Briefe begonnen. Offenbar bemühte er sich seitdem verzweifelt, seine Unschuld zu beweisen.

Annie setzte sich mit der Aktenmappe aufs Bett und begann zu lesen. Die ersten Briefe waren hingekritzelt, sie waren voller erbitterter Anschuldigungen, und man merkte ihnen seine Verzweiflung an; sie wirkten beinahe ein wenig paranoid. Tom beschuldigte die Polizei, insbesondere William, fingiertes Beweismaterial bei ihm platziert, ihm die Worte im Mund umgedreht und ihn hereingelegt zu haben. Die Antworten der Anwältin waren zwar nicht ohne Mitgefühl, aber auch nicht hilfreich. Sie schrieb, eine Berufung sei nur nach Vorlage neuer Beweise möglich. Es gab jedoch keine neuen Beweise. Tom erkundigte sich, ob man einen privaten Ermittler einschalten könne, um die polizeiliche Untersuchung zu durchleuchten. Die Anwältin antwortete, Privatdetektive seien teuer, das könne er nicht finanzieren. Die Briefe gingen hin und her, ohne irgendwelche Fortschritte zu erbringen. Der letzte war kurz vor der Hochzeit von Annie und William geschrieben worden.

Annie legte sich aufs Bett. Sie schmiegte die Wange an Toms Kissen und sog seinen Geruch ein. Dann drehte sie sich auf den Rücken und blickte an die Decke, betrachtete die Struktur des Gipsputzes, die kleinen Kerben und Wölbungen, das Spiel von Licht und Schatten, bis sie von Müdigkeit übermannt wurde. Sie zog Toms Bettdecke hoch und schlief ein.

Plötzlich, es musste einige Zeit vergangen sein, schrak sie aus dem Schlaf hoch. Sie war noch immer allein im Zimmer. Das einfallende Sonnenlicht war zur entgegengesetzten Wand weitergewandert, und sie hörte den Straßenverkehr, dessen Geräusche durchs Fenster hereindrangen. Sie sah auf die Uhr. Nun musste sie sich beeilen. Sie schlüpfte aus dem Bett und in ihre Schuhe und trank in der Küche rasch ein Glas Wasser. Eigentlich hatte sie Tom eine Nachricht hinterlassen wollen, aber dafür blieb jetzt keine Zeit mehr. Sie verließ die Wohnung, schloss leise die Tür hinter sich, eilte die Treppe hinab, zur Haustür hinaus und die Eingangsstufen hinunter.

Als sie auf den Parkplatz hinter der Ladenzeile einbog, kam sie an einer Telefonzelle vorbei. Darin stand ein untersetzter, kahlköpfiger Mann mit gesenktem Kopf und dem Hörer am Ohr. Obwohl es ein warmer Nachmittag war, trug er einen Schal. Der Fremde zog unwillkürlich ihre Aufmerksamkeit auf sich. Etwas stimmte mit ihm nicht, aber sie wusste nicht, was. Er hielt die Sprechmuschel an den Mund, aber die Pose wirkte nicht echt, als tue er nur so, als ob er telefoniere. Als ihre Blicke sich kreuzten, drehte sich der Mann um, und Annie wusste nun sicher, was sie stutzig gemacht hatte: Der Mann telefonierte wirklich nicht. Aber warum dieses Schauspiel?

Annie ging an ihm vorbei. Mit einem Mal war ihr kalt, und eine unbestimmte Angst beschlich sie. Bei ihrem Wagen angekommen, drehte sie sich nochmals um; der Mann war noch in der Telefonzelle und hielt weiterhin den Hörer ans Ohr, aber seine Lippen bewegten sich nicht mehr. Beobachtete er sie?

Beruhige dich, wahrscheinlich bildest du dir das nur ein, sagte sie sich und schüttelte sich, als könnte sie so ihre Angst loswerden. Sie öffnete die Wagentür, stieg ein und verriegelte sie. Mit zittrigen Fingern versuchte sie, den Schlüssel ins Zündschloss zu stecken, doch er entglitt ihr und fiel in den Fußraum, sodass sie sich bücken und mit den Fingern nach ihm tasten musste. Als sie sich wieder aufrichtete und über die Schulter zurückblickte, war die Telefonzelle leer.

Sie machte das Radio an, wählte einen Popsender, der gerade einen Song von Kate Bush spielte, und sang mit. Ihre Stimme war zittrig, aber als sie an Lizzies Schule ankam, fühlte sie sich schon ein wenig besser. Sie ließ ihre

Tochter einsteigen, hielt auf dem Nachhauseweg bei dem Eiscremewagen, der immer oben auf der Bergkuppe stand, und kaufte Elizabeth ein Eis am Stiel.

Zu Hause wurde Annie bereits von Mrs Miller erwartet. Sie öffnete die Haustür, noch bevor sie ausgestiegen waren.

»Ihre Mutter hat angerufen«, sagte sie zu Annie. »Sie versucht schon den ganzen Tag, Sie zu erreichen. Ich wusste ja nicht, wo Sie waren. Sie bittet Sie, so schnell wie möglich ins Krankenhaus zu kommen.«

ZWEIUNDVIERZIG

Annie spazierte mit ihren Eltern durch den Park. Sie begegneten händchenhaltenden Paaren, Kindern auf Rollschuhen oder Fahrrädern und alten Menschen, die langsam Arm in Arm gingen. Die hohen Bäume erstrahlten in frischem Grün, und in den Beeten blühten die Tulpen. Marie hatte gemeint, sie brauche dringend frische Luft, daher waren sie in den Park gegangen, der in der Nähe des Krankenhauses lag.

Es war Mai, und seit einigen Tagen zeigte sich der Wonnemonat von seiner besten Seite. Der Mai war seit jeher Annies Lieblingsmonat gewesen, auch wenn er diesmal von Traurigkeit überschattet war. Sie wusste, dass ihre Eltern diesen schönen Tag ebenso wenig genießen konnten wie sie, es war ihnen anzusehen.

»Es wird nicht lange dauern«, hatte der Arzt gesagt, während er rasch die Formulare entgegengenommen hatte, die Denis und Marie unterschrieben hatten, als hätte er gefürchtet, sie könnten es sich im letzten Moment noch einmal anders überlegen.

Zuerst hatte ihre Einwilligung sie mit einer gewissen Freude erfüllt, weil es bedeutete, dass Johnnie überleben würde, wenngleich er dafür seinen linken Arm opfern musste. Doch schon bald waren ihnen erste Zweifel gekommen.

»Wir haben doch richtig entschieden, oder?«, fragte Marie.

»Wir hatten keine andere Wahl, Schatz.«

»Aber was, wenn er aufwacht und erfährt, was ...«

»Wir werden bei ihm sein und dafür sorgen, dass er es verkraftet.«

»Wir haben immer auf ihn aufgepasst, Den, all die Jahre. Haben seine Beulen und Schrammen verarztet und dafür gesorgt, dass er gesund bleibt. Und jetzt verliert er seinen Arm, weil wir unsere Einwilligung gegeben haben.«

»Er wird's verstehen. Er wird's verkraften. Er ist stärker, als du glaubst.«

»Aber er ist noch ein Kind«, sagte Marie. »Sein Leben fängt doch erst an. Das hat er nicht verdient.« Denis legte den Arm um seine Frau und zog sie an sich.

Sie waren am Ende des Weges angekommen, verließen den Park durch das Tor und gingen auf dem Bürgersteig weiter die Straße entlang bis zum Pub. Denis blieb vor der Tür stehen, betrachtete die von innen erleuchtete Milchglasscheibe in der oberen Türhälfte und zögerte. Er sah Marie an und legte seinen Kopf an ihren. Sie brauchten einander. Annie wusste, dass sie in diesem Moment überflüssig war.

»Geht ihr beide ruhig hinein und trinkt etwas«, sagte sie. »Wir sehen uns dann morgen wieder.«

»Annie ...«

»Mach dir keine Sorgen um mich, Mum«, sagte sie. »Ich hole euch morgen zur gewohnten Zeit zu Hause ab.« Sie küsste Marie auf die Wange.

Marie legte ihr eine Hand auf den Arm. »Du fährst doch jetzt nach Hause, oder, Annie? Zu deinem Mann und deinem Kind?«

»Ja, natürlich.«

»Du besuchst doch nicht ...«

»Nein!« Annie schüttelte Maries Hand ab. »Nein, tue ich nicht.«

Marie sah sie finster an, und Annie erwiderte trotzig ihren Blick. *Nicht jetzt,* formte sie mit den Lippen. *Fang jetzt bloß nicht damit an.*

»Komm, lass uns reingehen, Schatz«, sagte Denis. »Ich habe Durst.«

Annie wartete, bis die Tür des Pubs hinter ihren Eltern zufiel, dann drehte sie sich um und kehrte raschen Schritts zu der Stelle zurück, wo sie ihren Wagen abgestellt hatte.

Sie hielt an einer Telefonzelle an, nahm ein paar Münzen aus ihrem Portemonnaie und rief in Everwell an. Mrs Miller nahm ab. Annie berichtete, was vorgefallen war, und Mrs Miller meinte, dass es jammerschade sei für den Jungen, aber Johnnie werde es bestimmt verkraften. Sie sagte, zu Hause sei alles in Ordnung, Elizabeth und Ethel hätten zu Abend gegessen und sähen sich *Coronation Street* im Fernsehen an.

»Ist William noch nicht zurück?«

»Nein, meine Liebe. Er hat angerufen, um zu sagen, dass er heute Nacht nicht nach Hause kommt, sondern erst morgen.«

»Haben Sie ihm gesagt, wo ich bin?«

»Ja, dass Sie im Krankenhaus sind.«

»Hat er eine Nachricht für mich hinterlassen?«

Mrs Miller zögerte, ehe sie antwortete: »Er hat nur gesagt, dass er erst morgen zurückkommt.«

Ein Piepsen signalisierte, dass das Gespräch gleich unterbrochen werden würde. »Bis später dann!«, rief Annie in den Hörer, und Mrs Miller sagte, sie solle auf sich aufpassen.

Annie klemmte den Hörer zischen Kinn und Schulter. Sie hatte noch eine Zehn-Pence-Münze.

Sie wählte Toms Nummer. Nach dem zweiten Klingeln nahm er ab.

»Wo bist du?«, fragte er. »Was ist passiert?«

Sie berichtete rasch, was geschehen war, woraufhin er sagte: »Kannst du nicht zu mir kommen?«

»Nein. Ich muss nach Hause, Mrs Miller wartet auf mich. William übernachtet wieder auswärts.«

»Dann komme ich zu dir.«

»Das geht nicht.«

»Doch. Ich warte im Garten auf dich. Beim Brunnen.«

»Tom …«

»Ich muss dich sehen, Annie. Ich will wissen, ob es dir auch wirklich gut geht.«

»Okay, aber sei vorsichtig.«

»Keine Sorge, das bin ich.«

Sie eilte zum Wagen zurück. Als sie vom Krankenhaus wegfuhr, meinte sie den glatzköpfigen Mann wiederzuerkennen, der sie in der Nähe von Toms Wohnung aus der Telefonzelle heraus beobachtet hatte, doch da er im selben Moment in einem Tabakwarenladen verschwand, war sie sich nicht ganz sicher. Wahrscheinlich litt sie allmählich unter Verfolgungswahn; sie schüttelte den Gedanken ab und dachte stattdessen an die Nacht, die nun vor ihr lag.

DREIUNDVIERZIG

Hallo!«, rief Annie.

Mrs Miller streckte den Kopf aus der Küchentür. »Hallo, meine Liebe, kommen Sie. Ich habe einen Happen vorbereitet.«

Annie ging in die Küche. Der Tisch war für eine Person gedeckt. Mrs Miller hatte Brot, Käse, Essiggurken und eine Schüssel mit Trifle aus der Fertigpackung auf den Tisch gestellt.

»Danke«, sagte Annie. »Das ist lieb von Ihnen.«

»Nicht der Rede wert. Sie sehen müde aus. Na ja, das ist ja auch nicht verwunderlich, nach dem anstrengenden Tag. Sie armes Ding.«

Annie lächelte. »Ist Lizzie im Bett?«

»Ja, und Mrs Howarth auch.«

»War Lizzie brav heute Nachmittag?«

»Ja, sie war ganz lieb. Sie hat die ganze Zeit am Tisch gesessen und gemalt.«

Annie trat an die Spüle, um sich die Hände zu waschen. Mrs Miller nahm ihren Mantel vom Haken an der Tür und zog ihn an.

»Gut, ich bin dann weg. Gönnen Sie sich ein warmes Bad und ein Glas Wein, und gehen Sie früh schlafen. Sie sehen aus, als bräuchten Sie Ruhe.«

»Ja«, sagte Annie, »das werde ich.«

Nachdem Mrs Miller das Haus verlassen hatte, ging Annie nach oben und sah nach ihrer Schwiegermutter und ihrer Tochter. Beide schliefen fest. Sie zog sich um und begab sich wieder nach unten. Durch den Wintergarten ging sie in den Garten und zog die Terrassentür hinter sich zu. Es war eine dunkle, mondlose Nacht, aber in der Nähe der Hecke sah sie den Schein eines kleinen Feuers. Tom saß mit angezogenen Knien daneben, und seine Gestalt verschmolz beinahe mit der Nacht. Als er Annie erblickte, stand er auf, dehnte seine Beine und kam dann auf sie zu.

»Hallo«, sagte er.

»Hi.«

»Alles okay?«

Sie nickte, dabei verspürte sie gerade wieder die Angst vor einer sich nähernden Katastrophe, die sie schon seit Wochen quälte und zusehends stärker wurde.

»Hast du den Truck irgendwo geparkt, wo man ihn nicht sieht?«, fragte sie.

»Ich habe ihn in Matlow gelassen und bin zu Fuß durchs Moor gegangen.«

»Gut.« Sie verschränkte die Arme vor der Brust und blickte sich um. »Bist du sicher, dass dich niemand gesehen hat?«

»Ja, ganz sicher.« Er nahm ihr Gesicht zwischen seine Hände. Streichelte mit den Daumen ihre Schläfen. »Du bist ja ganz kalt«, meinte er.

»Es geht mir gut«, entgegnete sie. Dann sagte sie: »Ich weiß jetzt, dass du Mrs Wallace nichts angetan hast. Es tut mir leid, dass ich je an dir gezweifelt habe.«

»Verlasse deinen Mann«, sagte Tom. »Er hat mir Beweise untergeschoben und dafür gesorgt, dass ich hinter Gitter kam.«

Annie schüttelte den Kopf. »Nein, das war er nicht. Er hält dich wirklich für schuldig. Und sie haben den Ring in deinem Zimmer gefunden.«

»Die Polizei hat ihn dort hingelegt.«

»Warum glaubst du, dass die Polizei das getan hat?«

»Die Tür war abgeschlossen. Ich habe immer darauf geachtet.«

»Es war ein Zimmer in einer Pension, Tom. Es gab bestimmt einen Ersatzschlüssel. Es kann also irgendwer gewesen sein.«

Tom ließ sich neben dem Feuer in die Hocke sinken. Er stocherte mit einem Stock in der Glut.

»Niemand sonst hatte einen Grund, mir die Tat anzuhängen.«

»William hatte auch keinen Grund.«

»Er wollte mich aus dem Weg räumen, damit er sich an dich heranmachen konnte.«

»So etwas würde William nicht tun.«

»Ich sollte an seiner Stelle sein, Annie. Du hättest mich heiraten sollen. Du hättest mit mir ein Kind bekommen sollen, unsere Kinder. Wir gehören zusammen.«

»Ja, ich weiß.«

Sie setzte sich neben ihn ans Feuer und blickte in die Flammen. Jenseits davon sah sie das Haus, das Licht in den Fenstern.

»Ich muss nach Ethel und Elizabeth sehen«, sagte sie.

»Können wir nicht hineingehen?«

»Nein.« Sie schüttelte den Kopf. »Es ist Williams Haus.«

Sie eilte hinein, schlich die Treppe hinauf und vergewisserte sich, dass alles in Ordnung war. Sicherheitshalber schloss sie die Tür von Ethels Zimmer ab. Dann nahm sie ein paar Decken und Kissen aus dem Schrank im Gästezimmer und kehrte in den Garten zurück. Tom stand auf und nahm ihr das Deckenbündel ab.

Sie liebten sich im Schein des Feuers. Dann legten sie trockene Äste und Zweige nach, hüllten sich in die Decken und tranken Wein. Annie blickte zu dem sternenübersäten Himmel hinauf und betrachtete den Rauch, der von dem kleinen Feuer in die Nacht aufstieg.

»Woran denkst du?«, fragte Tom.

»An Johnnie.«

Tom zog sie an sich. Er sagte ihr, dass sie für ihn das Schönste und Wertvollste auf der Welt sei. Er küsste ihren Kopf und wisperte ihr zärtliche Worte ins Ohr. So hielt er sie, bis die Tränen versiegt waren, die sie für ihren Bruder vergoss, und auch danach ließ er sie nicht los.

Vielleicht lag es daran, dass sie so müde war oder dass das Feuer niedergebrannt und es kalt geworden war, jedenfalls verwandelte sich Annies Traurigkeit plötzlich in Angst.

Sie spürte eine Bewegung in ihrem Rücken und drehte sich um, konnte jedoch in der Finsternis des Gartens nichts entdecken.

»Jemand beobachtet uns«, sagte sie im Flüsterton.

Tom stand auf, aber sie klammerte sich an seinen Arm und flehte ihn an, sie nicht allein zu lassen. Er rief: »Ist da jemand?« Aber es war nichts zu hören, keine Bewegung, kein Laut, keine Atemgeräusche. Tom setzte sich wieder hin. Er legte den Arm um Annie.

»Da ist niemand«, sagte er.

»Glaubst du, ich habe es mir nur eingebildet?«

»Wahrscheinlich war es nur ein Fuchs.«

»Nein, es war kein Fuchs, Tom. Es ist nicht das erste Mal, dass ich mich beobachtet fühle. In letzter Zeit habe ich ständig dieses Gefühl.«

»Keine Angst, ich beschütze dich«, sagte er. Und küsste sie.

VIERUNDVIERZIG

Annie verbrachte die ganze Nacht mit Tom im Garten. Sie versuchte, sich zu entspannen, aber sie konnte nicht schlafen. Die Kälte kroch ihr in die Knochen, und sie hatte Angst – Angst, dass, wenn sie die Augen schloss und einschlief und sie wieder öffnete, William neben ihr stehen und drohend auf sie herabsehen würde. Sobald sich die ersten Aquarellstreifen des heraufdämmernden Morgens am Himmel abzeichneten, zog sie sich an. Sie küsste Tom auf die Wange und sagte flüsternd, dass sie zurück ins Haus müsse. Sie sammelte Decken und Kissen ein und eilte mit ihrem Bündel über den Rasen, wo ihre Füße dunkle Abdrücke im taunassen Gras hinterließen.

Sie schlüpfte durch die Küchentür ins Haus, steckte die Decken in die Waschmaschine und rannte die Treppe hinauf, um nach Ethel und Elizabeth zu sehen, die beide noch genauso tief schliefen wie am Vorabend. Dann lief sie wieder hinunter, füllte den Wasserkocher, um Tee zu kochen, und kauerte sich vor den Ofen, weil sie fror. Ihr Kopf schmerzte, gleichzeitig fühlte sie sich seltsam hohl.

Als Mrs Miller in die Küche kam, sagte sie erschrocken: »Du meine Güte, sind Sie etwa krank, meine Liebe? Sie sehen furchtbar aus!«

Annie wünschte, sie hätte sich wenigstens das Gesicht gewaschen und den Rauchgeruch aus den Haaren gespült. Sie war ganz benommen vom Schlafmangel und verspürte immer noch ein diffuses Angstgefühl.

»Ich habe nicht gut geschlafen«, sagte sie, und Mrs Miller antwortete: »Ja, das sieht man.«

Die übliche Morgenroutine nahm ihren Lauf. Elizabeth hatte an diesem Tag Ballettunterricht und nörgelte deswegen wie üblich beim Frühstück.

»Sei froh, dass du die Möglichkeit hast, tanzen zu lernen«, sagte Annie.

»Ich bin aber nicht froh! Außerdem hat Ballett nichts mit Tanzen zu tun. Man macht dummes Zeug mit den Armen und Beinen.« Lizzie parodierte auf übertriebene Art eine Ballettpose. »Wen interessiert es zum Beispiel, wohin die blöden Zehen deuten?«

»Irgendeinen Sinn wird es schon haben«, sagte Annie ungerührt. Sie faltete die Wickeljacke ihrer Tochter zusammen und legte sie in die Balletttasche.

Das Telefon klingelte.

»Ich geh ran!«, rief Elizabeth. Sie sprang von ihrem Stuhl und sauste in den Flur. Annie stellte die Tasche auf den Küchentresen und folgte ihr. Elizabeth balancierte auf einem Bein, das andere hatte sie nach hinten angewinkelt und hielt den Fuß mit der Hand umfasst, während sie ihrem Vater umständlich eine Geschichte erzählte, in der es um zwei Mädchen aus ihrer Klasse ging, die sich wegen eines angeblich gestohlenen violetten Filzstifts in die Haare geraten waren.

Schließlich sagte sie: »Ich hab dich lieb, Daddy!«, und schickte ein paar theatralische Küsse durch den Hörer, ehe sie ihn Annie reichte.

Annie atmete tief durch und sagte: »Hallo, William.«

»Hallo, Annie. Wie geht es dir?«

»Gut, danke.«

»Und deinem Bruder?«

»Er wird überleben, aber sie haben gestern seinen Arm amputiert.«

Sie hörte, wie William angesichts ihres unverblümten, knappen Berichts scharf die Luft einsog.

»Hat er die Operation gut überstanden?«, fragte er.

»Ja, den Umständen entsprechend.«

»Und sein Gehirn, hat es Schaden genommen?«

»Warum fragst du das, William?«

»Weil oftmals ... nun, ein schlimmes Kopftrauma kann ...«

»Er hat sein Kurzzeitgedächtnis verloren, aber abgesehen davon scheint alles in Ordnung zu sein. Soweit man es zu diesem Zeitpunkt sagen kann.«

»Ich verstehe.«

Einen Moment lang herrschte Schweigen. Annie spürte Ärger in sich aufsteigen. Konnte William nicht wenigstens dieses eine Mal irgendwelche Emotionen zeigen? Ein bisschen Leidenschaft? Sie schloss die Augen und dachte an Tom und ihre Nacht im Garten, daran, wie er sie zum Reden ermuntert hatte, wie er sie in den Arm genommen und ihr das Gefühl der Geborgenheit gegeben hatte. Sie sehnte sich bereits wieder nach ihm. Tom war wie das

Nachbild der Sonne auf ihrer Netzhaut, wie ein Echo, das in ihr nachhallte. Beinahe da, aber nicht ganz.

»Tut mir leid, dass ich gestern Abend nicht nach Hause kommen konnte«, sagte William. »Hast du gehört, was in Nottingham passiert ist?«

»Nein.«

»Es gab wieder einen schweren Zusammenstoß zwischen den Streikenden und der Polizei – noch schlimmer diesmal. Mit einigen Schwerverletzten. Und die Regierung übt Druck auf uns aus, will, dass wir mit aller Härte gegen die Aufwiegler vorgehen.«

Das interessiert mich nicht, dachte sie. Die Streikposten und die Polizei und die Regierung interessieren mich nicht; deine verdammten Einsatzpläne und strategischen Planungen und deine ganze verdammte Arbeit interessieren mich einen feuchten Kehricht.

»Es gab eine Pressekonferenz.«

»Ach ja?«

»Es ist ganz gut gelaufen, glaube ich. Ich dachte, du hättest es vielleicht in den Nachrichten gesehen.«

»Ich habe gestern andere Dinge im Kopf gehabt.«

Er räusperte sich. Lass das, dachte sie. »Natürlich.«

»Kommst du heute Abend nach Hause?«, fragte sie.

»So Gott will.«

»Gut, dann vielleicht bis später.«

Elizabeth kam wieder in den Flur, wobei sie auf ihren Strümpfen über den polierten Steinboden schlitterte und theatralisch verschiedene Ballettposen parodierte. Ihr hochgestecktes Haar löste sich bereits wieder, die Strümpfe waren bis zu den Knöcheln heruntergerutscht. Sie grinste Annie an, sodass die Lücke zwischen ihren oberen Schneidezähnen zu sehen war.

»Annie?«, sagte William.

»Ja?«

»Ach, nichts.«

FÜNFUNDVIERZIG

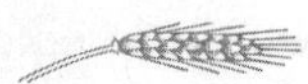

Annie atmete tief durch. Sie sah zu ihrer Mutter hinüber. Marie wischte den Küchentisch mit einem Lappen, den sie aus einer von Dens alten Unterhosen geschnitten hatte.

»Mum«, sagte Annie, »könnte ich eine Weile mit Lizzie bei euch wohnen?«

»Was verstehst du unter ›für eine Weile‹?«

»Für ein paar Tage. Eine Woche vielleicht. Dann könnte ich dich ins Krankenhaus fahren, wann immer du willst, oder Besorgungen für dich machen.«

»Nein«, sagte Marie. »Ich denke, das ist keine gute Idee.«

Annie packte den Rest der Lebensmittel aus, die sie mitgebracht hatte. Nicht, dass sie je ein Danke zu hören bekommen hätte.

»Es wäre einfacher für euch«, fuhr sie fort. »Ich könnte euch herumfahren. Und ich könnte auch im *Miner's Club* helfen, wenn du möchtest.«

»Nein, Annie, ich will nicht, dass du unter meinem Dach wohnst, solange du eine Affäre mit diesem Mann hast. Ich will dabei nicht deine Komplizin sein.«

Annie atmete abermals tief durch.

»Du brauchst gar nicht wie ein Teenager zu seufzen, Annie Howarth. Du magst ja meinen, dass es Liebe ist, aber in Wahrheit geht es einfach nur um Sex. Du hast dein Ehegelübde in der Kirche abgelegt, vor deiner Familie, vor deinem Mann und vor Gott, und nun trittst du all das mit Füßen.«

»Du verstehst es nicht, Mum.«

Marie lachte. »Oh doch.«

»William redet nie mit mir, er ...«

»Es gibt Schlimmeres.«

»Ich fühle mich so einsam in meiner Ehe.«

»Na und? Schlägt William dich, Annie? Hat er dir je ein Haar gekrümmt? Hm? Oder Lizzie? Ist er grausam zu seiner alten Mutter, hält er dich kurz, verbietet er dir irgendetwas, misshandelt er dich irgendwie?«

Annie schüttelte den Kopf. »Nein.«

»Zieht er nachts durch die Kneipen und kommt sturzbetrunken nach Hause? Lügt er oder betrügt er dich? Bricht er das Gesetz oder geht er zu anderen Frauen? Ist er ein Rumtreiber? Ein Spieler? Liegt er auf der faulen Haut? Ist er hoffnungslos unordentlich?«

»Nein, das weißt du doch.«

»Also hast du keinen Grund, dich über ihn zu beklagen, hörst du, keinen einzigen Grund!«

»Ich liebe ihn nicht.«

»Aber er liebt dich.«

»Woher willst du das wissen? Er sagt es mir nie.«

»Das braucht er auch nicht. Du willst nur die Schuld auf ihn abwälzen, und das ist erbärmlich, Annie. Du bist diejenige, die eure Ehe zerstört, nicht William. Sei wenigstens so anständig und gib es zu.«

Annie drehte ihren Ehering am Finger hin und her.

Marie senkte die Stimme und sagte: »Was du tust, ist falsch, und ich will nicht noch tiefer mit hineingezogen werden, als es ohnehin schon der Fall ist.«

»Ich habe dich nur um einen Gefallen gebeten.«

Marie stieß ein bitteres Lachen aus. »Muss ich nicht die Wahrheit vor meinem eigenen Mann verbergen? Und vor meinen Freundinnen? Vor Johnnie? Wegen dir bin ich zu einer Lügnerin geworden. Ich hintergehe meine Liebsten, um dich und diesen Nichtsnutz zu decken, diesen *Mörder*, mit dem du vögelst.«

»Er ist kein Mörder! Ich weiß, dass er es nicht war.«

»Ja, ja, und der Papst ist kein Katholik.«

»Es tut mir leid, dass du darunter leidest.«

»Aber nicht leid genug, um ihn aufzugeben?«

»Nein.«

»Komm wieder zu mir, wenn es vorbei ist. Aber erwarte kein Mitgefühl von mir, denn das wirst du nicht bekommen.«

Jemand klopfte ans Küchenfenster. Mutter und Tochter

erschraken. Das Gesicht von Gillian, die eine Auflaufform hochhielt, erschien vor dem Fenster. Dampf stieg unter dem Deckel hervor.

»Komm herein!«, rief Marie. »Die Tür ist offen.«

Gillian trat ein und stellte die Auflaufform auf den Tisch.

»Das hat auf der Schwelle gestanden«, sagte sie. »Riecht nach Hackfleischauflauf mit Zwiebeln.«

»Ich werde später ein bisschen was davon für Johnnie mit ins Krankenhaus nehmen«, sagte Marie. »Das schmeckt ihm bestimmt.«

Annie stand auf. »Gut, ich gehe dann mal.«

»Bleib doch noch ein bisschen, Schätzchen, ich hab dich schon lang nicht mehr gesehen. Trink doch noch eine Tasse Tee mit mir«, bat Gillian. Annie warf ihrer Mutter einen finsteren Blick zu. »Oh«, sagte Gillian, »habt ihr zwei euch wieder gezankt?«

Marie und Annie wandten sich demonstrativ voneinander ab.

»Ihr seid schlimmer als zwei kleine Kinder«, sagte Gillian. »Annie, sei so lieb und setz Teewasser auf, und du, Marie, erzähl mir inzwischen, wie es Johnnie geht.«

Marie zog noch immer ein mürrisches Gesicht, begann aber zu berichten. »Sie haben ihn von der Intensivstation auf die normale Männerstation verlegt. Er sieht jetzt wieder etwas besser aus, stimmt's, Annie?«

»Ja.« Annie nahm einen Becher vom Abtropfgestell und trocknete ihn mit einem abgewetzten Geschirrtuch ab.

»Wobei es ihm natürlich schwerfällt, sich an den fehlenden Arm zu gewöhnen. Ich will mir gar nicht ausmalen, was sie damit gemacht haben.«

»Denk am besten nicht darüber nach.«

»Aber das Krankenhaus ist wirklich gut. Sie haben sogar schon mit Krankengymnastik angefangen; sie zeigen ihm, wie er Alltagsdinge mit einer Hand erledigen kann. Selbst so einfache Sachen wie Zeitunglesen sind schwer, wenn man plötzlich mit einem Arm zurechtkommen muss.«

»Wie soll er sich die Schuhe binden?«

»Keine Ahnung, aber sie werden's ihm schon beibringen. Sie denken wirklich an alles, das muss man ihnen schon lassen.«

»Oh, da bin ich aber froh.«

»Man kann über unser Land ja sagen, was man will, aber auf unseren Nationalen Gesundheitsdienst lass ich nichts kommen.«

»Heutzutage ist eine Amputation nicht mehr so schlimm wie früher. Erinnerst du dich an Dougie Gray, Marie?«

»Der, der seinen Arm bei einem Unfall auf dem Förderturm verloren hat?«

Gillian verschränkte die Arme vor der Brust, stets ein Zeichen dafür, dass sie eine gute Geschichte auf Lager hatte. »Genau der. Der spielt immer noch Golf, wusstest du das? Mein Stu sagt, er ist einer der besten im Club.«

»Er hat doch dieses Mädchen geheiratet, du weißt schon. Die den zweiten Platz bei den Miss-Yorkshire-Wahlen gewonnen hat.«

»Er war schon immer ein gut aussehender Bursche. Die Mädchen sind ihm immer nachgelaufen. Apropos, heute war ein Artikel in der Zeitung, über dieses Mädchen, das man im Moor gefunden hat. Sie ist anscheinend auf den Strich gegangen, aber ihre Familie hat wohl nichts davon gewusst. Es muss ihrer armen Mutter das Herz gebrochen haben, als sie es erfahren hat.«

Marie warf Annie einen vielsagenden Blick zu. Annie wich ihm aus.

»Wir haben alle unser Kreuz zu tragen«, erwiderte Marie, »vor allem, was unsere Töchter anbelangt.«

Annie rollte genervt mit den Augen und stellte unsanft einen Becher Tee vor ihrer Mutter auf den Tisch.

»Es heißt, die Polizei reißt sich kein Bein aus in diesem Mordfall«, fuhr Gillian fort. »Sie sind so mit den Streiks beschäftigt, dass sie ganz vergessen haben, nach dem Mörder zu suchen.«

»Das stimmt nicht«, sagte Annie. »Sie tun, was sie können. Aber es ist schwierig im Moment, bei all den fremden Menschen, die kommen und gehen.«

»Nun, du wirst es ja wissen, nicht wahr?«, sagte Marie.

»Also, wenn man da keine Albträume kriegt, oder?«, sagte Gillian. Sie öffnete ihre Handtasche und brachte eine kleine Flasche Gin zum Vorschein. »Wie wär's mit einem Stärkungsmittelchen in deinem Tee, Marie?«

Marie schob ihren Becher zu Gillian hinüber. »Danke, gern. Kann nicht schaden.«

SECHSUNDVIERZIG

Es war ein wunderschöner Sonntagmorgen.

Die Howarths gingen wie üblich in die Kirche und kehrten dann mit den Flemings zum Mittagessen nach Everwell zurück. Die Thorogoods kamen diesmal nicht.

Nach dem Essen half Janine Annie, die Küche aufzuräumen. Die kleine Chloe schlief in ihrem Moses-Körbchen auf dem Küchenboden, und Lizzie saß neben ihr, um auf sie aufzupassen.

»Und, wie geht es dir zurzeit?«, fragte Annie Janine.

»Ein bisschen besser. Ich gewöhne mich allmählich an das Leben einer alleinstehenden Mutter.«

Annie sah sie mitfühlend an. Janine stieß ein bitteres Lachen aus. »Das ist gar nicht so weit hergegriffen, wenn man bedenkt, dass ich die meiste Zeit allein mit dem Baby bin. Es war wirklich ein schlechtes Timing, genau zu der Zeit ein Kind zu kriegen, als hier die Streiks ausgebrochen sind. Ich hätte besser planen sollen.«

»Paul wird es später bestimmt bereuen«, sagte Annie. »Dass er nicht mehr Zeit mit seinem Kind verbracht hat, als es noch klein war.«

»Oh, das bezweifle ich. Seine Arbeit ist für ihn weitaus interessanter. Ich sehe doch, wie sein Blick abschweift, wenn ich mit ihm reden will. Aber ich nehme an, ich wäre an seiner Stelle genauso. Nur weil mich jede winzige Kleinigkeit an Chloe fasziniert, kann ich nicht erwarten, dass es bei anderen genauso ist.«

Annie lächelte. »Sie werden so schnell groß.«

»Ja, das sagen alle Mütter.« Janine nahm eine Handvoll nasses Besteck und trocknete es mit dem Geschirrtuch ab. »Wobei ich mir nicht vorstellen kann, dass William ein besonders zupackender Vater war.«

»Nein, das war er nicht.« Annie spülte einen Servierteller unter dem Wasserstrahl ab. »Weil er nicht mehr der Jüngste war, konnte er es nicht erwarten, dass wir ein Kind bekommen, aber nach Lizzies Geburt ...« Sie warf einen verstohlenen Blick zu ihrer Tochter. »Nun, nein, er hat sich nicht besonders ins Zeug gelegt. Polizisten scheinen nun mal so zu sein.«

»Wie denn?«

Annie drehte sich um. Paul war in die Küche gekommen. Er trat hinter seine Frau und schlang die Arme um ihre Taille. Janine versteifte sich ein wenig. »Lass das«, sagte sie, »ich habe zu tun.«

»William und ich dachten, wir könnten einen Ausflug aufs Land machen«, sagte Paul. »Zu einem Pub, um dort etwas zu trinken.«

»Das wäre schön.«

»Hat William das vorgeschlagen?«, fragte Annie.

»Nein, ich, aber er findet die Idee auch gut. Wir haben in den letzten Wochen geschuftet wie die Irren und es uns verdient, ein bisschen Zeit mit unseren Mädchen zu verbringen.« Er schnupperte an Janines Hals. Sie errötete und befreite sich aus seinen Armen.

»Okay«, sagte Annie. »Warum nicht?«

Sie half Ethel, ein bequemes Kleid mit Knopfleiste überzustreifen. Elizabeth durfte ihre Jeans-Shorts anziehen und ihre Plastiksonnenbrille aufsetzen. Annie stand vor dem Spiegel und bürstete die Haare ihrer Tochter. Sie brachte es nicht über sich, sich im Spiegel in die Augen zu sehen. Sie erkannte sich selbst kaum wieder.

Da sie nicht alle in Williams Jaguar passten, fuhr Paul mit seiner Familie in seinem eigenen Wagen hinter den Howarths her. Annie drehte sich auf der Rückbank um und winkte Janine zu, aber die bemerkte sie gar nicht. Sie saß neben Paul, aber sie hatte das Gesicht von ihm abgewandt und sah zum Beifahrerfenster hinaus, um die vorbeiziehende Landschaft zu betrachten. William nahm die kleine Landstraße durchs Moor, auf der Johnnie verunglückt war, und fuhr weiter aufs Land hinaus, weg von Matlow und dem Bergwerk und allem, was passiert war, zu einem malerisch am Fluss gelegenen Gasthof mit dem Namen *The Millhouse*.

Es war ein beliebter Pub, wie man an den vielen Autos auf dem Parkplatz erkennen konnte. Kinder spielten zwischen den Bänken und Tischen im Garten, und vor der Theke hatte sich eine Schlange gebildet. Sie fanden einen freien Tisch auf der Terrasse, unter einem Sonnenschirm, und bestellten Getränke. Elizabeth zog Schuhe und Strümpfe aus und gesellte sich zu einer Schar Kinder, die am Flussufer spielte. William streckte seine langen Beine aus und öffnete den obersten Hemdknopf. Paul ließ Chloe auf seinem Schoß auf und ab hüpfen, und Janine lehnte sich zurück und genoss die Sonne.

»Es ist lange her, dass wir etwas zusammen unternommen haben«, sagte Janine.

»Die letzten Wochen waren wirklich verrückt«, sagte Paul. »Ein Wahnsinnsstress. Ich hoffe, dass wir so was nicht so bald wieder erleben.«

»Denk mal an deine vielen Überstunden, Paul«, warf Annie ein. »Du musst inzwischen ein vermögender Mann sein.«

»Darum geht es nicht«, sagte William. »Keiner von uns tut es wegen des Geldes. Wir machen schließlich nicht freiwillig so viele Überstunden.« Janine fing Annies Blick auf. Annie musste sich ein Lächeln verkneifen. Ohne es zu beabsichtigen, konnte William bisweilen so aufgeblasen sein, so wichtigtuerisch. Sein Vortrag war noch nicht zu Ende. »Das Land wäre mittlerweile im Chaos versunken, wenn es nicht diese vielen Polizisten und Polizistinnen gäbe, die persönliche Opfer bringen, um unsere Gesellschaft zu beschützen. Es hat mit Verantwortungsgefühl zu tun. Und weil wir in dieser Krise Verantwortung übernehmen, spiegelt es sich in unseren Gehältern wider. Man kann das eine nicht ohne das andere haben.«

»Ich finde, du machst einen großartigen Job, William«, sagte Janine.

»Und was ist mit mir?«, fragte Paul. Chloe hatte eine Haarsträhne von ihm gepackt und versuchte, sie sich in den Mund zu stecken. Janine öffnete behutsam ihre kleine mollige Faust.

»Du natürlich auch«, sagte sie.

»Das sagt sie nur, weil ihr da seid«, sagte Paul, an Annie gewandt. »Zu Hause meckert sie immerzu herum.«

»Das ist nicht fair.«

Paul machte eine gespielt verdrießliche Miene und sagte in weiblich-quengelndem Ton: »Oh Paul, mir ist so langweilig! Du weißt ja nicht, wie es ist, den ganzen Tag allein mit dem Baby zu sein!« Er nahm einen Schluck Bier. »Du warst diejenige, die unbedingt ein Kind wollte, Schatz, schon vergessen?«

»Aber bei der Zeugung warst du auch dabei.«

»Ja, und du bist diejenige, die schön gemütlich zu Hause sitzt, während ich mich den lieben langen Tag mit dem Abschaum der Gesellschaft herumschlagen darf. Du haderst mit deinem Schicksal? Dabei hast du es so gut. Ihr Frauen wisst ja gar nicht, wie glücklich ihr euch schätzen könnt.«

Janines Wangen hatten sich gerötet. Sie wirkte wütend, verzichtete jedoch auf eine Antwort.

William räusperte sich. »Nun«, sagte er, »jedenfalls tut es gut, mal von alldem wegzukommen, nicht wahr? Der Streik scheint auf einmal so weit weg.«

»Ich schaue mir nicht gern die Fernsehnachrichten an«, sagte Ethel unvermittelt.

»Ja«, sagte Annie, »ich weiß.«

»Man sieht nur noch Menschen, die wütend aufeinander sind.«

»Da hast du recht.«

»Ich weiß nicht, wo das noch enden soll.«

Annie half Ethel, das Glas an die Lippen zu führen, und

versuchte, interessiert zu tun, während William zu einem Monolog ansetzte, in dem es um eine Fernsehdokumentation über die Anfänge der Konservativen Partei ging. Paul hatte sich von Janine weggedreht und hörte ihm aufmerksam zu. Es interessierte ihn wirklich. Im Gegensatz zu William hatte er nicht das Privileg einer guten Ausbildung genossen, wollte aber so viel wie möglich dazulernen. Annie kämpfte gegen einen plötzlichen Anflug von Traurigkeit an – in ihre Sehnsucht nach Tom mischte sich ein Gefühl des Bedauerns für William, Janine und Paul. Niemand ist der Mensch, der er gern wäre, dachte sie. Wir streben alle nach etwas, was wir nicht haben können.

»Wie geht es deinem Bruder?«, fragte Janine. »Ist er auf dem Weg der Besserung?«

»Er fügt sich in sein Schicksal; er ist wirklich sehr tapfer.«

»Es muss sehr schwer für ihn sein.«

»Ja. Er bemüht sich zwar, es sich nicht allzu sehr anmerken zu lassen, aber natürlich ist es schwer für ihn. Ich bin so stolz auf ihn.«

»Besuchst du ihn jeden Tag?«

Annie nickte. »William war leider noch nicht im Krankenhaus.«

William hatte ihre Bemerkung gehört. Er hielt kurz inne, ehe er seine Unterhaltung mit Paul wieder aufnahm.

Elizabeth kam fröhlich angerannt. Ihr Haar hing ihr wirr ins Gesicht, und die Hosenbeine ihrer Shorts waren nass geworden. Sie griff nach ihrer Limonade und nahm einen kräftigen Zug durch den Strohhalm.

»Amüsierst du dich?«, fragte William. Sie nickte und rannte wieder davon.

»Sie freut sich bestimmt auf das Brunnenfest«, meinte Janine.

William stellte sein Bierglas auf den Tisch. »Apropos Brunnenfest, Annie. Ich habe vorhin nach der Kirche kurz mit Julia Thorogood gesprochen. Sie meinte, du seist neulich ein bisschen … nun, barsch zu ihr gewesen.«

»Ich habe zurzeit so viel um die Ohren, William.«

»Trotzdem. Als Hausherrin von Everwell …«

»Ich bin nicht die Hausherrin von Everwell, um Himmels willen! Das hört sich an, als wäre ich eine Figur aus einem historischen Drama.«

Sie hatte, ohne es zu wollen, einen scharfen Ton angeschlagen. Paul und Janine sahen sie überrascht an, während William schweigend eine Faust machte.

»Tut mir leid«, sagte sie. »Ich hab's nicht so gemeint. Ich mag's einfach nicht, wenn Julia hinter meinem Rücken über mich redet. Kann sie mich damit nicht einfach in Ruhe lassen? Sie braucht mich doch gar nicht. Am Ende macht sie doch sowieso jedes Mal, was sie will.«

»Das Fest findet in unserem Garten statt, Annie. Da kannst du wohl nicht von Julia erwarten, dass sie alles allein managt.«

»Na gut.«

»Ich fände es angebracht, dass du sie anrufst.«

»Ich habe es kapiert, William. Wo ist eigentlich Elizabeth?«

Alle vier sahen sich um. Annie stand auf. Sie schirmte

mit der Hand die Augen gegen die Sonne ab und ließ den Blick durch die Umgebung schweifen, aber sie konnte das Kind nirgendwo entdecken. Besorgt verließ sie den Tisch und ging in Richtung Flussufer. Ein Stück weiter unten spielte eine Schar Kinder; sie ließen Spielzeugboote in Richtung des Stauwehrs treiben.

»Elizabeth! Lizzie Howarth!«, rief Annie, konnte aber das gelbe T-Shirt ihrer Tochter nirgendwo ausmachen. Sie zog ihre Sandalen aus und lief barfuß am grasbewachsenen Ufer entlang. Während sie den Pärchen auswich, die im Gras saßen und Bier tranken, hielt sie Ausschau nach ihrer Tochter. Sie war fast beim Wehr angekommen, als sie Elizabeth erspähte; sie fütterte einen großen, alten Hund mit Kartoffelchips. Erleichtert ging Annie auf sie zu. Beinahe wäre sie über eine junge Frau gestolpert, die im Schneidersitz und mit einem Strohhut auf dem Kopf im Gras saß. Als diese den Kopf hob, erkannte Annie sie. Es war die Frau, die in der Wohnung unter der von Tom wohnte, die Musikerin, die am Abend des Polizeiballs in der Bar des *Haddington Hotels* aufgetreten war.

»Hi«, sagte sie, und die Frau sah zu ihr hoch und sagte ebenfalls »Hi«, doch im selben Moment fiel Annies Blick auf einen Mann in Jeans und einem ausgeblichenen grünen Hemd, der mit einem Glas in jeder Hand auf sie zukam. Der Mann hatte langes dunkles Haar und einen Bart.

Es war Tom.

SIEBENUNDVIERZIG

Sie nahm Elizabeth mit zurück an den Tisch.

»Jetzt setz dich, und iss deine Chips«, sagte sie und drückte ihre Tochter auf ihren Stuhl.

»Was war denn los?«, fragte William.

»Sie war beim Stauwehr. Hab ich dir nicht gesagt, du sollst in Sichtweite bleiben, Elizabeth? Du hast mir einen gehörigen Schrecken eingejagt. Du hättest ins Wasser fallen und ertrinken können.«

Elizabeth zog eine Schnute. Sie stützte den Ellbogen auf den Tisch und legte die Wange auf ihre Faust.

»Iss jetzt bitte deine Chips!«

»Ich hasse dich!«

»Wage es noch einmal, so mit mir zu reden, und du bekommst meine Hand zu spüren, Fräulein!«

»Annie«, sagte Janine sanft. »Lass es gut sein. Ihr ist ja nichts passiert. Sie war nicht besonders weit weg, und nun ist sie wieder hier.«

Ethel sah besorgt hoch. »Ist jemandem etwas passiert?«

Annie strich sich das Haar aus der Stirn. »Nein, nein, es geht allen gut.« Sie setzte sich wieder auf die Bank. Die Lust an diesem Ausflug war ihr vergangen; sie wünschte sich nur noch weg von diesem Ort. Da sie Tom und dieser Frau den Rücken zuwandte, konnte sie sie nicht sehen, aber sie saßen bestimmt noch am Ufer und blickten auf den sonnenbeschienenen Fluss und die Schwäne.

Tom war genauso überrascht gewesen wie sie. Sie hatte seinen erschrockenen Gesichtsausdruck bemerkt. Seine Begleiterin hatte er Annie als »Selina, eine Freundin von mir« vorgestellt, und sie einfach nur mit »Annie«. Sie wusste, sie hatte kein Recht, sich darüber aufzuregen – er hätte ja schlecht sagen können »die verheiratete Frau, mit der ich schlafe« oder »meine erste Liebe«, aber so ganz ohne jeden Zusatz, der ihren Status erklärte, hatte sich Annie völlig bedeutungslos gefühlt. Aus der Nähe hatte Selina noch jünger ausgesehen; sie war klein und schlank und hatte ein hübsches Gesicht mit Sommersprossen auf Nase und Wangen, dunkle Wimpern und ein offenes Lächeln. Ihr Haar war unter dem Strohhut verborgen gewesen, nur ein paar schwarze Löckchen hatten sich auf ihre Schultern hinabgekringelt, und unter ihrem schwarzen Top hatten die Träger ihres BHs hervorgesehen. Als Tom ihr eines der Gläser gereicht hatte, hatte sie »Danke, Süßer« gesagt und ihn angelächelt, wobei sie ihre weißen, nicht ganz ebenmäßigen Zähne entblößt hatte. Sie hatte mit weichem schottischem Akzent gesprochen. Und Annie hatte mit eingefrorenem Lächeln dagestanden.

Danke, Süßer. *Danke, Süßer.*

»Liebling?«

Sie sah William an. Sie brauchte einen Moment, um zu realisieren, dass es ihr Mann war, der zu ihr sprach, als hätte sie vergessen, dass er da war. Verwirrt blickte sie in sein längliches, intelligentes Gesicht, seine hellgrauen

Augen, auf den leicht faltigen Hals, der aus dem Kragen seines blassblauen Hemds hervorschaute, und bemühte sich, sich zusammenzureißen und in die Wirklichkeit zurückzukehren.

»Tut mir leid, ich war eben ganz woanders.«

»Mutter muss zur Toilette, wenn du so freundlich wärst, sie zu begleiten.«

»Oh Ethel, tut mir leid! Komm, ich helfe dir. Musst du auch, Lizzie?«

Elizabeth schüttelte den Kopf. Sie machte noch immer ein trotziges Gesicht.

Annie half Ethel aufzustehen, fasste sie unter und ging langsam mit ihr in den Pub. Nachdem sie die alte Dame in eine der Toilettenkabinen geführt hatte, blieb sie vor der Tür stehen und hielt sie zu.

Es gab keinen Grund, warum Tom an einem Sonntag, den Annie immer mit ihrer Familie verbrachte, nicht mit einer anderen Frau einen Ausflug zu einem Landgasthof machen sollte. Sie hatte kein Recht, ihm vorzuschreiben, wie er seine Freizeit gestaltete. Und selbst wenn er Sex mit Selina hätte – was sie keinesfalls hoffte –, war sie auch nicht besser. Schließlich teilte sie noch immer das Bett mit William – war es da fair, von Tom zu erwarten, dass er seine Nächte allein verbrachte? Aber vor ein paar Stunden noch hatten sie zusammen an dem kleinen Lagerfeuer im Garten gelegen. Wie viele weitere Tage und Nächte würde sie ohne ihn noch ertragen können? Wie lange würden sie noch so weitermachen können, ehe etwas endgültig zu Bruch ging, irgendetwas Schlimmes passierte?

Ethel rüttelte am Türgriff, um Annie zu bedeuten, dass sie fertig war, und Annie half der alten Dame beim Anziehen und beim Händewaschen. Dann gingen sie zurück in Richtung Ausgang. An der Theke blieb Annie stehen, um Elizabeth ein Eis am Stiel zu kaufen, als Wiedergutmachung dafür, dass sie sie zuvor so angefahren hatte. Als sie aus dem Halbdunkel der Lokals in das helle Tageslicht traten, drückte Ethel Annies Arm und sagte: »Sieh mal, Liebes, da ist unser Chauffeur.«

»Ach ja«, erwiderte Annie.

»Er ist mit einer Frau da. Schau nur, Annie, was für ein hübsches Paar die beiden abgeben.«

ACHTUNDVIERZIG

Annie war in einem Strudel aus Eifersucht, verletzten Gefühlen und Verwirrung gefangen. Fast fürchtete sie um ihren Verstand. Während William mit Elizabeth im Garten war, hatte sie den Telefonhörer abgenommen, um Tom anzurufen, dann aber unverrichteter Dinge wieder aufgelegt, weil sie Angst hatte, die falschen Dinge zu sagen. Sie wusste, sie könnte nicht in belanglosem Ton über die junge Frau reden oder über ihre seltsame Begegnung im Garten des Ausfluglokals lachen – das Aufeinanderprallen ihrer beider so unterschiedlichen Welten.

Den restlichen Tag über erledigte sie mechanisch ihre gewohnten Aufgaben. Sie kümmerte sich um ihre Tochter und ihre Schwiegermutter, machte Sandwiches zum Abendessen, schenkte ihrem Mann ein Lächeln und war erleichtert, als er wieder in sein Arbeitszimmer verschwand und nicht beschloss, den Abend bei seiner Familie im Wohnzimmer zu verbringen. Sie machte sogar gute Miene, als Julia Thorogood mit einer ihrer langweiligen Handlangerinnen zu Besuch kam. Sie heuchelte eine ganze Stunde lang Interesse, während Julia in aller Ausführlichkeit über den Stand der Vorbereitungen des Brunnenfests berichtete, und stimmte schließlich ihrem Aktionsplan zu. Da sie die Einzige von ihnen war, die über Sekretariatserfahrung verfügte, versprach sie, ihn auf der Schreibmaschine abzutippen.

Während William unten noch immer bei leiser Musik arbeitete, lag sie im Bett und versuchte, die Gedanken an Tom zu verdrängen und daran, was er jetzt womöglich mit dieser Frau tat. Sie bemühte sich, nicht an seinen Körper zu denken, seine Arme, seine Lippen, sein Haar. Ihre Eifersucht schmerzte fast körperlich; sie ließ sich nicht vertreiben und raubte ihr den Schlaf.

Am nächsten Tag war Annie ziemlich beschäftigt. Johnnie war ins Matlow General verlegt worden, und Marie hatte keine Zeit, ihn zu besuchen, da sie an einem Protestmarsch der *Matlow Miners' Wives Action Group* teilnehmen wollte. Also verbrachte Annie den Morgen im Krankenhaus, wo sie sich mit Johnnie, der Krankengymnastin und dem Arzt unterhielt. Danach musste sie Julia abholen und mit ihr die Skizzen für die Brunnen-Schmucktafeln begutachten. Das diesjährige Thema lautete *Die Erde gehört allen,* und die Künstlerin hatte wirklich ausgezeichnete Vorlagen geliefert. Annie wurde Julia erst wieder los, als es Zeit war, Elizabeth von der Schule abzuholen. Beim Verlassen des Hauses der Thorogoods meinte sie, den glatzköpfigen Mann auf dem Fahrersitz eines kleinen schwarzen Wagens wiederzuerkennen, der in der Straße vor Julias Haus parkte. Aber sie war sich nicht hundertprozentig sicher, und als sie in ihren Wagen gestiegen war und erneut hinsah, war er verschwunden.

Elizabeth war eine der letzten Schülerinnen, die aus der großen Doppeltür des Schulgebäudes traten, und war abermals in Begleitung einer Lehrerin. Mit hängendem Kopf schlurfte sie neben dieser her. Annie holte tief Luft, ehe sie ausstieg und den beiden entgegenging. Ein böiger Wind wehte, und am Himmel türmten sich dicke graue Wolken, aus denen erste Regentropfen fielen.

Annie setzte ein zuversichtliches Lächeln auf. »Hallo«, sagte sie. Ringsherum erstarben die Gespräche unter den anderen Müttern und Au-pair-Mädchen, und alle spitzten die Ohren.

»Wir haben ein Problem, Mrs Howarth«, sagte die Lehrerin.

»So?« Der Wind wehte Annies Haar in ihr Gesicht, und sie strich es zurück.

Die Lehrerin zeigte sich sichtlich verärgert und hatte die Arme vor der Brust gekreuzt. »Elizabeth hat ein anderes Kind geschlagen«, verkündete sie. »Im Ballettunterricht.«

Annie fing den Blick ihrer Tochter auf und zwinkerte ihr beruhigend zu. Der Wind riss am Saum ihres Mantels.

»Bestimmt ist dem etwas vorausgegangen«, sagte Annie. »Elizabeth schlägt nicht grundlos andere Kinder. Ich werde mit ihr darüber reden.«

»Sie wird sich bei Philippa entschuldigen müssen, außerdem wird sie eine Strafe erhalten.«

»Nein«, sagte Annie, »das wird sie nicht. Elizabeth und ich machen das unter uns aus.« Sie streckte die Hand nach Elizabeth aus, die sie dankbar ergriff. »Danke, dass Sie mich über den Vorfall informiert haben«, sagte Annie und nahm mit einer gewissen Genugtuung den selbstbewussten Ton in ihrer Stimme wahr, der sie wie William klingen ließ. Sie drehte sich um und schritt hocherhobenen Haupts mit der neben ihr hertrottenden Elizabeth zu ihrem Wagen zurück. Auch die anderen Mütter nahmen ihre Kinder bei der Hand und begaben sich zu ihren Autos. Plötzlich herrschte wieder aufgeregtes Geschnatter.

Schweigend fuhren sie nach Everwell. Williams Wagen stand vor dem Haus. Annie fühlte sich nicht in der Lage, ihm entgegenzutreten. Obgleich das Moor wolkenverhangen war, zog sie es der Begegnung mit ihrem Mann vor.

»Komm, wir machen einen Spaziergang«, sagte sie zu Elizabeth.

»Aber es regnet doch.«

»Na und? Dann werden wir eben nass. Wir sind ja Gott sei Dank nicht aus Zucker.«

Sie gingen durch den Garten. Der Wind riss Elizabeth den grauen Filzhut vom Kopf, der nun die Auffahrt hinabrollte. Er würde irgendwo in der Hecke hängen bleiben, zerrissen und unbrauchbar, aber Annie war es egal. Sie gelangten zum Zaunübertritt zur Kuhweide, und sie half ihrer Tochter hinüberzuklettern.

»Wo gehen wir hin, Mami?«

»Zum Moor hinauf. Ich bin schon immer gern bei diesem Wetter dort hochgegangen, um mir das Himmelsschauspiel anzusehen. Es gibt keinen schönen Ort, wenn es stürmt.«

»Aber wir dürfen doch nicht ins Moor gehen. Ein Mörder versteckt sich dort in einer Höhle.«

»Elizabeth, ich dachte, das Thema wäre abgeschlossen.«

»Alle wissen, dass er dort ist! Er mordet Menschen. Er legt die Hände um ihren Hals und erwürgt sie, und dann wirft er sie auf einen Felsen und ...«

»Das ist Unsinn«, meinte Annie. »Der Mörder ist längst über alle Berge, er ist nicht mehr im Moor.«

Elizabeth wirkte keineswegs überzeugt. Annie nahm sie bei der Hand. Sie konnte jetzt nicht mehr kehrtmachen, weil sie sonst den Eindruck erweckt hätte, dass tatsächlich Grund zur Angst bestand.

»Siehst du diesen hohen Felsen, der dort oben seitlich herausragt? Der ein bisschen wie ein Hundekopf aussieht? Dort habe ich immer gern gesessen und zugesehen, wie die Wolken über das Tal trieben. Komm.«

Sie folgten einem Trampelpfad, der steil bergauf führte. Annie ging schnell und atmete in tiefen Zügen die frische Luft ein. Kalte Regentropfen klatschten ihr auf Stirn und Wangen, und sie spürte, wie ihre Anspannung allmählich nachließ und sie wieder sie selbst wurde.

»Dieser Felsen, der wie ein Hundekopf aussieht, heißt *Martha's Stone*«, fuhr Annie fort. »Hab ich dir schon mal die Geschichte erzählt, die sich um ihn rankt?«

Elizabeth schüttelte den Kopf.

»Es ist sehr traurig. Vor Hunderten von Jahren gab es einen edlen Krieger. Sein Name fällt mir nicht mehr ein, aber er hatte einen Hund namens Martha, der sein bester Freund und treuer Gefährte war und ...«

»Philippa Ede hat gesagt, dass sie Johnnies Arm abgesägt und in eine Mülltonne geworfen haben.«

»Ach, Lizzie.«

»Da hab ich gesagt, dass sie lügt, und sie hat gesagt, nein, es stimmt. Sie hat es immer wieder gesagt, und da hab ich sie geschlagen, damit sie endlich damit aufhört.«

Sie waren bei einem kleinen Wildbach angekommen. Glasklares Wasser plätscherte über schwarze und grüne Steine und über einen kleinen Damm aus Zweigen, die sich dort verfangen hatten. Annie sprang hinüber und fing dann Elizabeth auf, die es ihr nachtat. Sie führte sie weiter bis zu einer zerbröckelnden Trockensteinmauer, wo ein alter Haselnussbaum, windschief und krumm, ihnen ein wenig Schutz vor dem Regen bot. Dort setzte sich Annie auf einen der moosbewachsenen Steine und zog Elizabeth sanft neben sich. Zärtlich strich sie ihr das nasse Haar aus ihrem kleinen, wütend verkniffenen Gesicht.

»Es stimmt doch nicht, oder?«, sagte Elizabeth. »Dieses Mädchen ist eine dreckige kleine Lügnerin.«

Annie atmete tief durch. »Tut mir leid, Liebes. Aber die Ärzte mussten Johnnie operieren und seinen Arm entfernen, um sein Leben zu retten.«

»Warum hast du mir das nicht gesagt?«

Annie dachte darüber nach. »Ich war der Meinung, es wäre besser«, antwortete sie.

»Warum?«

»Weil es so traurig ist.«

»Du hättest es mir trotzdem sagen sollen.«

»Ja, das hätte ich.«

»Du hast mich blöd dastehen lassen. Alle denken jetzt, ich bin die Lügnerin.«

»Das wollte ich nicht, Liebes, ich ...«

»Die lachen sowieso schon alle über mich, weil Großvater im Gefängnis war und du nie zu Hause bist und Daddy immerzu arbeitet und alles irgendwie schiefläuft!«

»Nein, nicht alles. Oh Lizzie ...«

»Lass mich! Ich hasse dich!«

Elizabeth rappelte sich hoch und rannte von ihrer Mutter weg. Sie kletterte über den mit Grasbüscheln bewachsenen Boden den Hang hinauf. Der Regen ließ ihre Umrisse und die graue Farbe ihrer Schuljacke verschwimmen, bis sie nur noch ein undeutlicher Flecken im grünen Gras und braunen Farn war.

Annie blieb auf dem Stein sitzen und wartete. Sie sah

zu, wie Elizabeth Kiesel aufhob und in den Bach warf. Nach einer Weile begab sie sich zu ihr. Sie hob einen großen grauen Kieselstein auf und reichte ihn Elizabeth. Diese schleuderte ihn ins Wasser, wo er an einem Felsen abprallte und weiterflog. Annie reichte ihr einen weiteren Kieselstein. Lizzies Haar war nass geworden und klebte ihr dunkel am Kopf. Regenwasser lief ihr über die Stirn, und sie musste blinzeln, damit es ihr nicht in die Augen troff. Ihre Jacke war an den Schultern völlig durchnässt.

Annie klaubte weitere Kieselsteine auf. »Es tut mir leid, Lizzie. Ich habe in letzter Zeit zu viel an mich gedacht und zu wenig an dich«, sagte Annie.

Elizabeth schleuderte einen Stein ins Wasser.

»Geht es Johnnie jetzt besser, nachdem sie seinen Arm abgenommen haben?«

»Ja, ja, es geht ihm schon viel besser. Deine Karte hängt über seinem Krankenhausbett.«

»Kann ich ihn besuchen?«

»Ja, bestimmt kannst du das.«

Elizabeth ließ ihre Hände seitlich herabsinken. Tropfnass, aber stolz stand sie in ihrer Schuluniformjacke da, auf deren Brust das bestickte Emblem mit dem lateinischen Motto prangte, während es regnete und im Hintergrund das Plätschern des Bachs zu hören war. Annie schloss ihr Kind in die Arme und drückte es an sich.

»Es tut mir leid, Lizzie«, sagte sie abermals. »Wirklich.«

»Ist schon okay«, erwiderte Elizabeth. Eine Weile standen sie so da und sahen zu, wie der Regen auf das Tal niederging, ein grauer Vorhang, der aus den Wolken herabfiel.

NEUNDUNDVIERZIG

William war nach Hause gekommen, hatte seinen Aktenkoffer in sein Arbeitszimmer gestellt und war nach oben gegangen, um zu duschen. Als sie hörte, wie der Boiler ansprang, begab sich Annie in den Flur, nahm den Hörer ab und wählte Toms Nummer. Die Zeit, die es brauchte, bis sich die Wählscheibe zwischen jeder gewählten Nummer wieder an ihren Platz zurückgedreht hatte, erschien ihr wie eine Ewigkeit, und das Geräusch, das dabei entstand, kam ihr unverhältnismäßig laut vor. Annie hielt die Sprechmuschel ganz nah an den Mund, während sie auf die Treppe starrte und angestrengt auf den kleinsten Laut von oben lauschte.

Bitte, dachte sie, bitte Tom, sei zu Hause. Bitte nimm ab. Sie hörte das Freizeichen und stellte sich vor, wie in Toms Wohnung das Telefon klingelte. Es klingelte vier, fünf, sechs Mal. Sie wollte gerade wieder auflegen, als er endlich abnahm.

»Hallo?«

Er hörte sich müde an. Vielleicht war er auf dem Sofa eingeschlafen; vielleicht hatte sie ihn aufgeweckt. Oder es war jemand bei ihm, diese junge Frau, Selina, die im Schneidersitz auf dem Boden saß und sich mit ihrem hübschen Gesicht und dem hübschen Haar über Toms Gitarre beugte und mit ihrer hübschen Stimme sang. Sofort setzte sich dieses Bild in Annies Kopf fest, sodass sie keinen Ton herausbrachte, nicht wusste, was sie sagen sollte.

»Hallo?«, fragte er nochmals. »Wer ist da?«

Sie hörte, wie die Badezimmertür aufging, gefolgt von Schritten auf dem oberen Treppenabsatz. Ganz vorsichtig legte sie den Hörer auf die Gabel zurück.

Am nächsten Tag nahm sie Elizabeth mit ins Krankenhaus, um Johnnie zu besuchen. Das Mädchen saß ungewöhnlich still auf dem Beifahrersitz und umklammerte seinen Spielzeughund sowie eine Schachtel Ferrero Rocher in seinem Schoß. Annie hatte unbedingt diese Süßigkeiten kaufen müssen, weil ihre Tochter behauptete, dass Johnnie sie besonders gern mochte.

Das Kind wurde noch schweigsamer, als sie auf dem Parkplatz des Matlow General ausstiegen und an der Anmeldung vorbei ins Krankenhaus traten, dann mit dem Lift in den zweiten Stock fuhren und durch fensterlose Korridore gingen. Elizabeth starrte die Patienten an, von denen manche am Tropf hingen und humpelnd oder schlurfend über die Gänge schlichen oder schnarchend auf Rollliegen in den Korridoren lagen.

»Ist dieser Mann da tot?«, wisperte sie, als sie an einem besonders blassen und ausgemergelten Mann vorbeigingen. Der Patient öffnete ein Auge und sagte: »Nein, das ist er, verflucht noch mal, nicht!« Woraufhin Elizabeth ein erschrockenes Quieken ausstieß.

»Darf man im Krankenhaus ›verflucht‹ sagen, Mami?«, fragte sie.

»Nur, wenn man sehr alt oder sehr krank ist«, erwiderte Annie.

Johnnie war in einem durch einen Vorhang abgetrennten Abteil am hinteren Ende eines Saals der Männerstation untergebracht. Annie und Elizabeth gingen den Mittelgang entlang, und die Männer in den Betten beäugten sie hinter ihren Zeitungen oder Rätselheften hervor. Noch ehe sie den langen Saal durchquert hatten, hörte Annie Maries raues Lachen. Elizabeth rannte vorneweg, blieb jedoch abrupt stehen, als sie Johnnie erblickte. Er saß, einen Berg Kissen im Rücken, im Bett. Die Blutergüsse in seinem Gesicht waren abgeklungen, und sein kahl rasierter Schädel war bereits wieder von einem orangeroten Flaum bedeckt. Sein linker Armstumpf war von einer dicken, saugfähigen Bandage geschützt. Er trank mit einem Strohhalm Zitronenwasser und grinste, als er Elizabeth sah.

»Hallo, du hässliches Entlein«, sagte er.

Elizabeth sah ihn nur schüchtern an, ohne etwas zu erwidern.

»Ist schon in Ordnung, Süße«, sagte Marie. »Er sieht nur noch ein bisschen schlimmer aus als sonst, aber er ist wirklich unser Johnnie und immer noch dumm wie Bohnenstroh.«

»Danke für das Kompliment, Ma.«

Annie lächelte und setzte sich auf den Bettrand. Sie zwickte ihren Bruder ins Knie. »Wie geht's?«

»Kann mich nicht beklagen«, sagte Johnnie. »Möchtest

du diese Schokoladendinger mit mir teilen, Lizzie, oder sie alle allein aufessen?«

Elizabeth schob Johnnie die Packung hin. »Sie sind für dich. Es sind Ferrero Rocher.«

»Meine Lieblingssorte!«, sagte er.

»Hab ich dir doch gesagt«, wisperte Elizabeth an Annie gewandt.

»Du wirst mir eines davon auswickeln müssen, Lizzie«, sagte Johnnie. »Oder, noch besser, du packst sie gleich alle auf, dann verputze ich sie später, wenn du wieder weg bist.«

»Ist es okay, wenn wir dich kurz mit Lizzie allein lassen? Dann gehen Annie und ich zusammen einen Tee trinken«, erkundigte sich Marie.

»Ich möchte keinen Tee, Mum«, sagte Annie.

»Du kannst mich trotzdem begleiten.«

Annie sah Johnnie über die Schulter an und verzog das Gesicht, und Johnnie machte ebenfalls eine Grimasse. Inzwischen waren weitere Besucher im Krankensaal eingetroffen, und es herrschte ein lautes Stimmengewirr, während die beiden Frauen auf die Tür zugingen. Marie grüßte nach links und nach rechts, während sich Annie, die einen halben Schritt hinter ihr ging, wie ein gescholtenes Kind vorkam.

Kaum waren sie durch die Doppeltür auf den Flur getreten, sagte Marie auch schon: »Und? Erzähl.«

»Mum, würdest du bitte aufhören, mit mir wie mit einer Fünfjährigen zu reden?«

»Ich rede mit dir, wie es mir gefällt. Nun? Hast du deine

kleine schmutzige Affäre beendet? Hast du Tom Greenaway gesagt, er soll dich in Ruhe lassen?«

»Ich muss mir das nicht anhören«, entgegnete Annie. Sie wollte auf dem Absatz kehrtmachen, aber Marie fasste sie am Ellbogen und hielt sie zurück.

»Es wird nicht von allein aufhören, weißt du«, sagte sie. »Dieses Problem wird sich nicht auf magische Weise von allein regeln. Wenn du es jetzt nicht in Ordnung bringst, wird es eine Tragödie geben, und du wirst diejenige sein, die am meisten darunter zu leiden hat. Merk dir meine Worte!«

Annie schüttelte ihre Hand ab.

»Du hast dich in Teufels Küche gebracht und musst jetzt zusehen, wie du da wieder rauskommst.«

»Ich weiß, was ich tue.«

»Du weißt, was du tust? Dass ich nicht lache! Du setzt deine Ehe aufs Spiel, deine Familie, dein ganzes Leben, um Sex mit einem Mörder zu haben!«

»Oh Mum, hör auf damit!«

»Du musst die Sache beenden«, sagte Marie. »Beende es, ehe es zu spät ist.«

»Entschuldigung!« Marie und Annie hoben den Kopf und sahen, dass ein Krankenpfleger mit einem Mann im Rollstuhl vorbeiwollte. Sie traten an den Rand des Korridors.

»Annie«, sagte Marie.

»Ich habe es gehört«, erwiderte Annie. »Und jetzt lass mich in Ruhe.«

Als sie durch die Tür wieder in den Krankensaal ging,

spürte sie den Blick ihrer Mutter auf sich. Sie kehrte zu Johnnies Bett zurück und setzte sich zu ihm. Elizabeth baute unter seinem Bett mit einem Teil seiner Kissen ein Versteck für die Schokoladenschachtel. Annie ergriff die Hand ihres Bruders. Sie betrachtete die langen Finger, die zerkauten Fingernägel, die hervortretenden Adern auf seinem Handrücken.

Johnnie lächelte sie an. Auch sie rang sich ein Lächeln ab, obwohl sie sich miserabel fühlte, als hätte sie eine Ohrfeige bekommen.

»Ich bin jetzt für nichts mehr zu gebrauchen, hm?«, sagte er.

»Es gibt so viele Dinge, die man mit nur einer Hand erledigen kann.«

»Aber Gehirnchirurg kann ich jetzt nicht mehr werden.«

»Das wolltest du ohnehin nie.«

»Nein.«

»Und Raketentechniker auch nicht, wenn ich mich richtig entsinne.«

Er seufzte. »Glaubst du, dass mich jetzt noch irgendein Mädchen will, mit nur einem Arm?«

Annie drückte aufmunternd seine Hand. »Du bist noch immer Johnnie Jackson. Alles andere ist ja noch dran und funktioniert, oder nicht?«

Er lächelte. »Hm.«

»Kann ich irgendetwas für dich tun?«, fragte Annie. »Hast du Lust auf etwas Bestimmtes?«

»Eigentlich nicht. Ich werde hier gut versorgt.« Er strahlte die junge Krankenschwester mit der Pfirsichhaut an, die gerade einen Blick auf seine Patientenkarte am Fußende des Bettes warf. Die junge Schwester lächelte zurück.

Johnnie wandte sich wieder Annie zu. »Doch, da ist etwas, was du für mich tun könntest. Weißt du, was aus meinem Motorrad geworden ist?«

»Jemand hat es mitgenommen.«

»Gestohlen, meinst du?«

Sie nickte.

»So ein Scheißkerl.«

Sie küsste ihre Fingerspitzen und berührte die Wange ihres Bruders. »Überlass das mir. Ich werde William fragen. Mal sehen, ob es eine Möglichkeit gibt, dem Diebstahl nachzugehen.«

FÜNFZIG

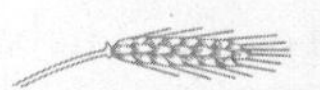

Daddy!« Als sie zu Hause ankamen, rannte Elizabeth in den Flur und warf sich ihrem Vater in die Arme. William fing sie auf und drückte sie an sich, während sie Arme und Beine um ihn schlang.

»Und, hast du Johnnie besucht?«, fragte William.

»Ja! Und weißt du was? Auch wenn er seinen Arm nicht mehr hat, kann er immer noch seine Finger spüren. Und manchmal kribbelt seine Hand, aber wenn er den Arm ausstrecken will, merkt er, dass sie gar nicht mehr da ist!«

»Das kommt daher, dass das zentrale Nervensystem immer noch versucht, mit den amputierten Gliedmaßen zu kommunizieren«, erklärte William.

»Nein, weil sein Gehirn denkt, seine Hand ist immer noch da. Ich kann es nicht erwarten, es Philippa zu erzählen, sie wird blass werden vor Neid.«

William stellte seine Tochter zurück auf den Boden, worauf sie schnurstracks zu Mrs Miller lief, um auch ihr die Neuigkeiten zu erzählen. Annie nahm den Poststapel vom Flurtisch.

»Und, wie sieht es aus?«, fragte William.

»Gut, danke. Johnnie geht es jeden Tag ein bisschen besser«, erwiderte sie. »Ach, William, bevor du dich in dein Arbeitszimmer zurückziehst: Johnnie wollte wissen, wo sein Motorrad abgeblieben ist.«

»Was ist denn damit?«

»Nach seinem Unfall muss es jemand entfernt haben.«

»Und?«

»Johnnie hätte es gern wieder. Er will sehen, ob man es reparieren kann.«

William stieß ein ungläubiges Lachen aus. »Er wird mit einem Arm wohl kaum noch Motorrad fahren können, Annie.«

»Darum geht es nicht. Er hat das Motorrad selbst zusammengebaut, und er hätte es gern zurück. Könnte die Polizei versuchen, es wiederzufinden?«

William schüttelte langsam den Kopf. »Glaubst du, wir haben Kapazitäten, um eine schwer beschädigte Yamaha zu suchen, die auch schon vor dem Unfall kaum etwas wert war, wo wir es mit ...«

»Einem Streik und einem Mordfall zu haben. Ich weiß. Was für eine dumme Frage.«

»Rede es Johnnie aus«, riet William ihr. »Es ist eine lächerliche Idee. Autos lassen sich behindertengerecht umbauen. Vielleicht sollte er das irgendwann in Erwägung ziehen.«

Er ging in sein Arbeitszimmer und machte die Tür hinter sich zu. Annie starrte einen Moment lang die geschlossene Tür an, dann griff sie zu ihrem Schlüsselbund und verließ das Haus.

Sie machte sich auf den Weg zur Crossmoor Lane. Da sie nicht wusste, wo genau sich der Unfall ereignet hatte, fuhr sie sehr langsam. Als sie die Stelle erreichte, erkannte sie sie anhand der Bremsspuren auf dem Asphalt. Sie lenkte ihren kleinen Wagen auf den unebenen Grünstreifen und stellte den Motor ab. Dann blickte sie nach links und rechts, doch weit und breit gab es weder ein Haus noch einen Grenzstein, nichts als die raue Heidelandschaft. Es war ein abgelegener und einsamer Flecken. Annie widerstrebte es, an diesem gottverlassenen Ort, wo ihr Bruder fast sein Leben verloren hätte, den Wagen zu verlassen.

Reiß dich zusammen, schalt sie sich und zwang sich auszusteigen. Sie blickte sich um, aber niemand war zu sehen. Langsam folgte sie der schmalen Nebenstraße bergaufwärts. Sie wusste nicht, wonach sie suchte, und fürchtete sich dennoch vor dem, was sie finden könnte.

Ein Grasstreifen wuchs wie ein Irokesenschnitt in der Mitte der Straße, die in einem erbärmlichen Zustand war; offenbar wurde sie kaum noch benutzt, und es schien mehr Schlaglöcher zu geben als Stellen, wo der Asphalt noch intakt war. Die Straße war schmal, kurvenreich und buckelig. Im Winter war sie oftmals unpassierbar und wochenlang vereist.

Annie spürte Kieselsteine und Schlamm unter ihren Sohlen – aus dem Erdreich, das der Regen vom Moor herunterspülte. Am oberen Ende des Abschnitts, wo die Bremsspuren auf dem Asphalt begannen, ging sie in die Hocke und zeichnete sie mit den Fingerspitzen nach, als wären es Narben. Der Asphalt war kalt, feucht und hart. Winzige Splittpartikel blieben an ihrer Haut haften. Sie stellte sich vor, wie Johnnies Wange auf dieser rauen Straße gelegen, wie er geblutet hatte.

Plötzlich sah sie etwas, das in der Sonne glitzerte. Es war ein Glassplitter, nicht größer als ein Fingernagel. Sie streckte die Hand danach aus, um ihn aufzuheben. Im selben Moment sagte jemand in ihrem Rücken: »Wonach suchen Sie denn?«

Annie drehte sich um. Hinter ihr stand eine über einen Gehstock gebeugte alte Frau mit einem betagten Hund, der kaum die Kraft hatte, den Kopf oben zu halten.

»Mein Bruder ist hier mit dem Motorrad verunglückt«, sagte Annie.

»Ach ja«, erwiderte die alte Frau. »Der rothaarige Bursche.«

»Haben Sie den Unfall gesehen?«

»Ich habe den Polizeiwagen bemerkt. Dann bin ich mit meinem Jack hergekommen, um zu sehen, was los ist.« Sie tätschelte den von drahtigem Fell bedeckten Kopf des kleinen Hundes. Das Tier seufzte und ließ die Schnauze noch tiefer sinken. »Wie geht es dem Jungen? Hat er es überlebt?«

»Ja, es geht ihm wieder besser«, sagte Annie. »Aber leider hat er einen Arm verloren.«

»Ach herrje. Kein Wunder, so schnell wie die gefahren sind.«

»Von wem reden Sie?«

»Der Polizei.«

»Oh. Sie meinen die Constables, die ihn gefunden haben? In dem Streifenwagen?«

Die alte Frau stieß ein missbilligendes Schnauben aus. »Wir beide haben schon gedacht, er wäre tot, gell, Jack?« Sie räusperte sich und spuckte auf die Erde. Der Hund zitterte. Annie wischte sich die Hände an ihrem Rock ab. »Wie auch immer, Sie sind nicht die Erste«, sagte die Frau. »Vor Ihnen waren schon andere da, die mir Fragen gestellt haben. Ein Mann mit langem Haar. So 'n komischer Hippie.«

»Das war mein Freund«, sagte Annie. »Er wollte mit seinem Truck das Motorrad abholen, aber es war schon weg.«

»So ein Pack!«, sagte die alte Frau. »Es waren äußerst zwielichtige Gestalten, die es mitgenommen haben, und sie hatten einen Köter dabei. Die haben das Motorrad auf ihren Anhänger gehievt und sind davongebraust, ja, so war's.«

»Also können wir das Motorrad vergessen«, sagte Annie.

»Wenn ich Sie wär, würd ich auf dem Schrottplatz nachschauen.«

»Vielen Dank«, sagte Annie zu der alten Frau. Sie streckte die Hand aus, um den Hund zu streicheln.

»Oh, das würd ich an Ihrer Stelle lassen«, sagte die alte Frau warnend. »Der beißt Ihnen die Finger ab, wenn Sie ihn berühren.«

Annie beschloss, dem Rat der alten Frau zu folgen. Aber in Matlow gab es keinen Schrottplatz. Der nächstgelegene befand sich in Burnley. Annie erinnerte sich, dass sie ein- oder zweimal mit ihrem Vater dort gewesen war, als er nach irgendwelchen Ersatzteilen für eine seiner klapprigen Schrottlauben gesucht hatte, die er wieder fahrtüchtig machen wollte. Burnley war etwas größer als Matlow, und dort gab es ein Stahlwerk anstatt einer Kohlemine. Die Fahrt dauerte eine knappe halbe Stunde. Dann fuhr Annie durch das Gewirr aus schmalen Gassen, das Burnley kennzeichnete. Sie waren gesäumt von der Sorte Geschäfte, die sie längst nicht mehr aufsuchte – Gebrauchtmöbelläden, Leihhäusern und kleinen Geschäften mit schmutzigen Schaufenstern und handgemachten Ladenschildern, die Stoffe, Lampenschirme und Kindersachen anpriesen. Auf den Gehsteigen sah man vorwiegend alte Männer mit Schiebermützen und Frauen mit Kinderwagen.

Sie fuhr am *King's Arms* vorbei, einem Pub, der zwei Jahre zuvor niedergebrannt war – wegen der Versicherung, wie gemunkelt wurde. In jener Nacht schlugen die

Flammen so hoch, dass man sie vom Giebelfenster in Everwell aus hatte sehen können. Annie rief sich ins Gedächtnis, wie sie mit Elizabeth dort gestanden und ihr gezeigt hatte, wie jenseits des Moors die Unterseiten der Wolken geglüht hatten. Jetzt war der Pub nur noch eine mit Brettern vernagelte Ruine, aus der verkohlte Holzbalken in den trüben Himmel ragten. Dahinter befanden sich die Eisenbahnarkaden der Bahnlinie, die nach Matlow führte, mit den Gewerbeeinheiten unter den Gleisen.

Annie fuhr langsam an den ersten drei Bögen vorbei, bis sie an der schwarzen Ziegelsteinmauer des vierten Bogens ein Metallschild bemerkte, auf dem stand: *Schrottplatz Rossiter.*

Sie lenkte den Wagen in die schmale Durchfahrt unter dem Rundbogen. Jenseits davon sah sie eine Mauer aus aufeinandergetürmten Fahrzeugen; manche lagen auf dem Dach, keines hatte mehr Räder, einige waren nur noch leere Blechhülsen. Sie parkte ihren Wagen längs der Backsteinmauer und stieg aus. Ein angeketteter kampferprobter Rottweiler bellte sie wütend an, worauf ein Mann mit einem dicken Bauch, Rockerschnurrbart und einem halb aufgegessenen Sandwich in der Hand aus seinem Ladenkabuff kam.

»Ja bitte?«, fragte er.

Annie schenkte ihm ihr nettestes Lächeln. »Tut mir leid, wenn ich Sie störe. Aber ich bin auf der Suche nach einem Motorrad, das letzte Woche möglicherweise hier abgegeben wurde.«

»Was für eine Marke?«

»Eine Yamaha 125. Aber sie ist wahrscheinlich ziemlich demoliert.«

»Und Sie wollen sie wiederhaben?«

»Ja.«

Der Mann bedeutete ihr mit einer Kopfbewegung, ihm in den winzigen Ladenraum zu folgen. Annie ging hinter ihm her und machte einen großen Bogen um den angeketteten Hund. Der Raum war überheizt und vollgestopft, und es roch nach Eiern, Staub und Kerosin. Nachdem der Mann sich hinter den Schreibtisch gesetzt hatte, begann er, in einem Notizbuch zu blättern.

»An welchem Tag soll das gewesen sein, sagten Sie?«

»Das weiß ich nicht genau, aber es kann noch nicht lang her sein, irgendwann letzte Woche.«

Der Mann fuhr mit dem Zeigefinger über eine vollgekritzelte Seite, biss von seinem Sandwich ab und sagte mit vollem Mund: »Nee. Das einzige Motorrad, das hereingekommen ist, ist eine Honda.«

»Ach so.«

»Die Maschine wurde wohl gestohlen, hm?«

»Ja.«

»Derjenige, der sie geklaut hat, wird sie inzwischen in sämtliche Einzelteile zerlegt haben. Die werden Sie nie wiedersehen, Schätzchen.«

»Wenn ich Ihnen meine Telefonnummer und das Kennzeichen aufschreibe, würden Sie mich dann anrufen, falls sie doch noch gebracht wird?«

»Ist ’n bisschen viel Aufwand für so ’ne alte Kiste, die nichts mehr wert ist.«

»Sie gehört meinem Bruder. Und er hängt daran.«

»Na gut, wenn es so ist, verraten Sie mir, wie ich Sie erreichen kann.« Er hielt sich die Hand vor den Mund und stieß auf.

Annie schrieb die Telefonnummer von Everwell auf die letzte Seite seines Notizbuchs, bot ihm zwanzig Pfund an, die er jedoch ablehnte, bedankte sich, dass er sich die Zeit genommen hatte, und ging zu ihrem Wagen zurück.

EINUNDFÜNFZIG

Annie wanderte ruhelos durch den Garten von Everwell. Es dämmerte, überall waren Schatten, und die Farben der Pflanzen verblassten im schwindenden Licht. Ein leichter Wind wehte über den Rasen und die Blumenbeete. Annie ging langsam an den Büschen und Bäumen vorbei, unter denen sich die Dunkelheit sammelte. Sie spazierte zum Brunnen und hockte sich, den Rücken an den Sockel mit der eingravierten Inschrift gelehnt, auf den Boden. Sie schlang die Arme um die angezogenen Knie und ließ den Blick zum Moor schweifen. Verträumt schaute sie den Singvögeln am Himmel nach und lauschte ihrem Gesang. In den grasbewachsenen Mulden und Senken des Berghangs hatten sich Teiche und Tümpel gebildet, in denen sich der Abendhimmel mit seinen glitzernden Goldtönen spiegelte. Die kümmerlichen kleinen Bäume leuchteten grün, und die Wiesen auf den tiefer gelegenen Hängen waren vom Zickzackmuster der Trockensteinmauern durchzogen. Annie stellte sich vor, wie es wäre, von Everwell wegzugehen, ins Moor hinauf, die frische Luft tief einzuatmen, die Muskeln in ihren Beinen zu spüren, ganz bis zum Kamm hinaufzusteigen und dann über die rückwärtigen Hänge weiterzuwandern, wo kaum etwas wuchs und niemand anzutreffen war, abgesehen von Füchsen und Hasen, die die kargen Schotterhänge hinabjagten. Sie dachte daran, wie es wäre, tot zu sein; an die Ruhe und den Frieden; die Einsamkeit.

Sie warf Kieselsteine in das glasklare Wasser des Brunnenbeckens, in dem sich das Quellwasser sammelte, das über einen kleinen Graben zu der alten, steinernen Pferdetränke auf der Koppel geleitet wurde. Blätter trieben auf der schwarzen Oberfläche, drehten sich langsam um sich selbst. Am anderen Ende des Gartens ragte das Haus groß und grau empor, nur die Fenster waren hell erleuchtet. Von der Viehkoppel her hörte Annie das Muhen der Kühe, in das immer mehr Tiere einstimmten. Jim Friel musste heute spät dran sein mit dem Melken. Die armen Tiere, dachte Annie. Sie stützte die Ellbogen auf die Knie, legte das Kinn in die Hände und wartete, bis die Sonne untergegangen war.

Sie fühlte sich hohl und ausgelaugt, wie eine leere Hülse – aber sie hatte einen Entschluss gefasst. Sie hatte Tom seit ihrem Ausflug zu dem Landgasthof nicht mehr getroffen, und dieser Umstand hatte dazu beigetragen, dass sie die Dinge klarer sah. Sie wusste jetzt, was sie tun musste. Sie wollte – konnte – nicht riskieren, Elizabeth zu verlieren oder ihr weiteren Schaden zuzufügen, und der einzige Weg, ihr Kind davor zu bewahren, war, ihre Affäre zu beenden. Dennoch fühlte sie sich bei dem Gedanken, auf Tom verzichten zu müssen, nackt und hilflos. Ohne ihn würde sie immer das Gefühl haben, ihr Leben nicht ganz gelebt zu haben. Es würde ein Leben sein, das den Konventionen gehorchte, ein Leben an der Seite eines Mannes, der ihr Sicherheit bot, aber auch ein Leben, in dem sie eine Liebe heuchelte, die sie nicht empfand. Ihr Blick wanderte zu dem Grasflecken hinüber, der noch immer von dem Feuer geschwärzt war, das Tom an dem Abend entzündet hatte, als er zu ihr in den Garten gekommen war, und sie krümmte sich beinahe, so sehr schmerzte die Erinnerung an ihn und seine Liebe.

Hör auf, sagte sie sich, hör auf, dich länger zu quälen.

Annie erhob sich. Sie hatte nicht eine einzige Träne vergossen. Vielleicht wurde sie allmählich wie William. Er ertrug die Unordnung der Liebe, das Chaos der Gefühle nicht. Er wusste, was ein Übermaß an Liebe anrichten konnte; er kannte die zerstörerische Kraft der Eifersucht und des Liebeskummers. Dieses Wissen war Teil seines Jobs. Vielleicht mied er deshalb die intime Nähe zu anderen Menschen, gab sich auch ihr nie ganz hin. Vielleicht tat er gut daran.

Sie ging in Richtung Haus, weg vom Brunnen, vom Feuer, von der Vergangenheit.

Wenn sie sich für William entschied, würde die Liebe hinter ihr liegen, die Art von Liebe, nach der sie sich so verzehrte. Damit wäre es vorbei. Sie wollte nicht für immer darauf verzichten, aber genau das würde sie tun müssen. Sie hatte keine andere Wahl.

In diesem Moment hörte Annie einen Wagen die Auffahrt hochkommen. Sie lief zur Vorderseite des Hauses. Vor dem Eingang hielt ein Fiat Panda. Eine junge Polizistin stieg auf der Beifahrerseite aus; sie hatte einen großen Umschlag in der Hand.

»Hallo!«, rief Annie.

»Hallo. Ich wollte zu Detective Inspector Howarth.«

»Er ist nicht da«, sagte Annie. »Kann ich Ihnen helfen?«

»Könnten Sie ihm das hier geben? Es ist der forensische Bericht, auf den er wartet. Er wollte ihn so bald wie möglich haben.«

»Ja, lassen Sie ihn ruhig da, ich gebe ihn ihm.«

»Danke«, sagte die Polizistin. »Dann müssen wir nicht noch mal herkommen.«

Annie wartete, bis der Streifenwagen weg war, dann ging sie ins Haus zurück. Sie schloss sich mit dem Umschlag in der unteren Toilette ein. Einen Moment lang stand sie da und sah ihn unschlüssig an. Auf der Vorderseite klebte ein Etikett, auf dem Williams Name und Adresse aufgedruckt waren. Jemand hatte mit blauer Tinte DRINGEND an den oberen Rand geschrieben. Der Umschlag war versiegelt. Annie fuhr mit dem Daumen unter das Siegel und öffnete es.

Sic zog ein paar zusammengeheftete Seiten heraus. Ein

von Hand geschriebenes Anschreiben von einer Frau namens Amanda lag oben auf. In die Betreffzeile hatte Amanda geschrieben: *Forensischer Bericht, Everwell, Wildhüter-Cottage*. Zuerst entschuldigte sie sich für die informelle Abfassung des Berichts, aber sie habe sich sehr beeilt, wie von William gewünscht. Annie blätterte zur nächsten Seite. Dort wimmelte es von Fachausdrücken, die ihr nichts sagten. Sie nahm sich die dritte Seite vor. An der Decke, die man im Cottage gefunden hatte, hatte man menschliche Haare entdeckt, die jedoch mit keinen vorhandenen Daten übereinstimmten. Ferner gab es Fingerabdrücke von mindestens zwei verschiedenen Menschen, aber nur wenige Proben waren brauchbar. Wobei mindestens eine davon einer Person zugeordnet werden konnten, die polizeilich bekannt war, einem gewissen Thomas Logan Greenaway.

Annie riss die Seite heraus. Sie zerfetzte sie in winzige Stücke und warf die Schnipsel in die Toilettenschüssel. Dann betätigte sie die Spülung. Schließlich versteckte sie den Bericht in dem kleinen Wandschrank, wo sie Toilettenpapier, Handtücher und Putzmittel aufbewahrte, machte die Tür zu und lehnte sich dagegen. Sie würde ihn später verschwinden lassen.

Ihre Hände zitterten. Sie wusch sie über dem Waschbecken und trocknete sie mit dem Handtuch.

Sie würde ohnehin mit Tom Schluss machen. Wozu also zulassen, dass dieser Bericht noch mehr Probleme verursachte? Es spielte jetzt keine Rolle mehr. Es spielte keine Rolle mehr.

ZWEIUNDFÜNFZIG

Annie saß auf einer sonnigen Bank im Park vor dem Matlow General. Sie sah einer alten Frau zu, die mit einer Schar kleiner Kinder Brotkrümel an die Enten auf dem Teich verfütterte. Als ein Schatten auf ihr Gesicht fiel, schaute sie hoch. Es war Tom. Er trug Jeans und Arbeitsstiefel, eine fluoreszierende Sicherheitsjacke und hielt einen Helm in der Hand. Sägemehl hatte sich in seinem Haar verfangen. Er zog seine Arbeitshandschuhe aus und schlug sie gegen den Schenkel. Annie blinzelte im Sonnenlicht. Sie hatte überhaupt nicht damit gerechnet, ihm hier zu begegnen.

»Hallo«, sagte er.

Sie lächelte. »Hi.«

»Ich war gerade dabei, ein paar überzählige Äste von einem Baum abzusägen, und als ich kurz hinuntergeschaut hab, habe ich gesehen, dass eine wunderschöne Frau den Park betreten hat«, sagte er.

»Und, wo ist sie hingegangen?«

»Sie sitzt hier, auf dieser Bank.«

»Du musst unbedingt deine Sehschärfe überprüfen lassen.«

Er lachte. »Was dagegen, wenn ich mich zu dir setze?«

Sie zuckte mit den Schultern.

Tom setzte sich neben sie. Er stützte die Arme auf die

Oberschenkel, verschränkte die Finger und bewegte die Daumen auf und ab. »Du gehst mir aus dem Weg«, sagte er.

»Ich habe so viel um die Ohren: die vielen Krankenhausbesuche und die Organisation des Brunnenfests und so weiter.«

»Und du hattest nicht einen Moment Zeit, mich anzurufen?«

Sie sah auf ihre Knie.

»Annie?«

»Ich habe es versucht. Aber du warst nie da.«

»Du hättest mir eine Nachricht unter der Tür durchschieben oder mir eine Karte schicken können.«

»Ich glaube, ich kann nicht so weitermachen«, sagte sie leise.

»Wie meinst du das?«

»Du hast mich schon verstanden.«

»Was hat sich verändert?«, fragte er.

»Johnnie. Lizzie. William. Ich. Ich habe mich verändert.«

»Komm«, sagte er, »gehen wir einen Kaffee trinken.«

Sie begaben sich zu dem Café an der Ecke Bridge Street. An den Tischen saßen nur Männer, die sich fast alle nach Annie umdrehten, als sie hereinkamen. Sie ignorierte sie und stellte sich neben Tom an den Tresen, während er zwei Becher Kaffee bestellte, dann setzten sie sich an einen Fenstertisch. Annie betrachtete den Dampf, der von dem heißen Getränk aufstieg. Ein Teil von ihr hätte gern Toms Hand genommen und gesagt: *Lass uns keine Zeit vergeuden. Lass uns zu dir gehen und miteinander schlafen! Oder in einen Pub und uns amüsieren, solange wir noch die Möglich-*

keit haben. Aber sie sagte nichts. Sie saß einfach nur schweigend da und blickte an Tom vorbei zum Fenster hinaus, betrachtete die gegenüberliegende Hausmauer, die mit Graffitis und Plakaten bedeckt war, und fühlte sich hundemüde.

»Erinnerst du dich, dass wir früher ab und zu hier waren?«, fragte Tom.

Sie schüttelte den Kopf.

»Ich habe vor dem Rathaus auf dich gewartet, und wenn es kalt war, sind wir in dieses Café gegangen. Du hast immer heiße Schokolade getrunken.«

»Ja, an die heiße Schokolade erinnere ich mich.«

»Ich erinnere mich an alles: dass du dein Haar mit einem Band zurückgebunden hattest; dass du deine Hände um meine gewölbt hast, wenn ich ein Streichholz anriss, um eine Zigarette für dich anzustecken; dass du die Augen geschlossen hast, als du den Rauch inhaliert hast; dass du drei Zuckerwürfel in deine Schokolade getan und sie umgerührt und dann mit dem Teelöffel probiert hast. Ich konnte nie genug von dir bekommen. Du warst einfach perfekt.«

Und ich dachte ebenfalls, du wärst perfekt.

Annie goss ein wenig Zucker aus dem Zuckerspender in ihren Kaffee und rührte ihn um.

»Du bist noch immer perfekt«, sagte Tom.

»Lass es uns beenden«, erwiderte sie, »bevor jemand zu sehr verletzt wird.«

»Wenn wir es beenden, werden wir verletzt sein.«

»Wir zählen nicht.«

»Willst du das wirklich?«

»Ja.«

»Ich glaube dir nicht.« Er griff über den Tisch und nahm ihre Hände in seine. »Ich liebe dich und weiß, dass du das Gleiche für mich empfindest. Wir gehören zusammen, Annie. Ich kann dich glücklich machen – ich werde alles tun, um dich glücklich zu machen. Sieh mich an!« Sie folgte seiner Aufforderung. Sah ihr Spiegelbild in seinen Augen. »Annie«, sagte er, »Liebste, ich würde dir die ganze Welt zu Füßen legen, wenn ich könnte, ich …«

»Dreh dich mal um«, sagte sie. »Schau aus dem Fenster, schnell!«

»Was ist denn?«

»Siehst du diesen Mann dort, der die Hände in den Taschen vergraben hat und schnell vorbeigeht?«

»Welchen Mann?«

»Den glatzköpfigen! Der jetzt bei dem alten Elektrogeschäft um die Ecke biegt. Hast du ihn gesehen?«

»Nein. Wer ist er? Was ist mit ihm?«

»Ich sehe ihn in letzter Zeit ständig. Egal, wo ich bin, er ist auch da. Ich glaube, er verfolgt mich.«

Tom runzelte die Stirn. »Bist du sicher?«

»Ja.«

»Bei mir sind in letzter Zeit auch ein paar komische Dinge passiert. Anrufe, bei denen sich keiner gemeldet hat, solche Sachen.«

»Das war vielleicht ich. Tut mir leid.«

Annie nippte an ihrem Kaffee, behielt aber die Straße vor dem Fenster über Toms Schulter hinweg im Auge.

»Lass uns reinen Tisch machen«, sagte Tom sehr ernst. Er beugte sich zu ihr vor. »Sag deinem Mann, dass du dich scheiden lassen willst, und wir gehen von hier weg, beginnen ganz von vorn. Du verzichtest auf alles. Er wird es verstehen.«

»Das sagst du so einfach, Tom. Aber so leicht ist das nicht.«

»Was sollen wir denn sonst tun?«

»Es hat keinen Sinn, Tom. Ich kann weder mit dir weggehen noch können wir so weitermachen, mit dieser Heimlichtuerei, die ganze Zeit die Angst im Nacken. Denn so ruinieren wir das Leben aller Beteiligten. Es tut mir leid für das, was du durchgemacht hast und dass ich dich jetzt erneut fallen lasse. Aber ich muss, ich habe keine andere Wahl.«

»Nein, Annie, nein.«

Sie schob ihren Stuhl zurück und stand auf.

»Wo gehst du hin?«

»Ich muss zur Schule fahren. Es ist Zeit, Elizabeth abzuholen.«

»Aber wir haben noch so viel zu besprechen.«

»Ich habe alles gesagt, was zu sagen ist, Tom. Es gibt nichts mehr zu bereden.«

»Du kannst nicht einfach so Schluss machen. Das kannst du nicht! Wann sehe ich dich wieder?«

»Ich weiß nicht«, sagte Annie und ging ohne ein weiteres Wort davon.

DREIUNDFÜNFZIG

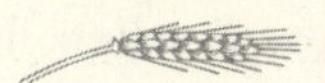

Mrs Miller und Ethel sahen im Wohnzimmer fern. Annie streckte den Kopf zur Tür herein.

»Ich gehe nach oben, um zu duschen«, sagte sie.

»Ist in Ordnung, meine Liebe«, antwortete Mrs Miller.

»Morgen kommt der Fotograf von der Zeitung. Sie wollen einen Artikel über das Brunnenfest veröffentlichen.«

»Ach ja?«

»Julia Thorogood hat es organisiert. Sie meint, es wird uns helfen, mehr Geld für die Spendenaktion zu bekommen.«

»Das ist eine gute Idee.«

»Ein Foto im *Chronicle* bringt sicher viel Aufmerksamkeit.«

»Wie auch immer, gehen Sie ruhig nach oben«, sagte Mrs Miller. »Ethel und ich sehen uns die Sendung zu Ende an.«

Annie zog den Duschvorhang zurück und trat aus der Kabine. Sie streckte die Hand zum Heizkörper aus, nahm eines der Badetücher und hüllte sich darin ein. Dann wickelte sie ein zweites, kleineres Handtuch wie einen Turban um den Kopf. Sie war froh, dass der Tag fast vorbei war und sie bald ins Bett gehen konnte.

Sie wischte über den beschlagenen Badezimmerspiegel

und betrachtete ihr verschwommenes Spiegelbild. Um ihre Augen hatten sich dunkle Schatten gebildet, und ihre Mundwinkel hingen leicht nach unten – Zeichen ihrer tiefen Müdigkeit und Traurigkeit. Annie tauchte die Fingerspitzen in den Tiegel mit der Feuchtigkeitscreme und massierte sie sanft in die Haut von Hals und Kinn.

Dann ging sie über den Flur ins Schlafzimmer und trat ans Fenster, um die Vorhänge zuzuziehen, ehe sie das Licht einschalten wollte. Als sie einen Luftzug an ihren nackten Beinen spürte, drehte sie sich um.

Es war William.

»Du hast mich erschreckt«, sagte sie. »Warum machst du das Licht nicht an?«

William streckte die Hand aus, um sich an der Wand abzustützen. Obwohl er einige Meter von ihr entfernt stand, konnte sie seine Whiskyfahne riechen. Er schwankte leicht.

»Wo warst du?«, fragte sie.

»Ich war mit meinem Freund im Pub.« Du hast doch gar keine Freunde, dachte sie. Als hätte er ihre Gedanken gelesen, fügte er hinzu: »Mit Paul.«

»Und worüber habt ihr euch unterhalten?«

»Über dich. Wusstest du, Annie, dass dein Name aus dem Hebräischen stammt und ›Anmut‹ oder ›Liebreiz‹ bedeutet?«

»Nein, das wusste ich nicht.«

»Und die heilige Anna war die Mutter der Jungfrau Maria.«

»Ich bin nicht nach einer Heiligen benannt worden,

sondern nach einer Cousine meiner Mutter, die an Keuchhusten starb.«

William stieß ein kurzes, kaltes Lachen aus. »Genau so ist meine Annie. Nüchtern und trocken. Hast du keinen Sinn für Poesie, Annie?«

»Bitte, William, mach das Licht an.«

»Hat jemand in den letzten Tagen ein Päckchen für mich abgegeben?«

»Nein.«

»Bist du sicher? Es müsste längst da sein.«

»Nein, es ist nichts gekommen. Mach jetzt das Licht an.«

William betätigte den Lichtschalter, und die plötzliche Helligkeit ließ Annie blinzeln. Sie schloss kurz die Augen, und als sie sie wieder öffnete, stand William direkt vor ihr, so nah, dass sie unwillkürlich einen Schritt zurückwich. Sie stieß an die Bettkante und fiel rücklings aufs Bett.

Sie rappelte sich halb hoch und stützte sich auf ihre Ellenbogen. Doch das Badetuch war aufgegangen, und als sie sah, wie er auf ihren nackten Körper starrte, war es ihr unangenehm. Eilig griff sie nach dem Badetuch und wollte aufstehen, doch er stieß sie aufs Bett zurück. Diesmal löste sich das Badetuch vollends und glitt zu Boden. Sie wollte es aufheben, war aber nicht schnell genug. William kam ihr zuvor, riss es weg und stieß sie ein drittes Mal aufs Bett zurück. Jetzt lag sie völlig nackt auf dem Rücken, und er stand vor ihr und sah auf sie herab. Sie bedeckte ihre Blöße mit den Händen, kam sich jedoch lächerlich vor. Noch nie hatte sie sich so nackt gefühlt, so verletzlich. Sonst sah William sie nie an, wenn sie nackt war. Er wandte immer den Blick ab. Nie kam er ins Badezimmer, wenn sie ein Bad nahm oder duschte, und wenn sie sich umzog, drehte er ihr den Rücken zu. Sie hatten noch nie bei Licht miteinander geschlafen und immer nur unter der Bettdecke. Doch an diesem Abend starrte er sie an, und sie konnte seinen Blick beinah körperlich spüren. Sie lag hilflos da und fragte sich, was als Nächstes passieren würde.

Doch es geschah nichts. Er starrte sie nur an, mit gerötetem Gesicht und heftig atmend, aber er rührte sie nicht an.

Schließlich ließ er das Badetuch auf ihren Bauch fallen. Sie griff rasch danach und bedeckte sich.

»Gute Nacht, Annie«, sagte William und verließ das Zimmer.

VIERUNDFÜNFZIG

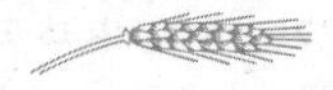

»So ist es perfekt, halten Sie nur den linken Arm noch ein bisschen höher, Annie ... nein, sorry, den *rechten* Arm ... und drehen Sie das Gesicht ein bisschen mehr zu mir – und *lächeln*! Lächeln, meine Liebe – ja, genau so!«

Der Fotograf machte ein Bild nach dem anderen. Sie stand am Brunnen, den linken Arm bei Julia Thorogood eingehakt. In der rechten Hand hielt sie einen Eimer, der mit einem kleinen handgemachten Plakat beklebt war. Es zeigte das Hospiz von Matlow, dem der Erlös der diesjährigen Spendenaktion im Rahmen des Brunnenfests zugutekommen sollte. Und obgleich Annie seit ihrer Heirat jedes Jahr einem ähnlichen Ritual beigewohnt hatte, hatte sie es noch nie als eine solche Qual empfunden. Julia kicherte wie ein Schulmädchen, flirtete mit dem Fotografen und schmeichelte der Journalistin, während Annies Wangenmuskeln von dem vielen Lächeln schmerzten. Sie musste immerzu an die Szene im Schlafzimmer am vergangenen Abend denken. Es gelang ihr nicht, das Gefühl der Nacktheit und des Entblößtseins aus ihren Gedanken zu verbannen. Es fiel ihr unendlich schwer, die glücklich verheiratete Frau und Gastgeberin zu mimen, eine Säule der Gemeinschaft, während sie in Wahrheit in einem Sumpf aus Lügen, Verrat und falschen Gefühlen versank.

Mrs Miller und Ethel standen etwas abseits, während die Aufnahmen gemacht wurden. Ethel lächelte und klatschte in die Hände.

»Was für eine schöne Hochzeit!«, sagte sie. »Was für eine gelungene Feier!«

Die Journalistin, die sich als Georgina Segger vorgestellt hatte – »Nennen Sie mich bitte Georgie!« –, notierte sich die Namen der Komiteemitglieder. Sie erklärte, der Artikel werde bereits in der Ausgabe des folgenden Tages erscheinen. Anschließend fragte sie, ob sie wenigstens einen winzigen Hinweis auf das diesjährige Motto des Brunnenschmucks verraten dürfe. Julia tat geheimnisvoll.

»Kein Bezug zu den Bergleuten?«, fragte die Journalistin.

»Du liebe Güte, nein!«

Während sie zum Haus zurückgingen, erkundigte sich Georgie nach William. Bei dem Gedanken an ihren Mann schlang Annie die Arme um den Oberkörper. Obwohl sie mehrere Schichten Kleidung trug, hatte sie das Gefühl, nicht ausreichend bedeckt zu sein.

»Ich habe ihn letzte Woche bei einer Pressekonferenz erlebt«, fuhr die Journalistin fort. »Er hat angedeutet, dass sie möglicherweise noch in dieser Woche einen Durchbruch im Fall der toten Frau aus dem Moor erlangen könnten.«

»Dann wissen Sie mehr als ich.«

»Ich will ja nicht aufdringlich sein, aber fühlen Sie sich nicht gut? Sie sehen sehr blass aus.« Die Journalistin legte ihre Hand auf Annies Arm.

Julia Thorogood und der Fotograf waren bereits vorausgegangen. Ethel und Mrs Miller waren wieder im Haus. Zwar hatte William Annie eingebläut, keinem Journalisten zu trauen, aber sie fühlte sich so einsam. Hatte das Bedürfnis, mit jemandem zu reden.

»Haben Sie Lust, noch eine Tasse Kaffee mit mir zu trinken?«, fragte sie, und Georgie Segger erwiderte lächelnd, dass es ihr eine Freude wäre.

Sie traten in die Küche. Die Tür stand offen, und von draußen drang Sonnenlicht und Vogelgezwitscher herein. Durch die Fenster hatte man einen herrlichen Blick aufs Moor. Die Journalistin sah sich ausgiebig um, machte keinen Hehl aus ihrer Neugier.

»Ich mag diesen Raum«, sagte sie und setzte sich an den Tisch. »Und dieses Haus und den großen Garten, ich beneide Sie um Ihr schönes Leben.«

Annie nahm gegenüber der Journalistin Platz. Sie schob einen Teller mit Plätzchen zu ihr hin. »Ja, ich kann mich glücklich schätzen.«

»Und wie ist es so, mit dem charismatischsten Polizeibeamten von ganz South Yorkshire verheiratet zu sein? Es ist bestimmt furchtbar aufregend. Erzählt er Ihnen viel von seiner Arbeit? All die blutrünstigen Details, die der Öffentlichkeit vorenthalten werden?«

»Nein.« Annie schüttelte den Kopf. »Nein, das tut er nicht. Er erzählt mir selten etwas von seiner Arbeit.«

»Was für einen charakterfesten Mann Sie haben!«

Georgie nahm sich ein Plätzchen und tunkte es in ihren Kaffee.

»Alle sind von Ihrem Mann fasziniert, müssen Sie wissen. Bei uns in der Redaktion nennt man ihn Mr Enigma.«

»Im Ernst?«

Georgie sah Annie kurz an, ehe sie den Blick rasch wieder auf ihren Kaffee senkte. Dennoch bemerkte Annie, dass sich ihre Wangen mit einer leichten Röte überzogen hatten. Sie ist in ihn verknallt, dachte sie. Wenn sie die Gelegenheit hätte, würde sie mit meinem Mann ins Bett gehen. Sie fragte sich, ob es nur dieser Frau so erging oder ob auch andere ein Auge auf William geworfen hatten. Sie hatte ihn noch nie in diesem Licht betrachtet, noch nie war ihr in den Sinn gekommen, dass sich eine andere Frau von ihm angezogen fühlen könnte. Dann fiel ihr wieder ein, wie er sie in der Nacht zuvor angestarrt hatte, und ein Schauder überlief sie.

»Mit William verheiratet zu sein ist nicht so romantisch, wie Sie es sich vorstellen«, sagte sie. »Er geht ganz in seiner Arbeit auf.«

»Natürlich, das muss er auch! Schließlich hat er einen verantwortungsvollen Job.«

Annie fühlte sich müde. Diese überbordende Bewunderung für ihren Mann gefiel ihr gar nicht. Sie bereute bereits, die Journalistin zum Kaffee eingeladen zu haben.

»Ich hatte Sie mir älter vorgestellt«, fuhr Georgie fort. »Ich habe mir an der Seite von *Old Grey Eyes* eine schrecklich elegante Lady vorgestellt, eine verblasste ehemalige Society-Schönheit oder ein Ex-Model.« Sie schob den Rest ihres Plätzchens in den Mund. »Nicht, dass ich damit behaupten wollte, dass Sie nicht attraktiv sind, im Gegenteil, aber nicht auf die Art, wie ich dachte.«

»Ich verstehe sehr gut, was Sie meinen«, sagte Annie.

Georgie nahm einen von Lizzies Buntstiften, die auf dem Tisch lagen, und begann auf der Rückseite eines ungeöffneten Briefkuverts herumzukritzeln. »Und wie haben Mr Enigma und Sie sich kennengelernt? Ich bin einfach nur neugierig. Keine Sorge, ich werde bestimmt nichts über Ihre Ehe oder dergleichen schreiben, aber andere Menschen faszinieren mich nun einmal.«

»Ich habe früher im Rathaus gearbeitet, neben dem Polizeirevier von Matlow. Ich gehörte zu dem Pool von Sekretärinnen, die sowohl für die Stadtverwaltung als auch für die Polizei zuständig waren. Und William hat mir hin und wieder Briefe diktiert.« Sie sah Georgie forschend an. Sie vermutete, dass sie von der Geschichte von Mrs Wallace und Tom wusste und von ihrer Verbindung zu Tom. Sie rief sich die Zeit unmittelbar nach dem Gerichtsprozess in Erinnerung, eine Phase, in der sie noch mehr gelitten hatte als jetzt, wenngleich aus einem ähnlichen Grund. William war damals eine Art Rettungsanker für sie gewesen. Es war, als hätte er sie nach einem schweren Sturz aufgehoben, die Erde von ihr abgeklopft und sie wieder auf die Füße gestellt. Sie verspürte den Impuls, davon zu erzählen, wusste jedoch, dass sie vorsichtig sein musste. »William war sehr nett zu mir«, sagte sie. »Er schien mich zu verstehen. Er hat mir den Hof gemacht, und nur wenige Monate nachdem er mich zum ersten Mal zum Abendessen ausgeführt hat, haben wir geheiratet.«

»Hat er Sie beim ersten Rendezvous in ein vornehmes Restaurant eingeladen?«

»In das *Beachcomber* in Scarborough.«

Georgie zog eine Augenbraue hoch und stieß einen leisen anerkennenden Pfiff aus. »Das war bestimmt furchtbar romantisch.«

»Nun, es fühlte sich sehr erwachsen an.«

»Wie meinen Sie das?«

»Na ja, es ...« Damals war sie es gewohnt, mit Tom auszugehen, kein Geld zu haben, den ganzen Abend an einem Glas Cider zu nippen und Kartoffelchips dazu zu essen, Spaziergänge ins Moor zu unternehmen oder im Fluss zu schwimmen. Sie war noch nie in einem so eleganten Restaurant gewesen, wo ein Kellner die Kerze auf dem Tisch entzündete und ihr die Serviette reichte, hatte noch nie aus einem Weinglas getrunken, dessen Stiel so zart war, dass sie fürchtete, er würde zwischen ihren Fingern zerbrechen, wenn sie das Glas an die Lippen führte, hatte noch nie so köstliche, delikat gewürzte und aufwendig angerichtete Speisen gegessen. Sie war noch nie in einem schnellen Sportwagen gefahren, hatte noch nie einen Mann gekannt, der sich so elegant kleidete, nach einem teuren Aftershave duftete und sich so höflich, so rücksichtsvoll, so besonnen verhielt. »Was ich sagen wollte, ist, dass das Leben, das William mir an diesem Abend zeigte, anders war als das, was ich kannte. Ich war es nicht gewohnt, wie eine Dame behandelt zu werden.«

Georgie hörte ihr aufmerksam zu. »Das kann ich mir vorstellen«, sagte sie. »Ist er wirklich so überaus korrekt, wie man sich erzählt?«

»Ja, das ist er. Ich denke, er hat mich noch niemals belogen.«

»Angeblich ist er der einzige unbestechliche Polizist in ganz England.«

»Ach ja?« Annie lächelte.

»Ja. Jemand, der sich streng an die Regeln hält. Er steht aber auch in dem Ruf, unbarmherzig zu sein.«

»William?«

»Ja. Und es heißt, dass man ihn besser nicht reizt.«

Annie nippte an ihrem Kaffee. Eine Erinnerung blitzte vor ihrem geistigen Auge auf: Sie sah sich und Tom im Gras neben dem Brunnen liegen. Hatte sie damals nicht das Gefühl gehabt, dass jemand in der Nähe war, der sie beobachtete? Aber es konnte nicht William gewesen sein. Er war an diesem Abend in London gewesen. Außerdem würde er nie im Leben in der Dunkelheit draußen herumschleichen, würde ihr niemals auf diese Weise hinterherspionieren; so etwas würde er niemals tun!

»Und was wissen Sie über den Mörder der Frau aus dem Moor?«, fragte Annie. »Wissen Sie mehr als das, was in den Zeitungen zu lesen war?«

»Hm ... Nun, die Strichmädchen in Sheffield waren eine Zeit lang offenbar beunruhigt wegen eines seltsamen Freiers, der sich dort herumtrieb. So ein Irrer.«

»Ein Einheimischer?«

Georgie zuckte mit den Schultern. »Schwer zu sagen. Den Mädchen zufolge spricht er nicht viel. Sie nennen ihn den ›Schweigsamen‹. Was der Polizei Sorgen bereitet, ist die Tatsache, dass sich zurzeit viele Prostituierte in South Yorkshire aufhalten, die nicht aus der Gegend stammen, weshalb man nicht mit Sicherheit sagen kann, ob womöglich noch eine Frau verschwunden ist, die nur noch nicht vermisst wird.«

»Ja, das habe ich auch schon gehört.«

»Wie auch immer«, sagte Georgie, »hoffen wir, dass der Mörder von Jennifer Dunnock bald gefunden wird.«

»Ja, hoffen wir das«, erwiderte Annie.

Georgie stand auf. »Vielen Dank für den Kaffee. Ich nehme an, wir sehen uns in vierzehn Tagen beim Brunnenfest wieder.«

»Dann bis bald.«

Annie begleitete die Journalistin durch den Flur zur

Haustür. Sie blieb in der Tür stehen und sah zu, wie Georgie sich entfernte, und ein Anflug von Traurigkeit überkam sie. Wegen Jennifer Dunnock und wegen sich selbst. In der Hoffnung, für ein, zwei Stunden ihre Sorgen zu vergessen, indem sie in das Leben eines anderen Menschen eintauchte, setzte sie sich mit einem Buch in die Sonne.

FÜNFUNDFÜNFZIG

Ohne Tom und ohne die Aussicht, ihn wiederzutreffen, fühlte sich Annie unendlich einsam und litt im Stillen. Als ihre Mutter anrief, um ihr zu berichten, dass Johnnie bald aus dem Krankenhaus entlassen werde, war es Annie ein Bedürfnis, mit ihr zu reden, ihr von ihren Gefühlen zu erzählen. Sie wollte, dass Marie anerkannte, dass sie auf ihre Mutter gehört hatte – und was hatte es ihr gebracht? Nichts als Traurigkeit und Kummer. Sie wollte bemitleidet werden.

Marie erzählte in aller Ausführlichkeit von Johnnie und dass Den im Haus gewisse Umbauten vornahm, um ihm den Alltag zu erleichtern. Dann sagte sie: »Wir haben dich schon länger nicht mehr zu Gesicht bekommen.«

»Ich habe mit Tom Schluss gemacht«, erwiderte Annie. »Ich habe getan, was du wolltest.«

Einen Moment war Marie sprachlos. »Oh«, sagte sie dann. »Nun, das ist gut.«

»Aber es fühlt sich nicht gut an.«

»Du hast das Richtige getan.«

»Aber ich vermisse ihn schrecklich, Mum.«

»Das mag sein. Aber das hast du dir selbst zuzuschreiben, Annie.«

»Ich weiß.« Annie musste sich zusammenreißen, um nicht in Tränen auszubrechen.

»Es ist für alle das Beste.« Maries Stimme hatte einen sanfteren Klang angenommen. »Du wirst sehen, in ein paar Wochen wirst du alles vergessen haben.«

»Ich werde es nie vergessen.«

»Versuch, nicht an ihn zu denken. Versuch, dich nicht länger damit aufzuhalten. Es ist aus und vorbei. Bald wird es dir besser gehen.«

Annie hörte das Piepsen, das das baldige Ende der Gesprächszeit anzeigte, und sie legte auf, ehe Marie eine weitere Münze in den Schlitz stecken konnte.

Unterdessen schrieb Tom ihr Briefe. Hinterließ Blumen für sie, stumme Botschaften der Liebe – an Orten, von denen er wusste, dass sie sie finden würde –, Wildblumensträußchen, die mit einem kleinen Stück Gartenzwirn gebunden waren. Er legte sie ans untere Ende der Auffahrt, an die Haustür, steckte sie in den Türgriff ihres Wagens. Sie sprach nicht mit ihm, sah ihn aber zweimal. Beide Male von ihrem Wagen aus. Das erste Mal schnitt er Hecken und Bäume im Garten des *Haddington Hotels,* und das zweite Mal ging er, die Hände in den Taschen vergraben und mit hochgezogenen Schultern, die Occupation Road hinauf, und es kostete Annie große Mühe, nicht anzuhalten, ihn zu rufen, zu ihm hinzustürzen, den Mund auf seinen zu pressen und ihn anzuflehen, ihr Verlangen zu stillen. Sie musste ihr Herz zum Schweigen bringen. Die Blutzufuhr kappen. Ohne Liebe würde es vertrocknen und absterben, und dann wäre es vorbei mit diesem Schmerz. Einen anderen Weg gab es nicht.

Im Juni kam es in der Kokerei von Orgreave zu gewalttätigen Auseinandersetzungen. Das Bergwerk lag zwar ein gutes Stück entfernt, aber die dortigen Ereignisse ließen auch die Stimmung in Matlow umschlagen. Die Menschen waren wütend, missmutig, bedrückt. Margaret Thatcher war nicht bereit, auch nur einen Millimeter nachzugeben. Diesmal war die Regierung auf den Streik vorbereitet. Sie hatte riesige Kohlehalden anlegen lassen, um die Kraftwerke am Laufen zu halten. Außerdem hatte die Premierministerin dafür gesorgt, dass die Regeln für Sozialhilfeleistungen geändert wurden. Die Familien der Streikenden konnten nicht länger mit Unterstützung rechnen. Marie machte sich Sorgen, wie sie über die Runden kommen sollten, nun, da Johnnie arbeitsunfähig war. Der Streik hatte sich in einen zermürbenden Nervenkrieg verwandelt, bei dem es darum ging, wer den längeren Atem hatte – die Regierung oder die Bergleute –, und noch ließ keine der Seiten erkennen, dass sie gewillt war, auch nur einen Deut nachzugeben.

Nach den Ausschreitungen in Orgreave hatte William

ein paar Tage frei. Er sah erschöpft aus und machte einen abwesenden Eindruck, schien ständig in Gedanken versunken zu sein; er wich seiner Frau aus, schloss sich bei lauter Musik in seinem Arbeitszimmer ein oder ging auf Jagd. Annie fragte ihn, ob er beim Brunnenfest dabei sein werde und ob alles wie in den Jahren zuvor vonstatten gehen solle, worauf er antwortete: »Ja, natürlich. Warum sollte es dieses Jahr anders sein?« Um dann in sein Arbeitszimmer zu gehen und die Tür hinter sich zuzumachen.

Sie unternahm ausgiebige Spaziergänge. Der Sommer hielt Einzug. Die Straßenränder waren von Wildblumen gesäumt – und je mehr die Landschaft rings um Matlow in heiteren Farben erstrahlte, desto tiefer schien das Städtchen in einer grauen Depression zu versinken. Annie wanderte mehrmals zu der Stelle, wo Jennifer Dunnocks Leiche gefunden worden war. Immer wieder zog es sie dorthin. Sie setzte sich auf einen Felsen und warf Blumen hinab. Dabei rief sie sich die Nacht in Erinnerung, in der Jennifer gestorben war, die Nacht des Polizeiballs. Es war eine kalte, aber klare Nacht gewesen, ehe am Morgen Nebel aufgekommen war. Sie fragte sich, ob Jennifer die Lichter von Everwell gesehen hatte, als sie mit ihrem Mörder hier oben gewesen war. Hatte sie Angst gehabt? Hatte sie gewusst, was ihr bevorstand? Hatte sie geschrien, in der Hoffnung, die Bewohner von Everwell würden sie hören und ihr zur Hilfe eilen? Hatte sie sich gefragt, warum niemand kam?

Annie lehnte sich zurück und stützte sich auf die Unterarme. Sie ließ den Kopf in den Nacken sinken, um sich die

Sonne ins Gesicht scheinen zu lassen. Sie rief sich Toms Küsse in Erinnerung, wie er bei der Kuhle an ihrem Halsansatz begann, um dann den ganzen Hals bis zum Kinn mit Küssen zu bedecken. Dann biss sie sich auf die Lippen, als könnte sie so ihre Sehnsucht vertreiben. Ohne Tom war es auch mit den Zärtlichkeiten und den leidenschaftlichen Stunden, in denen sie sich geliebt hatten, vorbei. Was nun vor ihr lag, waren Jahrzehnte des maßvollen Ehelebens, mit gelegentlichem Beischlaf bei ausgeschaltetem Licht an Feiertagen und im Urlaub, und das einzig Erregende, was ihr blieb, waren Erinnerungen. Ihre Erinnerungen würde sie immer haben, aber noch waren sie so frisch, dass sie furchtbar wehtaten.

Annie stand auf. Ihr war heiß, und sie hatte Durst. Sie folgte dem Wanderweg, den die Flitterwöchner an dem Morgen, an dem sie die Leiche gefunden hatten, hatten gehen wollen und der von Everwell wegführte, und bog nach einer Weile in den sandigen, von Buchen gesäumten Reitweg ein, der links abzweigte und weiter unten in die Landstraße mündete. Im getüpfelten Schatten der Bäume wanderte sie hinab. Je mehr sie sich der Abzweigung zur Farm näherte, desto schmaler wurde das Sträßchen und desto schlechter sein Zustand. Die steile Grasböschung war ebenso wie der Straßenbelag von Steinen und Schlamm bedeckt, die von den Traktorreifen gespritzt waren. Sie erreichte das Viehgitter am Eingang zur Farm. Fliegen schwirrten in der Luft, es stank nach Kuhdung, und die Hunde schlugen an.

Annie kam selten aus dieser Richtung. Sie ließ den

Blick über den Hof und die Farmgebäude schweifen, bis zu dem Cottage hinter den Scheunen, wo Jim und Seth Friel wohnten. Es war klein und hatte mit seinem steil abfallenden Dach und den winzigen Fenstern etwas von einem Hexenhaus. Es wirkte schmutzig und nicht gerade einladend. Bestimmt war es nicht besonders wohnlich, dachte Annie. Davor gab es einen kleinen ungepflegten Streifen Erde, auf dem Gemüse wuchs, aber nichts, was die Bezeichnung Garten verdient hätte. Magere braune und schwarze Hennen pickten zwischen herumliegenden Reifen, Maschendrahtrollen und rostigen Maschinenteilen im Staub. Von einer Hauswand war bis zu einem Pfosten des Eingangstors eine Wäscheleine gespannt, an der drei vom Wind geblähte Latzhosen einen wilden Tanz aufführten.

Als Annie das Cottage betrachtete, beschlich sie erneut das Gefühl, beobachtet zu werden. Sie blickte sich um, aber es war niemand zu sehen. Die Kälber waren vom Stall in die auf einer Seite offene Scheune gebracht worden; sie drückten ihre feuchten Nasen zwischen die Stäbe und stießen ratternd an das Gitter. Vor der Scheune war ein Collie mit schmuddeligem Fell angekettet, der sie, die Schnauze auf den Pfoten, beäugte. Vielleicht war es ja nur der Hund gewesen, der sie beunruhigt hatte, mehr nicht.

SECHSUNDFÜNFZIG

Am Abend vor dem Brunnenfest sorgte Annie im Esszimmer für eine festliche Atmosphäre. Sie hatte den Tisch mit dem besten Tafelsilber, dem feinsten Porzellangeschirr und den antiken silbernen Kerzenleuchtern gedeckt. In der Mitte prangte eine Vase mit Moosröschen und Schleierkraut. Auf der Anrichte standen ein Dekanter mit Rotwein und eine Flasche Weißwein im Kühler, und kostbare Kristallgläser schimmerten im Schein der untergehenden Sonne. Gestärkte und kunstvoll gefaltete Leinenservietten schmückten die Gedecke.

Annie trat einen Schritt zurück und betrachtete ihr Werk, fand, dass sie es gut gemacht hatte, und auch William würde zufrieden sein, auch wenn er kein Wort darüber verlieren würde.

William nahm mit den Gästen – dem Pastor und Julia Thorogood, dem Bürgermeister und seiner Gemahlin sowie Paul und Janine Fleming – im Wintergarten einen Aperitif ein. Die Verandatür stand offen, sodass sie in den weitläufigen Garten blicken oder hinausgehen konnten. Am Brunnen waren bereits die Vorrichtungen für den Schmuck angebracht worden, der am folgenden Morgen für die Zeremonie geliefert werden würde. In den Bäumen hingen Laternen und Wimpel, und ein Festzelt war errichtet worden, wo es Erfrischungen und einen Imbiss geben würde.

Als Annie die Wassergläser füllte, ging die Tür auf und Janine kam, einen Sherry in der Hand, herein. Sie hatte zur Abwechslung Make-up aufgetragen und das Haar hochgesteckt, was gut zu ihrem eleganten olivgrünen Kleid passte. Annie fand, dass sie schon lange nicht mehr so gut ausgesehen hatte.

»Kann ich dir irgendwie helfen?«, fragte sie.

»Nein, ich hab alles im Griff, danke«, antwortete Annie. »Und, wie geht es dir?«

Janine fuhr mit den Fingerspitzen über die Rückenlehne eines Stuhls. »Heute ist das erste Mal seit Chloes Geburt, dass ich zum Abendessen ausgehe. Dürfte ich dir ein bisschen Gesellschaft leisten? Es fällt mir so schwer, mit diesen beiden Frauen zu plaudern.« Sie senkte die Stimme. »Die Frau des Bürgermeisters ist ziemlich komisch, findest du nicht auch?«

»Du meinst im Sinne von eigenartig?«

»Du liebe Güte, ja. Ich weiß jetzt alles über ihr Fibrom.«

Annie sah sie belustigt an. »Hat sie dir auch davon erzählt, wie sie ...«

»Du meinst die Geschichte vom Rathaus in Hull?«

Die beiden Frauen krümmten sich vor Lachen und hielten sich die Hand vor den Mund, um nicht laut herauszuprusten.

»Aber wenigstens hat sie das Herz am rechten Fleck«, sagte Annie.

»Anders als Julia Thorogood.«

»Oh, verschon mich mit der.«

»Mag William eigentlich solche Abendessen?«

Annie strich eine Falte im Tischtuch glatt. »Diese Einladungen gehören zu seinem Job. Es ist wichtig für seine Karriere. Paul wird es ähnlich ergehen, wenn er einmal Williams Position übernehmen will.«

»Oh, Paul liebt solche Gelegenheiten.« Janine nippte an ihrem Drink und zog die Nase kraus. »Er bemüht sich so sehr, wie William zu sein. Weißt du, manchmal erzählt er Anekdoten, die er von William gehört hat, als hätte er sie selbst erlebt. Findest du das nicht auch merkwürdig?«

»Nicht wirklich. Das tun andere doch auch, oder? Jeder spielt den Menschen, der er gern sein möchte.« Annie stellte den Wasserkrug auf einen Untersetzer und zog die Vorhänge vor. »Würdest du bitte die Kerzen anzünden, Janine? Die Streichhölzer liegen auf dem Sideboard.«

Dieses Thema schien Janine nicht loszulassen. »Paul bemüht sich so übertrieben, wie William zu sein, dass es fast schon peinlich ist. Er bleibt die ganze Nacht auf, um ein Problem zu lösen, und am nächsten Morgen höre ich ihn am Telefon sagen: ›Guten Morgen, William, mir kommt eben in den Sinn ...‹ Als hätte er sich nicht stundenlang den Kopf darüber zerbrochen. Und William muss ihn nur um etwas bitten, dann heißt es: ›Kein Problem, wird sofort erledigt.‹ William hier und William da, so geht es die ganze Zeit.« Sie seufzte.

»Freu dich doch, dass Paul so ehrgeizig ist«, sagte Annie, und sie hasste sich selbst dafür – da sie wusste, wie müßig es war, nach den Sternen zu greifen, und dass es keine Erfüllung brachte.

»Er glaubt, dass er nicht gut genug ist. Das ist der Kern des Problems. Er muss sich jeden Tag von Neuem beweisen. Es wird nie aufhören.«

»Vielleicht, wenn er eines Tages Williams Rang erreicht hat und selbst Mentor für einen jüngeren Kollegen sein kann.«

»Ja, vielleicht.«

Janine folgte Annie in die Küche. Ethel stand am Fenster. Sie hatte sich umgezogen und geschminkt, jedoch auf eine Art, dass Janine sie erschrocken ansah.

Annie drehte sich zu Janine um. »Williams Mutter ist heute ein wenig durcheinander«, sagte sie erklärend.

Ethel trug ein weißes Satinkleid, das Annie noch nie gesehen hatte, und dazu Pantoffeln. Ihr Lippenstift war verschmiert, und sie hatte sich blauen Lidschatten auf die Stirn gekleckst. Dazu hielt sie eine mit Rotwein gefüllte Champagnerflöte in der Hand. Mrs Miller war vor einer Stunde nach Hause gegangen. Sie hatte gesagt, sie habe Ethel schlafen gelegt. Doch wie es aussah, war die alte Dame wieder aufgestanden, hatte sich ganz allein angezogen, war die Treppe heruntergekommen und hatte sich Rotwein eingeschenkt. Ihr weißes Seidenkleid war mit blutroten Flecken übersät.

»Hallo, Ethel«, sagte Annie sanft und nahm ihr das Glas aus der Hand. »Geht es dir nicht gut?«

»Ich bin ein bisschen traurig«, erwiderte Ethel.

»Warum denn? Was hast du?«

»Ich vermisse meinen Mann. Als er noch lebte, fand ich solche Abendessen ziemlich ermüdend. Aber ohne Gerry sind sie die reinste Qual. Ich habe das Gefühl, dass ich euch peinlich bin, Liebes.«

Annie legte ihr sanft einen Arm um die Schultern. »Nein, Ethel, ganz bestimmt nicht. Ich dachte, du magst es, wenn Gäste da sind. William hat mir erzählt, dass du oft große Partys gegeben hast.«

»Ich habe nur meine Rolle gespielt.« Ethel befühlte ihre Frisur. »Das gehört zu den Pflichten einer Frau, Annie, von Frauen wie uns. Ob wir glücklich sind oder nicht, zählt nicht. Wir sollten gar nicht erst versuchen, glücklich zu sein. Wir müssen nur gute Schauspielerinnen sein.«

Während Annie Ethel in ihr Zimmer zurückbegleitete, behielt Janine die Töpfe auf dem Herd im Auge. Annie wusch ihrer Schwiegermutter das Gesicht und brachte sie dann in ihr Bett zurück. Sie gab ihr eine zusätzliche halbe Schlaftablette und hielt ihr ein Wasserglas an die Lippen.

»Gleich geht es dir besser«, sagte sie leise. »Du wirst schlafen wie ein Baby.«

»Aber ich bin so einsam«, erwiderte Ethel, und Annie wusste nicht, was sie sagen sollte, um die alte Dame zu trösten.

Das Abendessen verlief genau so, wie Annie es erwartet hatte. Sie trank genügend Wein, um sich leicht benommen zu fühlen, aber nur so viel, dass sie immer noch in der Lage war, ihrer Gastgeberinnenrolle gerecht zu werden. Jedes Mal, wenn sie aufstand, um das benutzte Geschirr hinauszutragen oder etwas aus der Küche zu holen, betrachtete sie sich im Wandspiegel, und es war, als sähe sie eine Fremde mit ihrem in Locken gelegten Haar, dem blauen Kleid und der Perlenkette, die ihr Mann ihr zum letzten Hochzeitstag geschenkt hatte. Wie durch einen Nebelschleier zog der Abend an ihr vorbei, und als die Gäste gegangen waren, streifte Annie ihre hochhackigen Pumps von den Füßen und machte sich barfuß daran, die Küche aufzuräumen, während William in seinem Büro saß, um zu erledigen, was immer er um diese Zeit noch zu erledigen hatte. Annie spürte, dass sich die Kluft zwischen ihnen beiden zusehends vertiefte. Sie dachte daran, was sie für ihn aufgegeben hatte, und Groll stieg in ihr hoch.

Sie vermisste Tom jede einzelne Sekunde. Ihre Sehnsucht wurde mit jedem Tag stärker. Immer wieder hatte sie das Gefühl, es nicht länger ertragen zu können, und doch wusste sie, dass sie es würde ertragen müssen – für den Rest ihres Lebens.

SIEBENUNDFÜNFZIG

Am nächsten Morgen – dem Tag, an dem das Brunnenfest stattfinden sollte – lag Annie noch im Bett, als unten das Telefon klingelte. William nahm ab und unterhielt sich kurz mit dem Anrufer. Dann kam er nach oben.

»Es hat einen tödlichen Unfall gegeben«, sagte er. »Unter den Streikposten. Ich muss nachsehen, was los ist.«

»Aber William, heute ist das Brunnenfest!«

»Ich bin so schnell wie möglich wieder zurück.«

Noch ehe sie einen weiteren Einwand erheben konnte, eilte er bereits die Treppe hinab.

Kurz darauf trafen das Organisationskomitee und die freiwilligen Helfer ein, um den Garten für die Zeremonie vorzubereiten. Mrs Miller war ebenfalls schon da und blieb oben bei Ethel, während Annie ein Frühstückstablett zurechtmachte und es dann hinauftrug.

»Wie geht es ihr?«, fragte sie die Pflegerin.

Mrs Miller verzog das Gesicht. »Schwach«, formte sie lautlos mit den Lippen, »und zittrig.«

Ethel saß, in eine warme Decke gehüllt und mit gebeugten Schultern, am Fenster. Die schweren Vorhänge waren nur einen Spaltbreit aufgezogen, sodass es schummrig im Zimmer war. Ethel spähte durch die Vorhanglücke in den Garten.

»Sie mag es nicht, dass sich so viele Fremde im Garten aufhalten«, sagte Mrs Miller im Flüsterton zu Annie.

Ethel hob den Kopf und sah sie mit einem ängstlichen Ausdruck an. »Wer sind diese Leute? Was machen sie hier?«

»Heute ist das Brunnensegnungsfest«, sagte Annie. »Erinnerst du dich, Ethel? Sie kommen jedes Jahr, um den Garten vorzubereiten.«

»Oh nein«, sagte die alte Dame aufgeregt. »Nein, so etwas hat es noch nie gegeben. Sie zertrampeln den Rasen und die schönen Blumenbeete; ich weiß nicht, wer diese Menschen sind und was sie hier wollen.«

Annie trat zu ihr ans Fenster, zog den Vorhang weiter zurück und sah hinaus. Graue Wolken formierten sich rings um das Moor, und die Sonnenstrahlen drangen nur blass und schwach durch den morgendlichen Dunst. »Wollen wir hoffen, dass das Wetter hält«, sagte sie.

Ethel zupfte sanft an ihrem Ärmel. »Was ist mit diesen Leuten?«, fragte sie. »Kannst du nicht dafür sorgen, dass sie wieder gehen? Bitte, mach, dass sie gehen.«

Annie warf Mrs Miller einen Hilfe suchenden Blick zu.

»Vielleicht sollten Sie sich vom Fenster wegsetzen, meine Liebe«, schlug die Pflegerin vor. »Kommen Sie, wir machen es uns hier bequem. Wir hören ein bisschen Radio, und ich lese Ihnen aus der Zeitung vor. Schauen wir mal im Programm nach, was es heute Abend im Fernsehen gibt. Vielleicht kommt heute *Bergerac*. Das ist doch Ihre Lieblingssendung.«

Unten hüpfte Elizabeth fröhlich zwischen Haus und Garten hin und her und genoss sichtlich das Treiben und die vielen Menschen. Annie begab sich nach draußen. Die Helfer hatten eine kleine Bühne errichtet und zu beiden Seiten des Brunnens je einen Bereich für die Kapelle und die Schulkinder abgetrennt. Die Mitglieder des Frauenvereins bereiteten im Zelt Tee in großen Kesseln vor. Ein Spanferkel drehte sich langsam an einem Spieß und erfüllte die Luft mit einem salzig-würzigen Duft. Annie blickte sehnsüchtig zum Moor. Dort oben würde man an diesem Tag wohl kaum jemanden antreffen.

Sie wandte sich um und wollte zum Haus zurückgehen, als sie einen Pick-up die Auffahrt heraufkommen sah. Einen Moment lang war sie sich nicht sicher, ob es wirklich Toms Wagen war, aber als sie den Schriftzug mit seinem Namen erkannte, war ihr erster Impuls, ihm entgegenzulaufen. Im nächsten Moment wurde ihr bewusst, wo sie war, und sie nahm sich zusammen. Gemessenen Schritts, wie es sich für die Hausherrin gehörte, ging sie auf den Truck zu, während Tom auf der Fahrerseite heraussprang. Auf der Beifahrerseite stiegen zwei weitere Männer aus.

»Tom«, sagte sie leise, wohl wissend, dass ihr die Freude, ihn zu erblicken, ins Gesicht geschrieben stand. Er sah schrecklich aus, war blass und hatte, seit sie ihn zuletzt gesehen hatte, sichtlich an Gewicht verloren, genau wie sie.

»Hallo«, sagte er und berührte zärtlich ihren Arm.

»Was machst du hier?«

»Wir bringen die Schmucktafeln für den Brunnen.« Er deutete mit dem Daumen über seine Schulter zur Ladefläche. Die beiden anderen Männer waren bereits hinaufgeklettert und lösten das Kunststoffseil, mit dem die Tafeln fixiert waren.

Aus dem Augenwinkel konnte Annie sehen, wie einige der Helfer über den Rasen eilten, um die Tafeln in Empfang zu nehmen. Gleich würden sie hier sein, und dieser intime Moment wäre vorbei; sie würde Tom wieder verlieren und wusste, dass sie es nicht ertragen könnte.

»Ich habe mich geirrt, als ich dachte, ich könnte ohne dich leben«, flüsterte sie in eindringlichem Ton. »Können wir uns treffen? Vielleicht gibt es ja doch einen Weg, dass wir zusammen sein können. Hilfst du mir, mich aus dieser Ehe zu befreien?«

»Annie!« Julia Thorogood kam, so schnell es ihre hochhackigen Schuhe erlaubten, über den Rasen herüber. »Annie! Sag ihnen, sie sollen mit den Tafeln warten, bis ich da bin!«

»Wo?«, fragte er. »Wo kann ich dich treffen?«

»Komm nach Everwell, irgendwann heute Abend. Ich werde Ausschau nach dir halten.«

Er nickte.

»Endlich sind Sie da!«, sagte Julia von oben herab zu Tom. Sie schob sich an Annie vorbei und übernahm das Kommando, indem sie den Männern auftrug, in welcher Reihenfolge sie die Tafeln zum Brunnen schaffen sollten. Annie kehrte wie in Trance zum Haus zurück und spürte, dass Tom ihr nachsah, während er mit Julia sprach.

»Das sieht großartig aus, nicht wahr, Annie?«, sagte Julia Thorogood.

»Ja, fantastisch«, stimmte Annie ihr zu. Und tatsächlich, der Brunnen war eine wahre Pracht. Die Schmucktafeln mit ihren Naturmotiven – Blumen, Schmetterlinge, Marienkäfer, Fische, Löwen und Hasen – boten ein farbenfrohes und fröhliches Bild.

Julia platzte schier vor Stolz. »Ich kann mich nicht erinnern, je einen so schönen Brunnen gesehen zu haben. Und jetzt lugt auch noch die Sonne hervor. Der liebe Gott meint es wirklich gut mit uns.«

Annie hielt über Julias Schulter hinweg Ausschau nach Tom. Sie konnte ihn nirgendwo entdecken. Julia flüsterte ihr ins Ohr: »Ich habe gerade mit der Vorsitzenden des Frauenvereins gesprochen. Sie sagt, dass das Organisationskomitee dieses Jahr großartige Arbeit geleistet hat. Wir dürfen alle stolz auf uns sein.«

»Gut«, sagte Annie zerstreut.

»Sie sind ganz begeistert vom Festzelt. Begeistert! Warst du schon drinnen? Wenn nicht, dann musst du es dir unbedingt ansehen, meine Liebe. Sie haben die köstlichsten Erfrischungen vorbereitet.«

»Das ist wirklich großartig«, sagte Annie und fügte, weil sie es eilig hatte, von Julia wegzukommen, hinzu: »Aber das haben wir alles nur dir zu verdanken, Julia. Ohne dich hätten wir das nie geschafft.«

Sie ließ Julia Thorogood stehen und entfernte sich vom Brunnen.

Durch die geöffnete Verandatür des Wintergartens konnte sie sehen, wie die Mitglieder der Blaskapelle ihre Jacketts anzogen und die Instrumente auspackten. Drei Busse hatten die Schüler der Matlower Grundschule hergefahren, die ausgestiegen waren und sich nun unbeholfen in einer Zweierreihe aufstellten.

Elizabeth gesellte sich zu ihrer Mutter, und Annie ergriff ihre Hand.

»Als ich noch zur Grundschule gegangen bin, war ich auch unter den Kindern«, erzählte Annie. »Wir wurden auch damals schon von einem Bus hier hochgefahren und mussten uns aufstellen wie diese Kinder dort.«

Elizabeth lächelte. Sie war ein wenig scheu gegenüber den Kindern aus Matlow mit ihrem breiten Akzent. Ihre Freundinnen besuchten alle dieselbe Privatschule wie sie, und sie mischten sich in der Regel nicht unter die einheimischen Kinder.

Annie rief sich die damalige Zeit in Erinnerung und musste schmunzeln. »Obwohl die Fahrt mit dem Bus nicht länger als zehn Minuten dauert, wurde immer einem der Kinder schlecht. Oder jemand musste auf die Toilette.« Sie sah lächelnd zu ihrer Tochter hinab. »Wir waren ein ganz schön abgerissener Haufen. Nie im Leben hätte ich gedacht, dass einer von uns eines Tages hier oben wohnen würde, und schon gar nicht ich.«

»Und was war mit Daddy? Ist er auch mit dem Bus hergekommen?«

»Nein. Damals hat er noch nicht hier gewohnt, er stammt ja nicht aus Matlow.«

Elizabeth kratzte sich am Schenkel. Annie hatte ihr erlaubt, ihre gestreifte Strumpfhose anzuziehen, aber es war ziemlich warm, und ihr schien, als bereue Elizabeth ihre Kleiderwahl bereits.

»Kommt Großmutter Marie auch zum Brunnenfest? Und Großvater Den?«, fragte Elizabeth.

»Dieses Jahr nicht, Lizzie. Sie holen heute Johnnie aus dem Krankenhaus nach Hause.«

»In Großmutters Haus zurück?«

»Ja.«

»Dann geht es ihm also wieder besser?«

»Jedenfalls gut genug, um nach Hause zu können.«

Annie und Elizabeth brauchten ziemlich lange, um sich einen Weg durch die Menschenmenge im Garten zu bahnen, denn sie mussten alle Gäste begrüßen und ein paar nette Worte mit ihnen wechseln, auch mit Menschen, die Annie gar nicht kannte. Immer wieder bekam Elizabeth zu hören, wie sehr sie seit dem letzten Jahr gewachsen sei, und musste es sich gefallen lassen, dass man ihr über den Kopf strich. Währenddessen wanderte Annies Blick unentwegt umher, aber sie konnte Tom nirgendwo entdecken. Als sie endlich die Gelegenheit hatte, auf der Auffahrt nachzusehen, war sein Truck verschwunden. Stattdessen stand Williams Wagen jetzt in der Reihe der parkenden Autos. Sie spürte, wie ihr schwer ums Herz wurde.

Annie und Elizabeth arbeiteten sich weiter vor Richtung Brunnen. Die Blaskapelle – eine muntere Schar von Männern in königsblauen Jacketts mit Goldlitzen – stimmte die Instrumente, ein kurzes, misstöniges Blechkonzert. Derweil nahmen der Pastor und der Bürgermeister samt ihren Gattinnen ihre Plätze ein. Die Kinder zappelten herum und schwatzten aufgeregt. Im Näherkommen sah Annie William hinter der Bühne stehen. Aufmerksam hörte er einem uniformierten Polizisten zu, der ihm allem Anschein nach etwas Dringendes zu berichten hatte. Vor ihm auf der Bühne prüfte ein ganz in Schwarz gekleideter junger Mann das Mikrofon, indem er mehrmals mit dem Finger dagegen tippte.

»Daddy!«, rief Elizabeth und rannte quer über den Rasen zu ihrem Vater. William sah seine Tochter kurz an und lächelte. Als er Annie hinter ihr bemerkte, verdüsterte sich seine Miene, und er wandte sich wieder dem Streifenpolizisten zu.

Um Punkt zwölf Uhr mittags stimmte die Blaskapelle die ersten Takte des *Floral Dance* an, womit traditionsgemäß die Zeremonie eröffnet wurde. Nachdem der Pastor den Brunnen gesegnet hatte, trat ein kleiner Junge in einem viel zu großen Anzug auf die Bühne und las schüchtern einen zum Motto des Tages passenden Psalm vor. Dann sangen die Schulkinder ein Kirchenlied, und die Erwachsenen sahen sich lächelnd an und flüsterten einander gerührt zu, wie süß die Kleinen doch seien. Der Fotograf vom *Chronicle* machte unzählige Aufnahmen, und Georgina Segger, die Journalistin, unterhielt sich mit einigen Kindern und Lehrern, ehe sie die Komiteemitglieder, den Pastor und die anwesenden Würdenträger interviewte. Als sie irgendwann hochsah und Annies Blick begegnete, winkte sie ihr zu. Annie winkte zurück.

Nachdem die Segnungszeremonie vorüber war, spielte die Kapelle einige fröhliche Melodien, und die Kinder setzten sich auf den Rasen und machten sich über Sandwiches und Kartoffelchips her.

Annie hielt Ausschau nach William, aber er war schon wieder verschwunden. Elizabeth spielte mit einer Schar Kinder Fangen – das Eis war offenbar gebrochen. Jemand reichte Annie ein Glas Pimm's, und sie stellte sich damit in den Schatten des Walnussbaums und nippte daran.

»Hi«, sagte plötzlich eine freundliche Stimme, und als sich Annie umwandte, stand Georgie Segger mit Notizblock und Kugelschreiber in der Hand vor ihr.

»Haben Sie alle erwischt, mit denen Sie sprechen wollten?«, fragte Annie.

Georgie nickte. Sie verstaute ihren Notizblock in ihrer Tasche. »Ich hatte zwar gehofft, auch noch mit Ihrem Mann reden zu können, aber ich kann ihn nirgendwo mehr entdecken.«

»Wollten Sie, dass er ein paar Worte zum Brunnensegnungsfest sagt? Eigentlich hatte er gar nichts mit den Vorbereitungen zu tun.«

Georgie sah sie an. »Ach nein, darüber wollte ich nicht mit ihm sprechen. Sie haben es ja bestimmt schon gehört, nicht wahr?«

»Was denn?«

»Ach du lieber Himmel!« Georgie fischte eine Packung Camel aus ihrer Tasche und bot Annie eine an. »Hat Ihr Mann es Ihnen noch nicht gesagt?«

»Bitte erzählen Sie es mir«, sagte Annie. »Worum geht es? Ist etwas passiert?«

Georgie steckte sich eine Zigarette zwischen die Lippen und kramte nach ihrem Feuerzeug.

»Ja«, sagte sie. »Ein weiterer Mord. Aber diesmal ist das Opfer keine Prostituierte, sondern jemand aus dem Ort.«

Annie meinte zu spüren, dass ihr Herz für einen Moment aussetzte. »Wieder eine junge Frau?«

»Ja.«

»Wo ...?«, fragte sie im Flüsterton.

Georgie deutete mit dem Kinn über Annies Schulter hinweg. »Wieder dort oben«, sagte sie. »Im Moor.« Sie zündete sich mit einem Einwegplastikfeuerzeug die Zigarette an und stieß den Rauch aus. »Die Polizei wird sich jetzt einige unangenehme Fragen gefallen lassen müssen, zum Beispiel, warum sie nicht mehr getan hat, um einen zweiten Mord zu verhindern.«

»Was hätten sie denn tun können?«

Georgie zog erneut an ihrer Zigarette. »Zum Beispiel den Mörder festnehmen.«

ACHTUNDFÜNFZIG

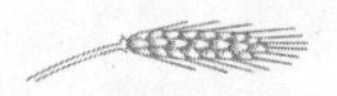

Endlich ging der Tag zu Ende. Die Kinder waren wieder in die Busse verfrachtet und in die Stadt zurückgefahren worden, und auch die Kapelle hatte mit ihren Instrumenten Everwell wieder verlassen. Die Komiteemitglieder und Helfer hatten bereits ein wenig aufgeräumt, die Schmucktafeln waren aber noch nicht vom Brunnen entfernt worden, da der Garten von Everwell am nächsten Tag für alle, die kommen und Fotos machen wollten, geöffnet sein würde.

Annie trank Tee und sah zu, wie sich die Lichter der Autos die Landstraße hinabbewegten. Dann warf sie einen Blick ins Wohnzimmer. Ethel saß neben Mrs Miller auf dem Sofa, die ihre Hände im Schoß hielt, und Elizabeth lag bäuchlings auf dem Boden. Das Kind hob den Kopf und sah lächelnd zu seiner Mutter hoch.

»Wir schauen *'Allo 'Allo!*«

»Ach ja, schön.«

»Willst du nicht mit uns gucken?«

»Später«, sagte Annie. »Ich bin bald wieder da.«

Sie ging in den Garten hinaus und begab sich ins Zelt. Auf der einen Seite standen die Biertische aufgereiht. Plötzlich hörte sie Schritte auf dem Lattenboden, den man zum Schutz des Rasens ausgelegt hatte. Sie drehte sich um und erblickte William. Seine Anspannung war ihm anzusehen.

»Ich habe gehört, was passiert ist«, sagte sie. »Dass es wieder einen Mord gegeben hat.«

Er sog scharf die Luft ein. »Ah, dann hat es also schon die Runde gemacht.«

»Es heißt, dass es sich wieder um eine junge Frau handelt und dass sie ebenfalls im Moor gefunden wurde. Ich nehme an ...« – sie sah ihm in die Augen – »das bedeutet, dass es derselbe Täter ist?«

»Wir gehen davon aus, aber sicher sagen können wir es noch nicht.« William seufzte. »Diesmal wissen wir jedoch, wer das Opfer ist. Und wir werden den Schuldigen finden. Ich bin nur kurz zurückgekommen, um dir zu sagen, dass ich noch für ein paar Stunden wegmuss.«

Annie atmete tief durch. »William, wir müssen reden.«

»Nicht heute Abend. Wenn es etwas zu bereden gibt, kann es bis morgen warten. Ich hoffe, dass sich die Sache bis dahin aufgeklärt hat.«

»Dann wisst ihr also schon, wer es war?«

»Wir haben einen Verdächtigen.« Er räusperte sich. »Ich sehe zu, dass ich vor Mitternacht wieder da bin.«

»Gut. Ich hebe dir etwas vom Abendessen auf.«

Nachdem William fort war, begab sich Annie in die Küche und bereitete einen Imbiss für Elizabeth und Ethel zu. Anschließend brachte sie beide ins Bett. Danach ging sie abermals in den Garten und entzündete die Laternen in den Bäumen. Sie setzte sich mit einem Glas Wein an den Brunnen und betrachtete die Sterne, die sich am Himmel abzeichneten.

Sie wusste, dass er kommen würde. Sie bezweifelte es keine Sekunde. Nachdem sie eine Weile zum Moor geblickt hatte, konnte sie seine Umrisse ausmachen, eine dunkle Silhouette, die sich über die Kuhweide näherte. Sie sprang auf, kletterte über den Zaunübertritt und lief ihm entgegen. In dem hohen Gras inmitten der friedlich grasenden Kühe trafen sie sich. Sie küssten sich, während über ihnen Fledermäuse durch die Luft schossen und Nachtfalter sie umschwirrten. Annie spürte auf Anhieb, dass sich etwas verändert hatte; an seiner Stimme, der Art, wie er sie in den Armen hielt, sie an sich presste. Er küsste sie so fest, dass ihre Lippen schmerzten und sie schließlich den Kopf zurückzog.

»Stimmt etwas nicht?«, fragte sie.

»Nichts, gar nichts stimmt mehr«, lautete seine Antwort.

»Oh Tom.«

»Und dann die Sache heute Nachmittag ...« Er unterbrach sich, schluckte schwer. »Als ich heute Nachmittag von hier nach Hause gefahren bin, konnte ich nicht in meine Wohnung. Ich habe am oberen Ende der Straße geparkt, denn vor dem Haus standen mehrere Polizeifahrzeuge, der Eingang war mit Polizeiband abgesperrt, die Haustür wurde von einem Sergeanten bewacht. Vorsichtshalber habe ich mich umgedreht und bin wieder gegangen.«

»Was hast du dann gemacht?«

»Ich hab mich in irgendeinen Pub gesetzt, etwas getrunken und zugehört, was die Leute so reden. Aber keiner wusste etwas Genaues. Sie haben gesagt, dass wieder jemand ermordet wurde, und offenbar glaubt die Polizei, dass ich etwas damit zu tun habe, Annie. Ich bin ein bisschen in der Gegend herumgelaufen, und als ich zurückkam, waren sie immer noch im Haus. Und dann hat die Polizei meinen Truck abgeschleppt! Herrgott noch mal! Ich habe nichts getan! Glaubst du, die wollen mir etwas in die Schuhe schieben?«

»Es ist tatsächlich wieder ein Mord passiert«, sagte Annie. »Im Moor.«

»Oh Gott, oh Gott! Weißt du, wer ermordet wurde?«

»Nein.« Sie berührte seine Wange, streichelte seinen Bart. »Ich weiß nur, dass es eine Frau ist, eine junge Frau.« Sie dachte an die Unterlagen, die sie vor William versteckt hatte. »Beruhige dich, Tom.«

»Aber warum haben sie meinen Truck abgeschleppt?«

»Das weiß ich nicht, Liebster.«

»Findest du nicht ... dass momentan lauter eigenartige Dinge passieren, Annie? Als würde sich die Welt in einer falschen Geschwindigkeit drehen? Die Leute bekämpfen sich gegenseitig, und es geschehen Morde, und du und ich sind getrennt, obwohl wir zusammengehören ...«

»Jetzt sind wir zusammen.«

»Ich habe das Gefühl, langsam den Verstand zu verlieren, im falschen Film zu sein.« Er beugte sich zu ihr hinab, um sie zu küssen. »Mein Gott, wie schön du bist. Und wie gut du riechst. Du weißt ja gar nicht, wie sehr ich dich vermisst habe!«

»Ich habe mich entschieden«, sagte Annie. »Ich werde William verlassen. Ich habe versucht, ohne dich zu leben, aber ich schaffe es nicht. Ohne dich ist mein Leben nicht lebenswert, Tom.«

»Oh Annie, Liebste ...«

»Ich weiß, es wird eine Zeit lang die Hölle sein. Meine Mutter wird kein Wort mehr mit mir reden, und für William und Elizabeth und Ethel wird es schrecklich sein, und wahrscheinlich werde ich für den Rest meines Lebens Schuldgefühle haben, aber du hast recht, die Menschen kommen über solche Sachen hinweg, ihr Leben geht weiter.«

»Bist du dir sicher, Annie? Bist du dir auch wirklich sicher?«

»William weiß es, oder zumindest ahnt er etwas. Die Art, wie er mich in letzter Zeit ansieht, sich mir gegenüber verhält ... Ich hatte Angst davor, mit ihm zu reden. Ich dachte, wenn ich mich von dir trenne, kommt alles irgendwie wieder in Ordnung, aber nichts ist in Ordnung. Im Gegenteil, es ist nur noch schlimmer geworden.« Sie unterbrach sich, schlug die Hände vors Gesicht. »Es gibt keinen richtigen Weg, um ihm zu sagen, dass ich dich liebe, dass ich dich mehr liebe, als ich ihn je geliebt habe. Es gibt einfach nicht den richtigen Weg, um eine Ehe zu beenden.«

»Du brauchst ihm gar nichts zu sagen, verlass ihn einfach. Das Reden macht es auch nicht besser. Lass uns so schnell wie möglich verschwinden, bevor noch mehr schiefläuft.«

»Und Elizabeth?«

»Nimm sie mit. Wir werden eine Lösung finden. Wir kommen irgendwie zurecht. Es spielt keine Rolle, wo wir leben, solange wir nur zusammen sind.«

Wieder küsste er sie. Auf den Mund, das Kinn, den Hals.

»Und überall diese vielen Polizisten. In ganz South Yorkshire. Sie haben Einheiten aus den Hafenstädten, von allen Landesteilen zusammengezogen. Wenn wir uns beeilen, könnten wir, bevor sie nach uns suchen, eine Fähre nach Irland nehmen und irgendwo ein Cottage mieten.«

»Du glaubst, das könnten wir tun?«

»Wir können tun, was wir wollen. Was du willst. Wir werden glücklich sein, Annie. Ich werde dich glücklich machen. Das verspreche ich dir. Ich werde dich an jedem einzelnen Tag unseres Lebens glücklich machen.«

»Oh Gott.« Sie stellte sich ein kleines Haus auf dem Land vor, umgeben von grünen Wiesen mit Wiesenkerbel und gesäumt von Hecken, wo sie, Tom und Elizabeth lebten und alles wunderbar war.

Während Tom fortfuhr, ihr diesen herrlichen Traum

auszumalen, knöpfte er ihr Kleid auf. »Es ist so schön dort, Annie, in Kerry und Donegal. Ich habe im Gefängnis die Zelle mit jemandem aus Donegal geteilt. Er hat mir davon erzählt, er sagte, es ist wie im Himmel. Es wird dir dort gefallen, das weiß ich. Wir werden uns ein hübsches neues Leben aufbauen. Wir werden unser eigenes Gemüse ernten, Kinder bekommen ... Du kannst alle Bücher haben, die du möchtest, so viele, dass es für eine kleine Bibliothek reicht.« Er streifte ihr das Kleid von den Schultern, küsste ihren Hals.

»Tom, wenn jemand kommt ...«

»Wer soll schon kommen.«

»Aber was war das?«

»Ich habe nichts gehört.«

»Ich bin sicher, da war ein Geräusch, Tom.«

»Nein, das waren bestimmt die Kühe, sonst ist niemand da.«

Sie horchten einen Moment lang angestrengt, doch Annie hörte nichts außer den Gras rupfenden Kühen.

»Okay?«, fragte er leise, und sie nickte.

»Ja, aber wir müssen uns beeilen.«

Er entledigte sich seiner Jacke, nestelte an der Gürtelschnalle und am Knopf seiner Jeans, zog das Hemd über den Kopf. Sie legte ihre Hand flach an seine Brust und spürte seinen Herzschlag, spürte ihn, als wäre es ihr eigener, und er legte die Arme um sie und hob sie hoch, und sie schlang die Beine um seine Hüften und dachte: Oh mein Gott! Es gab jetzt keinen Grund mehr zum Reden. Es gab nur noch sie beide und ihre Liebe. Ihr war jetzt alles egal, außer Tom, der ihr ihre gemeinsame Zukunft ausgemalt hatte, und sie war sich sicher, dass es genau das war, was sie wollte; sie war sich sicher, dass er ihr geben würde, was er ihr versprochen hatte.

Es war schneller, atemloser Sex. Danach klammerten sie sich aneinander. Erschöpft und benommen lag sie neben ihm im hohen Gras, als plötzlich der Lichtkegel einer Taschenlampe nur wenige Meter von ihnen entfernt über die Weide strich, ein Bogen blendend weißen Lichts.

»Was ist das?«, rief sie aus und schlug sich die Hand vor den Mund. Sie wollte aufstehen, als sie die Stimme ihres Mannes ihren Namen rufen hörte. »Großer Gott!« Sie war noch halb nackt. Hektisch machte sie sich an den Knöpfen ihres Kleids zu schaffen, tastete neben sich im Gras nach ihren Sandalen.

»Ist schon gut«, flüsterte Tom. »Nicht panisch werden. Beruhige dich. Soll ich dich begleiten? Sollen wir es ihm jetzt gemeinsam sagen? Sollen wir die Sache jetzt gleich beenden und heute Abend unser neues Leben beginnen?«

»Würdest du das für mich tun? Mit mir kommen und es ihm gemeinsam mit mir sagen? Jetzt sofort?«

»Ich würde alles für dich tun, Annie. Alles.«

»Mein liebster Tom.« Sie küsste ihn. »Aber das geht nicht. Mein Ausweis, meine Kleider, meine Tochter, alles, was ich brauche, ist im Haus. Lass mich erst ein paar Vorbereitungen treffen, Geld besorgen, ein paar Sachen packen und so weiter. Und du, was wirst du tun? Du kannst nicht in deine Wohnung zurück. Und die Polizei hat deinen Truck. Wo willst du jetzt hin?«

»Ich finde schon einen Unterschlupf. Ich komme wieder, in ein paar Tagen komme ich dich holen.«

»Versprichst du es?«

»Ich verspreche es.«

»Oh Tom, sei vorsichtig, ja?«

»Natürlich. Und, Annie?«

»Ja?«

»Ich liebe dich.«

»Das weiß ich«, sagte sie. »Und ich liebe dich auch.«

Annie rappelte sich hoch und ging durch das hohe Gras in Richtung Haus. Sie hoffte, William würde nicht sehen, wie sie über die Weide kam, über den Zaunübertritt kletterte und sich die Hände abwischte. Verstohlen näherte sie sich ihm, während er noch immer ihren Namen rief und den Garten nach ihr absuchte, bis der Strahl seiner Taschenlampe sie fand. Das Licht blendete sie. Die Hand über den Augen stand sie da und wartete, während er auf sie zulief. Ihr war bewusst, dass ihr Haar zerzaust war und dass Erde und Gras an ihr hafteten, als hätte jemand sie über den Boden geschleift. Er fasste sie am Arm.

»Was ist mit dir passiert?«, rief er. »Bist du verletzt? Hat dich jemand angegriffen?«

Und ihr wurde klar, welches Bild sie abgab: als hätte jemand sie gegen ihren Willen in Richtung Moor gezerrt und als wäre sie entkommen und zum Haus zurückgelaufen. Und sie war entsetzt über sich selbst, darüber, dass sie William einen solchen Schrecken einjagte.

»Mir ist nichts passiert«, sagte sie. »Es geht mir gut. Ich habe einen Spaziergang gemacht, nichts weiter.«

»Zum Moor hinauf?«

»Nein, nur über die Weide.«

»Du weißt genau, dass da draußen jemand ist, der junge Frauen ermordet, und gehst trotzdem allein in der Dunkelheit spazieren!«, rief er wütend. Er schüttelte sie. »Wie konntest du nur? Wie kannst du nur so töricht sein? Was ist, verdammt noch mal, mit dir los?«

Sie wusste nicht, was sie zu ihrer Verteidigung hätte vorbringen können.

»Ich habe frische Luft gebraucht«, erwiderte sie ganz einfach. »Nach diesem anstrengenden Tag.«

»Du hättest ebenso gut im Garten bleiben können.«

»Zwischen den Kühen habe ich mich sicher gefühlt«, sagte sie und musste ein Lachen unterdrücken, und das war das Schlimmste von allem, dass sie plötzlich den Drang verspürte, sich vor Lachen auszuschütten, angesichts der Absurdität der Situation, dieses Reigens aus Betrug und wahnwitzigen, dummen Lügen.

Sie schob sich an ihm vorbei und ging ins Haus. Dort machte sie sich in der Küche zu schaffen, die voller Schachteln, Berge ineinander verhedderter Wimpel und Müllbeutel voller Chipstüten, Pappteller und Plastikbecher war. Sie schenkte sich ein Glas Wein ein, während William mit einem Whisky in der Hand dastand und sie beobachtete. Sie hatte das Gefühl, als könnte er durch ihre Kleidung hindurchblicken und ihre von Toms Küssen gerötete Haut sehen. William hatte Kriminalpsychologie studiert, wusste, wie man einen Lügner anhand seines Verhaltens und seiner Körpersprache entlarvte. Daher sagte sie möglichst wenig und hantierte stattdessen mit Tüten, einem Lappen und einer Flasche Reinigungsmittel herum.

Als sie die Küche einigermaßen aufgeräumt hatte, machte sie sich eine Kanne Tee und ging dann nach oben, um ein Bad zu nehmen. Sie blieb so lange in der Wanne, bis das Wasser kalt geworden war, und als sie ins Schlafzimmer kam, lag William auf dem Bett und schlief. Er musste erschöpft gewesen sein, denn er war vollständig bekleidet eingeschlafen. Annie zog ihm vorsichtig die Schuhe aus und deckte ihn zu. Er lag auf dem Rücken, schnarchte leise mit offenem Mund, und sein Atem roch nach Whisky. Er sah alt und müde und verletzlich aus. In letzter Zeit hatte sie das Gefühl, dass er mit jedem Tag ein wenig älter aussah, als welke er vor ihren Augen dahin. *Old Grey Eyes* hatte die Journalistin ihn genannt. *Mister Enigma. Angeblich ist er der einzige unbestechliche Polizist in ganz England.* Annie verspürte einen Anflug von Mitgefühl für ihren Mann. Leise legte sie sich neben ihn ins Bett. Sie war noch lange wach und dachte darüber nach, wie sie ihm sagen sollte, dass sie ihn verlassen werde, und wie sehr es sie schmerzen würde, zuzusehen, wie sehr er litt, wenn sie ihm eröffnete, dass sie sein Leben zerstören werde.

NEUNUNDFÜNFZIG

Am nächsten Morgen gingen sie wie gewohnt in die Kirche und hatten wie fast jeden Sonntag nach dem Gottesdienst den Pastor und seine Familie zum Mittagessen zu Gast. Annie war erschöpft von allem, was geschehen war, schockiert darüber, welches Risiko sie eingegangen war, und ihr graute vor dem, was sie zu tun gedachte. An diesem Tag misslang ihr alles. Das Mittagessen war ein Reinfall – das Fleisch faserig und zu lange gekocht, die Röstkartoffeln in der Mitte noch hart und der Kohl angebrannt, da sie das Wasser im Topf hatte verdampfen lassen. Annie gelang es nicht, sich an den Gesprächen zu beteiligen, ihnen zu folgen; bei allem, was sie tat, dachte sie: Vielleicht ist es das letzte Mal.

Als während des Desserts das Telefon klingelte, ging William in den Flur, um abzunehmen, und blieb eine geraume Zeit weg. Er hatte zwar die Esszimmertür hinter sich zugemacht, aber Annie konnte ihn trotzdem hören: »Ja«, sagte er, »natürlich, tut, was ihr tun müsst.« Dann entstand eine Pause, ehe er sagte: »Nehmt so viele Leute, wie ihr braucht, die Hauptsache, ihr findet ihn, und zwar schnell.« Dann kam er ins Esszimmer zurück und setzte sich wieder. Er wischte sich die Hände an seiner Serviette ab.

»Und? Irgendwelche Neuigkeiten?«, fragte der Pastor.

William nickte. »Aber nehmt es mir nicht übel, wenn ich bei Tisch nicht über unangenehme Dinge reden will.«

Nach dem Mittagessen schlug Julia einen Spaziergang vor. Niemand hatte Lust, zum Moor hinaufzuwandern, aber sie schwärmte ihnen vor, dass die Bäume voller junger Blätter und Triebe seien und man sie nur für kurze Zeit bewundern könne. Ihr Mann stimmte ihr zu und meinte, dass den Kindern frische Luft sicher guttun würde. Ethel hatte einen ihrer guten Tage. Sie war bei klarem Verstand und beteuerte, es mache ihr nichts aus, allein zu Hause zu bleiben, da sie ohnehin einen Mittagsschlaf halten wolle. Also begleitete Annie sie in ihr Zimmer, deckte sie zu und stellte sicher, dass es ihr an nichts fehlte, ehe sie sich an der Tür noch einmal umdrehte.

»Wir bleiben nicht lange weg«, sagte sie.

»Lasst euch ruhig Zeit«, erwiderte ihre Schwiegermutter. »Wegen mir braucht ihr euch nicht zu beeilen.«

»Tut mir leid, dass du nicht mitkommen kannst.«

»Es ist wirklich in Ordnung, Liebes. Ich bin in meinem Leben oft genug im Moor spazieren gegangen. Geht ihr ruhig, und macht euch um mich keine Sorgen.«

Annie zögerte noch immer. »Ethel ...«

»Ja?«

Annie wollte etwas über die Liebe sagen. Wollte Ethel darauf vorbereiten, was sie vorhatte, wollte um Verständnis für ihr Tun werben und sie um Verzeihung bitten. Sie dachte, dass Ethel, die ihren Mann so sehr geliebt hatte, ihn noch immer liebte, verstehen würde, warum sie mit Tom zusammen sein musste. Aber sie hätte zu viel erklären müssen. Und Ethels Herz und ihre Loyalität gehörten naturgemäß William und nicht Annie.

»Gut, dann sehen wir uns später«, sagte sie stattdessen. Und schloss hinter sich die Zimmertür ab.

Die Howarths und die Thorogoods spazierten über die Kuhweide, vorbei an der Stelle, wo Annie am Vorabend ein Stelldichein mit ihrem Liebhaber gehabt hatte, und an den Kühen, und passierten das Gatter auf der anderen Seite. Sie folgten dem Weg zum Wald hinauf, und es war herrlich dort oben. Annie zog ihre Strickjacke aus und hängte sie sich um die Schultern. William trug ein Golf-Shirt. Er war außer Atem und seine Wangen waren gerötet. Elizabeth ging händeschwingend neben ihm.

»Schade, dass wir keinen Hund haben«, sagte William unvermittelt. »Ich vermisse Martha, vor allem in der freien Natur.«

»Ich vermisse sie immer«, sagte Elizabeth.

»Wir sollten uns einen Welpen zulegen.«

Diese Worte sahen William so gar nicht ähnlich, dass Annie überrascht innehielt. Elizabeth starrte ihren Vater ungläubig an. »Wirklich?«, fragte sie und konnte ihr Glück kaum fassen. Annie tauschte ein Lächeln mit Julia, als hielte sie einen Welpen ebenfalls für eine gute Idee, während sie insgeheim dachte, wie schwer es ihr fallen würde, einen kleinen Hund bei William zurückzulassen, wenn sie mit Elizabeth nach Irland fliehen würde.

»Ich glaube, wir sollten es uns gut überlegen, bevor wir uns entscheiden«, sagte sie zu William.

Er lächelte. »Meine Frau wirft mir immerzu einen Mangel an Spontaneität vor«, sagte er zu Julia, »und wenn ich einmal spontan bin, bremst sie mich aus.«

»Typisch Frau«, warf der Pastor ein. Eine Bemerkung, die sogar bei Julia ein Stirnrunzeln hervorrief.

Nachdem Annie Elizabeth am Abend nach dem Bad beim Anziehen geholfen hatte, ging sie mit ihrer rotwangigen und nach Puder duftenden Tochter wieder nach unten. Sie begab sich in die Küche, um einen kleinen Snack vorzubereiten. Im Wohnzimmer lief der Fernseher, und als Annie mitbekam, worum es in den Lokalnachrichten ging, eilte sie ins Wohnzimmer.

Eine attraktive junge Frau wurde interviewt. Sie stand am oberen Ende der Straße, die aus Matlow hinausführte, im Hintergrund waren das Moor und das Minengelände zu sehen. Sie kam Annie irgendwie bekannt vor, obwohl sie nicht mit dem örtlichen Akzent sprach. Ihre Augen waren gerötet, und sie musste zwischendurch immer wieder innehalten, um sich mit einem Taschentuch die Tränen abzutupfen.

»Sie war so ein Schatz«, sagte die Frau. »Sie war hübsch und beliebt und talentiert. Doch vor allem ...« – wieder hielt sie inne und atmete tief ein – »vor allem war sie meine geliebte Schwester.« Sie schluchzte, und Annie zog Elizabeth an sich und drehte sie vom Fernseher weg, um ihr den Anblick dieser verzweifelten Frau zu ersparen. Sie bückte sich zur Fernbedienung, um rasch zu einem anderen Kanal zu wechseln, hielt aber mitten in der Bewegung inne. Ein Foto des zweiten Mordopfers war jetzt auf dem Bildschirm zu sehen, und Annie erkannte die abgebildete Frau sofort. Sie wusste sogar ihren Namen.

Es war Selina Maddox, die junge Frau, die in der Bar des *Haddington Hotels* Gitarre gespielt hatte, die junge Frau, die sie zusammen mit Tom in dem Gasthaus am Fluss gesehen hatte; die junge Frau, die mit ihm so vertraut schien.

Annie wartete, bis William schlief, und schlich dann aus dem Schlafzimmer. Vorsichtig ging sie die Treppe hinunter, um zu vermeiden, dass die Holzstufen ächzten. Im durch das Fenster hereinfallenden Mondlicht sah sie auf ihre Uhr; es war nach drei.

Sie wusste, dass sie nicht würde schlafen können. Sie war völlig verzweifelt. Wo war Tom? Was tat er? Hatte er einen sicheren Unterschlupf gefunden? Wusste er, dass Selina das Mordopfer war? Dass er sich vor der Polizei verstecken musste?

In der Küche füllte sie ein Glas mit Leitungswasser. Sie stellte sich damit ans Fenster. Der Mond warf Schatten auf den Garten und das Moor. Sie mochte nicht daran denken, dass Tom jetzt womöglich allein dort draußen in der Dunkelheit war.

Es wäre besser für ihn, dachte sie, und vor allem sicherer, wenn er Yorkshire und das Land sofort verlassen würde. Aber wie sollte sie ihn dann je wiederfinden?

Als auf einmal das Licht anging, zuckte sie zusammen und schüttete sich Wasser auf das Nachthemd. William stand in der Küchentür. Ihre Gedanken waren so von Tom erfüllt, dass sie einen Moment brauchte, um zu realisieren, dass es ihr Mann war.

»Was machst du hier?«, fragte er.

»Ich habe Durst gehabt und mir ein Glas Wasser eingeschenkt.«

»Du wanderst in letzter Zeit oft in der Dunkelheit herum, Annie.«

»Ich konnte nicht schlafen und wollte dich nicht stören.«

Annie goss den Rest des Wassers aus ihrem Glas in den Ausguss, spülte es aus und stellte es auf das Abtropfgestell. William stand noch immer da und beobachtete sie. Sie trocknete sich die Hände an einem Geschirrtuch.

»Entschuldigung, wenn ich dich geweckt habe«, murmelte sie und schob sich an ihm vorbei durch die Tür. Ohne auf ihn zu warten, ging sie wieder hinauf und schlüpfte unter die Bettdecke; wie sehr wünschte sie sich, woanders zu sein!

Am nächsten Morgen fuhr sie in die Occupation Road. Wieder verhüllte sie ihr Gesicht mit ihrer großen Sonnenbrille und hatte sich ein Kopftuch umgebunden. Sie ging die Straße hinauf und klingelte an Toms Wohnung. Nichts geschah, weshalb sie auch die Klingeln der anderen Wohnungen betätigte. Schließlich wurde die Haustür geöffnet. Die junge Inderin stand vor ihr, einen kleinen Jungen an der Hand.

»Ja?«, sagte sie. »Was wünschen Sie?«

»Ich wollte zu Tom Greenaway. Er wohnt im zweiten

Stock. Vielleicht hat er eine Nachricht für mich hinterlassen.«

»Er ist nicht da«, sagte die Frau. »Und er hat auch keine Nachrichten hinterlassen oder etwas in der Art. Der wird sich hier nicht mehr blicken lassen. Und falls doch, wird die Polizei ihn schnappen.« Sie nickte in Richtung einer Limousine, die auf der anderen Straßenseite parkte und in der zwei Männer saßen. Annie blickte hinüber und drehte sich rasch wieder um. »Das Ganze ist ein Albtraum«, fuhr die Frau erbost fort. »Dieses arme Mädchen ermordet, er weg, und dann die vielen Polizisten, die das ganze Haus auf den Kopf stellen. Wir wollen ihn hier nicht mehr haben. Wir hoffen, dass er nicht mehr zurückkommt. Und für Sie wäre es auch besser, wenn Sie nicht mehr herkommen.«

Damit knallte sie Annie die Tür vor der Nase zu.

SECHZIG

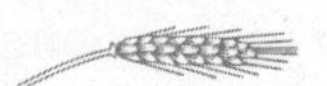

Annie hatte das Gefühl, an ihrer Furcht und Beklemmung zu ersticken, aber es gab niemanden, mit dem sie hätte reden, den sie hätte anrufen oder um Rat fragen können.

Sie musste Ruhe bewahren und versuchen, so zu tun, als wäre alles ganz normal.

Während William nun schon zum zweiten Mal in Folge früh zu Bett ging, wusste sie, dass ihr eine weitere schlaflose Nacht bevorstand. Annie tat, als wollte sie ein Buch lesen, und setzte sich wie benommen und mit trockenem Mund in den Wintergarten.

Die Gedanken wirbelten ihr durch den Kopf. Tom hatte keinen Truck mehr, kein Zuhause, keine Familie. Er hatte keinen Ort, an den er sich begeben, und niemanden, den er um Hilfe bitten konnte. Vielleicht würde er versuchen, Kontakt mit ihr aufzunehmen. Wenn er nach Everwell käme, überlegte sie, würde er sie durch die Glasfront des Wintergartens sehen können. Er würde wissen, dass sie auf ihn wartete, und sich bemerkbar machen.

Aber tief in ihrem Inneren wusste Annie, dass er nicht kommen würde, noch nicht. Er würde nicht riskieren, sich dem Haus zu nähern, wenn William da war, und angesichts der Polizeipatrouillen, die die Landstraße überwachten. Irgendwann wurde sie von Müdigkeit übermannt und schlief ein. Als sie am Morgen erwachte, war ihr kalt und ihr Nacken schmerzte, und sofort wurde sie wieder von einer nervösen Unruhe gepackt.

Es war noch früh, als das Telefon klingelte. Annie nahm ab.

»Hallo, Annie, hier ist Paul. Ist dein Mann da?« Er klang gut gelaunt.

»Warte, ich hole ihn.« Annie drehte sich um, aber William stand bereits hinter ihr. Sie reichte ihm den Hörer und kehrte in die Küche zurück.

Elizabeth saß in ihrer Schuluniform am Tisch und ließ

die Beine baumeln, während sie Rührei auf Toast aß. Ihr Plüschhund hockte, gegen den Milchkrug gelehnt, vor ihr. Annie stellte sich hinter ihre Tochter und machte sich daran, ihre Haare zu flechten. Als William hereinkam, hob sie kurz den Kopf und sah ihn an.

»Du siehst ausgesprochen zufrieden aus«, sagte sie.

William trat hinter sie und legte seine Hand an ihren Rücken. »Es ist so gut wie vorbei. Wir wissen jetzt, wer die beiden Frauen ermordet hat. Sämtliche Einsatzkräfte fahnden nach ihm. Es ist nur noch eine Frage der Zeit, dass wir ihn finden.«

»Gott sei Dank«, sagte Annie.

»Willst du nicht wissen, wer es ist?«, fragte William.

Annie glitten die Haarnadeln aus der Hand, mit denen sie Lizzies Zopf hatte feststecken wollen, und sie fielen auf den Fußboden.

»Ich finde, das ist kein Thema, das wir vor Lizzie besprechen sollten.«

»Es ist jemand, den du kennst, Annie. Wir arbeiten mit anderen Dienststellen des Landes zusammen, um seine Bewegungen der letzten Monate zurückzuverfolgen. Es ist gut möglich, dass er woanders weitere Verbrechen verübt hat. Solche Typen wechseln häufig den Aufenthaltsort, um ihre Spuren zu verwischen.«

»Solche Typen?«, fragte Annie. Sie versuchte, das Geräusch in ihrem Kopf zu verdrängen, ein leises Summen, wie das einer Wespe, die in einem Einweckglas gefangen war. Sie streifte einen Haargummi von ihrem Handgelenk und wickelte ihn um das Ende von Lizzies Zopf.

»Nun, Mörder. Triebmörder. Sexuelle Sadisten.«

Sie sah ihn an, und es war, als blickte sie in einen Zerrspiegel. Sie wartete darauf, dass er ihr erzählte, was sie bereits wusste, doch stattdessen griff William nach Lizzies abgewetztem Plüschhund und musterte ihn mit angewiderter Miene.

»Was macht dieses Ding auf dem Tisch?«

Elizabeth, die gerade die Gabel zum Mund hatte führen wollen, hielt inne. »Das ist Scooby«, sagte sie. »Er frühstückt immer mit mir, das weißt du doch, Daddy.«

»Du bist jetzt zu alt für solche Babyspielsachen, Elizabeth. Du bist fast acht.«

Annie ließ die Hände auf die Rückenlehne von Lizzies Stuhl sinken. Sie hatte das Gefühl, keine Luft mehr zu bekommen.

»Auch mit acht ist sie immer noch ein Kind«, sagte sie. »Was ist denn so schlimm an einem Spielzeugtier, William?«

»Was weiß deine Mutter denn schon, hm?«, fragte er, an seine Tochter gewandt. »Was weiß deine törichte Mutter denn schon? Als ich acht war, war ich bereits auf dem Internat. Und dort wurden absolut keine Spielsachen auf dem Tisch geduldet.«

Elizabeth kaute knirschend ihren Toast. Sie sah zwischen ihrem Vater und ihrer Mutter hin und her.

»Was ist ein Internat?«

»Ist es Tom?«, fragte Annie. »Ist Tom der Mann, den ihr sucht?«

»Daddy?«

»Das ist ein Ort, wohin man Kinder schickt, damit sie lernen, was Anstand und Moral sind. Wo sie lernen, die Regeln zu beachten.«

»Sag es mir, William! Ist der Mann, nach dem ihr sucht, Tom Greenaway?«

William setzte den Stoffhund auf den Tisch zurück. Er konnte seine Genugtuung nicht verbergen. »Ja«, sagte er. »Er ist es.«

EINUNDSECHZIG

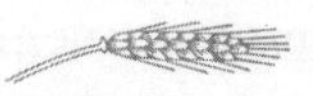

Am nächsten Morgen hielt ein Streifenwagen vor dem Haus. Niemand stieg aus.

»Was tut dieser Wagen hier?«, fragte Annie.

»Ab sofort wird unser Haus rund um die Uhr von der Polizei bewacht«, erklärte William.

Annie starrte ihren Mann ungläubig an.

Er sah ihr nicht in die Augen. »Und du wirst das Haus nicht mehr allein verlassen, Annie. Wenn du in die Stadt musst, wird dich ein Polizist begleiten.«

»Das hört sich an, als stünde ich unter Hausarrest.«

»Es ist nur eine vorübergehende Maßnahme. Zu deiner eigenen Sicherheit.«

Annie verbarg ihre Panik, indem sie sich betont munter

gab. Sie hob Lizzies Schulranzen hoch. »Komm, Lizzie, wir müssen los.« Sie sah ihren Mann an. »Um rasch zur Schule zu fahren, brauche ich bestimmt keinen Begleitschutz.«

»Hast du nicht gehört? Ich sagte, dass du nirgendwohin kannst ohne Schutz. Weder zur Schule noch zum Einkaufen noch sonstwohin. Nicht allein.«

»Das ist absolut lächerlich.«

»Es ist eine notwendige Vorsichtsmaßnahme.«

Ja, weil du mir nicht vertraust, dachte Annie. Weil du mich unter Kontrolle haben willst.

Sie warf ihren Schlüsselbund auf den Küchentresen. »Nein«, sagte sie. »Wenn ich meine Tochter nicht wie sonst allein zur Schule bringen darf, dann fahre ich eben gar nicht.«

»Wie du willst.«

An diesem Morgen fuhr William Lizzie zur Schule. Annie setzte sich in die Nähe des Brunnens. Sie wusste, dass sie beobachtet wurde. Einer der Polizisten war ihr in den Garten gefolgt. Er stand in einiger Entfernung und rauchte lässig eine Zigarette, ließ sie aber nicht aus den Augen. Sie fragte sich, was geschehen würde, wenn sie in Richtung Moor losliefe. Würden die Polizisten sie verfolgen? Würden sie sie ergreifen und, falls sie sich wehrte, niederringen? Sie verhaften? Sie in Handschellen legen?

Das ist der reine Wahnsinn, dachte sie. Sie blickte sich in dem weitläufigen Garten um und fühlte sich wie im Gefängnis.

Ob Tom sie heimlich beobachtete? Wusste er, was vorging? War er sich der Gefahr bewusst, in der er sich befand?

Mrs Miller kam mit einem Becher Kaffee über den Rasen. Sie reichte ihn Annie und nickte dem Polizisten zu. Er reagierte nicht.

»Ein ganz schönes Schlamassel, nicht wahr?«, sagte Mrs Miller.

»Ich hoffe, dass es ihm, wenn ich lange genug hier ausharre, langweilig wird und er weggeht«, sagte Annie.

Mrs Miller lehnte sich gegen den Brunnenrand. »Darauf würde ich nicht zählen. Wie auch immer, Ihre Mutter hat angerufen. Sie hatte nur zehn Pence, deswegen habe ich sie gar nicht erst ans Telefon gerufen. Ich soll Ihnen ausrichten, dass Ihr Bruder Sie vermisst. Sie hätten ihn noch gar nicht besucht, seit er wieder zu Hause ist.«

»Ja, das stimmt.« Annie spürte einen Anflug des Bedauerns. Sie war so sehr mit ihren eigenen Problemen beschäftigt gewesen, dass sie ihren Bruder vernachlässigt hatte.

»Ihre Mutter sagt, dass er heute ganz allein ist. Vielleicht könnten Sie ja Ihren Freund da drüben bitten, Sie nach Matlow zu fahren. Wenn Sie schon mit einer Polizeiwache hier festsitzen, sollten Sie das Beste daraus machen.«

Annie trank ihren Kaffee und ging ins Haus zurück. Sie füllte zwei Einkaufstüten mit Brot und Lebensmittelvorräten aus dem Kühlschrank und der Vorratskammer, griff nach ihrem Schlüsselbund und der Handtasche und ging damit nach draußen. Der Beamte, der am Streifenwagen lehnte, nahm seinen Hut ab und stieg dann mit ihr zusammen in den Wagen, um sie nach Matlow hinunterzufahren. Sie sprachen kein Wort miteinander. Vor der Mine drängten sich immer noch Streikposten und Polizisten, aber die Kundgebungen schienen an Energie verloren zu haben; die Streikenden machten einen kleinlauten Eindruck. Annie fragte sich, ob das Bergwerk tatsächlich stillgelegt würde, hielt es jedoch für unmöglich. Ohne das Bergwerk würde die Stadt ihren Sinn verlieren. Es hatte seit jeher ihren Charakter geprägt und sie am Leben gehalten. Matlow lebte vom Kohlebergbau.

Der Polizist fuhr die direkte Strecke über die Occupation Road. Dort war wieder Normalität eingekehrt. Auch das Haus, in dem Toms Wohnung lag, wirkte von außen unverändert. Die Geranien in den Kästen vor den Fenstern des Erdgeschosses begannen zu blühen, im obersten Stock hatte jemand ein Transparent der Bergarbeitergewerkschaft zwischen zwei Fenstern gespannt, und das Polizeiabsperrband war wieder entfernt worden. Nichts deutete darauf hin, dass das zweite Mordopfer in einer der Wohnungen gewohnt hatte, und der Mann, dem der Mord angelastet wurde, in der Wohnung darüber.

Wo war Tom?, fragte sich Annie erneut. Wo hielt er sich versteckt?

Der Polizist parkte den Wagen in der Rotherham Road und sagte zu Annie, er werde im Auto warten. Aus dem Haus ihrer Eltern war Musik zu hören. Die Haustür war unverschlossen, und Annie ging hinein. Johnnie spielte am Küchentisch ein Kartenspiel und hörte Musik aus seinem Kassettenrekorder. Er trug seinen Lieblingstrainingsanzug mit Kapuze und wirkte auf den ersten Blick genau wie früher, sodass Annie einen Moment lang vergaß, dass er nur noch einen Arm hatte. Liebevoll strich sie über seine Stoppelhaare, woraufhin er murrte: »Lass das.« Sie stellte die Musik leiser und lehnte sich an die Spüle.

»Wie geht es dir?«, fragte sie.

»Verdammt gut. Es ging mir noch nie besser. Was glaubst du wohl, hm?«

»Sei nicht ein solcher Miesepeter.«

»Bist du hergekommen, um mich anzumaulen?«

»Ja. Soll ich dir etwas zu essen machen?«, fragte sie. »Ein Bacon-Sandwich vielleicht?«

»Es ist kein Brot da. Bacon auch nicht. Und Margarine auch nicht.«

Annie hob die beiden Einkaufstüten hoch. »Jetzt ist alles da.«

Johnnie lächelte. »Gut gemacht, Schwester.«

Annie kramte die Speckpackung aus einer der Tüten, öffnete sie und legte die Speckscheiben unter den Grill. Dann schmierte sie zwei Butterbrote. »Wo ist Mum?«

»Im *Miner's Club* beim Treffen der Frauengruppe. Sie machen jetzt eine Zeitschrift.«

»Ach ja?«

»Sie nennt sich *WAG the DOG*, wobei die ersten drei Buchstaben für *Women's Action Group* stehen. Und Mum ist die Herausgeberin. Sie will nicht mehr nur Putzfrau sein. Sie meint, sie bringt mehr zustande als das.«

»Ist schon komisch, nicht wahr – wie der Streik alles verändert hat.«

Johnnies Blick glitt zu der leeren Stelle an seiner linken Seite.

»Ach herrje, tut mir leid«, sagte Annie. Sie zog sich einen Stuhl heran und setzte sich ihm gegenüber. Eine Weile schwiegen sie sich an. Dann stand Annie wieder auf und ging zum Grill, um die Speckscheiben umzudrehen. »Soll ich dir dazu ein paar Eier braten?«

»Hast du auch Brown Sauce mitgebracht?«

»Aber sicher.«

»Du bist ein Engel, Annie.«

Sie lachte.

»Was würdest du heute gern unternehmen, Johnnie?«, fragte sie. »Wir können einen Ausflug machen. Uns steht ein Polizist zur Verfügung, unter dessen Schutz wir stehen.«

»Lass den Quatsch.«

»Doch! Geh ins Wohnzimmer und sieh aus dem Fenster. Er sitzt entweder in seinem Streifenwagen oder steht daneben und bemüht sich, unauffällig zu wirken. Beeil dich, ich mach dir inzwischen dein Sandwich.«

Johnnie ging ins Wohnzimmer, und Annie konnte seinen erstaunten Ausruf hören. Mit einem breiten Grinsen im Gesicht kam er in die Küche zurück.

»Also, ich weiß nicht, wohin du willst, aber ich würde gern einen Ausflug ans Meer machen.«

Nachdem Johnnie gefrühstückt hatte, gingen er und Annie nach draußen und sagten zu dem Polizisten, dass sie nach Bridlington fahren wollten. Er sah sie unsicher an.

»Es ist schon okay«, sagte Annie. »Wenn Sie nicht mitkommen wollen, fahren wir eben allein.«

»Nein«, erwiderte der Beamte. »Ich fahre Sie.«

Johnnie setzte sich neben ihn auf den Beifahrersitz, und nachdem das anfängliche Unbehagen verflogen war, plauderten die beiden über Fußball, sodass Annie auf dem Rücksitz ungestört ihren Gedanken nachhängen konnte.

Sie parkten an der Strandpromenade. Annie und Johnnie stiegen aus und kauften sich an einem Stand jeder eine Tüte Chips. Anschließend setzten sie sich auf die Strandmauer und aßen sie. Dann legten sie sich in den Sand und sonnten sich, bis ihre Haut rot wurde. Sie planschten mit den Füßen in dem eiskalten Meer und spritzten sich gegenseitig nass. Später setzten sie sich in ein Café und tranken Tee, und Johnnie aß Gebäck dazu. Annie spendierte ihm außerdem eine Schale mit Strandschnecken und anschließend ein Eis. Währenddessen hielt der Beamte die ganze Zeit respektvollen Abstand, ließ sie jedoch keine Sekunde aus den Augen.

Annie stellte sich vor, wie es wäre, in einem Bed & Breakfast zu übernachten. Allein in einem kleinen Zimmer zu sein mit einem gemütlichen Bett, einem Fenster und einem Waschbecken. Am Fenster zu sitzen und auf das Strandtreiben zu blicken und die vorbeigehenden Menschen zu beobachten. Und nach Tom Ausschau zu halten. Früher oder später würde er kommen. Sie stellte sich vor, wie es wäre, allein hier zu übernachten und am nächsten Morgen in den Frühstücksraum hinunterzugehen, wo niemand sie kannte. Wie es wäre, nicht mehr die immer gleichen Gedanken im Kopf hin und her wälzen zu müssen, nicht mehr lügen und sich keine Sorgen mehr machen zu müssen, sondern einfach nur auf Tom zu warten. Würde es in ihrem Leben je wieder so friedlich sein?

An diesem Nachmittag traf sie später als sonst vor der Schule ein. Aber William war bereits da. Sein Jaguar fiel unter den kleinen Stadtautos der Mütter sofort auf. Auch William selbst war unter den Frauen und Kindern, die vor dem Gebäude warteten, eine ungewöhnliche Erscheinung. Er stand mit dem Gesicht zum Schuleingang und mit gewohnt geradem Rücken da, sodass er alle überragte.

Während der Polizist im Auto sitzen blieb, stieg Annie aus und ging auf ihren Mann zu. Dabei hatte sie das Gefühl, als würde die Entfernung zwischen ihnen größer statt kleiner. Als befände sich William am einen Ende des Universums und sie sich am anderen. Er trug Freizeitkleidung, ein offenes Hemd und eine Chino-Hose mit Gürtel; er machte einen entspannten Eindruck und hielt ein in ein altes Handtuch gewickeltes Bündel in den Armen.

»Was machst du hier?«, fragte sie. »Du holst Lizzie sonst nie von der Schule ab.«

»Ich habe ihr ein Geschenk mitgebracht.« Er lüpfte einen Zipfel des Handtuchs, und sie sah, dass es sich um einen kleinen Hund handelte.

»Oh!«, rief Annie aus. Vorsichtig nahm sie ihn aus seinen Armen. Er hatte ein schwarz-weiß geflecktes, seidiges Fell und eine weiche Nase, einen winzigen Schwanz und Kulleraugen wie ein Baby. Annie schnupperte an seinem Fell. Er roch nach Bauernhof. »Wie niedlich«, sagte sie, und zum ersten Mal seit Wochen lächelte William sie an.

Ungezwungen und natürlich, so wie früher. Der Welpe begann, an dem Kragen ihrer Bluse zu nuckeln.

Die Schulglocke ertönte, und kurz darauf flog die Eingangstür auf, und die ersten Mädchen schwärmten in den frühsommerlichen Nachmittag hinaus. Hinter ihnen drängten schnatternd und hüpfend weitere Scharen von Mädchen ins Freie. Elizabeth kam allein heraus. Als sie ihren Vater entdeckte, strahlte sie übers ganze Gesicht und rannte los. Annie drückte den Welpen an sich. Ein paar Schülerinnen hatten ihn ebenfalls entdeckt und scharten sich um sie, um ihn anzuschauen. William ging Elizabeth entgegen, nahm sie bei der Hand und sagte etwas zu ihr. Als sie sie erreichten, ging Annie in die Hocke, sodass Elizabeth den Welpen betrachten konnte.

»Ist er für mich?«, fragte sie mit großen, ungläubigen Augen.

»Aber sicher, er gehört dir. Willst du ihn halten?«

Elizabeth nickte.

Annie reichte ihn ihr behutsam. In den Armen des Kindes wirkte der Welpe viel größer.

»Hallo«, sagte Elizabeth. »Wie heißt er?«

»Du darfst ihm einen Namen geben.«

»Gut, dann heißt er Martha.«

William ging ebenfalls in die Hocke, sodass er mit Elizabeth auf Augenhöhe war. »Und? Bist du zufrieden?«

»Er ist das schönste Geschenk, das ich je bekommen habe«, erwiderte Elizabeth. Sie drückte einen Kuss auf die Stirn des Welpen.

William lächelte. Annie und er richteten sich auf, und er

legte den Arm um Annies Taille. Sie spürte seine Wärme, seine Kraft. Sie erinnerte sich daran, wie sicher sie sich immer bei William gefühlt hatte, beschützt und geborgen nach dem Gefühlschaos, in das sie Toms Verhaftung gestürzt hatte. Sie wusste, dass der Polizist, der zu ihrer Bewachung abgestellt war, diese Zurschaustellung familiärer Harmonie beobachtete, und dachte, wie einfach es wäre, sich wieder Williams starkem Arm zu überlassen und bis zum Ende ihrer Tage die glückliche Familie zu geben.

»Ab jetzt wird alles wieder gut«, sagte William, als hätte er ihre Gedanken erraten. Er zog sie noch enger an sich. »Unser Leben wird wieder, wie es war, Annie. Du brauchst dir jetzt keine Sorgen mehr zu machen.«

ZWEIUNDSECHZIG

Die Moormorde und der flüchtige Verdächtige waren der Aufmacher der Wochenendausgaben sämtlicher Tageszeitungen. William hatte sie sich nach Everwell liefern lassen, um alle Pressestimmen zu lesen. Einen Becher Kaffee neben sich, saß er im Wintergarten und riss alle Seiten heraus, auf denen die Polizei von South Yorkshire erwähnt wurde. An Toms Schuld schien es keine Zweifel zu geben. Am Abend, bevor Selina Maddox' Leiche gefunden wurde, war er in einem Pub in Matlow mit ihr zusammen gesehen worden, anschließend war sie in seinen Truck gestiegen. Der Mann aus der Erdgeschosswohnung war mitten in der Nacht aufgewacht und hatte beobachtet, wie Tom allein nach Hause gekommen war. Tom war zuvor schon der Hauptverdächtige im Mordfall Jennifer Dunnock gewesen. In der Nacht ihrer Ermordung hatte jemand ihn Richtung Moor gehen sehen, und er war nur deswegen nicht verhaftet worden, weil Selina Maddox, Ironie des Schicksals, ihm ein Alibi gegeben hatte. Jetzt vermutete man, dass er sie dazu genötigt hatte. Nichts davon ergab in Annies Augen Sinn. Sie hatte das Gefühl, den Verstand zu verlieren.

Durch die offene Tür des Wintergartens verfolgte sie, wie William die Zeitungen durchforstete. Er war sichtlich in seinem Element. An seiner Körperhaltung konnte sie sehen, wie sehr er es genoss, dass sein Team im Zentrum der Aufmerksamkeit stand. Es war zwar auch Kritik laut geworden, daran, dass der Verdächtige immer noch nicht gefasst war, aber die Fahndung lief auf Hochtouren. Es war nur noch eine Frage der Zeit, bis man ihn finden würde.

Ihr Mann musste ihre Anwesenheit gespürt haben, jedenfalls legte er die Zeitung, die er gerade durchgeblättert hatte, auf den Tisch, nahm die Brille ab und drehte sich zu ihr um. Er streckte die Hand aus, um ihr zu bedeuten, zu ihm zu kommen.

»Und, geht es dir wieder besser?«, fragte er.

»Hm?«

»Du hast doch gesagt, dass du dich ein bisschen hinlegen wolltest.«

»Ach so, ja. Ja, es geht mir besser.« Sie trat an die Fensterfront und blickte in den Garten hinaus. Lizzie spielte mit dem Welpen auf dem Rasen. Ethel und Mrs Miller saßen in Klappliegestühlen und sahen ihnen zu.

»Fühlst du dich in der Lage, heute Abend auszugehen?«

»Auszugehen?«

»Zum Hospiz-Dinner. Wir müssen doch den Spendenscheck vom Brunnenfest überreichen.«

»Ach ja, natürlich.«

William führte ihre Hand an seine Lippen. Er küsste sie. Annie zog sie zurück. Sie schlang sich die Arme um den Oberkörper.

»Gut«, sagte William. »Ich habe noch ein wenig zu tun. Bis nachher dann.«

Er sammelte die Zeitungsausschnitte ein und verließ den Raum. Annie sah, dass er einen vergessen hatte. Sie wartete, bis die Tür seines Arbeitszimmers zufiel, und setzte sich dann auf den Stuhl, auf dem kurz zuvor William gesessen hatte. Sie nahm die Zeitungsseite, sie stammte aus dem *Telegraph*. Ein Foto von Tom war abgebildet, und der dazugehörige Artikel stammte aus der Feder einer Psychologin. Die Überschrift lautete: WAS AUS EINEM MENSCHEN EIN MONSTER MACHT.

Annie graute vor der Lektüre, konnte jedoch nicht anders, als ihn zu lesen. Zunächst beschrieb die Psychologin Toms schwierige Kindheit, den Tod seiner Mutter und die schlechte Behandlung, die er durch seinen Vater erfahren hatte. Sie erklärte, dass das ständige Herumnörgeln des Vaters und seine ablehnende Haltung gegenüber dem Jungen nach und nach dessen Selbstwertgefühl und Selbstachtung zerstört hätten.

> Tom war unfähig, seine Klaustrophobie zu überwinden. Sosehr sein Vater ihn auch bestrafte, es »gelang« ihm einfach nicht. Um den aus seinem vermeintlichen Versagen resultierenden Selbsthass auszuhalten, errichtete er eine emotionale Fassade. Wahrscheinlich war Edna Wallace der einzige Mensch, dem er vertraute, die achtzigjährige Witwe, deren Garten er pflegte und mit der er über seine Zukunftspläne reden konnte.
>
> Doch mit deren Tod endete unglücklicherweise auch seine Beziehung zu der alten Dame. Was immer auch genau passiert ist, Greenaway hat Mrs Wallace nicht absichtlich getötet, und so bemühte er sich unermüdlich, sich selbst und jeden, der ihm Gehör schenkte, von seiner Unschuld zu überzeugen. Aber genau das ist ja Teil der Persönlichkeitsstruktur eines Psychopathen – überzeugend und glaubwürdig zu sein. Und deshalb gelingt es diesen Menschen ja auch oftmals, ihr wahres Gesicht zu verbergen.

Als Nächstes zitierte sie die Anwältin, mit der Tom aus dem Gefängnis korrespondiert hatte. Der darauffolgende Abschnitt ließ Annie zusammenzucken. Er beschrieb, wie Tom nach seiner Freilassung in seine Heimatstadt zurückgekehrt war,

> um die Beziehung zu seiner früheren Freundin, einer ortsansässigen Frau, wiederaufzunehmen, die ihn nach seiner Verurteilung zurückgewiesen hatte. Als er erfuhr, dass sie inzwischen geheiratet hatte, traf er sich mit einer Prostituierten. Es war eine Zufallsbegegnung. Greenaway muss Jennifer Dunnock, die seiner früheren Freundin auffallend ähnlich sah, aus den Dutzenden Prostituierten ausgewählt haben, die sich in Matlow, wie auch in anderen Streikorten, eingefunden hatten. Jennifer war zur falschen Zeit am falschen Ort. Wahrscheinlich hat Greenaway gar nicht beabsichtigt, sie zu töten, aber sein Unbewusstes muss in Jennifer Dunnock die Möglichkeit gesehen haben, sich für die Demütigung zu rächen, die er durch die Zurückweisung seiner Freundin erlitten hatte. Dann entsorgte er die Leiche im Moor, an einer Stelle, wo er sich früher manchmal mit seiner Freundin getroffen hatte – eine symbolische Häufung, die nicht dem Zufall geschuldet sein kann.

Annie ließ die Seite auf den Tisch sinken. Sie brachte es nicht über sich weiterzulesen. Ihr Name war zwar nicht genannt worden, aber in Matlow wusste jeder, dass sie mit »der Freundin« gemeint war. Die Psychologin deutete zwischen den Zeilen an, dass sie am Tod von Jenny Dunnock mitschuldig sei. Alles würde wieder von vorn beginnen, es würde wieder schmutzige Wäsche gewaschen werden, wieder würde sie zum Stadtgespräch werden. Oh Gott, dachte sie.

Und alles schien zusammenzupassen. Alles, was passiert war, hatte irgendwie mit Tom zu tun, alles war eine einzige Kette aus Motiven. Und doch wusste sie, dass das Bild falsch war.

Sie öffnete die Verandatür und ging in den Garten. Der Welpe sprang unbeholfen herum, und Elizabeth jagte hinter ihm her. Annie legte sich auf den Rasen und ließ zu, dass der kleine Hund und Lizzie über sie hinwegkrabbelten. Sie spürte die Sonne auf ihrer Haut. Wieder fragte sie sich, wo Tom wohl war. Versteckte er sich oben im Moor – und wenn ja, beobachtete er sie in diesem Moment?

DREIUNDSECHZIG

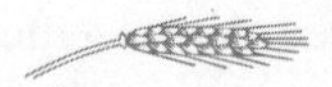

Das Wohltätigkeits-Dinner war eine fade Veranstaltung. Es fand im Festsaal des Rathauses statt, einem kalten und ziemlich düsteren schmucklosen Gebäude. Das Essen war mittelmäßig, der Wein korkte, und die geladenen Gäste waren langweilig. Annie entdeckte den Fotografen des *Chronicle*, nicht jedoch Georgie Segger, die Journalistin. William spielte seine Rolle wie immer glänzend. Er hörte scheinbar interessiert den Ansprachen zu und unterhielt sich mit seinen Tischnachbarn. Annie saß auf der anderen Tischseite zwischen zwei Männern mittleren Alters, die wie zwei aufgeblasene Gockel um ihre Aufmerksamkeit buhlten; während der eine unablässig schwatzte und Essensbröckchen auf ihren Teller spuckte, versuchte der andere unverhohlen mit ihr zu flirten, was bei Annie einen solchen Widerwillen hervorrief, dass William es über den Tisch hinweg bemerkte und ihr besorgte Blicke zuwarf.

Als sich ein Teil der Tischgesellschaft zwischen dem Hauptgang und dem Dessert zerstreute, um eine Zigarette zu rauchen, entschuldigte sich William bei seinen Tischnachbarn und kam zu Annie herüber. Er bot ihr seinen Arm an und führte sie auf die Terrasse. Die Nachtluft war frisch und kühl, die Straßenlampen sandten ihr gelbes Licht aus, und ein magerer Hund machte sich am Inhalt eines umgestürzten Müllsacks zu schaffen.

Sie beugten sich über das Geländer und blickten auf die Stadt.

»Warum hast du mich hierhergebracht?«

»Ich wollte dich eine Weile für mich haben. Ich wollte, dass du dich erinnerst.« William sah sie liebevoll an. »Hier hat es mit uns angefangen, Annie, hier, im Rathaus.«

»Ja, ich weiß.«

»Ich habe dich zum ersten Mal in diesem Gebäude gesehen. Ich wusste sofort, dass du einmal meine Frau sein würdest.«

»Wie konntest du das wissen?«

»Weil ich mir von Anfang an sicher war, dass du die Frau meines Lebens bist, die einzige, die für mich infrage kommt.« William stieß ein verlegenes Lachen aus. Annie wusste, dass darauf meist eine selbstironische Anekdote folgte, so auch diesmal. »Ich war wie ein verknallter Teenager. Paul hat mich immer aufgezogen deswegen. Ich erfand ständig irgendeinen Vorwand, um mich ins Schreibzimmer zu begeben und mit dir reden zu können. Erinnerst du dich an die vielen kleinen Memos, die ich dir diktiert habe? Und dass ich dich die gleichen Briefe zweimal tippen ließ?«

»Du hast immer einen Fehler gefunden.«

»Aber das war nicht der Grund! Hast du nicht bemerkt, dass ich nur eine Ausrede gesucht habe, um bei dir zu sein?«

Annie sah auf ihre Hände hinab, die auf dem Geländer lagen.

Nein, das hatte sie nicht bemerkt. Ihre Gedanken hatten sich immer nur um Tom gedreht.

»Anfangs hatte ich Angst vor dir«, sagte sie leise.

»Angst – vor mir? Warum denn?«

»Du warst so wichtig, du warst einer meiner Vorgesetzten. Und ich nur eine Sekretärin.«

»Aber das hast du mir nie gesagt.«

»Ich wollte dir meine Gefühle nicht zeigen.«

Annie rief sich in Erinnerung, wie nett William nach Toms Verhaftung zu ihr gewesen war. Wie er sich um sie gekümmert und sie durch seine Autorität beschützt hatte und wie sehr sie das damals gebraucht hatte.

»Ich hätte nie gedacht, dass jemand wie du sich für jemanden wie mich interessieren könnte«, sagte sie.

»Ich werde nie aufhören, mich für dich zu interessieren. Niemals.« Er straffte sich. »Nicht mehr lange und wir werden Greenaway erwischen«, sagte er. »In ganz Yorkshire wird nach ihm gefahndet. Und sobald er wieder hinter Gittern ist, wird unser Leben zur Normalität zurückkehren.«

»Ich kann mich kaum erinnern, wie sich ›normal‹ anfühlt.«

Eine Weile schwiegen sie.

»Was, wenn Tom es nicht getan hat?«, fragte sie leise. »Was, wenn er es nicht war?«

»Er hat es getan«, sagte William. »Er hat beide Frauen ermordet. Es gibt absolut keinen Zweifel, dass er sie auf dem Gewissen hat. Er leidet unter einer mentalen Störung. Er ist ein Psychopath. Er ist nicht der Mensch, für den du ihn hältst.« William rieb sich das Kinn. »Die vergangenen Wochen waren schwer für dich. Ich war selten da, war immerzu mit meiner Arbeit beschäftigt.« Tu das nicht, dachte sie. Entschuldige dich nicht für dein Verhalten. »Und für mich ... war es auch schwer. Ich habe mir solche Sorgen um dich gemacht, Annie. Schreckliche Sorgen.«

»Das war nicht nötig.«

»So, glaubst du das?« Er räusperte sich, und sie versuchte, darüber hinwegzugehen. »Ich finde, wir sollten bald in Urlaub fahren«, meinte er. »Die letzte Zeit war für uns alle anstrengend. Wir könnten Elizabeth für zwei Wochen aus der Schule nehmen; in Anbetracht des Schulgelds, das wir bezahlen, können sie wohl kaum etwas dagegen einwenden.« Annie wollte etwas erwidern, aber er kam ihr zuvor: »Wir fahren irgendwohin, und wenn wir zurückkommen, wird Greenaway verhaftet und der ganze Spuk vorbei sein. Und während unserer Reise könnten wir vielleicht mal über ein zweites Kind nachdenken, was meinst du?«

Einen Moment lang war Annie sprachlos. Dann sagte sie: »William, wie kommst du darauf, dass ich noch ein Kind will?«

»Du hast mir doch erzählt, die schönste Zeit deines Lebens sei die gewesen, als Elizabeth noch ein Baby war, und ich weiß, dass du in letzter Zeit nicht glücklich gewesen bist. Ich bin nicht besonders sensibel, aber selbst ich habe gemerkt, dass du nicht glücklich bist. Ich würde dich gern wieder lächeln sehen. Und abgesehen davon wäre es doch gut, noch ein Kind zu haben, findest du nicht auch? Gut für uns, meine ich, für uns als Paar und für unsere Familie.«

»Ich ...« Annie blickte sich hilflos um, suchte nach den richtigen Worten. »Glaubst du, ein Baby würde unsere Ehe besser machen?«

»Ja.«

»Wie kommst du plötzlich auf all das, William? Warum sagst du mir auf einmal solche Dinge?«

»Weil ich weiß, dass wir in letzter Zeit ein paar Probleme hatten. Nein, sag jetzt nichts. Ich weiß, dass es so ist.« Erneut räusperte er sich. »Aber ebenso weiß ich, dass es von jetzt an wieder besser wird zwischen uns.«

»Wie kannst du das wissen?«

»Weil ich dafür sorgen werde.«

VIERUNDSECHZIG

Mühsam schleppte sich Annie durch den nächsten Tag. Irgendwie schaffte sie es, ihn zu überstehen. Sie zwang sich, ihre Alltagsroutine zu bewältigen; setzte eine tapfere Miene auf. Diesmal würde sie nicht zusammenbrechen, nein, diesmal nicht.

Sie spielte mit dem Welpen, wischte hinter ihm auf, plauderte mit Mrs Miller, legte Fisch für das Abendessen in eine Marinade ein, schälte Kartoffeln und gab sie in einen Topf mit Wasser, schlug sechs Eier für eine Zitronenbaisertorte auf. Sie lachte mit Mrs Miller über die Gags eines Comedy-Senders. Sie las Ethel eine Stunde lang vor, damit die Pflegerin eine Pause machen konnte, sie goss die Topfpflanzen im Wintergarten, hängte einen Korb voll Wäsche auf die Leine und füllte die Waschmaschine mit einer neuen Ladung, bügelte einen Berg Hemden und Bettlaken, machte ein Sandwich für den Polizisten vor dem Haus, kochte Hühnchen und Reis für das Hündchen, machte sich zurecht, um zum Elternabend in die Schule zu fahren. Annie hörte lächelnd den Lehrern zu, wenn sie Lizzies Leistungen lobten, machte ein betroffenes Gesicht, wenn sie ihr Verhalten kritisierten, nickte, wenn sie ihr Übungen vorschlugen, um ihrer Tochter zu helfen, ihre Fantasie im Zaum zu halten und ihre Konzentration zu verbessern, machte Small Talk mit einer anderen Mutter. Wieder zu Hause schenkte sie sich nicht gleich ein Glas Wein ein, sondern bereitete erst den Fisch, die Kartoffeln und den Salat zu, deckte den Tisch und wartete auf William, der kurz darauf eintraf.

Und dann kam Mrs Miller ins Wohnzimmer, einen Umschlag in der Hand. »Entschuldigen Sie, Mr Howarth, aber das hier habe ich im WC-Schrank gefunden. Ich habe keine Ahnung, wie er dort hingeraten ist. Jedenfalls ist er an Sie adressiert und scheint dringend zu sein.«

William nahm den Umschlag und öffnete ihn. Er überflog den forensischen Bericht, bei dem eine Seite fehlte, und steckte ihn wieder in den Umschlag zurück. Dann zerriss er ihn in kleine Stücke und warf sie in den Abfalleimer.

Die ganze Zeit sagte er kein Wort.

Auch während des Abendessens nahm sich Annie zusammen, auch dann noch, als sie die Zitronenbaisertorte aufschneiden wollte und sich die Füllung auf das Tischtuch ergoss, weil sie nicht fest geworden war. Die Füllung lief und lief, während Annie versuchte, es zu verhindern; es hatte viel zu lange gedauert, die vielen Zitronen auszupressen und die Schale abzureiben und darauf zu achten, dass sie die weiße Haut der Früchte nicht erwischte, und die vielen Eier zu trennen, und hier war nun das Ergebnis zu besichtigen, die köstliche Zitronenfüllung bildete eine hässliche Pfütze auf dem Tischtuch, die Torte war ruiniert, und es gelang ihr nicht, mit bloßen Fingern das Ausfließen der Füllung zu verhindern.

»Annie, lass es einfach!«, sagte William, und sie sah ihn

an. Er hatte ihr die Hände auf die Schultern gelegt, und sein Gesicht war nah an ihrem, und hinter ihm konnte sie Elizabeth sehen, die sie erschrocken anstarrte, und sie hob die Hände ans Gesicht, und die klebrige Zitronenmasse tropfte auf den Teppich, und ihre Finger brannten, und sie brach in Tränen aus.

William führte sie in die Küche, wusch ihr an der Spüle die Hände und brachte sie dann ins Bett. Er drückte sie sanft auf den Bettrand und zog sie aus wie ein kleines Kind. Er half ihr, in ihr Nachthemd zu schlüpfen, reichte ihr einen warmen, feuchten Waschlappen, um sich das Gesicht zu reinigen, und ihre Zahnbürste, um sich die Zähne zu putzen. Dann hielt er ihr ein Glas Wasser und zwei Tabletten hin.

»Was sind das für Pillen?«, fragte sie, und er sagte: »Zwei von Mutters Beruhigungstabletten. Nimm sie. Mrs Miller meinte, sie werden dir guttun.«

Sie schluckte die Tabletten und spürte sogleich, wie sich eine köstliche Benommenheit in ihrem Körper ausbreitete, bis in die Gefäßendungen ihrer Finger und Zehen, und sie sank erleichtert auf ihr Kissen zurück, das sich unendlich weich und einladend anfühlte.

»Schlaf jetzt«, sagte William leise. »Morgen früh wird es dir besser gehen.« Er küsste sie auf die Stirn, und sie wusste, dass sich William um sie kümmern würde, denn William hatte sich immer um sie gekümmert, das musste man ihm lassen.

»Tut mir leid«, murmelte sie. »Alles tut mir leid …«

»Lass uns jetzt nicht darüber reden«, erwiderte er,

und sie sagte seufzend: »Gut. Du hast recht. Lassen wir es.«

Geräuschlos verließ William das Zimmer, und sie wartete darauf, dass der Schlaf sie übermannte. Es war ein schwarzer Schlaf, ein tiefschwarzer samtiger Schlaf, der sich anfühlte, als hätte jemand eine weiche Decke über sie gebreitet, ein Schlaf, der sich wie Ertrinken anfühlte. Als sie aufwachte, hörte sie Lizzies und Williams Stimmen irgendwo, zugleich fern und nah. Sie hörte nicht, was sie sprachen, wusste aber, dass sie nicht aufstehen musste, und ließ sich abermals in die Schwärze zurückfallen, denn es war besser dort, als wach zu sein. Dann erwachte sie ein zweites Mal, irgendetwas hatte sie aufgeweckt, und sie erkannte, dass es das Geräusch des Staubsaugers auf dem oberen Treppenabsatz war. Sie versuchte, den Kopf zu heben, hatte aber nicht die Kraft. Sie wusste, dass sie nachdenken musste, aber ihre Gedanken waren ein einziges Durcheinander; einzelne Erinnerungen an den vergangenen Abend flammten auf, aber alles war unzusammenhängend und ergab keinen Sinn. Sie war völlig verwirrt. Schließlich gab sie es auf, nachdenken zu wollen, und schlief, eingelullt vom Staubsaugergeräusch, wieder ein.

Als sie zum dritten Mal die Augen aufschlug, war die Schwärze nicht mehr so intensiv, aber Annie meinte zu träumen. Denn da war Marie, in ihrem Schlafzimmer in Everwell. Sie trug eine Jeanslatzhose und ein rosa T-Shirt, hatte das Haar mit einem rosafarbenen Band nach hinten gebunden und stand am Fenster. Die Vorhänge waren zurückgezogen und Licht flutete herein, und Marie mühte sich mit einem ärgerlichen Grummeln, das Schiebefenster hochzuhieven. Annie, die sich nach wie vor im Traum glaubte, schloss die Augen wieder.

Doch nach einer Weile, vielleicht nach einer Minute oder aber nach einer Stunde, war Marie immer noch da. Diesmal war ihr Gesicht so nah, dass ihre Kreolen gegen Annies Wange baumelten. Annie rutschte ein bisschen tiefer unter ihre Bettdecke, und Marie sagte: »So, das reicht jetzt. Setz dich auf. Ich habe dir Kaffee gebracht.«

Es dauerte noch einige Minuten, bis es Annie gelang, die Augen zu öffnen. Mühsam stützte sie sich auf ihre Ellenbogen. Jetzt war sie fast sicher, dass sie nicht träumte. Sie roch den Kaffee und Maries Haarspray, und Marie saß auf der Bettkante und sah sie vorwurfsvoll an.

»Was machst du hier?«, fragte Annie.

»Ich bin gekommen, um dir zu sagen, dass du endlich aufhören sollst, dich selbst zu bemitleiden.«

»Mum ...«

»Ich hatte dir gesagt, dass es kein gutes Ende nehmen würde.«

»Oh Gott.« Annie machte die Augen wieder zu. »Mum, bitte, fang nicht wieder damit an.«

»Nun, irgendjemand muss ja dafür sorgen, dass du wieder in die Spur findest.« Marie reichte Annie den Becher mit dem Kaffee. »Ich habe ihn ziemlich stark gemacht und Zucker reingetan.«

»Wieso bist du hier?«, fragte Annie.

»William war bei uns. Mrs Miller macht mit der alten

Mrs Howarth einen Ausflug. Er hat gesagt, du hättest ein paar Tabletten genommen, und meinte, du solltest besser nicht allein bleiben.«

»Er hat mir die Tabletten gegeben, er hat mir geraten, sie einzunehmen.«

»Hm.« Marie hatte die Arme vor der Brust verschränkt. »Trink jetzt deinen Kaffee. Ich lass dir ein Bad ein, und danach kommst du runter und isst was. Zwing dich dazu, wenn nicht mir, dann Johnnie zuliebe.«

Später, nachdem Annie gebadet und sich angezogen hatte, saß sie am Küchentisch, während Marie Eier, Speck und Tomaten briet und sich unentwegt über den Überfluss an Lebensmitteln in Annies Kühlschrank ausließ. Sie stellte den Teller mit dem Omelett vor Annie hin und setzte sich ebenfalls. Einen Moment lang sah sie Annie an, dann streckte sie die Hand aus und legte sie an die Wange ihrer Tochter.

»Ach, Schätzchen«, sagte sie, »gefällt mir gar nicht, dich so leiden zu sehen.«

»Sag jetzt bloß nicht wieder, du hättest mich gewarnt. Bitte nicht.«

»Annie, hör mir mal zu. Ich weiß, du glaubst, du liebst Tom Greenaway. Ich weiß, was du für ihn empfindest, aber es ist nicht wirklich Liebe. Du täuschst dich. Es ist wie ein Gift oder eine Droge, die dich abhängig macht, und ich weiß, dass es im Moment schrecklich wehtut, aber das geht wieder vorbei. Es geht wieder vorbei, weil es nichts mit der Wirklichkeit zu tun hat und noch nie hatte. Du hast seinen Lügen geglaubt. Du hast nicht den wirklichen Tom Greenaway geliebt, den Mörder; du hast einen Mann geliebt, den es gar nicht gibt, die Version, die er dir vorgespielt hat. Einen Schatten, nichts weiter. Es war alles Lug und Trug.«

»Nein.«

»Iss jetzt dein Frühstück. Kommt gar nicht infrage, dass du gutes Essen verkommen lässt.«

»Ich kann nicht.«

»Dann esse ich es eben. Weiß William Bescheid? Über Tom und dich, meine ich?«

»Er ahnt etwas, tut aber so, als wüsste er nichts.«

»Er ist so ein kluger Mann. Wenn es nur mehr von der Sorte gäbe.«

»Du glaubst, das ist gut? Wenn man alles unter den Teppich kehrt?«

»Es ist besser als das Gegenteil. Er könnte sich auch ganz anders verhalten.«

Annie sah zu, wie ihre Mutter das Frühstück aß, das sie für sie zubereitet hatte.

Nach ein paar Minuten sagte sie leise: »Ich kann nicht bei ihm bleiben, Mum. Nicht nach dem, was passiert ist.«

Marie knallte Messer und Gabel auf den Teller. »Heilige Jungfrau Maria! Hast du den Verstand verloren?«

»Wie kann ich bei ihm bleiben, wenn ich ihn nicht mehr liebe?«

»Annie, jetzt hör mir mal gut zu!« Maries Stimme hatte einen eindringlichen Klang. »Wenn du jetzt deinen Mann verlässt, was bleibt dir dann noch? Nichts. Absolut nichts! Du hast keine Arbeit, kein Geld, gar nichts hast du. Dein

Vater würde dich umbringen, wenn er erfährt, was du gemacht hast. Die Leute in der Stadt werden dich an den Pranger stellen. Wenn sich herumspricht, dass du deinem Mann Hörner aufgesetzt hast, noch dazu mit einem Mörder … Großer Gott, kannst du dir vorstellen, wie es für dich wäre? Du musst deine Ehe wieder in Ordnung bringen, Annie, du musst einfach.«

»Aber ich liebe William nicht.«

»Es geht hier nicht um Liebe, Annie! Wie oft muss ich dir das noch sagen!« Marie seufzte und fuhr sich mit den Fingern durchs Haar. Sie starrte Annie wütend und frustriert an, und Annie starrte zurück.

Das Telefon klingelte. »Du gehst besser ran«, sagte Marie. »Vielleicht ist es dein Mann. Der wissen will, wie es dir geht.«

Annie begab sich in den Flur und nahm ab. »Hallo?«, sagte sie.

»Hallo, Mrs Howarth?«

»Ja?«

»Hier ist der Schrottplatz Rossiter. Sie hatten mich doch gebeten anzurufen, wenn jemand eine Yamaha 125 mit dem Kennzeichen GN 87V vorbeibringt.«

»Ja?«

»Nun, das ist gerade eben passiert. Die Maschine ist jetzt hier.«

FÜNFUNDSECHZIG

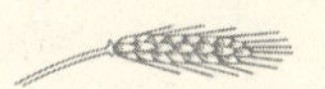

Marie und Annie gingen hinaus. Augenblicklich trat der Polizist auf sie zu.

»Wer ist das?«, fragte Marie.

»Mein Aufpasser. Er soll mich auf Schritt und Tritt begleiten«, erklärte Annie.

»Oh.« Marie musterte den Beamten von oben bis unten. »Nun, junger Mann, dann machen Sie ruhig mal ein Päuschen, denn jetzt passe ich auf die Dame auf und lass sie keine Sekunde aus den Augen.«

Als der Polizist protestierte, trat Marie näher an ihn heran. »Passen Sie auf, junger Mann: Mr Howarth hat mich selbst hergeholt, damit ich mich um meine Tochter kümmere. Er weiß, dass ich bei ihr bin, und hat, wie gesagt, selbst dafür gesorgt. Reden Sie mit ihm, wenn Sie mir nicht glauben. Los, gehen Sie zu Ihrem Funkgerät!«

Der Beamte fühlte sich sichtlich unwohl in seiner Haut, begab sich aber zögerlich zum Streifenwagen.

Marie fasste Annie am Arm und zog sie zu ihrem Auto. »Das ist ja ein Ding!«, murmelte sie. »Selbst noch grün hinter den Ohren und meint, er kann mir Flötentöne beibringen.«

Während sie die Auffahrt hinabfuhren, beobachtete Annie im Rückspiegel, wie der Beamte und sein Kollege miteinander stritten. Sie berührte ihre Mutter am Arm.

»Was ist?«, fragte Marie.

»Manchmal bist du wirklich eine Wucht.«

»Sei nicht albern.«

Sie holten Johnnie in der Rotherham Road ab und fuhren weiter nach Burnley – Johnnie saß vorn auf dem Beifahrersitz und Marie hinten. Da sich Annie noch immer ein wenig benommen fühlte, fuhr sie langsam und vorsichtig. Als Marie im Fond die ganze Zeit über ihren Fahrstil meckerte, sagte ihr Annie, sie solle endlich still sein oder aussteigen.

Nachdem sie beim Schrottplatz angekommen waren, gingen sie im großen Bogen um den Kettenhund herum zu dem kleinen Verkaufsschuppen. Der Mann mit dem Schmerbauch und dem Rockerschnurrbart kam heraus und begrüßte Annie mit einem Nicken.

»Diesmal die ganze Familie mitgebracht?«, fragte er.

»Das Motorrad gehört mir«, sagte Johnnie, und der Mann sah ihn an. Sein Blick glitt zu Johnnies linker Körperseite, und er sagte: »Tut mir leid, Kumpel. Es ist dort drüben, kommen Sie.«

Sie folgten ihm hinter den Schuppen, und da stand Johnnies Motorrad, an einen alten Campingbus gelehnt.

»Es ist in einem üblen Zustand«, sagte der Mann.

»Das können Sie aber laut sagen«, meinte Marie. »Was ist damit passiert?«

»Die Burschen, die es gebracht haben, sagten, sie hätten es im Moor gefunden, hinter dem Bergwerk. Es war ein Stück weit vom Weg entfernt im Unterholz versteckt.«

Johnnie wischte mit der Hand Erdkrusten vom Auspuff.

»So schlimm ist es gar nicht«, sagte er. »Ich meine, es sieht nicht viel schlimmer aus als vorher.«

»Oh Johnnie«, sagte Marie. »Kommt das alles von deinem Unfall? Nur von deinem Sturz?«

»Nur der vordere Teil hat viel abgekriegt. Die Vorderradaufhängung ist verbogen, und der Tank ist eingedrückt.«

»Ich hab den Burschen nur den Schrottwert bezahlt. Zurzeit kommt alles Mögliche rein, Gartenzäune, Kupferrohre und so 'n Zeug. Die Leute brauchen Geld. Sie können es gern zurückkaufen, wenn Sie wollen.«

Annie sah ihren Bruder an. Er hatte sich auf die Fersen gehockt und strich zärtlich über das Hinterrad.

»Lass uns erst mit deinem Dad reden.« Marie wandte sich an den Schrottplatzbetreiber. »Danke«, sagte sie zu ihm, »wir melden uns dann.«

»Gut, aber überlegen Sie nicht zu lange. Ich werde es bald endgültig verschrotten.«

Marie, Johnnie und Annie stiegen wieder in den Wagen, und Annie lenkte ihn vorsichtig rückwärts aus der Hofeinfahrt hinaus.

»Irgendwie ergibt das keinen Sinn«, sagte sie. »Ich weiß, dass zwei Männer am Tag von Johnnies Unfall das Motorrad auf einen Anhänger geladen haben. Warum haben sie sich die Mühe gemacht, nur um es anschließend im Moor zu entsorgen?«

»Vielleicht haben sie gedacht, sie könnten es reparieren, und dann festgestellt, dass es sich nicht lohnt?«

»Jedenfalls wollten sie es verstecken«, sagte Marie.

Kurz entschlossen hielt Annie an. Sie schaltete vom

Rückwärtsgang in den ersten Gang und fuhr wieder auf den Schrottplatz zurück.

»Lass es uns noch mal anschauen«, sagte sie zu Johnnie.

Sie stiegen aus, winkten dem Mann zu und begaben sich erneut zur Rückseite des Verkaufsschuppens.

»Die Vorderradaufhängung ist tatsächlich total verbogen«, sagte Annie.

»Das ist wahrscheinlich passiert, als sie es ins Unterholz bugsiert haben.«

»Kann das sein? Da müssen sie aber schon mit Gewalt vorgegangen sein, um das Metall so zu verbiegen. Und diese riesige Delle im Tank ...«

Der Schrottplatzinhaber ging neben dem Motorrad in die Hocke. Er fuhr mit den Fingern über das Metall. »Das muss ein Wagen verursacht haben. Ich habe schon viele Motorräder gesehen, und ich würde sagen, dass dieses Ding unter ein Auto geraten ist oder so was in der Art.«

»Das verstehe ich nicht«, sagte Johnnie.

»Sie sind doch mit einem Wagen zusammengestoßen, oder? Oder ein Wagen hat Sie angefahren? Vielleicht sogar ein Lieferwagen? Oder ein Truck?«

»Nein, ich bin auf der Straße gerutscht und gestürzt. Da war kein Auto oder ein anderes Fahrzeug beteiligt.«

»Und Sie erinnern sich genau an den Hergang?«

»Nein, ich kann mich an gar nichts erinnern.«

»Vielleicht ist ja hinterher ein Wagen in das Motorrad gefahren, nachdem Johnnie im Krankenwagen abtransportiert wurde«, warf Marie ein.

»Nein, die Polizei ist ja sofort dagewesen. Sie haben das Motorrad an den Straßenrand geschoben.«

»Fällt Ihnen sonst noch was auf?«, fragte Marie den Mann.

»Diese Flecken da, das sind meines Erachtens weiße Farbspuren. Mehr kann ich auch nicht sagen.«

»Dann war es also ein weißer Wagen?«

»Gut möglich.«

»Wenn Johnnie tatsächlich von einem Fahrzeug angefahren wurde, müsste das dann nicht auch stark beschädigt sein?«

»Davon gehe ich aus. Sehen Sie sich das Motorrad an. Klar, das Bike hat mehr abgekriegt, aber der Wagen ist bestimmt auch nicht ungeschoren davongekommen.«

Annie spürte, wie das Adrenalin durch ihre Adern rauschte. Und sie wusste, dass es den anderen ebenso erging. »Würden Sie das Motorrad eine Zeit lang für uns aufheben? Ich möchte mit meinem Mann über die Sache reden. Er ist bei der Polizei.«

Der Mann richtete sich auf und rieb sich den Schmutz von den Händen. »Geht in Ordnung«, sagte er.

»Dann glaubst du also, dass mich jemand angefahren hat?«, fragte Johnnie langsam.

»Ja.« Annies Stimme klang grimmig. »Und anschließend haben die Typen versucht, die Spuren zu verwischen.«

Nachdem Annie Johnnie und Marie nach Hause gebracht hatte, fuhr sie weiter zur Polizeistation. Die diensthabende Beamtin trat an den Schalter. »Guten Tag, Mrs Howarth.«

»Hallo. Ist mein Mann da? Ich muss ihn dringend sprechen.«

»Er muss irgendwo im Gebäude sein. Wollen Sie mit nach hinten kommen und dort auf ihn warten?«

»Ja, danke«, sagte Annie.

Sie folgte der Polizistin über einen mit Teppichboden ausgelegten Gang. Am Ende erblickte sie den großen Büroraum, aus dem das Klingeln von Telefonen und Gesprächsfetzen zu hören waren. Aber die Polizistin führte sie nicht dorthin, sondern in einen der Vernehmungs- und Besprechungsräume, die den Korridor säumten.

Während sie wartete, ging Annie auf und ab. Das Zimmer war schmuddelig und in einem hässlichen Grün gestrichen, hatte nur ein kleines vergittertes Fenster, und ein muffiger Amtsgeruch hing in der Luft. Das Mobiliar bestand lediglich aus einem Tisch, zwei Holzstühlen und einer Wanduhr. Annie fragte sich, ob Tom nach seiner ersten Festnahme in diesem Raum verhört worden war. Er war nur wenige Quadratmeter groß. Wenn man Tom hier eingesperrt hatte, war er bestimmt in Panik geraten. Mit einem Mal fühlte auch sie sich beklommen. Sie ging zur Tür, dachte zuerst, sie wäre verschlossen, und drückte die Klinke so fest, dass die Tür aufflog und sie selbst auf den Gang hinausstolperte. Beinahe wäre sie in einen vorbeikommenden Mann gerannt.

»Entschuldigung«, sagte sie, und er murmelte: »Nichts passiert«, und ging weiter. Annie starrte ihm nach. Sie sah ihn nur von hinten, war sich aber ziemlich sicher, dass es derselbe Mann war, der ihr in der Telefonzelle aufgefallen war, der glatzköpfige, untersetzte Kerl, der sie eine Zeit lang zu beschatten schien. Da er die Hemdsärmel hochgekrempelt hatte, konnte sie eine Tätowierung auf seinem Unterarm sehen. Er ging durch eine Tür, auf der NOTAUSGANG stand und die hinter ihm zuschlug. Annie lehnte sich an die Wand. An der gegenüberliegenden Mauer hing eine Pinnwand mit Dienstplänen und Listen, einer Umgebungskarte und den Telefonnummern der Leiter der verschiedenen Minen. Sie besah sich die Landkarte aus der Nähe. Everwell war rot gekennzeichnet.

Die Tür des großen Büroraums ging auf, und die Polizistin vom Empfang kam heraus. Sie sah Annie bedauernd an.

»Detective Superintendent Howarth ist leider in einem Meeting«, sagte sie. »Es kann noch eine geraume Weile dauern. Aber wenn Sie trotzdem warten möchten, gern, ganz wie Sie wollen.«

»Na gut, ein bisschen Zeit gebe ich ihm noch.«

Annie kehrte in den Verhörraum zurück, setzte sich, legte die Arme auf den Tisch und bettete den Kopf darauf. Wenig später hörte sie eine Tür knallen, und aus dem angrenzenden Zimmer drangen laute Stimmen. Die eine gehörte Paul Fleming, die andere kannte sie nicht.

»Das kann ich ihm unmöglich so geben!«, rief Paul wütend. »Schauen Sie sich das an, das ist ein einziges Durcheinander. Sind Ihre Leute Analphabeten, oder was? Wissen sie nicht, wie man einen Bericht schreibt?«

Der andere murmelte etwas, was Annie nicht verstand.

»Das reicht nicht! Habe ich Ihnen nicht gesagt, dass die

Zeugenaussagen klar und präzise sein und alle die gleiche Version wiedergeben müssen? Verdammter Mist, haben wir nicht schon genügend Probleme am Hals? Die verdammte Presse sitzt uns im Nacken, und die Bergleute wollen uns ans Bein pissen, wo sie nur können. Und da meinen Sie, Sie können mir einen Haufen widersprüchlicher Zeugenaussagen abliefern?«

»Was soll ich denn in Ihren Augen tun?«

»Reden Sie mit Ihren Leuten Klartext, und bringen Sie sie dazu, die Berichte noch mal neu abzufassen. Gleichen Sie sie Wort für Wort ab. Und sorgen Sie dafür, dass eine glaubwürdige Geschichte daraus wird.«

»Sie wollen also, dass wir Zeugenaussagen fälschen?«

»Nein!« Ein lauter Knall war zu hören, offenbar hatte Paul mit der Faust auf den Tisch gehauen. »Ich will, dass Sie sich für einen Hergang entscheiden und dann sicherstellen, dass die Zeugen dies bestätigen, sodass hinterher alle Aussagen übereinstimmen. Ich will Sie doch nur beschützen, ist Ihnen das nicht klar? Ich versuche, Ihnen, verdammt noch mal, zu helfen!«

Annie schob ihren Stuhl zurück, stand auf und lief leise den Gang entlang zum Empfangsschalter zurück.

»Ich muss leider gehen«, sagte sie zu der diensthabenden Beamtin.

»Gut. Wollen Sie Mr Howarth vielleicht eine Nachricht hinterlassen?«

»Nein danke, nicht nötig.«

SECHSUNDSECHZIG

Annie war völlig erschöpft. Sie wartete auf William, aber als er um Mitternacht immer noch nicht zu Hause war, stellte sie sein Abendessen auf den Tisch und ging ins Bett. Dass der Polizeiwagen immer noch in der Auffahrt stand, empfand sie eher als bedrohlich denn als beruhigend. Sie fragte sich, ob die beiden Polizisten auch die Bewegungen im Haus protokollieren mussten. Beobachteten sie sie in diesem Moment und notierten die Uhrzeit, zu der sie nach oben ging und im Schlafzimmer die Vorhänge zuzog?

Als William nach Hause kam, hörte sie, wie er mit den Kollegen draußen redete, dann, wie er die Haustür aufschloss, und dann seine Schritte auf der Treppe. Er betrat das Schlafzimmer, und Annie stellte sich schlafend. Sie merkte, wie er neben dem Bett stehen blieb und auf sie hinabsah, und auch wenn er nichts sagte, wusste sie, dass er sich nicht von ihr täuschen ließ. Er verharrte eine gefühlte Ewigkeit so, bis er sich schließlich umdrehte und wieder nach unten ging. Annie rollte sich auf der Seite zusammen. Ihre Sehnsucht nach Tom war plötzlich so stark, dass es körperlich schmerzte; sie war krank vor Einsamkeit.

Am nächsten Morgen wartete sie, bis William das Haus verlassen hatte, ehe sie nach unten ging. Mrs Miller war mit dem Welpen im Garten, und Ethel saß auf ihrem gewohnten Platz im Wintergarten.

Annie musste unbedingt mit jemandem reden. Sie rief Janine Fleming an, und sie verabredeten sich zum Mittagessen.

Dann machte Annie Tee und setzte sich zu Ethel in den Wintergarten. Die Hände der alten Dame zitterten in ihrem Schoß. Sie drehte ihrer Schwiegertochter das Gesicht zu und sah sie mit wässrigen Augen an.

»Wie blass du bist, du siehst ja aus wie ein Geist. Du bist wegen ihm so durcheinander, nicht wahr?«

»Wegen wem?«

»Dem Chauffeur. Er kommt nicht mehr. Du vermisst ihn.« Ethel wandte das Gesicht zum Fenster, und Annie konnte sehen, dass ihr Tränen über die Wangen liefen.

Sie ergriff ihre Hand und sagte: »Oh Ethel, was hast du denn?«

»Ich vermisse meinen Mann. Ich vermisse ihn immer, aber zurzeit besonders. Manchmal kann ich mich nicht mehr erinnern, wer ich bin oder warum ich hier bin, und das macht mir solche Angst, Liebes. Wenn Gerry da wäre, ach, wenn er nur hier wäre, dann würde es mir nicht so viel ausmachen. Ich bin so einsam ohne ihn, weißt du. Schrecklich einsam.« Sie blickte in den Garten. »Du musst dein Glück ergreifen, wenn du es findest, Liebes«, sagte sie leise. »Vergeude es nicht, denn eines Tages wird es verschwunden sein, und du wirst es nie wieder zurückbekommen, egal, wie sehr du es willst.«

Annie küsste Ethel auf die Wange und ging dann in den

Garten. Sie stellte sich auf den Rasen und breitete die Arme aus. Bist du dort oben, Tom?, fragte sie stumm. Siehst du mich? Sie spazierte zum Gemüsegarten und brach ein paar von den langen rosafarbenen Rhabarberstauden ab, deren Schale sich samtig anfühlte. Ethel liebte Rhabarber. In der Küche schnitt sie die Stauden in längliche Stücke und gab sie zusammen mit etwas Wasser und Zucker in einen Topf. Dann nahm sie Butter aus dem Kühlschrank und Mehl aus der Vorratskammer und machte einen Mürbeteig.

Sie musste diese Tage irgendwie überstehen und einen Schritt nach dem anderen tun. Für Ethel einen Rhabarberkuchen zu backen war schon einmal ein Anfang. Der erste Schritt. Dann würde sie zu Janine Fleming fahren, und danach würde sie etwas anderes tun. Und so würde sie weitermachen, von einer kleinen Aufgabe zur nächsten. Und ehe sie sichs versah, würde die Zeit vorbeigehen, und es würde nicht mehr so wehtun, und sie würde wieder etwas klarer im Kopf sein. Eines nach dem anderen. Zuerst der Rhabarberkuchen.

In diesem Moment kam Mrs Miller mit dem Hündchen auf dem Arm in die Küche.

»Ich mache mir Sorgen um den kleinen Kerl«, sagte sie. »Er gefällt mir gar nicht.«

Annie wischte sich das Mehl von den Händen und nahm ihr den Welpen ab. Sie küsste ihn auf das seidige Fell.

»Was fehlt dir denn, Martha?«, fragte sie. »Was ist los mit dir?«

Das Hündchen gab ein Grunzen von sich und schob den Kopf unter ihren Arm.

»Er will einfach nicht spielen«, sagte Mrs Miller. »Ich weiß, dass Welpen normalerweise lebhafter sind.« Sie wusch sich am Spülbecken die Hände. »Mein Barry hat mir mal einen jungen Mischling mitgebracht. Er war an einen Laternenpfahl festgebunden und hatte genau den gleichen verlorenen Blick wie unser kleiner Kerl hier. Der Tierarzt meinte, dass es das Beste für ihn wäre, ihn einzuschläfern.«

»Oh nein!«

»Es war schrecklich. Noch heute macht es mir zu schaffen, wenn ich daran denke.«

Annie drückte den Welpen an sich. »Wir können dich doch nicht leiden lassen«, sagte sie. »So einen kleinen süßen Kerl.« Der Hund schloss die Augen und kuschelte sich an sie, als wollte er ihren Herzschlag spüren. »Glauben Sie, dass er seine Mutter und Geschwister vermisst?«

»Schon möglich. Gehen Sie doch zu Jim Friel und fragen Sie ihn um Rat«, sagte Mrs Miller. »Der wird es wissen.«

Annie nickte. Sie schaltete die Herdplatte aus, auf der der Topf mit dem Rhabarber stand, bedeckte ihn mit einem Geschirrtuch, schlüpfte in eine Jacke, nahm den Welpen auf den Arm und verließ das Haus. Sie beschloss, die Straße zu nehmen, anstatt mit Martha über den Zaunübertritt zu klettern und quer über die Kuhweide zu gehen.

Sie sagte den Polizisten, was sie vorhatte und dass sie bald wieder zurück sein würde. Aber einer von ihnen folgte ihr dennoch.

Schon von Weitem hörte sie an den Geräuschen, dass sich die Kühe im Hof befanden. Im Näherkommen sah sie die Tiere mit ihren knochigen Rücken dicht zusammengedrängt dort stehen. Die vordersten stießen mit ihren Hüften klirrend gegen das Metallgatter, ein wogender Teppich schwarz-weißer Leiber mit grünbraunen Dungflecken an den Flanken und mit glasigen, wissenden Augen, die wie Pflaumen aussahen.

Seth balancierte auf dem Zaun und lockte eine Kuh mit eigentümlich kehligen Lauten in einen schmalen, länglichen Stand aus Metallstäben, der gerade so groß war, dass ein Tier hineinpasste. Kaum war sie drinnen, ließ er ein Fallgitter herunter, sodass die Kuh sich nicht mehr bewegen konnte. Der Tierarzt, ein Mann mit Schiebermütze in einem braunen Overall, befand sich mit Jim auf der anderen Seite des Stands und impfte die Kühe. Es dauerte nur ein paar Sekunden, dann öffnete sich das Gitter am vorderen Ende, und die Kuh zuckelte hinaus und folgte ihren Artgenossinnen den Pfad hinunter in Richtung Weide.

Annie ging im großen Bogen an der Hofmauer entlang auf Jim Friel zu und blieb ein paar Meter entfernt stehen. Als die Hunde sie bemerkten, bellten sie. Sie spürte, wie sich der Welpe in ihren Armen ängstlich duckte. Jim brachte die Hunde mit einem Pfiff zum Schweigen, sagte etwas zu dem Tierarzt und kam zu ihr.

»Na, so eine Überraschung«, sagte er.

»Hallo, Jim. Tut mir leid, dass ich Sie bei der Arbeit störe, aber der Welpe kränkelt ein bisschen. Könnten Sie ihn sich kurz anschauen? Vielleicht wissen Sie ja, was ihm fehlt.«

Jim hustete und spuckte auf den Grasstreifen, der den Hof begrenzte.

»Hey, Seth!«, rief er. »Könnt ihr mal eben ohne mich weitermachen?«

Seth, der mit krummem Rücken rücklings auf dem Zaun hockte, sah Annie finster an, machte aber eine Daumen-hoch-Geste in Richtung Jim.

»Kommen Sie, gehen wir hinein«, sagte dieser. »Dann wollen wir uns den kleinen Kerl mal anschauen.«

Die Hunde dicht auf den Fersen, führte er sie über einen von Gestrüpp bewachsenen schmalen Weg zum Cottage. Jim öffnete die Tür und machte einen Schritt zur Seite, um Annie den Vortritt zu lassen. Er befahl den Hunden, draußen zu warten, worauf sie sich im Schatten niederließen und mit einem Winseln die Schnauzen auf die Pfoten legten.

Annies Augen brauchten eine Weile, um sich an die Dunkelheit im Innern des Cottages zu gewöhnen. Doch dann erkannte sie, dass sie sich in einem winzigen Raum, einer Wohnküche, befand, wo es einen Elektrokocher gab, der noch aus den 1950er-Jahren stammen mochte, einen kleinen Holztisch mit zwei Stühlen, einen offenen Kamin und ein Sofa mit abgenutzten Kissen und ein paar zerschlissenen Häkelläufern. Ein großer moderner Fernseher beherrschte den Raum. Abgesehen davon war alles alt, aber sauber. Auf dem Abtropfgestell war das gespülte Frühstücksgeschirr aufgereiht. In einer Ecke ratterte ein Kühlschrank.

»Setzen Sie sich«, sagte Jim, und Annie ließ sich auf dem Sofa nieder. Trotz ihres leichten Gewichts sackte sie ein. Vorsichtig setzte sie den Welpen neben sich ab.

Jim streifte seine schmutzige Latzhose ab und hängte sie an den Kleiderhaken an der Tür. Er trat an das Spülbecken, wusch sich die Hände und trocknete sie an einem alten Geschirrtuch. »Gut, dann schauen wir mal, was dem kleinen Kerl fehlt«, sagte er.

Annie reichte ihm den Hund. Jim hielt ihn in einem Arm und streckte mit der anderen Hand vorsichtig seine Gliedmaßen aus und fuhr mit den Fingerspitzen über seinen rosa Bauch.

»Würmer«, sagte er.

»Würmer?«

»Sicher. Sehen Sie, wie aufgedunsen sein Bauch ist? Er ist voller Würmer, gell, mein Kleiner? Diesen verdammten Parasiten.« Er hob den Welpen an sein Gesicht. »Wilder Knoblauch und Wermutkraut. Das ist es, was du jetzt brauchst, hm, du süßer Kerl? Damit wirst du die blöden Würmer wieder los!«

»Ich habe keine Ahnung, wie Wermut aussieht.«

»Das ist ein Kraut. Aber Sie müssen ja nicht auf jeden Penny schauen, oder? Dann gehen Sie lieber mit ihm zum Tierarzt in die Stadt und besorgen sich ein Wurmmittel. Damit kriegen Sie das Problem in null Komma nichts in den Griff.«

Jim reichte ihr die Hand, um ihr beim Aufstehen zu helfen, und übergab ihr den Hund.

»Vielen Dank für Ihre Hilfe, Jim.«

»Ach, nicht der Rede wert. Wenn ich sonst irgendwas für Sie tun kann, Sie wissen ja, wo Sie mich finden.«

Als Annie zurückkam, hatte Mrs Miller den Rhabarberkuchen fertig vorbereitet und schob ihn gerade in den Backofen.

»Mr Howarth hat vor einer Minute angerufen«, sagte sie.

Annie gab dem Welpen einen Kuss auf die Nase und legte ihn in den Hundekorb. »Jim meint, er hat Würmer.«

»Uh, igitt.«

»Ja, aber ein Problem, das sich Gott sei Dank schnell aus der Welt schaffen lässt. Ich fahre rasch zum Tierarzt, um ein Wurmmittel zu holen. Kann ich Ihnen etwas aus der Stadt mitbringen?«

»Nein, vielen Dank.«

Annie griff erneut zu ihrer Jacke und tastete die Taschen nach ihrer Geldbörse ab. Sie war sich sicher, dass sie sie eingesteckt hatte.

»Meine Geldbörse muss mir bei Jim herausgefallen sein«, sagte sie zu Mrs Miller. »Ich gehe sie rasch holen. Es dauert nicht lange.«

Der Hof war verwaist, als sie die Farm erreichte. Die Kühe waren auf die Weide zurückgekehrt, der Tierarzt war weggefahren, und weder Jim noch Seth Friel waren irgendwo zu sehen. Annie rief nach ihnen, bekam aber keine Antwort, nicht einmal ein Bellen der Hunde.

Sie ging zum Cottage und klopfte an die Tür, aber nichts rührte sich. Sie drehte den Knauf und öffnete die Tür.

»Hallo!«, rief sie, aber ihre Stimme verlor sich in dem schummrigen Raum, offenbar war tatsächlich niemand da.

Sie musste nur hineingehen und ihre Börse vom Sofa nehmen, sprach sie sich Mut zu. Eine Sache von ein, zwei Minuten.

»Hallo!«, rief sie erneut, lauter diesmal, aber wieder blieb es still.

Wenn du jetzt nicht endlich deine Börse holst, sagte sie sich, wirst du es nicht rechtzeitig zum Tierarzt schaffen und anschließend zu Janine. Und der arme Welpe wird noch länger leiden müssen.

Endlich überwand sie sich, trat in das Halbdunkel der Wohnküche und ging zum Sofa, um nach ihrem Portemonnaie zu suchen. Ihr Arm versank fast bis zum Ellbogen zwischen den Sitzpolstern, während sie mit der Hand Sandkörner, Münzen, einen Kamm und das spitze Ende einer Sprungfeder ertastete. Es war so viel Raum zwischen den Kissen, dass ein Ziegelstein dazwischengepasst hätte. Ihre Finger wanderten suchend über den Wust an Kleinkram, der sich im Laufe der Jahre unter den Polstern gesammelt hatte, bis sie schließlich ihr perlenbesticktes Portemonnaie fand. Daneben lag ein Schlüssel. Sie zog beides hervor. Sie wollte den Schlüssel auf das Sitzpolster legen, sodass Jim ihn sehen würde, aber als sie ihn genauer betrachtete, erkannte sie den Anhänger wieder. Er war aus Plastik und hatte die Gestalt des A-Team-Vans. Es war Johnnies Schlüssel, der Schlüssel von seinem Motorrad.

SIEBENUNDSECHZIG

Annie saß, den Welpen auf dem Schoß, im Wartezimmer der Tierarztpraxis. Sie drehte den Schlüssel zwischen den Fingern. Immer wieder versuchte Martha, ihn zu erhaschen. Annie gegenüber saß eine Frau, die offenbar unter krankhaftem Haarausfall litt und um deren Hals sich eine honigfarbene Ratte wand. Sie hatte winzige Pfoten, die wie kleine Hände aussahen, winzige weiße Nägel und einen muskulösen, nackten rosafarbenen Schwanz, der Annie zugleich abstieß und faszinierte.

Annie wurde als Nächste in das Behandlungszimmer gerufen. Sie steckte den Schlüssel in die Jackentasche und dachte nicht mehr daran, während der Tierarzt den Welpen untersuchte und Jims Diagnose eines schweren Wurmbefalls bestätigte. Er gab Martha eine Tablette. Nachdem sie noch eine Weile über die richtige Haltung und Pflege von Welpen geplaudert hatten, kehrte Annie zu ihrem Wagen zurück.

Sie bat ihren Bewacher, sie direkt weiter zum Haus der Flemings zu fahren. Als sie dort angekommen waren, sagte Janine, sie könne den Welpen in die Hundehütte legen, solange sie im Haus sei. Vorsichtshalber holte sie eine alte Decke für ihn, und Annie bettete ihn hinein. Souness, der große Schäferhund der Flemings, befand sich in seinem Auslauf hinter dem Haus.

Annie wusch sich die Hände und passte dann im Wohnzimmer auf das Baby auf, während Janine in die Küche ging, um den Mittagsimbiss zu holen. Die Flemings wohnten in einem neuen Haus in einer erst kürzlich entstandenen Siedlung im Osten von Matlow. Das Haus war aus roten Ziegelsteinen erbaut und machte von außen wie innen einen tadellosen Eindruck. Es hatte doppeltverglaste Fenster und roch nach neuem Teppichboden und Putzmitteln. Annie hatte auf der cremefarbenen Ledercouch mit Laura-Ashley-Kissen Platz genommen, und Chloe saß inmitten ihrer Spielsachen auf einer Decke auf dem Boden.

Annie rief in die Küche: »Bist du sicher, dass ich dir nicht helfen kann?«

»Ja, mach's dir gemütlich, ich bin gleich so weit«, lautete Janines Antwort. Also stand Annie auf und besah sich die gerahmten Fotografien auf dem Kaminsims. An einem prominenten Platz an der Wand hing das weichgezeichnete Hochzeitsfoto von Janine und Paul. Die Brautleute hielten sich so an den Händen, dass Janines Verlobungs- und ihr Ehering gut zu sehen waren, und schauten sich in die Augen. Auf dem Kaminsims waren einige kleinere Fotos aufgereiht. Die meisten zeigten Chloe, aber es gab auch eines von Paul und William, die sich bei irgendeiner offiziellen Feier die Hand schüttelten. Beide trugen Uniform. Auf einem anderen waren William, Paul und Seth Friel bei einem Kricketspiel zu sehen. Sie standen am Spielfeldrand, während hinter ihnen die weiß gekleideten Spieler das Match austrugen.

Janine schob die Tür auf und kam mit einem Tablett herein.

»Das war letzten Sommer«, sagte sie. »Erinnerst du dich, es war der Tag, an dem du mich zum Einkaufen mitgenommen hast, kurz vor Chloes Geburt. Die Männer sind nach Headingly gefahren, und wir haben den halben Babyladen leer gekauft.«

»Oh ja.« Annie lächelte. »Wobei ich nicht wusste, dass Seth Friel bei ihnen war.«

»Sie sind nicht zusammen gefahren, sondern haben sich zufällig dort getroffen.« Janine stellte das Tablett auf den Sofatisch. »Paul hat mir gesagt, dass Seth auch einer von denen ist, die William unter seine Fittiche genommen hat.«

»Na ja, er hat ihm einmal aus der Patsche geholfen. Seth wurde bei einem Einbruch erwischt. Und William ist es gelungen, ihn vor dem Gefängnis zu bewahren und ihn stattdessen in einem dieser Sozialprojekte unterzubringen, die sich um Jugendliche kümmern, die auf die schiefe Bahn geraten sind.«

»Höre ich da einen leicht zynischen Unterton heraus, Mrs Howarth?«

»Nein, wirklich nicht. Soweit ich weiß, ist Seth nicht wieder rückfällig geworden. Es ist nur so, dass er … na ja …«

»Er dir unheimlich ist?«

»Ja, genau. Wie kommst du darauf?«

»Er war ein- oder zweimal bei uns, hat für Paul ein paar Arbeiten verrichtet. Ich mag ihn auch nicht besonders.

Jedenfalls würde ich Chloe nicht eine Sekunde mit ihm allein lassen.«

Janine reichte Annie einen Teller mit einem Stück Quiche. Als Annie sich streckte, um ihn entgegenzunehmen, spürte sie den Schlüsselanhänger an ihrem Schenkel.

»Spricht Paul eigentlich manchmal über seine Arbeit mit dir?«, fragte sie.

»Mhm.« Janine nickte. »Hin und wieder. Zum Beispiel wird er nicht müde, sich über den Streik auszulassen. Ich habe es inzwischen so satt.«

»Hat er auch was von den Moormorden erzählt?«

Janine errötete, ihre blasse Haut glühte förmlich. Sie nickte und wagte es nicht, Annie in die Augen zu sehen.

Annie sagte: »Ist schon gut. Wir können offen reden. Ich weiß, dass sie Tom für den Täter halten.«

»Aber das muss doch schlimm für dich sein. Ich mag mir gar nicht ausdenken, wie es wäre, wenn ich in deiner Haut stecken würde, zu wissen, dass jemand, den du ... jemand, den du mal gekannt hast, ein Mörder ist.«

Annie schnitt ein Stück Quiche ab und steckte es in den Mund. Für ihren Geschmack enthielt sie zu viele Eier.

»Und jetzt ist er noch dazu auf der Flucht, nicht wahr?«, fuhr Janine fort. »Er könnte sich überall verstecken. Paul glaubt ...«

»Was?«

Janine zuckte mit den Schultern. »Ich fürchte, was ich jetzt sage, ist noch weniger schön für dich, aber Paul meint, dass sich Tom Greenaway womöglich umgebracht hat.«

Annie hatte das Gefühl, als hörte ihr Herz für einen Moment auf zu schlagen. Sie spürte einen stechenden Schmerz in der Brust. »Wie kommt er darauf?«

»Weil Greenaway kein Ausweg mehr bleibt. Er leidet doch unter Klaustrophobie, nicht wahr? Und die Vorstellung, lebenslang hinter Gittern eingesperrt zu sein, ist für ihn bestimmt unerträglich.«

»Was, wenn er unschuldig ist?«

Janine sah Annie überrascht an. »Ich glaube nicht, dass auch nur der leiseste Zweifel an seiner Schuld besteht, Annie.«

Annie stellte ihren Teller auf den Tisch. Sie hatte keinen Appetit mehr.

»Tut mir leid, Janine, aber ich fühle mich nicht gut. Ich hole rasch den Welpen und fahre nach Hause.«

»Ach herrje, jetzt habe ich dich aufgeregt, wie dumm von mir. Warum muss ich auch immer Dinge sagen, die ich nicht sagen sollte, und …«

»Nein, nein, mach dir keine Sorgen. Es geht schon wieder.«

Annie stand auf und griff nach ihrer Tasche. »Was ich dich noch fragen wollte, Janine: Kennt Paul einen Polizisten mit einer Glatze? Leicht untersetzt, mit einer Tätowierung auf dem Unterarm?«

»Oh, du meinst Alan Gunnarson?«

»Vielleicht. Kennt Paul ihn gut?«

»Ja, sie sind gute Freunde. Sie spielen zusammen Squash.«

»Danke, danke für alles, Janine.«

ACHTUNDSECHZIG

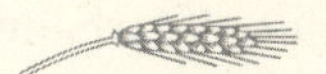

Annie konnte auch in dieser Nacht nicht schlafen. Es dämmerte bereits, als sie eine von den Schlaftabletten ihrer Schwiegermutter einnahm. Sie wollte wenigstens ein paar Stunden Ruhe vor den immer gleichen Bildern haben, die unaufhörlich in ihrem Kopf kreisten, Bilder von Tom, der sich von einem Felsen stürzte oder auf andere Arten sein Leben beendete. Der künstliche Schlaf schenkte ihr zwar eine Pause, aber sobald sie erwachte, waren die quälenden Gedanken wieder da.

Es war fast Mittag, als sie endlich aufstand und in die Küche hinunterging.

William stand am Spülbecken und wusch sich die Hände. Seine Unterarme waren bis zu den Ellbogen eingeseift.

»Ich dachte, du wärst im Büro«, sagte Annie.

»Ich war auf der Jagd. Es war ein wunderschöner Morgen, und ich wollte dich nicht wecken.«

»Aber solltest du nicht auf dem Revier sein?«

»Nein, heute nicht. Heute führe ich dich zum Mittagessen aus.«

Annie wandte das Gesicht ab, damit er ihr ihren Widerwillen nicht ansah. Sie befühlte den Schlüsselanhänger in ihrer Tasche.

»Das geht nicht«, sagte sie. »Ich muss auf den Welpen aufpassen. Er ist noch nicht wieder ganz gesund.«

»Ich bin doch da und kann ein Auge auf ihn haben«, sagte Mrs Miller. »Gehen Sie ruhig mit Ihrem Mann, und machen Sie sich ein paar schöne Stunden. Er arbeitet ja so viel, und Sie sind sicher auch froh über ein wenig Abwechslung.«

»Mir ist nicht danach«, sagte Annie.

»Aber es wird dir guttun«, wandte William ein. »Ich akzeptiere kein Nein.«

Als sie das Haus verließen, sah Annie, dass William zum ersten Mal in diesem Sommer das Verdeck des Jaguars heruntergelassen hatte. Der Beamte, der zu Annies Bewachung abgestellt war, bewunderte den Wagen und betrachtete sein Spiegelbild im glänzenden Lack. Bestimmt stellt er sich vor, wie es wäre, damit über Land zu fahren, dachte Annie.

Es hatte sie immer amüsiert, wie gern sich William in seinem Wagen zeigte. Er liebte es, in dem offenen Jaguar in der Umgebung von Matlow spazieren zu fahren, und er genoss es, wenn die Leute ihm nachsahen, wie er, den Arm lässig auf die Seitentür gestützt und die Sonnenbrille auf der Nase, den Wagen lenkte, während seine junge Frau neben ihm saß und ihr Haar im Wind wehte. Aber an diesem Tag kostete es sie große Überwindung einzusteigen. Als sie auf dem Beifahrersitz Platz nahm, lächelte ihr William zu, dann grüßte er mit einer knappen Handbewegung den Kollegen und ließ den Motor an.

»Wo fahren wir hin?«, fragte sie.

»Lass dich überraschen.«

Der Sommer hatte endgültig Einzug gehalten. Die sanft

geschwungene grüne Hügellandschaft mit den weißen und gelben Wildblumen und den Hecken voller junger grüner Blätter erstrahlte im Sonnenschein. Annie hatte ebenfalls ihre Sonnenbrille aufgesetzt, und ihr Haar wurde vom Wind zerzaust, während sie aus dem Augenwinkel verstohlen William beobachtete. Wie immer blickte er konzentriert geradeaus, und sie spürte einen Anflug von Zuneigung angesichts seiner kleinen Eitelkeiten und gleichzeitig eine tiefe Traurigkeit. Sie bedauerte es, dass sie ihn nie so geliebt hatte wie Tom und ihn niemals so würde lieben können. Sie empfand Bedauern für sie beide, für das, was noch zwischen ihnen geschehen würde, was immer es auch war.

Es war unmöglich, sich im Fahrtwind zu unterhalten. Sie musste nach vorn sehen, um zu verhindern, dass der Wind ihr Staub in die Augen blies, und so saß sie steif und reglos wie eine Schaufensterpuppe neben ihrem Mann und spielte unablässig mit dem Schlüsselanhänger in ihrer Jackentasche.

William fuhr mit ihr zu einem hinter dem Moor gelegenen einsamen Gasthaus, von dem sie noch nie gehört hatte. Es gab einen kleinen Garten mit einem Sonnensegel und einer hölzernen und mit blühendem Geißblatt bewachsenen Gartenlaube. Während William nach drinnen ging, um Getränke zu holen und Essen zu bestellen, setzte sich Annie auf die Bank und ließ sich von der Sonne wärmen. Sie sah den Spatzen zu, die flügelschlagend im Sand badeten, und verscheuchte die Gedanken an Tom.

William kehrte zurück und stellte ein großes Glas mit eisgekühltem Wein vor sie auf den Tisch.

»Ich wollte doch ein Bitter Lemon.«

»Ich finde, du hast dir ein Glas Wein verdient.«

Sie schob die Sonnenbrille über die Stirn. Er sah sie eindringlich an. »Was schaust du so?«, fragte sie.

»Dich schaue ich an. Du bist wunderschön.«

»Nein.« Sie fühlte sich ganz und gar nicht schön.

»Hier.« Er fischte eine kleine Tüte aus der Jackentasche und schob sie über den Tisch zu ihr hin. »Für dich.«

»Nein, William. Ich will keine Geschenke.«

»Tu mir den Gefallen und mach es auf.«

Sie öffnete die Tüte, spähte hinein. Darin befand sich ein Schmucketui. Sie ließ es aufschnappen und erblickte eine silberne Halskette mit einem Anhänger in Form dreier kleiner silberner Vergissmeinnichtblüten.

Sie nahm sie heraus, ließ die Kette zwischen den Fingern hindurchgleiten. »Sie ist sehr hübsch«, sagte sie.

William nahm einen Schluck Bier. »Ich möchte dich um Verzeihung bitten«, sagte er.

»Du hast keinen Grund dazu.«

»Oh doch, allen Grund. Ich habe dich in letzter Zeit zu sehr vernachlässigt.«

»William, ich …«

»Nein, Annie, lass mich bitte ausreden. Ich weiß, ich war nahe daran, dich zu verlieren. Dieser Gedanke ist für mich unerträglich. Deswegen hoffe ich, dass du diese Halskette zusammen mit meiner Bitte um Verzeihung annimmst. Lass uns von vorn anfangen, unter besseren Vorzeichen.«

Er griff nach der Kette, öffnete den Verschluss und legte

sie ihr um den Hals. Sie spürte die Wärme seiner Finger auf der Haut, seinen Atem, der über ihren Nacken strich. Da sie nicht wusste, was sie tun sollte, tat sie nichts. Sie nippte einfach nur an ihrem Wein, und als das Mittagessen serviert wurde, wandte sich jeder seinem Käseteller mit Chutney zu, und sie sprachen kaum etwas.

Nach ihrem zweiten Glas Wein erzählte sie William von der Sache mit Johnnies Motorrad; dass jemand es vom Unfallort entfernt hatte und es inzwischen auf dem Schrottplatz aufgetaucht war.

»Aber das Schlimmste ist, dass Johnnie nicht einfach so gestürzt ist«, sagte sie. »Jemand muss ihn angefahren haben.«

»Wie kommst du denn auf die Idee?«

»Der Schrottplatzinhaber kennt sich mit Unfallfahrzeugen aus. Er hat schon unzählige Maschinen gesehen, die ähnlich demoliert waren, und meint, dass die Schäden typisch für einen Zusammenstoß mit einem Auto seien.«

William zog eine Augenbraue hoch und nahm einen Schluck Bier. »Das ist unmöglich. Es muss sich um ein anderes Motorrad handeln.«

»Nein, es ist definitiv das von Johnnie. Und warum sollte es unmöglich sein?«

»Weil ich mit den beiden Polizisten gesprochen habe, die am Unfallort waren. Ich weiß genau, was passiert ist. Müssen wir ausgerechnet jetzt darüber reden, Annie?«

»Ich finde, du solltest dir das Motorrad anschauen. Es ist mir wichtig.«

»Wenn es dir so viel bedeutet, könnte ich jemanden hinschicken. Auch wenn wir, um ehrlich zu sein, sicher kaum mehr etwas ausrichten können, nachdem der Unfall schon so lange her ist.«

»Aber wenn er wirklich angefahren wurde, hat er dann nicht Einspruch auf Entschädigung?«

»Anspruch.«

»Wie bitte?«

»Er hätte Anspruch, nicht Einspruch.«

Pedantisch wie er war, musste er sie beim kleinsten Versprecher korrigieren. Nun, so war er eben. Sie atmete tief durch und sagte dann: »Es würde ihm helfen, wenn er wenigstens eine kleine Entschädigung bekommen würde. Es würde ihm bei seinem Neuanfang helfen. Das wäre sehr wichtig für ihn, William.«

»Ich werde sehen, was ich tun kann. Wobei natürlich auch möglich ist, dass jemand das Motorrad nach dem Unfall gerammt hat, als es auf der Straße lag.«

»Aber du hast doch gesagt, dass die beiden Polizisten, die Johnnie gefunden haben, das Motorrad auf den Seitenstreifen geschafft haben. Oder nicht? Und noch etwas ist seltsam.« Sie griff mit der Hand in ihre Tasche und befühlte den Schlüssel. »Die Friels sind irgendwie in die Sache verwickelt.«

»Die Friels? Also wirklich, Annie, was sollen denn die Friels damit zu tun haben?«

»Jim vielleicht nicht, aber Seth. Erinnerst du dich an die Nacht nach dem Unfall, als du so spät nach Hause gekommen bist, nachdem du in London warst? Nun, da habe ich ein Fahrzeug die Farm herunterkommen und in Richtung

Moor fahren sehen. Das könnte Seth Friel gewesen sein, der das Motorrad geholt und dann irgendwo im Moor entsorgt hat. Und heute Morgen« – sie zog den Schlüssel aus der Tasche und hielt ihn William auf der offenen Handfläche hin – »habe ich das hier in ihrem Cottage gefunden. Er gehört Johnnie.«

William besah sich den Schlüssel.

»Du hast dich mächtig ins Zeug gelegt, wie ich sehe«, sagte er.

»Ich möchte Johnnie so gern helfen. Er ist schließlich mein Bruder.«

William räusperte sich. Dann rieb er sich nachdenklich das Kinn. »Hast du mit jemand anderem darüber gesprochen, Annie?«

»Nein.« Sie schüttelte den Kopf.

»Gut. Überlass es mir. Wie heißt der Schrottplatz?«

»Rossiter. Er ist in Burnley.«

»Ich gehe der Sache auf den Grund.«

»Danke«, sagte Annie. »Danke, William. Und erzählst du mir dann, was du herausgefunden hast?«

»Aber sicher.«

NEUNUNDSECHZIG

Wieder zu Hause zog Annie sich etwas Bequemeres an und entfernte ihr Make-up. Dann ging sie mit dem Welpen in den Garten. Unterdessen holte William mit dem Jaguar Elizabeth von der Schule ab. Als er zurückkam, schickte er den Polizisten weg. Er meinte, wenn er da sei, brauchten sie keinen Polizeischutz in Everwell. Immer wieder sah Annie zum Moor hinauf, hoffte, Tom zu sehen, hoffte vergeblich auf ein Zeichen von ihm. Schläfrig von dem Wein legte sie sich in die Sonne und schlief ein, wurde jedoch kurz darauf von Lizzies Stimme geweckt.

»Martha! Martha!«

Annie setzte sich auf und streckte die Hand nach ihrer Tochter aus. Elizabeth lief zu ihr, und sie schloss sie in die Arme. »Willst du den Hund wirklich nach unserer alten Martha nennen?«, fragte sie. »Ich finde, er sollte einen eigenen Namen bekommen.«

Elizabeth hatte den kleinen Hund auf dem Schoß. Ihre Strümpfe waren heruntergerutscht, und sie hatte Grasflecken an den Knien. »Mir fällt kein anderer Name ein, der zu ihm passt.«

»Okay. Von mir aus kann er Martha heißen. Jedenfalls vorerst.«

William stand an der Hintertür und rief: »Ich gehe hinein, um ein paar Telefonate zu erledigen, Annie.«

»Ist gut.«

Der Nachmittag ging vorbei, und es wurde Abend. Als William seine Telefonate beendet hatte, zog er sich ins Arbeitszimmer zurück. Mrs Miller badete Ethel, und Annie servierte den Rhabarberkuchen als Nachtisch zum Abendessen. Annie war froh, dass sie einen weiteren Tag überstanden hatte. Aber der Gedanke an Tom quälte sie unablässig und machte ihr Angst. Angst, ihr weiteres Leben ohne ihn verbringen zu müssen, in der schrecklichen Ungewissheit, ob er überhaupt noch am Leben war.

Es war ein ungewöhnlich frischer Abend für Ende Juni. Annie entzündete ein Kaminfeuer im Wohnzimmer, und die Familie machte es sich dort bequem. Ethel saß bereits bettfertig in ihrem Sessel beim Kamin. Sie hatte eine Häkeldecke auf den Knien, auf der der zusammengerollte Welpe lag, der sich offenbar wieder wohlfühlte. Ethels Hand lag zitternd auf seinem Rücken. Annie hatte auf dem Sofa Platz genommen, ein Weinglas in Reichweite auf dem kleinen, polierten Beistelltisch und auf dem Boden ein aufgeschlagenes Buch. Elizabeth lag mit dem Kopf in Annies Schoß auf dem Sofa. Sie sahen sich eine Quizshow im Fernsehen an. William saß im zweiten Sessel. Auf seinen Beinen lag ein Buch über die politische Geschichte Deutschlands, aber er las nicht. Er trommelte nervös mit den Fingern und war auch sonst sehr unruhig; er schien nicht mehr zu wissen, wie man entspannte. Es war ganz offensichtlich, dass er lieber in seinem Arbeitszimmer gewesen wäre, bei seinen Unterlagen und seiner Musik.

Als einer der Kandidaten eine falsche Antwort gab, schnaubte William abfällig. »Natürlich Churchill«, sagte er. »Das weiß doch jeder Trottel.« Annie warf ihm einen kurzen Blick zu. »Sind diese Menschen wirklich so ungebildet?«, fragte er. »Lesen sie nie ein Buch? Und interessieren sie sich kein bisschen für die Geschichte ihres Landes?«

»Wenn du lieber etwas anderes sehen willst ...«

»Nein, nein, ist schon gut. Mutter mag diese Sendung so gern.«

»Nicht jeder hat eine so gute Ausbildung genossen wie du, William«, warf Ethel ein.

»Ich weiß, Mutter.«

»Die Menschen können nichts dafür.«

William verdrehte die Augen, und Annie lächelte. Die Sendung ging zu Ende, und eine neue begann. Ethel war eingeschlafen und schnarchte leise. Annie war ebenfalls sehr müde. Noch fünf Minuten, dachte sie, dann bringe ich Lizzie nach oben.

Kurz danach hörte sie Motorengeräusche und das Knirschen von Rädern auf der gekiesten Auffahrt. Annie spähte aus dem Fenster und sah im Halbdunkel der Abenddämmerung zwei Scheinwerferlichter, die kurz darauf ausgingen. Der Wagen parkte vor dem Fenster.

»Es ist Paul«, sagte Annie. »Was will er denn um diese Zeit noch? Warum hat er dich nicht angerufen?«

Sie ging zur Haustür und öffnete sie. Paul sah schrecklich aus, als hätte er sich geprügelt. Er trug einen Anzug, aber er war schmutzig und zerrissen; sein Gesicht war zerschrammt, sein Haar schlammverklebt. Er war nass und zitterte vor Kälte.

»Oh Gott, Paul, was ist denn passiert?«, rief Annie erschrocken.

Paul spähte über ihre Schulter hinweg zu ihrem Mann. »Ich muss mit dir reden, William.«

William runzelte die Stirn.

»Unter vier Augen.«

»Setzt euch doch ins Wohnzimmer«, sagte Annie. »Wärm dich am Kamin ein bisschen auf, Paul. Sprecht nur nicht zu laut, damit ihr Ethel nicht aufweckt.«

Unterdessen begab sie sich mit Elizabeth in die Küche, um Milch warm zu machen. Sie hatten gerade zwei Becher mit heißer Schokolade gefüllt, als Annie die Stimmen der Männer aus dem Flur hörte.

Durch die geöffnete Tür sah sie, dass William gerade seine Jacke anzog. Er machte ein grimmiges Gesicht. Paul stand mit hängenden Schultern und gesenktem Blick hinter ihm. Er wirkte wie ein zorniges Kind. Sein schmutziges Jackett hatte er ausgezogen und trug stattdessen einen Pullover von William.

»Ihr geht doch um diese Zeit nicht noch mal weg, oder?«, fragte Annie.

»Wir müssen«, erwiderte William.

»Was ist los, William?«

»Bis später.«

Ohne ein weiteres Wort verließen sie das Haus. William setzte sich ans Steuer von Pauls Wagen und preschte die Auffahrt hinunter. Annie sah ihm hinterher, bis die

Lichter hinter einer Kurve verschwanden. Sie hörte, wie der Wagen schleudernd auf die Landstraße bog, dann machte sie die Haustür zu und schloss ab. Mit einem Blick ins Wohnzimmer überzeugte sie sich, dass Ethel noch schlief. Elizabeth lag mit halb geschlossenen Lidern auf dem Sofa, die Arme um den Welpen geschlungen.

Annie zog die Wohnzimmertür zu und begab sich quer über den Flur ins Arbeitszimmer. In der Eile hatte William die Tür aufgelassen. Sie ging hinein und knipste die Lampe an, die einen ovalen Lichtkegel auf die Schreibtischplatte warf. Vier Aktenstöße befanden sich darauf. Den größten Stapel bildete ein kastenförmiger Aktenordner, auf dem mit einem dicken schwarzen Filzstift STREIK geschrieben stand. Daneben lagen, fein säuberlich ausgerichtet, zwei Cliphefter mit der Aufschrift *Jennifer Dunnock* und *Selina Maddox* und dahinter eine gelbbraune Aktenmappe ohne Aufschrift.

Annie zog sich den Schreibtischstuhl ihres Mannes heran und setzte sich. Sie öffnete Selinas Akte und blätterte durch die Seiten – Zeugenaussagen und verschiedene Informationen über das Mordopfer. Auch ein Foto von Selinas Schlafzimmer in der Wohnung unter der von Tom befand sich darin. Sie hatte in einem Einzelbett mit einer selbst genähten Patchworkdecke geschlafen. Die Wände waren mit einer Reihe von Postern weiblicher Popstars wie Debbie Harry und Kim Wilde bedeckt. Auf dem Fenstersims sah man einen Stapel Bücher – Liebesromane –, auf dem ein Teddybär saß.

Annie las die Zeugenaussage einer Freundin von Selina.

Sie war wirklich sehr nett und süß. Sie hat immer so getan, als wäre sie raffiniert, aber das war sie gar nicht. Einen festen Freund hatte sie nicht, aber es gab einen Mann, in den sie verliebt war. Er ist Gärtner und mochte ebenfalls Musik.

Annie wickelte eine Haarsträhne um den Finger. Sie rief sich Toms Lächeln in Erinnerung, die ungezwungene Art, mit der er auf Selina zugegangen war, an dem Tag, als sie ihn in dem Ausflugslokal am Fluss getroffen hatte. Selina war jung und einsam gewesen. Und Tom hatte sich um sie gekümmert. Er hatte sie vom Kino abgeholt. Sie zum *Haddington Hotel* gefahren. Warum hätte er ihr etwas antun sollen?

Sie las weiter: *Selina mochte ihn, aber er war mit einer anderen zusammen, einer verheirateten Frau. Selina war wütend deswegen. Als gläubige Christin fand sie es nicht richtig, dass er sich mit einer verheirateten Frau eingelassen hatte. Sie wollte ihn dazu bringen, dass er mit ihr Schluss machte, aber er wollte nicht.*

Annie lehnte sich zurück. William musste das ebenfalls gelesen haben. Er musste gewusst oder wenigstens geahnt haben, dass es sich bei der verheirateten Frau, mit der sich Tom Greenaway getroffen hatte, um sie handelte. Sie schloss den Schnellhefter und schob ihn an seinen Platz zurück. Ihre Hände zitterten.

»Mami?«

»Musst du dich denn so anschleichen, Lizzie? Du hast mir einen gehörigen Schrecken eingejagt!«

Elizabeth stand mit schläfrigem Blick in der Tür. Sie rieb sich mit den Fäusten die Augen.

»Was machst du da?«

»Ach, nichts.«

»Warum bist du in Daddys Büro?«

»Ich habe etwas gesucht.«

»Was denn?«

»Nun komm«, sagte Annie. »Ich bring dich nach oben.«

Sie begleitete Elizabeth die Treppe hinauf, half ihr, ihren Schlafanzug anzuziehen, und deckte sie zu. Inzwischen war es draußen vollkommen dunkel geworden. Elizabeth legte sich aufs Kissen zurück.

»Ich habe gehört, wie Daddy zu Großmutter gesagt hat, dass wir vielleicht noch ein Baby bekommen«, sagte sie schläfrig.

»Wie oft habe ich dir gesagt, dass du nicht lauschen sollst!«

»Bekommen wir noch ein Baby, Mami?«

»Nein, ich glaube nicht. Wir haben ja jetzt Martha.«

»Magst du Welpen denn lieber als Babys?«

»Nun, wenigstens sind Welpen keine solchen Plappermäuler.«

Unten im Flur klingelte das Telefon.

»Ich muss schnell hinunter und rangehen«, sagte Annie.

»Nacht, Mami«, sagte Elizabeth gähnend.

»Nacht, mein Schatz. Schlaf gut.«

SIEBZIG

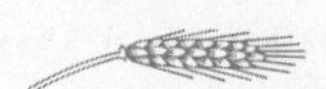

Beunruhigt eilte sie die Treppe hinab. Wenn jemand nach neun Uhr abends anrief, bedeutete es meistens nichts Gutes. Sie griff nach dem Hörer.

»Hallo?«

»Hi, spreche ich mit Annie Howarth?«

»Ja.«

»Hier ist Georgie, Georgie Segger. Vom *Chronicle.*«

»Oh, hallo, Georgie.«

»Tut mir leid, dass ich Sie so spät noch störe, aber kann ich bitte Ihren Mann sprechen?«

»Nein, er ist nicht da. Was wollen Sie denn von ihm?«

»Nun, es handelt sich um eine ziemlich heikle Angelegenheit. Sie hat mit dem Streik zu tun. Es gibt Vorwürfe gegen die Polizei. Es heißt, dass Zeugenaussagen gefälscht wurden. Ich bin sicher, dass es nur ein Gerücht ist, aber ...«

»Und wenn, dann hat William bestimmt nichts damit zu tun.«

»Das behaupte ich auch nicht, allerdings trägt er die Verantwortung und ...«

»Sie haben da etwas falsch verstanden. William kann Ihnen da sicher nicht weiterhelfen, Sie sollten besser mit jemand anderem reden.«

»Können Sie mir sagen, wo Ihr Mann ist?«

»Nein, das kann ich nicht.«

Sie legte auf und nahm den Hörer sofort wieder ab, um auf dem Polizeirevier von Matlow anzurufen. Ein Mann, dessen Stimme sie nicht kannte, nahm ab.

»Ich muss dringend mit meinem Mann sprechen«, sagte Annie. »William Howarth.«

»Tut mir leid, er ist nicht hier.«

»Wissen Sie, wo er sich aufhält?«

»Nein, keine Ahnung.«

»Falls er kommt, würden Sie ihm bitte ausrichten, er soll mich anrufen?«

Der Mann versprach es.

Annie wanderte ruhelos durchs Erdgeschoss. Schließlich ging sie ins Wohnzimmer. Ethel schlief noch immer in ihrem Sessel, den Kopf zur Seite geneigt. Das Feuer war niedergebrannt. Annie hob den Welpen hoch und schmiegte das Gesicht an sein Fell. Im Fernsehen liefen erneut Nachrichten, es ging um den Streik. Annie trat näher an den Bildschirm. Es gab neue Korruptionsanschuldigungen gegen die Polizei von South Yorkshire. Annie sah, wie Bergleute Schlange standen, um zu bezeugen, dass einige der Polizeiberichte gefälscht seien. Dass die Vorfälle ganz anders gewesen seien, als in den Berichten dargestellt. Aber Annie war sich sicher, dass man den Bergleuten nicht glauben würde. Und William hatte garantiert nichts mit der Sache zu tun.

Annie schaltete den Fernseher aus. Sie trug den Welpen mit sich im Haus herum, während sie sich vergewisserte, dass die Fenster geschlossen waren. Nun, da der Streifenwagen weg war, fühlte sie sich mit einem Mal verletzlich. Sie schaltete das Außenlicht ein und ging mit dem Hund in den Garten. Sie wartete, während er sich mehrmals im Kreis drehte und am Boden schnüffelte, bevor er den richtigen Platz gefunden hatte, um sein Geschäft zu verrichten. Dann hob sie ihn wieder hoch und kehrte mit ihm ins Haus zurück.

Es war kurz vor elf. Nachdem sie den Welpen in seinen Korb gelegt hatte, klingelte erneut das Telefon. Annie nahm ab, sagte: »William?«

»Nein, ich bin's, Janine.« Sie hörte sich aufgelöst an. Im Hintergrund schrie das Baby.

»Was ist denn, Janine?«, fragte Annie leicht ungehalten.

»Oh Gott, tut mir leid, ich weiß, dass es schon spät ist, und ich habe lange gezögert, ob ich bei euch anrufe, aber ist Paul da?«

»Nein, warum ...«

»Dein Mann war heute Abend bei uns. Sie haben ewig lange miteinander geredet und hatten einen schrecklichen Streit, er und Paul. William hat Paul geschlagen. Ich fürchte, dass er ihm die Nase gebrochen hat, denn der Teppich war voller Blut, und dann sind beide hinausgestürmt, und jeder ist in seinem Wagen davongebraust. Ach, Annie, ich weiß nicht, was los ist, und ich habe solche Angst.«

»Ist schon gut, Janine, beruhige dich. Da braut sich Ärger wegen angeblich gefälschter Zeugenaussagen zusammen, wahrscheinlich geht es darum.«

»Nein!«, sagte Janine mit Panik in der Stimme. »Nein,

das ist es nicht. Sie haben über die Mordfälle gesprochen – den Mörder. Ich glaube, dass wieder jemand gestorben ist ... Ich habe solche Angst und weiß mir nicht mehr zu helfen.«

»Janine, hör mir zu. Du musst dich jetzt beruhigen. Kümmere dich um Chloe, und wenn sie schläft, schenkst du dir ein Glas Wein oder irgendwas anderes ein und nimmst ein Bad. Sobald ich etwas höre, rufe ich dich an, spätestens morgen früh.«

Annie legte auf und bemühte sich, die Gedanken, die auf sie einstürmten, zu bändigen, zu ordnen, aber es gelang ihr nicht. Ist Tom tot, fragte sie sich. Es wird doch nicht darum gehen?

Mit fortschreitender Nacht wurde es kühl im Haus. Sie begab sich ins Wohnzimmer. Ethel schlief noch immer, also holte Annie eine zweite Decke und breitete sie über sie. Plötzlich hörte sie von draußen Geräusche, und auch wenn sie wusste, dass es nur die typisch nächtlichen Laute auf dem Land waren, klang es für sie wie das Knirschen von Sohlen auf dem Kies und ein unterdrücktes Husten. Sie ging in die Küche, um sich ein Glas Wein einzuschenken, aber die Flasche war leer. Also begab sie sich noch einmal in Williams Arbeitszimmer, um sich ein Glas Whisky zu holen.

Die Schreibtischlampe war noch immer eingeschaltet. Annie setzte sich erneut auf den Stuhl und goss sich einen großzügig bemessenen Whisky ein. Dann nahm sie die gelbbraune Mappe zur Hand und zog die Lasche auf. Sie holte einen Teil des Inhalts heraus, sah, dass es sich vorwiegend um lose Zettel und Blätter handelte, irgendwelche Abrechnungen, nichts von Interesse. Sie schob die Papiere in die Mappe zurück und wollte sie wieder verschließen, aber ein Blatt war herausgerutscht und segelte zu Boden. Es war eine handgeschriebene Liste. Sie war in Spalten unterteilt, die mit *Datum, Ort, Ankunft, Abfahrt, Bemerkungen* überschrieben waren. Annie begann zu lesen. Sie brauchte einen Moment, bis sie begriff, um was es sich handelte, und als der Groschen fiel, entfuhr ihr ein unterdrückter Schrei. Jedes Mal, fast bei jedem ihrer Rendezvous, hatte sie jemand beobachtet. Neben den Einträgen standen Ziffern, Belegnummer, Häkchen oder Kreuze. An manche Stellen hatte jemand ein »F« gekritzelt, für »Fotos«. Also hatte William schon länger über Tom und sie Bescheid gewusst. Er wusste alles! Sie versuchte sich zu erinnern, ab wann sich sein Verhalten ihr gegenüber verändert hatte, wann er sich zurückgezogen hatte und ihr gegenüber kälter geworden war. Es war nach dem vermeintlichen Einbruch im Wildhüter-Cottage gewesen. Da war er misstrauisch geworden und musste beschlossen haben, einen Kollegen, diesen glatzköpfigen Alan Gunnarson, zu bitten, seine Frau zu beschatten, um Beweise für ihre Untreue zu sammeln, für ihre außereheliche Affäre, für das Ausmaß ihres Betrugs.

Sie berührte den Vergissmeinnicht-Anhänger an ihrem Hals. Was hatte William ihr mit diesem Geschenk sagen wollen? Dass Tom endgültig aus dem Spiel war? Dass er sich wünschte, sie würden diese Affäre so schnell wie möglich hinter sich lassen? Dass er mit ihr von vorn anfangen wollte?

Ihr wurde übel, und ihr war schwindelig. Sie stülpte die Mappe um und leerte den restlichen Inhalt aus; der Papierwust ergoss sich auf den Schreibtisch, einzelne Blätter rieselten zu Boden. Sie wusste nicht, wonach sie suchte, wusste jedoch, dass die Liste noch nicht alles war. Ein weißer Umschlag, ein ganz gewöhnliches Kuvert, erregte ihre Aufmerksamkeit. Sie öffnete ihn. Darin befand sich eine transparente Papierhülle mit Fotonegativen. Mit zitternden Fingern zog Annie den ersten Streifen hervor und hielt ihn ins Licht. Obwohl sie wusste, was sie erwartete, war sie schockiert. Die dunklen Farbtöne waren hell, und die hellen dunkel, sodass die Abbildungen etwas Gespenstisches hatten; und da stand sie vor Toms Wohnungstür, trotz ihrer lächerlichen Maskerade klar und deutlich zu erkennen. Fünf, sechs Fotos waren in rascher Abfolge gemacht worden – wie Tom die Wohnungstür öffnete und sie in der Dunkelheit dahinter verschwand. Auf dem nächsten Negativstreifen waren sie zusammen im Moor zu sehen, auf einem anderen im Wald, dann wieder vor seiner Wohnung und im Stadtpark. Drei Aufnahmen zeigten Tom und sie in der Dunkelheit im Garten von Everwell, wieder mit umgekehrten Lichtverhältnissen – der Schein des Feuers dunkel, die nächtliche Finsternis hell. Sie küssten sich, eine Nahaufnahme zeigte Toms Hand auf ihrem Schenkel; du lieber Himmel!

Sie nahm den letzten Streifen heraus und hielt ihn ins Licht. Sie war sich nicht sicher, was sie da sah, wurde nicht schlau daraus, also drehte sie ihn um, um vielleicht von der Rückseite her mehr zu erkennen, als sie plötzlich einen Luftzug spürte. Sie wandte das Gesicht zur Tür und blickte geradewegs in die Augen ihres Mannes.

EINUNDSIEBZIG

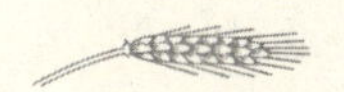

Er stand da und erfasste auf Anhieb die Situation – Annie auf seinem Schreibtischstuhl, die geöffnete Aktenmappe, die Negative und die verstreuten Papiere auf dem Boden – und atmete langsam aus.

»Du hast die Fotos gefunden«, sagte er ruhig.

»Wie konntest du das tun?«, fragte sie.

Er räusperte sich. Zerrte an seinem Hemdkragen. Er wirkte erschöpft und aufgelöst. Die Fingerknöchel seiner rechten Hand waren zerschrammt und blutig.

»Wie konntest du jemanden beauftragen, der mir hinterherspioniert? Wie konntest du mir das antun?«

William wandte sich ab. Er trat an das Regal mit den Schallplatten über der Stereoanlage und suchte eine bestimmte Platte.

»Wollen wir die Kirche doch bitte im Dorf lassen, Annie, schließlich bist du diejenige, die untreu war. Dich beschatten zu lassen scheint mir das kleinere Vergehen zu sein.«

»Wenn du Klarheit haben wolltest, hättest du mich bloß fragen müssen. Du hättest mich mit deinem Verdacht konfrontieren können. Ich hätte dich nicht angelogen. Dann hätten wir wenigstens unsere Würde bewahrt.«

»Mir scheint, unsere Würde haben wir bereits verloren, als du anfingst, mit diesem Mann zu schlafen.«

»Tom«, sagte Annie. »Sein Name ist Tom.«

William seufzte. Er zog eine Plattenhülle heraus und hielt sie quer zwischen beiden Händen.

»Wo ist Tom jetzt? Was ist mit ihm geschehen?«

William ignorierte ihre Frage. Er nahm die Platte aus der Hülle und hielt sie vorsichtig zwischen seinen Handballen, sodass er nur den Rand berührte. Dann blies er darüber, um mögliche Staubpartikel zu entfernen. »Du hättest vorsichtiger sein können, Annie«, sagte William. »Wenn dir ein bisschen was an meinem Wohl gelegen hätte, hättest du dich um mehr Diskretion bemühen können. Ich habe dich mit ihm gesehen, mit Tom Greenaway. Am Tag von Johnnies Unfall.«

»Da warst du doch in Sheffield.«

»Nein. Das Meeting war abgesagt worden, und ich bin nach Matlow zurückgefahren.«

Er hielt sich die Platte vors Gesicht, um zu überprüfen, ob sie auch nicht verzogen war. Annie ließ sich zurücksinken und bedeckte das Gesicht mit den Händen.

»Ich habe beim Blumenladen in der Occupation Road gehalten, um dir Blumen zu kaufen«, fuhr William fort. »Gelbe Rosen, die von der gut duftenden Sorte, die du so gern magst. Ich nahm ein Dutzend Rosen mit grünem

Blattwerk, hübsch in Cellophan verpackt und mit einer Schleife versehen. Ich stellte mir deinen Gesichtsausdruck vor, wenn ich dich damit überraschen würde. Ich wollte dir zeigen, wie gut ich dich kenne, dass ich weiß, was dir gefällt. Ich wollte dich glücklich machen.«

»William ...«

»Und als ich aus dem Blumenladen kam, habe ich dich gesehen. Du standst auf der anderen Straßenseite und hast gelächelt. Du sahst wunderschön aus. Du hast noch nie schöner ausgesehen. Und ich rief nach dir, ›Annie‹, rief ich, aber du hast mich nicht gehört. Die Tür ging auf, und da war er, dieser Mann; er stand auf der Türschwelle, und du hast deine Arme um seinen Hals geschlungen und ihn geküsst. Ihr habt euch geküsst, und dann nahm er dich bei der Hand und führte dich nach drinnen, und die Tür schloss sich hinter euch, und ich stand da, mit dem Blumenstrauß in der Hand. Ich stand da und ...«

»Was hast du dann gemacht?«, wisperte sie.

»Ich bin zur Arbeit zurückgefahren. Paul sagte mir, auf der Crossmore Lane habe es einen Motorradunfall gegeben.«

»Johnnies Unfall?«

William öffnete den Deckel des Plattenspielers und legte die Platte auf den Teller.

»Ich wusste nicht, dass es Johnnie war. Ich wusste nur, was Paul mir erzählt hatte: dass ein junger Bursche mit seinem Motorrad von einem Wagen mit zwei Streifenpolizisten angefahren worden war.«

Annie erhob sich vom Stuhl. »Das stimmt nicht, William. Du hast mir erzählt, die Polizisten hätten Johnnie *gefunden.* Du hast nicht gesagt, sie hätten den Unfall verursacht.«

»Sie haben das Motorrad in einer unübersichtlichen Kurve erwischt. Es waren keine hiesigen Polizisten, und sie kannten die Straße nicht. Es war ein Unfall. Sie konnten nichts dafür.«

Während er sprach, war es, als bewegte sich der Boden unter Annies Füßen, als glitte er unter ihr weg. Stirnrunzelnd versuchte sie, diese neuen Informationssplitter zusammenzusetzen, diese neue Version der Geschichte zu verarbeiten.

»Wenn stimmt, was du da sagst …«

»Es stimmt.«

»Dann hast du davor gelogen. Du, William.« Annie streckte die Hand aus, wollte ihn schütteln, aber er schob sie weg. Er hob den Tonarm des Plattenspielers und bog ihn nach hinten, um den Drehteller in Gang zu setzen. »Warum?«, fragte sie. »Warum hast du das getan?«

Mit dem Rücken zu ihr beugte sich William über den Plattenspieler. Ihr Blick fiel auf seinen faltigen Hals, das Muttermal an seinem Kiefer, die grauen Stoppeln in seinem Nacken.

»Kannst du dir vorstellen, was passiert wäre, wenn wir verkündet hätten, dass der Sohn eines Bergmanns von zwei Polizisten angefahren und schwer verletzt wurde, die aus einem anderen Teil des Landes herbeordert wurden, um hier Dienst zu schieben? Zwei Polizisten, die eine Vierundzwanzigstundenschicht hinter sich hatten und eine schmale Nebenstraße entlanggefahren waren, die sie nicht kannten? Die vielleicht ein bisschen zu schnell gefahren waren? Kannst du dir vorstellen, was die Zeitungen geschrieben hätten? Wie die Bergarbeitergewerkschaft das ausgeschlachtet hätte? Welches politische Kapital sie daraus geschlagen hätten? Egal, welche Version wir verbreitet hätten, für den Jungen hätte es keinen Unterschied gemacht. Die Polizisten haben Erste Hilfe geleistet und ihm das Leben gerettet. Paul hat mich davon überzeugt, dass sie es nicht verdienten, wegen eines Unfalls ihre Jobs zu verlieren.«

»Mein Bruder hat seinen Arm verloren!«, schrie Annie. »Er wäre fast gestorben, und du lässt dich von Paul überreden, die Schuldigen zu decken?«

Sie zerrte an seinem Arm, um ihn zu zwingen, sie anzusehen, aber er schüttelte sie erneut ab. Annie ließ sich wieder auf den Stuhl sinken; sie fühlte sich wie betäubt.

William platzierte behutsam die Nadel auf der äußersten Rille der Platte und sah zu, wie sie sich drehte. Der Tonarm hüpfte ein paarmal auf und ab. Zuerst war nur ein leises Knistern zu hören, dann ertönten die ersten Klänge. Es war ein Violinkonzert.

Annie suchte krampfhaft nach irgendeinem Halt, irgendetwas, was sie mit Sicherheit wusste.

»Du doch nicht, William, du tust so etwas nicht, nicht du. Du deckst keine Schuldigen. Du verbreitest keine Lügen und beugst das Gesetz nicht, egal, aus welchem Grund, niemals. Ich kann nicht glauben, dass du das getan hast.«

Es war eine wehmütige Musik. William schloss die Augen und lauschte.

»Versetz dich mal in meine Lage«, sagte er. »Dein Vater hat oben beim Bergwerk die Leute aufgehetzt. Die Kollegen haben sich hinter meinem Rücken über mich lustig gemacht. Ich war dabei, die Kontrolle zu verlieren. Ich wusste es, und sie wussten es auch. Und du, du hast dich wieder mit Greenaway eingelassen.« Er zog eine Grimasse. »Ich war auf verlorenem Posten, Annie. Ich wusste nicht, wo mir der Kopf stand. Der einzige Mensch, dem ich vertrauen konnte, war Paul. Er war an meiner Seite. Er hat mir gezeigt, wie ich den Respekt meiner Männer zurückgewinnen konnte. Wir haben nur ein wenig die Details abgeändert, um den beiden Streifenpolizisten aus der Patsche zu helfen. Und Paul hat Seth Friel gebeten, das Motorrad verschwinden zu lassen. Es war ganz einfach.«

»Und von deinen Kollegen hat niemand den Mund aufgemacht? Keiner hat versucht, euch daran zu hindern?«

»Im Gegenteil. Sie haben mir auf den Rücken geklopft, Annie. Sie haben mir Drinks spendiert. Ich hatte Flagge gezeigt und war wieder einer von ihnen. Sie haben mich spüren lassen, dass Loyalität untereinander manchmal wichtiger ist als die Wahrheit. Ich habe mir eingeredet, dass es sowieso nichts geändert hätte. Was passiert war, war passiert.«

»Es hat dich verändert.«

»Ja, vielleicht hat es das.«

Annie rief sich die Ereignisse jenes Tages ins Gedächtnis. Sie erinnerte sich daran, dass hinterher alles anders war. Nur dass sie nicht bemerkt hatte, was vorging; sie war so mit sich selbst beschäftigt gewesen, ihrer Sorge um Johnnie, ihrem Verlangen nach Tom. Auf einmal konnte sie nicht mehr ertragen, ihren Mann anzusehen. Die Musik schwoll an und wurde wieder leiser, und der Klang der Geigen war wie ein geisterhaftes Wispern.

»Hast du mit Paul über mich gesprochen?«, fragte sie.

»Er wusste es bereits. Er hatte dich mit Greenaway gesehen und eins und eins zusammengezählt. Er meinte, dass er alles im Griff habe, dass er die Sache regeln werde, wie schon beim ersten Mal.«

»Was heißt das? ›Wie beim ersten Mal‹?«

William rieb sich mit den Fingerspitzen die Stirn. »Ich habe es auch erst heute Abend erfahren. Ich war mir nicht über das Ausmaß seiner Loyalität mir gegenüber bewusst.«

Das Grauen, das Annie in den letzten Wochen immer wieder gespürt hatte, erfasste sie mit neuer, ungekannter Macht. Ihr Blick glitt zu Williams Hand mit den inzwischen geschwollenen und verfärbten Fingerknöcheln. Er hatte Paul verprügelt – Paul, der ihn liebte wie ein Sohn. Er hatte so fest zugeschlagen, dass er ihm die Nase gebrochen hatte. Sie zwang sich, William ins Gesicht zu sehen, und bemerkte, wie verbittert und alt es aussah. Das war nicht das Gesicht des Mannes, den sie geheiratet hatte, sondern das eines Mannes, den sie kaum wiedererkannte. Und sie bemerkte einen ganz neuen Ausdruck in seinen Augen: Scham.

Da wusste sie, was William meinte.

»Paul hat es Tom angehängt, stimmt's? Die Schuld an Mrs Wallace' Tod.«

Obwohl William nichts sagte, sah sie an seinem leeren Blick, dass es die Wahrheit war, und realisierte gleichzeitig, dass diese noch viel weiter ging.

»Was hat er noch getan? *Was noch*?«

Williams Schultern sackten nach vorn. Er schien Stück für Stück den Rest seiner Würde zu verlieren.

»Die Morde«, sagte er schließlich.

Sie verstand nicht, nicht sofort. »Er hat Morde verschleiert?«, fragte sie, benommen vor dumpfer Angst, woraufhin William den Kopf schüttelte.

»Nicht nur das. Er hat die Frauen ermordet. Er hat sie für mich ermordet.«

»Oh Gott!« Annie krümmte sich, als hätte sie einen Schlag auf den Rücken erhalten. Es schien unmöglich, und gleichzeitig entbehrte es nicht einer grausigen Logik, falls Williams Behauptung wahr war.

»Um dann Tom die Morde anzulasten?«, fragte sie im Flüsterton.

»Ja.«

»Beide?«

»Er dachte, alles wäre gut, solange Tom Greenaway im Gefängnis sitzt. Paul war der Einzige, der die Wahrheit kannte, und er hätte sie niemals preisgegeben. Doch dann kam Tom zurück.«

»Also hat Paul Jennifer Dunnock umgebracht?«

»Sie hat dir ähnlich gesehen. Er wusste, dass der Verdacht sofort auf Tom fallen würde. Und als sein Plan nicht aufging, hat er einen weiteren Mord begangen.«

Annie sah William an und erkannte die Verzweiflung in seinen Augen, und sie wusste, dass sie echt war.

»Oh Gott, er ist wahnsinnig!«, sagte sie atemlos. »Er ist ja vollkommen wahnsinnig! Er ist krank im Kopf!«

»Ja.« William schloss die Augen. Er massierte sich die Schläfen. »Aber in seinem kranken Geist hat alles einen Sinn ergeben. Für ihn war es der geradeste Weg, um die Dinge in Ordnung zu bringen.« William stieß ein bitteres Lachen aus. »Er ist so abgrundtief krank und verdorben, Annie, dass er nicht einmal einsieht, was er da angerichtet hat. Er sagt, er wollte mich nur beschützen. Er hat es für mich getan, Herrgott noch mal, weil er mir gefallen wollte.«

Annie fühlte sich schwindelig – von der Musik und dem entsetzlichen Ausmaß des eben Gehörten, der Helligkeit im Zimmer und der Dunkelheit draußen, von Williams Nähe, den sie plötzlich in einem ganz anderen Licht sah, und von ihrem Bemühen, alles, was passiert war, neu zu ordnen; und bei alldem wusste sie immer noch nicht, was Tom zugestoßen war.

»Wo ist Tom?«, fragte sie erneut. »Was ist mit ihm? Sag es mir, William.« Sie hatte jetzt keine Scheu mehr, die Tiefe ihrer Liebe vor William zu zeigen, das Einzige, was sie noch interessierte, war, wo Tom war, ob er überhaupt noch am Leben war. »Was hat Paul ihm angetan?«

»Du weißt, dass wir etliche Männer für die Suche nach ihm abgestellt hatten«, sagte William. »Heute Abend hat

Gunnerson ihn oben im Moor gesichtet. Er hat Paul angerufen, der ist sofort zu ihm geeilt, und dann haben sie Greenaway gemeinsam verfolgt. Schließlich haben sie ihn erwischt, am perfekten Ort.«

»Was meinst du damit?«

»Du musst jetzt stark sein, Annie. Sie wollten ihn an einer abgelegenen Stelle ergreifen, um es wie Selbstmord aussehen zu lassen. In Pauls krankem Geist ging alles so schön auf. Mit Greenaways Tod hätten die Morde aufgehört. Es hätte keine Gerichtsverhandlung gegeben, keine Detailklauberei. Du und ich wären in Urlaub gefahren und hätten noch ein Kind bekommen. Jeder wäre glücklich gewesen.«

»Was haben sie mit Tom gemacht?«

»Paul dachte, es wäre ganz einfach«, sagte William. »Er und Gunnerson haben sich im Moor auf Greenaway gestürzt. Es hätte eigentlich nur eine Sache von Sekunden sein sollen. Aber sie haben nicht mit einer Gruppe einheimischer Burschen gerechnet, die sich da oben hinter Büschen versteckt hatten. Sie warteten auf die Dunkelheit, weil sie nachtjagen wollten.«

Annie stellte sich die Szene vor: das Zwielicht der Abenddämmerung, die Trostlosigkeit des Moors um diese Zeit und Tom ganz allein. Sie stellte sich vor, wie es für ihn war, als er plötzlich Schritte hinter sich hörte, seine Angst, während er durch das Unterholz rannte, hin und wieder strauchelnd und stolpernd, mit rasendem Herzen; und wie ihn ein Fausthieb in den Bauch traf, gefolgt von Schreien, und dann? Was dann? Das plötzliche

Auftauchen weiterer Fäuste, Füße und Schultern, Hunden, das Aufblitzen von Lichtern; und wie den beiden Polizisten klar wurde, dass sie die Flucht ergreifen mussten, um ihre Haut zu retten.

Ihr fiel ein, in welch aufgelöstem Zustand Paul gewesen war, wie panisch.

»Was haben sie mit Tom gemacht?«, fragte sie abermals.

»Tom hier und Tom da, du klingst wie eine hängen gebliebene Schallplatte, Annie. Ist er der Einzige, um den du dir Sorgen machst? Der Einzige, an dem dir etwas liegt?«

»Sag es mir, William, bitte.«

Wieder rieb er sich die Schläfen. »Sie haben ihn dort zurückgelassen. Bei den Jägern. Ich nehme an, sie werden ihn inzwischen ins Krankenhaus gebracht haben.«

»Oh, Gott sei Dank«, sagte sie flüsternd.

»Und was wird jetzt mit uns, Annie?«, fragte William. »Was machen wir jetzt?«

Hinter William ging leise die Tür auf.

Er musste die Bewegung gespürt haben und drehte sich um. Ethel stand im vom Flurlicht beleuchteten Türrahmen. Sie trug ein langes, weißes und hochgeschlossenes Nachthemd mit spitzenbesetztem Rocksaum, unter dem ihre gelblichen Zehennägel hervorlugten, und darüber ihren Morgenrock, der über den Boden schleifte. Sie sah aus wie eine Gespensterbraut, eine gebeugte alte Braut mit weißem Haar, das ihr müdes Gesicht umrahmte, ihre blassblauen Augen, ihre rosig weiche Haut.

»Mutter.« William straffte sich, bemühte sich um Fassung. »Was machst du denn hier? Warum bist du noch nicht im Bett?« Er bedeckte seine verletzte Hand mit der gesunden, wie ein Junge, der vor seiner Mutter verbergen will, dass er sich geprügelt hat.

Sie sah von einem zum anderen. »Was geht hier vor?«, fragte sie.

»Nichts, Mutter.«

»Das stimmt nicht, ich merke doch, dass alles im Argen liegt. Ihr zwei wart so glücklich miteinander, aber in den letzten Wochen ist alles schiefgegangen. Ihr glaubt wohl, ich bin so senil, dass ich nichts mehr begreife, aber ich bekomme noch mit, was um mich herum vorgeht.« Sie berührte ihren Sohn mit ihrer zitternden Hand an der Schulter. »Ich habe euch reden gehört. Ich habe gehört, was du zu Paul gesagt hast, dass er ins Gefängnis kommt und sein Kind ohne Vater aufwachsen wird. Das ist so traurig. Und was ist mit dir, William? Was wird aus dir?«

Annie dachte an Georgie Segger, mit welchem Eifer sie hinter jeder vielversprechenden Geschichte herjagte, und an all die anderen Journalisten. Wie sie die Ereignisse in Matlow als Paradebeispiel für die Korruption in den Reihen der Polizei darstellen würden und für alles, was sonst noch falsch lief. Sie dachte an die Kumpel und ihre Unterstützer, die sich keine Gelegenheit entgehen lassen würden, die Finger in Williams Wunden zu legen. Sie dachte an die gefälschten Zeugenaussagen, von denen William noch gar nichts wusste. *Der einzige unbestechliche Polizist in ganz England.* Sie dachte daran, wie die Einwohner von Matlow ihn verhöhnen würden, wie sie sich an seinem

Absturz ergötzen würden, wie sie ihn auslachen, bemitleiden und verachten würden. Und der Mann, dem er am meisten vertraut hatte, den er beinahe wie seinen Sohn geliebt hatte, hatte alles zerstört.

Die Musik wurde weicher, hüllte ihren Mann mit ihren Klängen ein. Er konnte ihrem Blick nicht standhalten.

»Oh William«, sagte sie sanft.

Plötzlich stöhnte Ethel, als hätte sie Schmerzen. »Bringt mich jemand nach oben?«, fragte sie. »Das alles ist mir zu viel.«

»Ich komme mit dir«, sagte Annie. Beruhigend legte sie einen Arm um Ethel. Sie konnte ihre Rippen fühlen, spürte, wie gebrechlich sie war, und Ethel lehnte sich an sie, leicht wie ein Vogel. »Oh, du Arme, du bist ja eiskalt«, sagte Annie. »Lass uns dich rasch ins Bett bringen.«

»Annie?«

Sie drehte William das Gesicht zu. Er stand mit herabhängenden Armen da; seine Augen waren gerötet. William wirkte wie jemand, der eine vernichtende Niederlage erlitten hatte, wie jemand, der am Ende seiner Kraft war. Er ließ die Schultern hängen, und sein Gesicht wirkte eingefallen. Seine linke Hand war geschwollen und von Blutergüssen verfärbt, und auf seinem Hemd waren Blutstropfen. Seine Integrität, die ihn aufrecht gehalten hatte, war zerstört. Er war ruiniert. »Ja?«, fragte sie.

»Es ist aus, nicht wahr?«, fragte William. »Zwischen dir und mir. Was immer jetzt geschieht, zwischen uns ist es aus.«

»Ja«, sagte sie sehr leise.

»Du wirst mich verlassen.«

»Ich werde Tom suchen und dann mit ihm leben, ja.«

»Und es gibt nichts, womit ich es verhindern, womit ich dich umstimmen kann?«

»Nein, William. Ich denke nicht.«

Annie spürte, wie Ethel zitterte. Jeder Schritt strengte sie an, und die Treppe schien kein Ende nehmen zu wollen. Annie machte sich Sorgen um die alte Frau. Sie war unterkühlt. Sie rieb ihre Hand, aber sie wurde nicht wärmer.

»Gerry wird sich schon fragen, wo ich bleibe«, sagte Ethel. »Er steht bestimmt am Fenster und hält Ausschau nach mir.«

»Ja, ich weiß.«

»Er hasst es, wenn wir nicht zusammen sind. Er will, dass ich immer in seiner Nähe bin, damit er weiß, dass es mir gut geht.«

»Willst du kurz stehen bleiben und dich einen Moment ausruhen? Genau, so ist es gut. Atme tief durch, Ethel.«

»Gehe nicht zu hart mit William ins Gericht, Liebes. Er liebt dich sehr, auf seine Weise.«

»Das weiß ich.«

»Er hat seine Gefühle noch nie gut zeigen können. Aber viele Männer sind so, nicht wahr? Jetzt geht es wieder, Annie, lass uns weitergehen.«

Sie hatten die letzte Stufe erreicht und traten auf den Treppenabsatz. Annie hörte, wie zuerst die Küchen- und dann die Dielentür ins Schloss fiel. »Möchtest du noch ins Badezimmer gehen, Ethel?«, fragte sie.

»Nein danke, Liebes. Ich will jetzt so schnell wie möglich zu Gerry. Er wartet auf mich. Ich vermisse ihn so.«

»Ich weiß. So, hier wären wir.« Annie schaltete das Licht an. »Bleib kurz hier stehen, Ethel, dann decke ich noch rasch dein Bett auf.«

William musste zum Arbeitszimmer zurückgekehrt sein, denn plötzlich woben sich die Klänge des Violinkonzerts die Treppe herauf. Annie hörte, wie er die Tür zumachte.

»Es ist so kalt«, sagte Ethel. »Ist es nicht auf einmal schrecklich kalt geworden?«

»Ja, wenn man bedenkt, dass es Ende Juni ist.«

»Aber so ist das englische Wetter nun einmal. Zuerst gaukelt es einem den Sommer vor, und dann schlägt es plötzlich um.«

Annie schaltete Ethels Heizdecke ein. Während sie das Laken glatt strich, hatte sie das Gefühl, als wäre ihr die Musik ins Zimmer gefolgt und wände sich um sie. Sie zupfte und zog an ihr, als wollte sie ihr etwas sagen. William hatte die Lautstärke aufgedreht, es war viel zu laut. Gleich würde Elizabeth wach werden. Annie spürte, wie die Musik in ihr vibrierte, spürte sie in ihrem Herzen, spürte, wie sie ein Teil von ihr wurde.

»So, Ethel«, sagte sie. »Setz dich jetzt aufs Bett, ganz langsam. Gut so. Ich hebe deine Beine hinein ... so, und jetzt mach es dir bequem, und lass dich von mir zudecken.«

Die Musik wurde lauter und lauter. Aber die alte Dame schien es nicht zu bemerken; versonnen schmiegte sie sich in die Kissen, als träume sie, sie läge in den Armen ihres Mannes. Annie streckte die Hand nach der Nachttischlampe aus und schaltete sie ein. Die Musik schwoll zu einer gigantischen Welle an, in der Annie zu ertrinken drohte. Und plötzlich wusste sie, was passieren würde.

»Nein!«, schrie sie. Mit einem Satz war sie bei der Tür und rannte, so schnell sie konnte, in den Flur. *»Nein!«*, schrie sie. *»William! NEIN! NEIN! NEIN!«* Doch noch bevor sie den Treppenabsatz erreicht hatte, dröhnte der Schuss.

Mein aufrichtiger Dank gilt meiner Agentin Vicki Satlow und allen Mitarbeitern des Piper Verlags, die an diesem Buch beteiligt waren.

»OSNABRÜCKER SIND OK« – LESLEY TURNEY UND IHRE GANZ BESONDERE BEZIEHUNG ZU DEUTSCHLAND

Im Jahr 1986, ich war fünfzehn Jahre alt, nahm ich an einem Gewinnspiel teil. Es war Teil einer Marketingkampagne, deren Ziel es war, mehr Unterstützung für die Städtepartnerschaft meiner Heimatstadt Derby in England mit der deutschen Stadt Osnabrück in Niedersachsen zu gewinnen. Die lokale Tageszeitung hatte eine Reihe von Briefen veröffentlicht, deren Inhalt sich gegen die Städtepartnerschaft richtete, wobei die einheitliche Meinung dahin ging, dass derartige Unternehmen lediglich den Stadtratsmitgliedern als Vorwand für irgendwelche Vergnügungsreisen dienten. Und nun war das Städtepartnerschaftsbüro bemüht, diese Ansicht durch eine Reihe von PR-Aktionen zu ändern. Das Gewinnspiel, an dem ich teilnahm, sah vor, dass ich einem imaginären Brieffreund oder einer Brieffreundin in Deutschland in einem Brief mitteilte, was das Leben in Derby so wunderbar und abwechslungsreich machte. Auch alle anderen Schüler in meiner Klasse beteiligten sich daran.

Ich war schon immer sehr einfallsreich und phantasievoll gewesen, und so gelang es mir, in meinem Brief eine beinah komplett fiktionale und sehr schmeichelhafte Beschreibung der Stadt zu verfassen, deren nicht vorhandener Wahrheitsgehalt durch eine Flut an Superlativen kompensiert wurde. Zusätzlich illustrierte ich den Brief mit ein paar farbenfrohen Zeichnungen von einer Flora und Fauna, wie sie in Derbyshire zu keiner Zeit existiert hatte. Die Beschreibung meines Zuhauses und meiner Familie beschönigte ich auf ähnliche Weise, wobei eher der Wunsch der Vater des Gedankens war als die Realität.

Die Briefe wurden von unserer Lehrerin Mrs Beatty eingesammelt, die mit unflätiger Ausdrucksweise wurden aussortiert, und der Rest wurde an den Stadtrat weitergeleitet. Nach einer Weile erhielt ich ein Schreiben von der Leitung des Stadtmarketings, in dem mir mitgeteilt wurde, dass ich zu den sechs Gewinnern zählte, insgesamt drei Jungen und drei Mädchen von unterschiedlichen Schulen. Mein Preis bestand darin, die Kontaktadresse einer real existierenden deutschen Brieffreundin zu erhalten, mit der ich nicht nur schriftlich korrespondieren sollte, sondern mit der auch ein gegenseitiger Besuch geplant war, was für mich bedeutete, nach Deutschland reisen zu dürfen.

Ich war hin und weg.

Meine Familie war weniger beeindruckt.

»Kann man sich den Gewinn auch in Geld auszahlen lassen?«, fragte mein Vater hoffnungsvoll.

Und meine Mutter meinte: »Das ist ja alles schön und gut, aber wer wird den Besuch aus Deutschland bekochen? Wer wird dessen Wäsche waschen?«

Zugegeben, da war was dran.

Meine Schwester Abbie sah mich im Spiegel an (sie toupierte sich gerade die Haare) und sagte: »Du bist so erbärmlich! Weil du keine Freunde findest, musst du sie beim Preisausschreiben gewinnen!«

»Du bist ja nur eifersüchtig«, entgegnete ich.

Zu dem Gewinn zählte auch, dass ich ins Rathaus eingeladen wurde, wo ich dem Marketingleiter und dem Bürgermeister die Hände schütteln durfte und zusammen mit den anderen Gewinnern auf der Treppe fotografiert wurde. Jeder von uns trug seine Schuluniform, und der Fotograf gab uns eine deutsche Nationalflagge, die wir vor uns halten sollten, was aussah, als wollten wir uns hinter einem riesigen Badetuch kollektiv umziehen. Das dabei entstandene Foto war äußerst peinlich, wurde aber dennoch in der Zeitung abgedruckt und am Schwarzen Brett der Schule aufgehängt, wo es erwartungsgemäß verunstaltet wurde.

Kurz darauf händigte Mrs Beatty mir einen braunen DIN-A4-Umschlag aus, der den ersten Brief meiner neuen deutschen Brieffreundin enthielt. Die Gewinnerbriefe aus beiden Städten waren analysiert und die Paare danach gebildet worden, wie sie augenscheinlich am besten zusammenpassten. In meinem Umschlag befand sich der auf Englisch geschriebene Brief eines Mädchens, das etwas älter war als ich und Anya Leese hieß. Sie hatte einen älteren Bruder namens Karl und lebte mit ihren Eltern und ihrer Großmutter in einem Haus in der Wulftener Straße etwas außerhalb der Stadt. Sie hatte dem Brief einen Abzug der deutschen Version des Rathausfotos beigefügt.

Darauf standen Anya und die anderen deutschen Gewinner vor dem riesigen gotischen Osnabrücker Rathaus. Sie hatten sich gegenseitig die Arme um die Schultern gelegt und wirkten glücklich und entspannt. Es hätte ein Bild für das LP-Cover einer neuen Popband sein können. Anya wäre dabei die Agnetha Fältskog der Gruppe gewesen, die Hübsche, Hochgewachsene in weißen Jeans, T-Shirt und Tennisschuhen.

Am nächsten Tag ging ich in die Buchhandlung, kaufte mir ein handliches englisch-deutsches Wörterbuch und verbrachte Stunden damit, einen auf Deutsch geschriebenen Antwortbrief an Anya zu verfassen. Ich wusste, sie würde enttäuscht sein, wenn sie das Zeitungsfoto von mir sah und feststellte, dass man ihr das hässlichste Mädchen von Derby zugeordnet hatte, was ich dadurch auszugleichen versuchte, dass ich mein Leben als so aufregend wie möglich schilderte. Ich wies auf mein angebliches reges Sozialleben hin, zu dem ein treu ergebener, gut aussehender *boyfriend* gehörte, wohlhabende Freunde, regelmäßige Shopping-Trips, meine Begeisterung für Mode und nächtliche Ausflüge zu den angesagtesten Clubs in Sheffield. Ich feilte mehrere Tage an dem Brief, denn er sollte perfekt sein, und schließlich war er fertig. Nervös stellte ich mich in die Schlange im Postamt, um eine Briefmarke für einen Brief nach Deutschland zu kaufen, klebte sie auf den Umschlag und schickte ihn ab. Anya blieb keine Zeit mehr, auf meinen Brief zu antworten, denn eine Woche später, gleich nach Ferienbeginn, verstaute ich genau wie die anderen Gewinner des Preisausschreibens mein Gepäck in den Tiefen eines Reisebusses mit dem Ziel Osnabrück. Außer uns fuhren noch ein paar hohe Tiere des Städtepartnerschaftsbüros mit sowie diverse Stützen der Gemeinde, gemeinsam mit ihren Ehefrauen.

Die Fahrt war lang und anstrengend, bis wir schließlich in Harwich auf die Fähre fuhren. Ich stand an Deck, sah zu, wie der Abstand zwischen dem Schiff und dem Hafen immer größer wurde, und fühlte ein erdstoßartiges Beben in meinem Herzen. Das ist der Beginn des größten Abenteuers in meinem Leben, dachte ich. Denn ich war noch nie im Ausland gewesen, hatte kaum je Derby verlassen.

Von da an war alles äußerst aufregend. Wir waren die Nacht über mit der Fähre unterwegs, landeten in Hoek van Holland und fuhren weiter nach Osnabrück. Das Erste, was ich sah, als wir in die Stadt kamen, war ein großes Schild mit der Aufschrift *Osnabrücker sind ok,* wobei das »o« und das »k« in »Osnabrück» rot leuchteten, während die übrigen Buchstaben schwarz waren. Mein Herz klopfte in freudiger Erwartung. Schließlich hielten wir an einem großen Platz im Zentrum der Stadt, wo wir von einem Empfangskomitee begrüßt und unseren Gastfamilien übergeben wurden.

Anya war zusammen mit ihrer Mutter und ihrem Bruder Karl gekommen. Ich trug seit zwei Tagen meine Schuluniform und hatte mich in der Zeit kaum gewaschen. Außerdem stand ich mit leeren Händen da, weil ich das Konfekt, das meine Mutter mir als Begrüßungsgeschenk, hübsch eingepackt, mitgegeben hatte, auf der Fähre gegessen hatte. Doch mein strenger Geruch und mein vernachlässigtes Aussehen schienen keine Rolle zu spielen. Anya war noch größer und netter als auf dem Rathaus-Foto und wirkte wie ein Model in einer Lipgloss-Werbung. Ihr Lächeln kam von Herzen, und sie und ihre Mutter umarmten und küssten mich zur Begrüßung, während Anyas Bruder meine Tasche trug. Sie brachten mich zu dem größten, hellsten, wunderbarsten Haus, das ich je gesehen hatte, mit vielen Fenstern, weißen Wänden und hauchdünnen, durchscheinenden Gardinen. Die Fensterbänke standen voller blühender Pflanzen, an den Wänden hingen gerahmte Bilder, auf dem Boden lagen Teppiche in dezenten Farben, und im Wohnzimmer stand eine gemütliche Ledergarnitur. Es war genau das Haus, das ich mir, hätte ich die Wahl gehabt, ausgesucht hätte.

»Du kannst mein Zimmer haben«, meinte Anya. »Ich werde bei Oma schlafen, solange du hier bist.«

Zu Anyas Schlafzimmer gehörte ein eigenes Badezimmer – ein komplett neues Wohngefühl für mich. Auf ihrem Bett lag eine Daunendecke (in Derby schliefen wir noch bis zur Jahrtausendwende in Laken und Wolldecke), es gab einen Fernseher und einen Plattenspieler, einen Schreibtisch, Bücherregale, einen Kleiderschrank, ein breites, weiches Sofa und Sitzsäcke auf dem Boden. An den Wänden hingen gerahmte Bilder von Anya und ihrem Freund Michael, Anya mit ihren Schulfreunden, Anya mit ihrem Bruder, ihrem Chor und ihrem Basketballteam. Es war perfekt.

Die folgenden zwei Wochen waren die beste Zeit meines Lebens. Da mich in Deutschland niemand kannte, behandelte mich auch niemand wie den lächerlichen, peinlichen Bücherwurm, der ich zu Hause war. Daher hörte ich auch auf, mich wie dieses Mädchen zu verhalten.

Karl fuhr mit mir und Anya zu einem Freibad mit Wellenbad, wo wir den ganzen Nachmittag über blieben, bis es abends dunkel wurde. Herr und Frau Leese besichtigten mit mir Burgen, Wälder und die Sehenswürdigkeiten der Stadt. Anya brachte mir das Tennisspielen bei, und wir verbrachten viele schöne Stunden damit, auf dem Fahrrad über die Wege zu fahren, die die ländliche Umgebung von Anyas Zuhause durchzogen.

An den Nachmittagen, wenn wir angenehm erschöpft von unseren Unternehmungen nach Hause kamen, war es Zeit, mit Anyas Mutter und ihrer Großmutter Kaffee zu trinken und Sahnetorte zu essen. Ich lernte ein bisschen Deutsch und lachte mehr als in meinem ganzen Leben. Die Familie Leese war so herzlich und nett, dass ich nicht eine Sekunde lang Heimweh hatte. Jeder Tag brachte neue wundervolle Erlebnisse, und ich verliebte mich in Anya, ihre Familie, Osnabrück und Deutschland.

Alles war perfekt, bis zum letzten Abend. Die Familie Leese hatte im örtlichen Gemeindehaus eine Abschiedsparty für mich organisiert. Dabei handelte es sich nicht um einen der trostlosen Gemeindesäle, wie ich sie kannte, sondern um eine weite, luftige umgebaute Scheune voller Licht und Wärme. Auf den Tischen wurde etwas zu essen angeboten, und es gab jede Menge Bier, Schnaps und Limonade. Eine Dreimannkapelle spielte Tanzmusik, und alle Nachbarn und Freunde der Leeses waren gekommen, um mir alles Gute zu wünschen.

Ich trank etwas von dem Schnaps. Danach war mir ein wenig schwindelig, aber ich war so glücklich, dass ich es kaum noch aushalten konnte. Ich tanzte mit Karl, und als die Musik langsamer wurde, schmiegte ich mich in seine Arme. Anya tanzte mit Michael und hatte die Augen geschlossen. Mein Kopf lag an Karls Schulter, und wir bewegten uns langsam zur Musik der *Commodores*, und dann sah ich zu ihm auf, in der Hoffnung, zum ersten Mal von einem Jungen geküsst zu werden. Ich dachte, dass dies das perfekte Ende dieser perfekten zwei Wochen wäre.

»Was ist mit deinem Freund?«, flüsterte Karl.

»Welchem Freund?«

»Deinem Freund Chris. Du hast doch in dem Brief an Anya von ihm geschrieben, und wie sehr er dich liebt.«

Ich spürte, wie mein Herz stehen blieb. Mit einem Schlag waren alle meine Glücksgefühle verschwunden, als hätte sie jemand mit einem Schalter ausgeknipst.

Der Brief! All die Lügen! Nicht nur, dass ich mir die Chance vermasselt hatte, von dem wunderbaren Karl geküsst zu werden, viel schlimmer noch war, dass Anya am nächsten Tag mit mir nach England reisen und nur allzu bald feststellen würde, was ich wirklich war: eine Phantastin und Betrügerin.

Da wurde mir auf einmal klar, warum man mich der wunderbaren, sportlichen, beliebten, erfolgreichen Anya zugeordnet hatte und nicht irgendeinem schüchternen, streberhaften Mädchen, das wie ich in einer Sozialwohnung in einem Reihenhaus lebte. Es hatte nur daran gelegen, dass ich in meinem Brief gelogen hatte, und Anya würde mich hassen, wenn sie die Wahrheit erfuhr.

Ich löste mich aus Karls Armen und ging nach draußen, wo ich in der Dunkelheit in den schwarzen Himmel mit den Millionen Sternen blickte und mich fragte, ob es wohl irgendeinen Ausweg aus dieser prekären Lage gab. Konnte ich vorgeben, dass in den vierzehn Tagen, die ich in Deutschland verbracht hatte, mein imaginärer Freund weggezogen war, meine Eltern ihre Wohnsituation drastisch heruntergeschraubt hatten, mein Vater seinen großartigen, wichtigen Job in der Medienbranche gegen eine bescheidene Stelle im Lager eines Supermarktes eingetauscht hatte und alle meine Freunde die Schule gewechselt hatten?

Wohl kaum.

Ich würde schonungslos entlarvt werden.

Verzweifelt ließ ich mich hinter einem Baum auf dem Boden nieder, legte den Kopf auf meine Arme und beschloss, dort sitzen zu bleiben, bis ich an Unterkühlung starb. Sie würden meine Leiche finden, um mich trauern, und Anya würde nie nach Derby reisen und die Wahrheit herausfinden. Was für alle Beteiligten sicher das Beste wäre.

Doch dazu sollte es nicht kommen. Anya trat zu mir, setzte sich neben mich, legte ihre Jacke um meine Schultern und strich mir mit ihrer zarten Hand leicht übers Haar. Dass sie so lieb zu mir war, machte das Ganze noch schlimmer.

»Hey«, meinte sie, »ist die Party so mies?«

Ich schüttelte den Kopf. »Es liegt nicht an der Party, sondern an mir. Ich bin nicht der Mensch, für den du mich hältst.«

»Wer bist du dann?«

Ich schniefte und nahm das Taschentuch entgegen, das sie mir hinhielt, um mir über die Augen zu wischen und mir die Nase zu putzen. »Alles, was ich in meinem Brief an dich geschrieben habe, war gelogen«, gestand ich.

»Tatsächlich?«

Offensichtlich hatte sie mich nicht verstanden. Ich versuchte es erneut. »Ich habe mir das alles ausgedacht. Ich bin eine Lügnerin. Unser Haus ist winzig klein, und ich teile mir ein Zimmer mit meiner Schwester, die eine blöde Kuh ist. Ich habe keinen Freund, kenne keine Promis, und es gibt nichts Gutes in meinem Leben. Eigentlich gibt es niemanden, der mich mag.«

»Ich mag dich«, sagte Anya.

»Aber der Brief …?«

»Ach.« Sie zuckte mit den Schultern. »Als ich ihn gelesen habe, dachte ich, du wärst eine arrogante Angeberin. Da war es eine angenehme Überraschung, dich kennenzulernen und festzustellen, dass das überhaupt nicht der Fall ist.«

»Wirklich?«

»Ja, wirklich. Nun vergiss den dummen Brief und komm wieder mit rein.«

Anya machte mit dem Taschentuch mein Gesicht sauber, und wir gingen zurück in den Gemeindesaal. Wir tranken eine weitere Runde Schnaps, tanzten noch eine

Weile, ich sagte Karl, dass ich keinen Freund hatte, und er küsste mich.

Oh Gott, er hat mich tatsächlich geküsst, und ich dachte, ich müsse vor Glück sterben!

Am nächsten Morgen weckte uns Anyas Mutter früh, damit wir pünktlich unsere Reise nach England antreten konnten. Frau Leese hatte eine Tasche mit Geschenken für meine Familie vollgepackt, umarmte mich und bat mich, bald wiederzukommen. Herr Leese fuhr den Mercedes aus der Garage und lud unser Gepäck in den Kofferraum. Karl war zu der frühen Stunde noch in seinem Zimmer, aber er winkte uns vom Fenster aus zu, als wir abfuhren. Dabei konnte ich einen Blick auf seinen nackten Oberkörper werfen und schwor mir, dieses Bild nie zu vergessen.

Am Rathaus trafen Anya und ich auf die ziemlich verkaterten übrigen Mitglieder der englischen Reisetruppe, die sich an ihre Souvenirs und ihre Thermoskannen mit Tee klammerten, und wir stiegen hinten in den Bus ein. Anya sagte, dass sie oft unter Reisekrankheit leide, und ich versprach, mich um sie zu kümmern. Sie machte es sich auf ihrem Sitz gemütlich, legte ihren Kopf an meine Schulter, und ich setzte mich so hin, dass sie es bequem hatte. Dann machte der Fahrer den Motor an, die Leute draußen winkten, wir winkten zurück, und weg waren wir, auf dem Rückweg nach Derby.

So wurden Anya Leese und ich Freundinnen.

Seit diesem ersten gegenseitigen Besuch sind inzwischen beinah dreißig Jahre vergangen. Anya und ich haben uns jahrelang geschrieben. Sie ging zur Uni und machte abends einen Schreibmaschinenkurs. Nach dem Studium wurde sie Rechtsanwältin, und ich arbeitete im Büro eines Bauunternehmers in meiner Heimatstadt. Dann heiratete Anya einen Amerikaner und lebte mit ihm in New York. Ich zog mit meinem Freund, der auch für die Baufirma arbeitete, in eine Wohnung in Duffield, und wir bekamen Zwillinge, zwei Jungen. Die Städtepartnerschaft zwischen Derby und Osnabrück besteht noch immer, Anya und ich dagegen haben irgendwann zwischen dem Tod meiner Mutter und ihrer Scheidung den Kontakt verloren. Ich habe im Internet nach ihr gesucht, sie aber nicht gefunden. Leider weiß ich nicht einmal, auf welchem Kontinent sie lebt. Aber ich denke oft an sie. Ich sehe mir die Fotos in dem Album an, denke an meine erste Reise nach Deutschland und daran, wie Anya mir beigebracht hat, an mich selbst zu glauben. Und ich lächle.